g.Wenhofer

GOLDMANN

Buch

In letzter Minute entkommt der chinesische Agent Lee Kon-kim den verhaßten Japanern, in deren Land er im Auftrag von Marschall Tschiang Kai-schek eine unglaublich raffinierte Spionage- und Sabotagetätigkeit entfaltet hat. Auf abenteuerlichen Wegen kehrt er ins Reich der Mitte zurück. Doch tragische Ereignisse veranlassen ihn, nach Malaya zu gehen. Dort erwirbt er eine Zinnmine, bringt sie zu neuer Blüte und kann in Ruhe das Leben genießen.
Da überziehen finstere Wolken den politischen Himmel: Der zweite Weltkrieg bricht aus. In kluger Voraussicht bewaffnet Kon-kim seine Arbeiter und bereitet sie auf den Dschungelkrieg gegen die Japaner vor, der nun mit erbarmungsloser Härte beginnt. Eine Frau ist es schließlich, die das Schicksal des tollkühnen Rebellenführers besiegelt: die ebenso schöne wie skrupellose und ehrgeizige Patrice Lawrence, die ihm in seltsamer Haßliebe verfallen ist...

»Der Rebell« ist die Fortsetzung von »Der Agent« (Goldmann-Taschenbuch 9093). Beide Romane sind unter dem Titel »Sand in Gottes Mühlen« (Goldmann-Taschenbuch 8618) auch zusammen erschienen.

Autor

C. C. Bergius gehört mit über 12 Millionen verkauften Büchern zu den erfolgreichsten deutschsprachigen Autoren. 1910 in Westfalen geboren, wurde er nach dem Abitur Wetterflieger, Flugkapitän und Fluglehrer. Nach dem zweiten Weltkrieg begann seine Karriere als Schriftsteller. Seine Bücher wurden in neunzehn Sprachen übersetzt.

Außer dem vorliegenden und den bereits genannten Bänden sind von C. C. Bergius als Goldmann-Taschenbücher erhältlich:

La Baronessa. Roman (8499) · Dschingis Chan. Roman (3664) · Endstation Tibet. Roman (8518) · Entscheidung auf Mallorca. Roman (3672) · Der Fälscher. Roman (3751) · Der Feuergott. Roman (6477) · Heißer Sand. Roman (3963) · Das Medaillon. Roman (6424) · Nebel im Fjord der Lachse. Roman (6445) · Oleander, Oleander. Roman (6831) · Schakale Gottes. Roman (3863) · Söhne des Ikarus. Die abenteuerlichsten Fliegergeschichten der Welt (3989) · Der Tag des Zorns. Roman (3519) · Das weiße Krokodil. Roman (3502)

C. C. BERGIUS

DER REBELL

SAND IN GOTTES MÜHLEN 2

ROMAN

GOLDMANN VERLAG

Ungekürzte Ausgabe

Der Goldmann Verlag
ist ein Unternehmen der Verlagsgruppe Bertelsmann

Made in Germany · 1. Auflage · 9/88

Umschlagentwurf: Design Team München
Umschlagfoto: P. und G. Bowater / The Image Bank, München
Druck: Elsnerdruck, Berlin
Verlagsnummer: 9133
MV · Herstellung: Peter Papenbrok
ISBN 3-442-09133-0

Der Edle
ist in der Armut
nicht unwürdig
und im Reichtum
nicht hochmütig.

Kung-tse

We[illegible] nachlesen [illegible]
reg[illegible] amüsierte [illegible] Kü[illegible]
tum [illegible] zubicken, daß ihn [illegible]
des [illegible] bunten Sa[illegible]
hat [illegible]
an[illegible]
Nicht [illegible]
[illegible]

Das Tor der verachteten Liebe

Während der Überfahrt nach Hongkong stand Kon-kim des Nachts regelmäßig einige Stunden am Heck des Schiffes, um in die Richtung des Landes zurückzublicken, das ihm neben vielen aufregenden Jahren auch die schönsten Stunden seines Lebens geschenkt hatte. Zu seiner eigenen Verwunderung konnte er ohne Bitterkeit an Kinki Yasuda denken. Sein Herz war empfindungslos geworden. Nur des Morgens, wenn er erwachte und sich bewußt wurde, was er verloren hatte, verspürte er einen Schmerz, als würde er von einem Dolch durchbohrt. Aber auch in solchen Augenblicken quälte ihn kein verletzter Mannesstolz. Es war vielmehr die grenzenlose Enttäuschung, die ihn immer neu erfaßte und die er mit der Lektüre alter chinesischer Zeitungen zu überwinden versuchte, die der Chiefsteward in seine Kabine gelegt hatte.

Ihnen konnte er entnehmen, daß nationale Truppen sich geweigert hatten, den von Tschiang Kai-schek befohlenen ›Ausrottungsfeldzug‹ gegen die in die Provinz Shensi geflüchteten Kommunisten durchzuführen. Der Generallissimus war daraufhin nach Sian geflogen, um die Situation zu klären. Seine eigene Truppe setzte ihn jedoch gefangen und forderte Frieden mit den Kommunisten und Widerstand gegen die immer stärker in China einfallenden Japaner. Davon wollte Tschiang Kai-schek nichts wissen. Er beharrte auf seinem Standpunkt und drohte selbst als Gefangener, daß er jeden rebellierenden Offizier und Soldaten erschießen lassen werde, sobald er wieder frei sei. Mit der Zeit wurde ihm freilich klar, daß seine Position die schwächere war, und erst als es in der Nankinger Regierung zu Streitigkeiten unter seinen Anhängern kam, von denen viele seine Politik selbst auf die Gefahr hin aufrechterhalten wollten, daß er, Tschiang Kai-schek, von der eigenen Truppe umgebracht werde, erklärte er sich zu dem von seinen Offizieren geforderten Gespräch mit Chou En-lai bereit.

Das Treffen kam zustande, und im Verlauf von mehreren Unterredungen gewann der Generalissimus die Überzeugung, daß die eigene Truppe ihn tatsächlich töten würde, wenn er keinen Frieden mit den Kommunisten schließe, die gewillt waren, ihn als Staatsoberhaupt zu akzeptieren, falls er mit ihnen eine gemeinsame Front gegen die japanischen Aggressoren bilde.

Dennoch gab Tschiang Kai-schek nicht gleich nach. Er stellte weitere Forderungen und erreichte, daß die Kommunisten sich verpflichteten, den von ihnen gegründeten unabhängigen Titularstaat aufzugeben und in ›Gebietsverwaltung‹ umzubenennen. Außerdem machten sie die Zusage, die ›Rote Armee‹ als ›Achte Feldarmee‹ unter seine strategische Führung zu stellen.

Die von Chou En-lai und Mao Tse-tung gemachten Konzessionen waren beachtlich, und die Bevölkerung jubelte. Unfaßbar schien es ihr, daß es eine Partei gab, die ihre Interessen denen des Vaterlandes unterordnete, und von Stund an stieg das Ansehen der Kommunisten in den Augen aller nationalgesinnten Chinesen.

Kon-kim blieb trotz des positiven Bildes, das die Zeitungen über die derzeitige Lage in der Heimat gaben, nach wie vor skeptisch. Er konnte sich nicht des Eindruckes erwehren, daß die Kommunisten der Öffentlichkeit Sand in die Augen streuten. Und da die innere Befriedung nicht durch einen Sieg, sondern durch einen Vertrag erreicht worden war, erschien es ihm fraglich, ob beide Parteien ehrlich gewillt waren, den Frieden auf die Dauer zu erhalten. Darüber hinaus war es auch möglich, daß Mao Tse-tung und Chou En-lai den Kampf gegen die einfallenden Japaner lediglich propagierten, um den Generalissimus zu zwingen, seine Armeen in Gefechte zu schicken, aus denen sie nur geschlagen zurückkehren konnten, da ihnen die Japaner in Ausrüstung und Ausbildung weit überlegen waren.

Wegen dieser Gefahr hatte sich Tschiang Kai-schek schon lange geweigert, den Kampf mit den Japanern aufzunehmen. Wenn seine Heere unterlagen, und damit mußte er rechnen, dann blühte der kommunistische Weizen. Er konnte sich nur retten, indem er ›Raum verkaufte, um Zeit zu gewinnen‹.

Doch so verständlich es für Kon-kim war, daß sich der Generalissimus über die politische Entwicklung grämte, er empörte sich, als er in Hongkong erfuhr, daß Tschiang Kai-schek unmittelbar nach seiner Freilassung den Befehl gegeben hatte, alle Mitglieder der Familie jenes Offiziers zu töten, der ihn gefangengenommen und zum Gespräch mit Chou En-lai gezwungen hatte. Einen Feldzug der Rache ließ er veranstalten, in dem 124 unschuldige Menschen hingerichtet wurden.

Sand in Gottes Mühlen, dachte Kon-kim, als ihm der kleine Chinese Ta Tso-lin, den er vor Jahren in der Hongkonger Fremdenpension kennengelernt und nun erneut dort getroffen hatte, von Tschiang Kai-scheks Feldzug der Rache berichtete. »Aber das ist noch nicht alles«, fuhr der sonst ruhige ältere Herr erregt fort. »Tschiang Kai-schek hat auch...«

»Ich flehe Sie an, mich mit allem zu verschonen, was mit Politik zu tun hat«, unterbrach Kon-kim ihn ungewohnt heftig.

Der Chinese sah ihn verständnislos an. »Aber warum denn? Sie, der Sie im Auftrage Tschiang Kai-scheks nach Japan reisten, müssen doch ein Interesse daran haben, zu erfahren, wie es daheim aussieht.«

Kon-kim legte seine Eßstäbchen auf die vor ihm stehende Reisschale. »Woher wissen Sie, daß ich in besonderer Mission nach Japan fuhr?«

Ta Tso-lin lächelte hintergründig. »Heute kann ich es Ihnen sagen. Auch ich war ein Mitarbeiter Oberst Tushis, des Leiters der Nachrichtenzentrale von Whampoa, der inzwischen in das Lager Mao Tse-tungs hinüberwechselte. Er glaubte es nicht verantworten zu können, für eine Regierung tätig zu sein, die den Feind widerstandslos in das Land einfallen läßt. Doch das nur nebenbei. Oberst Tushi teilte mir seinerzeit mit, daß Sie bereit seien, als Agent nach Japan zu gehen, aber darauf bestünden, ohne Verbindungsleute zu arbeiten. Er hatte Verständnis dafür und bat mich, Ihren Namen in keiner Liste zu führen, jedoch dafür zu sorgen, daß sie einige Empfehlungsschreiben an in Japan lebende Persönlichkeiten erhielten. Ich entsprach seiner Bitte, indem ich Sie meinem Freund Doktor Haji empfahl.«

Kon-kim nahm seine Eßstäbchen wieder auf und stocherte in seiner Schale herum. »Bestand zwischen Oberst Tushi und Doktor Haji ebenfalls eine Verbindung?«

»Ja.«

»Und Sie glauben, daß der Oberst unsere Namen für sich behalten wird?«

»Wahrscheinlich nicht.«

»Also müssen Sie, Doktor Haji, ich und viele andere damit rechnen, schon heute auf Mao Tse-tungs Agentenliste zu stehen.«

»Das ist gut möglich«, erwiderte Ta Tso-lin gelassen. »Aber was spielt das für eine Rolle? Erstens sind wir nicht verpflichtet, für

Mao zu arbeiten, und zweitens dürften jedem von uns kommunistische Chinesen immer noch lieber sein als plündernde Japaner. Und über diese sowie über Tschiang Kai-scheks egozentrische Politik möchte ich mich mit Ihnen unterhalten.«

»Ich aber nicht«, entflog es Kon-kim. »Die zurückliegenden Jahre und ein scheußliches Erlebnis haben mir die Lust und die Kraft genommen, mich künftig mit politischen Dingen zu beschäftigen. Um meiner selbst willen muß ich jeder Debatte aus dem Wege gehen. Zumindest so lange, bis ich Abstand gewonnen habe.«

Ta Tso-lin zeigte Verständnis, schrieb aber noch am gleichen Abend einen Brief an Dr. Haji, dem er mitteilte, daß Lee Kon-kim völlig unerwartet und merkwürdig verändert aus Japan zurückgekehrt sei. Darüber hinaus informierte er den Inder über das mit Kon-kim geführte Gespräch und brachte zum Ausdruck, daß der chinesische Nachrichtendienst wahrscheinlich seinen besten Agenten verloren habe.

Ta Tso-lin täuschte sich nicht. Kon-kim war fest entschlossen, alle Brücken hinter sich abzureißen. Was er anfangen wollte, wußte er noch nicht, aber auf der Überfahrt nach Hongkong hatte er sich vorgenommen, in Zukunft mit Gelassenheit zu nehmen, was Volksführer geschäftig werden läßt, und geschäftig zu sein, wo Staatsmänner gelassen bleiben. So hatte sein Vater gehandelt, und nach dieser Devise lebten auch seine Mutter und Onkel Hu, in deren Nähe er seine verlorengegangene Ruhe wiederzugewinnen hoffte. Er meldete sich bei ihnen jedoch erst an, nachdem er sich in Hongkong neu eingekleidet und eine Dschunke gechartert hatte, so daß er sagen konnte, zu welcher Stunde er in Kanton eintreffen würde.

Bewußt fuhr Kon-kim nicht mit der Bahn nach Kanton. Er wollte die chinesische Landschaft auf sich einwirken lassen und jeden Meter genießen, der ihn näher an die *Stadt der Widder* heranbrachte. Ihn beglückte allein schon die Tatsache, wieder unter Chinesen zu sein, und voller Rührung blickte er über die mustergültig bestellten Felder zu beiden Seiten des Perl-Flusses, an dem hier und dort Wildenten aufstiegen und nackte Jungen schwerfällige Büffel durch den Uferschlamm in das Wasser trieben. Die zerfetzten Segel der Dschunken, die er auf der Ausreise als Symbol der chinesischen Tragödie angesehen hatte, wirkten nun jedoch malerisch inmitten der Armut, die jetzt selbst dem Landschaftsbild ihr Gepräge gab.

Lediglich die glasierten Dachziegel leuchteten noch in rubinroten und smaragdgrünen Farben. Die früher saphierblau und chromgelb gestrichenen Tore aber waren ebenso verblaßt wie die sie flankierenden verwitterten Säulen, deren roter Lack ehemals in der Sonne geglänzt hatte.

Armes China, dachte Kon-kim, als das wie von einer braunen Staubkruste überzogene Kanton näher heranrückte und die Spuren des Verfalls in schmerzhafter Deutlichkeit in Erscheinung traten.

Vom Fremdenhaß aber war nichts mehr zu bemerken. Der Hunger hatte die Menschen so stumpf gemacht, daß sie nur noch an ihr nacktes Leben dachten. Fremde und Besitzende waren ihnen gleichgültig geworden. Nicht vorwärts, sondern rückwärts war man marschiert. Man stand wieder dort, wo die drangsalierten Vorfahren gestanden hatten, die mit leeren Mägen die Felder der Reichen bestellt und ehrerbietig die Köpfe entblößt hatten, wenn kostbare Gewänder an ihnen vorüberrauschten. Das Elend der vergangenen Jahre, in denen sich die korrupten Offiziere und Beamten Tschiang Kai-scheks in unvorstellbaren Ausmaßen bereichert hatten, lastete wie Blei auf den Schultern des Volkes, und die diktatorischen Maßnahmen und willkürlichen Verhaftungen hatten es zu einem geprügelten Hund gemacht, der sich nicht auflehnt, sondern schreckerfüllt davonläuft, sobald er seinen Peiniger erblickt. Und wie jener Hund winselnd herankriecht, wenn ihm ein Knochen gezeigt wird, so duckte sich das unterdrückte Volk jetzt vor den Besitzenden, deren Reichtum es bestaunte.

Kon-kims Onkel Hu wußte dies. Er verzichtete deshalb nicht darauf, seinen Neffen in einer Sänfte abzuholen, die von Dienern in der provozierenden Kleidung vergangener Tage getragen wurde. Er selbst hatte ein golddurchwirktes Gewand angelegt und beim Aufsetzen der mit Purpurknöpfen versehenen Mandarinenkappe an Mutter Lee Wei gewandt gesagt: »Und wenn man mich einsperren sollte, heute werde ich es mir nicht nehmen lassen, das ehrwürdige Kleid des kaiserlichen Beamten zu tragen.«

Kon-kims Mutter hatte still vor sich hingelächelt. »Weißt du, was du erklärtest, als du uns damals zum Schiff brachtest?«

Er schüttelte den Kopf.

»Dem Inhalt nach das gleiche. Nur die Formulierung war anders. Du sagtest: ›Und wenn man mich steinigen und erschlagen sollte...!‹«

»Woraus du ersiehst, wie sich die Zeiten geändert haben«, antwortete er mit erhobenem Finger. »Damals fürchtete man das Volk, heute die Regierung.«

»Und wie wird es morgen sein?«

Er blickte nachdenklich vor sich hin. »Vielleicht wird man uns dann das Fürchten verbieten.«

Der kaum gealterte, aber noch korpulenter gewordene Onkel erinnerte sich an diese zynische Bemerkung, als er angesichts der herangleitenden Dschunke aus seiner Sänfte stieg und durch ein Spalier von Menschen schritt, die von allen Seiten herbeieilten, um den Mann zu bestaunen, der den Mut hatte, sich öffentlich in der Kleidung des ehemaligen kaiserlichen Beamten zu zeigen.

Unser Volk ist hoffnungslos geworden und hat damit die letzte Stufe erreicht, auf der man stehen kann, dachte er, als er mit gütigem Lächeln in die Gesichter der Menschen blickte. Nur mit Mühe gelang es ihm, zur Dschunke emporzuschauen, an deren Reling Kon-kim mit gegeneinandergelegten Händen stand und sich vor ihm verneigte.

Der Onkel erwiderte den Gruß und unterdrückte Tränen der Rührung, als sein Neffe bald darauf über eine an das Ufer geschobene Planke auf ihn zueilte. »Willkommen im Land deiner ehrenwerten Ahnen«, begrüßte er ihn mit erstickter Eunuchenstimme.

Kon-kim verbeugte sich erneut. »Ich bin glücklich, wieder bei euch zu sein.«

Der Onkel betrachtete ihn prüfend. »Du bist allein?«

Kon-kim nickte mit ausdrucksloser Miene.

Für den Bruchteil einer Sekunde flackerte das Auge des Onkels, dann hatte er sich in der Gewalt und sagte ablenkend: »Komm, meine Diener werden sich um dein Gepäck kümmern.« Mit keinem Wort erwähnte er Kinki Yasuda, die er in Begleitung von Kon-kim vermutet hatte. Er stellte auch keine diesbezügliche Frage, als sie in der Sänfte saßen und sich nach Hause tragen ließen. Der Gesichtsausdruck seines Neffen hatte ihm genügend gesagt.

»Wie geht es der Mutter?« fragte Kon-kim.

Onkel Hu gluckste zufrieden:

»Sie freut sich über deine Rückkehr wie ein junges Mädchen, zügelt das Gesinde wie eine reife Frau, kommandiert mich wie des Drachenkönigs Töchterlein, leitet den Haushalt, ohne ihn zu führen, behauptet furchtbar alt geworden zu sein, verschönte ihr Antlitz in Wirklichkeit durch Falten ehrwürdigen Leides und behielt das besorgte Herz einer Mutter, die auch im fünfunddreißigjährigen Sohn noch ein Kind erblickt.«

Kon-kim drückte dem Onkel stumm die Hand.

Der hielt sie fest, als wollte er sie nicht wieder loslassen. »Ich bin froh, daß du zurückgekommen bist, und ich hoffe, daß der Schoß der Familie dir nicht zu eng werden wird.«

»Ganz gewiß nicht«, erwiderte Kon-kim mit ernster Miene. »Die Weite der Fremde macht einsam. Überall muß ein Zoll Schatten mit einem Zoll Gold bezahlt werden.«

»Dieses Wissen wird dir helfen, mit dem hiesigen Leben, das sich sehr verändert hat, fertig zu werden«, erwiderte der Onkel. »Neben hochtrabenden Worten über unsere Zukunft gibt es nur noch Befehle, und neben dem Reichtum korrupter Beamter wuchert das größte Elend, das es geben kann. Die Masse lebt nicht mehr; sie vegetiert und gleicht einem Schatten im Wasser.«

»Und wo ist der einstmals von Borodin geschürte Fremdenhaß geblieben?«

»Gestorben. Wie das Leben.«

»Das hätte ich niemals für möglich gehalten.«

»Und es ist doch leicht zu erklären. Der Edle vergilt Haß mit Güte, der kleine Geist Güte mit Haß. Wen aber soll das Volk hassen, wenn es niemanden mehr gibt, der gütig zu ihm ist?«

Kon-kim sah den Onkel entgeistert an und dachte: Wie schlecht muß es um uns bestellt sein, wenn ein Mann wie Onkel Hu so ratlos werden kann, daß er überlieferte Weisheiten mit dialektischen Vernunftsschlüssen verknüpft. Er glaubte plötzlich zu wissen, was Soldaten empfinden, wenn sie nach einem verlorenen Krieg in die zerstörte Heimat zurückkehren und feststellen, daß sich neben dem äußeren Bild auch das Denken der Menschen verändert hat.

Ein Grauen erfaßte ihn und steigerte sein Verlangen, die Mutter in die Arme zu schließen. Er fieberte ihr förmlich entgegen, und als die Träger das Haus des Onkels erreichten und die Sänfte im Vorhof abstellten, setzte er sich über alle ehrwürdigen Gesetze hinweg und eilte in den *Garten des Balsams,* wo ihn die Mutter wie eine Königin mit klopfendem Herzen erwartete.

»Mutter!« rief er, umarmte sie und ließ sich auf die Knie sinken, um seinen Kopf in ihren Schoß zu vergraben.

Sie neigte ihr glattgescheiteltes Haupt und strich über sein wirres

Haar, als könne sie nicht begreifen, daß ihr sehnlichster Wunsch in Erfüllung gegangen war. Ihre Augen blickten verträumt. Um ihren Mund spielte ein leichtes Lächeln, das sich aber nur wenige Sekunden hielt und so plötzlich verschwand, daß es aussah, als habe sie sich bei etwas Unrechtem ertappt. »Stehe auf«, bat sie mit herber Stimme.

Er erhob sich und schaute ihr in die Augen. »Ich bin ja so froh, wieder bei dir zu sein. Und wie gut du aussiehst.«

Über ihr schmales Gesicht glitt ein von Rührung gerahmter Schatten. »Erspare dir Komplimente für jemand anderen«, entgegnete sie spröde. »Und laß jenen anderen und mich nicht ungebührlich warten.«

Kon-kims Lippen zuckten. »Ich bin allein, Mutter.«

Auf ihrer glatten Stirn bildete sich eine Falte, die jedoch gleich darauf wieder verschwand. »Setze dich«, forderte sie ihn auf. »Der Onkel kommt. Wir wollen Tee trinken.«

Der Onkel setzte sich neben ihn und gab einer in schwarz-glänzender Hose und weißer Weste gekleideten Dienerin das Zeichen, den Tee zu servieren.

»Es ist alles wie früher«, sagte Kon-kim im Bestreben, sich einen unbekümmerten Anschein zu geben.

»Ja«, erwiderte Onkel Hu. »Hier draußen ist noch alles wie früher, weil die Natur keinen falschen Ehrgeiz kennt und sich mit dem begnügt, was der Himmel spendet. Neues wächst nach und ersetzt altes, ohne das Alte zu verdammen und zu stürzen. Wir Menschen haben es verlernt, dem Flüstern der Natur zu lauschen.«

»Und wir übersehen darum immer mehr, daß alle Dinge vom Himmel gefügt sind und nichts von uns bestimmt werden kann«, setzte Mutter Lee Wei hinzu.

»Wohl dem, der darin Trost zu finden vermag«, entgegnete Kon-kim.

Die Mutter sah ihn vorwurfsvoll an. »Ich fand ihn in diesem Bewußtsein.«

Kon-kim dachte an die schweren Schicksalsschläge, die seine Mutter hatte erleiden müssen. Er bat um Verzeihung für seine unüberlegten Worte und erkundigte sich nach dem Ergehen seiner Schwester Li-tai.

Die entsetzten Gesichter der Mutter und des Onkels zeigten ihm, wie peinlich es sie berührte, daß er, der jahrelang in der Fremde geweilt hatte, in der Stunde des Wiedersehens eine so konkrete Frage an sie richtete.

»Die Ferne hat dich allem Anschein nach vergessen lassen, was Sitte und Brauch ist«, wies ihn die Mutter zurecht.

»Ich kann nur nochmals um Entschuldigung bitten«, erwiderte Kon-kim, dachte aber voller Verwunderung: Draußen steht eine Welt in Flammen; ihr Feuer vermag jedoch nicht über die Mauer zu dringen, die der Mensch um sich selbst errichtet. Das beweist, daß wir uns im Grund genommen alle schützen können. Wir müssen nur an den Himmel glauben und an dem festhalten, was unsere ehrenwerten Ahnen für gut befunden haben.

Illusionen gab sich Kon-kim allerdings nicht hin, er wußte, daß er nicht mehr die Fähigkeit besaß, im Geist seiner ehrenwerten Ahnen zu leben. Doch er fühlte sich wohl im *Garten des Balsams,* der ihn wieder zum Mitglied einer Familie machte. Ihm war es, als rücke eine unsichtbare Hand zurecht, was sich verschoben hatte.

Ein Glücksgefühl ganz seltener Art durchströmte Kon-kim, als er nach fast zweistündiger Unterhaltung das Zimmer aufsuchte, das er schon früher bewohnt hatte. Unwirklich und verträumt erschien ihm die Welt, in die er zurückgekehrt war, vergleichbar mit einer malerischen Felseninsel, der die stärkste Brandung nichts anhaben kann. Nichts hatte sich verändert. Der Alkoven war von den gleichen Brokatvorhängen verdeckt. An den Fenstern hingen noch immer die ein wenig altmodischen Muschelgardinen. Und auf dem leuchtendblauen Lacktisch vor der gemütlichen Sitzecke lag wie eh und je das *Buch der Wandlungen,* das *J. Ging,* das Kon-kim einst den Spruch: *Lebe in Harmonie mit dem Zeitalter, in dem du geboren bist,* geschenkt hatte.

Wie früher schon einmal, so nahm Kon-kim auch jetzt wieder das vom Priesterkönig Fu Hi zu Orakelzwecken geschaffene Werk in die Hand, um sich von ihm einen Spruch für den Lebensabschnitt geben zu lassen, dem er nun entgegenging.

Beherzt schlug er das Buch auf und las: *Wer das Wesen der ständigen Wandlung im Strom der Zeit erkannt hat, richtet seinen Sinn nicht auf die sich wandelnde Welle, sondern auf den unwandelbaren Strom, auf das Ewige, das in vielerlei Gestalt in allem Wandel wirksam ist.*

Den Spruch wiederholend, trat er auf den Balkon, um über das

Land hinwegzublicken, das er so lange nicht gesehen hatte. Er war glücklich, wieder daheim zu sein und dachte an das, was er sich auf der Überfahrt nach Hongkong vorgenommen hatte: In Zukunft mit Gelassenheit zu nehmen, was Volksführer geschäftig werden läßt, und geschäftig zu sein, wo Staatsmänner gelassen bleiben. Das *J Ging* bestätigte die Richtigkeit seiner Überlegung und bekräftigte ihn in dem Vorsatz, seinem Leben eine neue Richtung zu geben.

Kon-kim dankte dem Himmel dafür, daß ihm die Möglichkeit gegeben war, sein Leben zu ändern. Noch in der gleichen Stunde suchte er mit Mutter Lee Wei und Onkel Hu die Ahnenhalle auf, wo der Onkel vor der aus Rosenholz geschnitzten Nordwand unter dem Bildnis Kung-tzes eine Weile meditierte und dann mit hoher Eunuchenstimme den ehrenwerten Ahnen meldete, daß Lee Kon-kim, der Sohn des ehrenwerten Lee Wu, nach langer Wanderung glücklich zurückgekehrt sei. Anschließend begaben sie sich in das Orchideenzimmer, um die letzte Flasche *Maotai*-Wein zu trinken, über die der Onkel noch verfügte.

»Ich habe sie in der Hoffnung aufbewahrt, sie eines Tages gemeinsam mit deiner Mutter und dir trinken zu können«, sagte er an Kon-kim gewandt. »Es heißt, daß man für diesen Wein seine Seele verkauft; die meine gebe ich her, wenn du bei uns bleiben und hier finden könntest, was du suchst.«

Kon-kim legte die Hände gegeneinander. »Wenn der Himmel es nicht anders bestimmt hat und du mir deine Bibliothek zur Verfügung stellst, werde ich nicht mehr fortgehen.«

»Du willst dich den Wissenschaften widmen?« fragten die Mutter und der Onkel wie aus einem Munde.

Kon-kim nickte. »Ich sehe keinen Sinn mehr in meinem bisherigen Tun.«

Der Onkel horchte auf. »Das habe ich kommen sehen, weil ich mir sagte, daß du es einmal leid werden wirst, dauernd im Gegenwind zu stehen.«

Mutter Lee Wei warf ihm einen unwilligen Blick zu. »Vergangenes soll uns nicht beschäftigen, wenn wir uns dem Kommenden zuwenden. Ich danke dem Himmel dafür, daß Kon-kim einen so großen Vorsatz gefaßt hat. Zumal ich mir nichts Schöneres denken kann, als sich den erhabenen Wissenschaften zuzuwenden.«

In dieser Hinsicht stimmte Kon-kim nicht ganz mit der Mutter überein. Er bekannte offen, daß er im Grunde genommen nur vor der Ausweglosigkeit flüchte, in die er geraten sei, erwähnte aber mit keinem Wort, was ihn in die Sackgasse getrieben hatte, in der er sich befand. Er sprach weder über seine Tätigkeit in Japan noch über Kinki Yasuda, und in all den nächsten Wochen und Monaten wurde auch nie eine diesbezügliche Frage an ihn gerichtet. Man war froh, ihn wieder daheim zu haben, und rührte nicht an Dinge, an die zu denken allein schon schmerzlich war.

Wenn Kon-kim auch erklärt hatte, sich den Wissenschaften widmen zu wollen, so waren Mutter Lee Wei und Onkel Hu doch verwundert, als sie sahen, mit welch fanatischem Eifer er sich in seine neue Aufgabe stürzte. Von morgens bis abends hockte er in der Bibliothek des Onkels, deren Tausende von Bänden eine unerschöpfliche Quelle für ihn bildeten, und nur äußerst selten warf er einen Blick in die Tageszeitung oder unternahm er einen Spaziergang durch die Stadt, um sich über den Lauf der Dinge zu informieren. Nur gelegentlich leistete er sich in der Dunkelheit den Luxus eines Stadtbummels.

Ihn befriedigten die nächtlichen Wanderungen. Sie zeigten ihm, daß die Not der Bevölkerung nicht so allgemein war, wie es bei seiner Rückkehr den Anschein gehabt hatte. Gewiß, die Kleidung der Menschen ließ sehr zu wünschen übrig, alles in allem aber war das Gesamtbild weitaus besser, als er es nach dem anfänglich Gesehenen erwartet hatte. Und überall sah man gutuniformierte Soldaten und Beamte, mit denen die Bevölkerung im besten Einvernehmen zu stehen schien. Schiefe und ängstliche Blicke, die vor Jahren an der Tagesordnung gewesen waren, wenn eine Uniform auftauchte, gab es nicht mehr, und es war offensichtlich, daß Tschiang Kaischek es unter den schwierigsten Umständen verstanden hatte, das Leben zu normalisieren und in geordnete Bahnen zu lenken.

Seinen Propagandarednern aber, die auf allen Plätzen das von ihm verkündete *Neue Leben* lauthals priesen, hörten nur wenige zu. Man kannte die Lehrsätze schon auswendig, wies verstohlen auf die Auslagen der Antiquitätenhändler, die kostbare Tempelschätze zum Verkauf anboten, und raunte: »Legales Plündern – Neues Leben.«

Es war erstaunlich, mit welcher Unverfrorenheit unersetzbare Kulturwerke, deren Herkunft eindeutig war, zu schwindelerregenden Preisen angeboten und ohne mit der Wimper zu zucken von

Ausländern gekauft wurden, über die nun aber nicht mehr das Volk, sondern die Regierung schimpfte. Es hatte sich eben vieles geändert.

Unter anderem auch die *Fünfstöckige Pagode*, deren Silhouette sich so beschwingt gegen den Himmel abhob, daß man versucht war, der Legende zu glauben, derzufolge sie zu Fuß von Peking nach Kanton gewandert sei, um den Perl-Fluß und die Weißen Berge zu sehen. An den Traufen ihrer geschwungenen Dächer hingen nicht mehr die silbernen Windglöckchen, deren zarte Klänge Kon-kim früher oftmals erfreut hatten. Sie waren abhanden gekommen, und niemand wußte, wer sie fortgeschafft hatte: das Militär, das immer Geld benötigte, oder ehrenwerte Familienväter, die nicht wußten, wie sie ihre Angehörigen satt bekommen sollten. Böse Zungen behaupteten, sie hätten sich auf den Weg nach Shanghai gemacht, um die Japaner aus der Internationalen Siedlung herauszuläuten und zu bitten, so schnell wie möglich nach Kanton zu kommen und dem Hickhack zwischen Kuomintang und Kommunisten ein befreiendes Ende zu bereiten.

Diese Deutung war gewiß gehässig. Sie drückte aber aus, was mancher Bürger insgeheim dachte. Man war den Krieg und das ständige Hin und Her zwischen den Parteien leid, die sich abwechselnd gnadenlos bekämpften und wortreich verbrüderten.

Kon-kim hatte sich vorgenommen, nur noch zu hören und zu sehen. Seine Welt war eine andere geworden, und je mehr er in den Büchern des Onkels las, um so größer wurde der Abstand von allem, was um ihn herum geschah.

Sehr zum Kummer seiner Mutter, die kein Verständnis dafür hatte, daß sich ihr Sohn restlos vom Leben zurückzog. Von Monat zu Monat festigte sich in ihr die Überzeugung, daß Kon-kim nicht um des Studiums willen vom frühen Morgen bis zum späten Abend in der Bibliothek hockte. Sie wurde ratlos und fragte sich schließlich, ob sie als Mutter nicht verpflichtet sei, ihren Sohn durch eine offene Aussprache in das reale Leben zurückzuzwingen. So glücklich sie darüber gewesen war, daß er sich den erhabenen Wissenschaften zuwenden wollte, sosehr litt sie nun unter der Vorstellung, daß er allein bleiben könne und keine Familie gründen würde. Sie fand aber nicht den Mut, das Thema anzuschneiden, da er sich schon bei der bloßen Erwähnung eines Frauennamens wie eine Schnecke in ihr Haus zurückzog.

Doch dann erhielt sie eines Tages einen Brief von ihrer Tochter Li-tai, der ihr die Möglichkeit zu geben schien, das sehnlichst erwünschte Gespräch herbeizuführen. Denn Li-tai teilte nicht nur mit, daß es ihr gut gehe und sie die Chance habe, einen angesehenen Gasthof zu kaufen, wenn ihr die Mutter die erforderliche Kaufsumme nach Sian überweise, sie schrieb auch ausführlich über Kon-kims ehemalige Braut Süa-tü, der in der kommunistisch verwalteten Provinz Shensi nun schon drei Ortschaften mit über zehntausend Einwohnern unterstanden.

Im Durst ist ein Becher Wasser wie süßer Wein, dachte Mutter Lee Wei, und noch am gleichen Abend sprach sie so nachhaltig und bewundernd über Süa-tü, daß Onkel Hu unruhig wurde und Kon-kim nervös überlegte, wie er auf den ungewöhnlichen Redestrom der Mutter reagieren solle.

Im Bestreben, ähnlich geartete Gespräche ein für allemal zu verbannen, entschloß er sich zur Flucht nach vorn. »Hör zu«, wandte er sich an die Mutter. »Du weißt, daß Süa-tü und ich durch widrige Umstände getrennt wurden, und du weißt auch, daß eine andere Frau in mein Leben trat, die ich dir als liebevolle Tochter ankündigte, aber nicht mitbrachte. Monatelang haben wir über diesen Punkt geschwiegen. Warum schneidest du ihn heute auf Umwegen an?«

Ihre dunklen Augen brannten plötzlich wie glühende Kohlen. »Weil du ein gesunder Mann bist und es in dieser Welt drei Arten von Pietätlosigkeit gibt, deren größte es ist, keine Nachkommen zu haben.«

Kon-kim stieg das Blut in den Kopf. »Wenn du mir das vorwirfst, muß ich dich an die Worte erinnern, die du am Abend meiner Rückkehr sprachst, als ich erklärte, mich den Wissenschaften widmen zu wollen. Damals sagtest du: ›Eine Landschaft mit Haus und Hof ist schön und gut, doch schöner noch sind Klöster und Tempelhöfe.‹«

Mutter Lee erhob sich und erwiderte mit vor Erregung zitternder Stimme: »Ich weiß, daß ich das gesagt habe. Wenn du mir aber unterstellen willst, ich hätte damit zum Ausdruck bringen wollen, dich gerne in einem Kloster oder Tempel zu sehen, dann ziehe ich mich in mein Zimmer zurück und denke darüber nach, ob sich die Pflicht eines Sohnes darin erschöpft, seine Mutter den Verhältnissen entsprechend zu umsorgen. Man ist ja schließlich auch um das Wohlergehen von Hunden und Pferden besorgt. Worin besteht der Unterschied zwischen dem einen und anderen, wenn nicht in der Ehrfurcht?«

Kon-kim trat an die Mutter heran. »Es hat mir ferngelegen, dich durch eine Unterstellung zu kränken. Aber es gibt etwas, worüber ich noch nicht hinwegkomme. Laß mir also Zeit und sprich bis dahin nicht von Nachkommen und dergleichen.«

Der Ausdruck ihres schmalen Gesichtes wurde mild. »Könnte es dich nicht erleichtern, wenn du dich aussprechen würdest?«

Kon-kim schüttelte den Kopf.

»Zwing dich«, flehte sie ihn an. »Ein aufrichtiges Wort ist oft schwer für das Ohr, jedoch nützlich für das Handeln.«

»Gewiß«, entgegnete er. »Es gibt aber Situationen, in denen man schweigen soll.«

»Ich will dich nicht bedrängen«, erwiderte sie entmutigt. »Um eines nur bitte ich dich: mißhandle dich nicht selbst.«

Kon-kim streichelte ihre Wange. »Sei unbesorgt. Um dieses zu vermeiden, verbringe ich meine Tage in der Bibliothek.«

Onkel Hu, der schon eine Katastrophe hatte kommen sehen, faltete die Hände und legte sie wie erlöst auf seinen gewichtigen Bauch.

Wenige Tage nach dem so erregt begonnenen, aber friedlich beendeten Gespräch ereignete sich beim Frühstück etwas, das Mutter Lee Wei und Onkel Hu aufhorchen und erkennen ließ, welcher Art die von Kon-kim in Japan ausgeübte Tätigkeit gewesen war, über die er noch kein Wort verloren hatte. Es begann damit, daß der Onkel, der wie jeden Morgen nach der ersten Tasse Tee die Tageszeitung aufschlug, plötzlich wie erstarrt dasaß und mit bebenden Lippen stammelte:

»Die Japaner sind zum Angriff auf Nanking angetreten.«

Kon-kim, der in den letzten Monaten nur selten einen Blick in eine Zeitung geworfen hatte, riß ihm das Blatt förmlich aus der Hand und las den Artikel in verkrampfter Haltung, bis er schließlich aufatmend stöhnte: »Endlich scheint man auf mich gehört zu haben. Du lieber Himmel, wenn Maeda wüßte, daß ich es war...« Er unterbrach sich erschrocken und schaute unsicher von einem zum anderen.

»Wer ist Maeda?« fragte Onkel Hu.

»Ach, ein Bekannter von mir«, erwiderte Kon-kim wegwerfend. »Wir segelten oft zusammen.«

Die Mutter sah ihn erstaunt an. »Du hast gesegelt?«

»Ja, ich hatte mir eine Yacht gekauft. Der Sport hat mich schon immer interessiert, und da meine Bekannten versierte Segler waren, kaufte ich mir ein Boot.«

Der Onkel, der schnell nochmals einen Blick in die Zeitung geworfen hatte, sah Kon-kim lauernd an. »Hier ist von einem General Maeda, dem Befehlshaber der japanischen Truppen die Rede. Ist das dein Bekannter?«

Kon-kim nickte.

Onkel Hu kombinierte blitzschnell und dachte nicht daran, sich abschütteln zu lassen. »Komm, erzähle uns ein bißchen«, sagte er mit dem treuherzigsten Gesicht. »Was wolltest du zum Ausdruck bringen, als du sagtest: ›Wenn Maeda wüßte, daß ich es war...‹«

Kon-kim rettete sich aus der Klemme, indem er lachend erwiderte: »Du bist ein unangenehm aufmerksamer Zuhörer. An sich wollte ich die Geschichte für mich behalten, aber nun muß ich sie wohl zum besten geben. Um es kurz zu machen: General Maeda verplapperte sich eines Tages während einer Unterhaltung, wodurch ich Kenntnis von Plänen erhielt, die den jetzt erfolgten ›Angriff‹ betrafen. Daß ich mich daraufhin verpflichtet fühlte, Nanking zu verständigen, wirst du dir denken können.«

»Natürlich«, entgegnete der Onkel. »Per Luftpost und Einschreiben, wie ich vermute.«

Kon-kim grinste. »So ungefähr.«

»Und warum sagtest du: ›*Endlich* scheint man auf mich gehört zu haben?‹«

»Weil... Das ist doch ganz einfach. Weil in der Zeitung steht, daß der Angriff der Japaner blutig abgeschlagen wurde. Meine Meldung war also nicht umsonst, und ich gestehe, daß ich sehr glücklich darüber bin.«

»Ich nicht minder«, erwiderte der Onkel. »Damit ist aber das Wörtchen ›Endlich‹ noch nicht erklärt.«

Kon-kim zuckte die Achseln und erhob sich. »Ich weiß nicht, wovon du redest und muß jetzt arbeiten. Sayonara.«

»Ist das japanisch?«

»Ja. Und es heißt: Auf Wiedersehen.«

Onkel Hu schmunzelte. »Das Wort werde ich mir merken. Es

könnte ja sein, die Japaner besuchen uns eines Tages, dann weiß ich wenigstens, wie ich sie begrüßen kann.«

Mutter Lee Wei beugte sich erwartungsvoll zum Onkel hinüber, als Kon-kim den Raum verlassen hatte. »Weißt du bestimmt, daß er ›Endlich‹ gesagt hat?«

»Ganz bestimmt.«

»Das würde ja bedeuten, daß man vorher nicht auf ihn gehört hat.«

»Eben. Und daraus geht hervor, daß Kon-kim Nanking des öfteren über irgendwelche Dinge informierte. Wahrscheinlich über militärische Pläne, die er dem General Maeda entlockte.«

Die Mutter griff sich an den Mund. »Dann wäre er ja ein für China wichtiger Agent gewesen.«

»Daran zweifle ich keinen Augenblick mehr.«

»Der arme Junge«, jammerte Mutter Lee Wei. »Wenn ich mir vorstelle, was er ausgestanden haben muß!«

Onkel Hu erhob sich mit gewichtiger Miene. »Ausgestanden? Gelitten hat er, weil man nicht auf ihn hörte! Und wer hat nicht auf ihn gehört? Tschiang Kai-schek! Und warum hielt dieses nationale Unglück seine Ohren verschlossen? Weil ihm die Vernichtung kommunistisch gesinnter Chinesen wichtiger war als der Kampf gegen die einfallenden Japaner. Lies nur die heutige Zeitung. Die nunmehr von beiden Parteien gebildete Einheitsfront hat den anstürmenden Feind blutig zurückgeschlagen. Und Kon-kim war es, der den Angriffsplan aufdeckte!«

Mutter Lee Wei wäre keine Chinesin gewesen, wenn ihre Augen angesichts dieser Vorstellung nicht voller Stolz geleuchtet hätten.

»Und ich glaube jetzt auch zu wissen, warum Kon-kim so unerwartet zurückgekehrt ist«, fuhr der Onkel mit Nachdruck fort. »Irgend etwas wird passiert sein, das ihn zwang, das Land auf schnellstem Wege zu verlassen.«

»Du lieber Himmel«, stöhnte die Mutter. »Vielleicht hat er dadurch Kinki Yasuda verloren.«

»So wird es sein«, erwiderte der Onkel. »Und das erklärt auch, warum er so verändert ist. Kinki Yasuda wird etwas über seine Tätigkeit erfahren und sich von ihm abgewandt haben.«

Diese Möglichkeit schloß Mutter Lee Wei kategorisch aus. Wenn sich jemand abgewandt hatte, dann konnte es nur ihr Sohn gewesen sein.

Drei Monate kämpfte die aus nationalen und kommunistischen Verbänden gebildete chinesische Einheitsfront erbittert gegen die Nanking bedrohenden feindlichen Armeen, doch als die Stadt im Dezember 1937 in die Hände der Japaner fiel, hatten diese nur ein Häusermeer gewonnen, die Chinesen hingegen die Bewunderung der staunenden Welt.

Auch Kon-kim war stark beeindruckt, und er wandelte sich von diesem Tage an insofern, als er nun wieder regelmäßig die Zeitung las und alle Bewegungen der Japaner mit gespannter Aufmerksamkeit verfolgte. Er kannte ihre Pläne und sah, daß sie durchgeführt wurden, wie er es in seinen Funksprüchen gemeldet hatte. Die Armeen rückten an den großen Flüssen und Eisenbahnlinien vor und zwangen die chinesische Regierung, sich bis nach Tschungking, der Hauptstadt der entlegenen Provinz Szetschuan, zurückzuziehen.

Die weite Rückverlegung des Verwaltungsapparates machte deutlich, daß Tschiang Kai-schek nicht gewillt war, sich auf weitere blutige Gefechte mit den Japanern einzulassen. Er verkaufte erneut Raum, um Zeit zu gewinnen, weil er fest daran glaubte, daß Japan in einen über kurz oder lang ausbrechenden zweiten Weltkrieg verstrickt werden würde. Wenn dieser Fall eintrat, mußte seine Rechnung aufgehen, denn dann blieb den Japanern nichts anderes übrig, als ihre Armeen zurückzuziehen.

Die Masse verdammte die Handlungsweise des Generalissimus, Kon-kim hingegen nicht. Er war überzeugt, daß Tschiang Kai-scheks Annahme keine graue Theorie sei, sondern sich auf Informationen stütze, die er aus naheliegenden Gründen nicht publizieren konnte. Dennoch sah er der Zukunft sorgenvoll entgegen, da sich durch einen unbegreiflichen Fehler der japanischen Führung, die ihren Truppen gestattete, mit außerordentlicher Brutalität gegen die Bevölkerung vorzugehen, überall chinesische Guerillaverbände formierten, die von erfahrenen kommunistischen Führern ausgebildet wurden und des Nachts ›Strafexpeditionen‹ unternahmen, bei denen kein Pardon gegeben wurde. Diese von Mao Tsetung unterstützten und nach seinem Lehrbuch unterwiesenen Partisanen waren es aber gerade, die den Japanern mit der Zeit schwer zu schaffen machten, was wiederum zur Folge hatte, daß das chinesische Volk den Widerstandskämpfern immer lauter zujubelte.

Tschiang Kai-schek konnte diese Entwicklung nicht gleichgültig sein. Die von Japanern gesäuberten Gebiete entwickelten sich mehr und mehr zu kommunistischen Hochburgen. Doch was sollte er tun? Den Kampf gegen den Feind untersagen? Er saß in einer Zwickmühle, und sein Unmut richtete sich erneut gegen die kommunistischen Führer.

Um dem Volk zu beweisen, daß nicht nur Kommunisten gegen Japaner zu kämpfen verstünden, versuchte auch er Guerillaverbände aufzustellen. Es blieb jedoch bei unkoordinierten Maßnahmen, die von den eifersüchtigen Armeeführern der regulären Formationen boykottiert und von der Regierung nur mit halbem Herzen unterstützt wurden.

Der Zündstoff zu einem neuen Konflikt lag in der Luft, und das zu einem Zeitpunkt, da damit gerechnet werden mußte, daß die Japaner zum entscheidenden Schlag gegen die Häfen der Südprovinzen ausholten.

Dieses bereitete Kon-kim nicht nur allgemeines, sondern auch persönliches Kopfzerbrechen. Er wußte, daß er in der Falle saß, wenn Kanton besetzt wurde. Es blieb ihm dann nichts anderes übrig, als zu flüchten. Keinesfalls durfte er in die Hände der Japaner geraten.

Oftmals überlegte er in diesen Tagen, ob er seine Mutter und den Onkel bitten solle, mit ihm nach Malaya auszuwandern. Er unterließ es jedoch, weil er immer noch hoffte, daß es den Söhnen Nippons nicht gelingen werde, China völlig einzukreisen.

Seine Hoffnung ging nicht in Erfüllung. Im Gegenteil, die Japaner rückten über Nacht in Südchina ein und eroberten Kanton nach Überwindung eines so geringen Widerstandes, daß offen von Verrat gesprochen wurde. Die letzte Verbindung mit der Küste war innerhalb von wenigen Stunden abgeschnitten, und für Kon-kim bestand keine Möglichkeit mehr, über den Perl-Fluß nach Hongkong zu entkommen.

»Laß das *Zur und von der Welt Tor* öffnen«, war das erste, was er seinem Onkel sagte, als bekannt wurde, daß die Japaner in die Stadt eindrangen. »Und weise die Dienerschaft an, sich niemandem zu widersetzen, jeden Befehl widerspruchslos zu befolgen und nicht zu lamentieren, wenn geplündert wird. Du selbst mußt versuchen, gleich einen Offizier zu erwischen, den du auf die im Hause vorhandenen Werte aufmerksam machst. Erkläre ihm, daß du ihm und auch anderen freiwillig geben willst, was sie haben wollen, wenn dafür gesorgt wird, daß die Kostbarkeiten in würdige Hände und nicht unter das Volk geraten. Ich kenne die Japaner. Wenn du in dieser Weise vorgehst, wird ein Posten vor das Tor gestellt und jedem Soldaten der Eintritt verwehrt.«

Der Onkel, der keinerlei Erregung zeigte, sah ihn verwundert an. »Du redest, als wolltest du uns verlassen.«

»Glaubst du, ich lege Wert darauf, mich köpfen zu lassen?« entgegnete Kon-kim. »Ich war drüben als Agent tätig. Mir bleibt nichts anderes übrig, als zu verschwinden, bevor jemand mit meinem Steckbrief auftaucht.«

Nun verlor der Onkel doch die Ruhe. »Was willst du machen?« stöhnte er.

»Flüchten. Natürlich nicht kopflos. Sag der Dienerschaft, daß sie mich wie ihresgleichen behandeln soll, wenn ich mich nachher als Gärtner verkleidet im Gesindehaus einquartiere. Und schärfe der Mutter ein, daß sie sich keine Sorgen machen und mich wie einen Untergebenen behandeln soll. Ich werde noch mit euch sprechen, bevor ich Kanton verlasse. Im Moment darf ich noch nichts unternehmen, da es auffallen würde, wenn ich mich jetzt auf den Weg machte.«

»Und wohin willst du gehen?«

Kon-kim zuckte die Achseln.

»Das kann ich beim besten Willen nicht sagen. Irgendwohin in das Innere des Landes.«

Der Onkel umarmte ihn. »Der Himmel sei mit dir.«

»Und mit euch«, erwiderte Kon-kim, dem das Herz in der Kehle klopfte. »Wenn man nach mir fragt, dann sagt, ihr hättet seit vielen Monaten nichts mehr von mir gehört.«

Onkel Hu nickte.

Kon-kim drückte ihm die Hand. »Lauf und ordne alles im besprochenen Sinne. Wo es Tiger gibt, soll man nicht spazierengehen.«

Es war erstaunlich, wie schnell Kon-kim sich umstellen konnte. Schon eine Viertelstunde später kniete er mit verschmutzten Haaren in einer blauen Arbeitsjacke im *Garten des Balsams* und zupfte Unkraut, wobei er weniger auf das Beet, als auf seine Fingernägel achtete, die er systematisch verletzte, um seinen Händen ein verarbeitetes Aussehen zu geben. Wie besessen wühlte er in der Erde, und als einige Stunden später die ersten Soldaten in den Vorhof des Hauses eindrangen, unterschied er sich in nichts von der Dienerschaft, mit der er schreiend vor einem Japaner zurückwich, der sie mit aufgepflanztem Bajonett ins Gesindehaus trieb.

Aber er war beruhigt, da ihm nicht entgangen war, daß das eingedrungene Kommando unter dem Befehl eines älteren Hauptmannes stand. Und ihm fiel ein Stein vom Herzen, als er bald darauf sah, daß die Soldaten in den Vorhof zurückkehrten und sich im Schatten der Mauer auf den Boden hockten.

Der Hauptmann dürfte das Geschäft seines Lebens machen, während Onkel Hu heimliche Tränen über den Verlust etlicher Kostbarkeiten weinen wird, dachte er nicht unzufrieden. Doch was macht das? Hauptsache, wir kommen mit heiler Haut davon.

Kon-kims Rechnung ging auf, allerdings nicht ganz so, wie er es sich vorgestellt hatte. Wohl wurde ein Posten vor das *Zur und Von der Welt Tor* gestellt, am Abend zogen jedoch noch weitere vier Offiziere in das Haus ein. Aber das war zu ertragen, da Mutter Lee Wei und Onkel Hu in den oberen Räumen bleiben und ihre Dienerschaft behalten durften.

»Über ›Andenken‹ will man sich später mit mir unterhalten«, fügte der Onkel seufzend hinzu, als er seinen Neffen zwischen Anweisungen, die er der Dienerschaft zu geben hatte, schnell informierte.

»Und mein Name ist gefallen?« fragte Kon-kim.

Onkel Hu verzog sein Gesicht. »Mehr als uns lieb war. Der Hauptmann war eigens deinetwegen gekommen. Wir machten aber wohl einen so zerfahrenen Eindruck auf ihn, daß er uns die von dir empfohlene Geschichte glaubte.«

Kon-kim atmete erleichtert auf. »Dann seid ihr gerettet, und ich kann verschwinden. Grüß Mutter und sprich mich nicht mehr an. Ich melde mich und unterschreibe meine Briefe als Bruder ›Lee Yui-kang‹ – ›Regenbogen‹. Ich befürchte nämlich, wieder einmal in allen Farben schillern zu müssen.«

»Unsere Gedanken werden immer bei dir sein«, erwiderte der Onkel mit erstickter Stimme und schlurfte wie mit letzter Kraft davon.

Kon-kim blickte hinter ihm her und konnte sich nicht des Gefühls erwehren, daß sich ihre Lebenswege nicht wieder kreuzen würden.

Am liebsten wäre er in das Haus gestürzt, um den Japanern die Kehle zu durchschneiden.

Längst vergessene Bilder stürzten auf ihn ein. In Bruchteilen von Sekunden zogen Jahre an ihm vorüber. Wohin sind wir gekommen, dachte er verzweifelt. Muß der Mensch denn immer den Menschen jagen?

Seine Empörung legte sich erst, als die Nacht hereinbrach und er sich des Weisen Tseng-kuang erinnerte, in dessen Werk er gerade vor wenigen Tagen gelesen hatte. ›Wenn selbst der Gelbe Fluß eines Tages klar sein wird, warum sollte dann nicht auch der Mensch eines Tages glücklich werden?‹

Die Weißen Berge lagen bereits im Licht der aufgehenden Sonne, als Kon-kim am nächsten Morgen mit einem Gemüsekorb unter dem Arm das Grundstück des Onkels durch das vom Garten zum Steilufer führende *Tor der Barmherzigkeit* verließ, an dem noch kein Hungernder vergeblich geläutet hatte. Ein letztes Mal schaute er zur Veranda empor, von der seine Mutter und Onkel Hu mit bleichen Gesichtern wie Statuen zu ihm hinabblickten. Dann wandte er sich um und stieg die beschwerlichen Stufen des schmalen Pfades zum Perl-Fluß hinab.

In seine verschlissenen Schuhe hatte er je ein Scheckbuch der *Hongkong & Shanghai Banking* und der *Chartered Bank of India, Australia & China* versteckt. Das war alles, was er außer der Gärtnerkleidung und einigen Reisbouletten besaß. Wie weit er wandern mußte, um in ein von den Japanern noch nicht kontrolliertes Gebiet zu kommen, wußte er nicht. Er vermutete, daß die feindlichen Truppen nur Kanton und Umgebung besetzt hatten und hoffte, sich von ihnen am schnellsten zu entfernen, wenn er die nördliche Richtung einschlug. Dabei mied er sowohl den Flußlauf des Pehkiang als auch die nach Tschangtscha führende Eisenbahnlinie, und er fühlte sich um vieles wohler, als er am Abend eine kleine Ortschaft erreichte, in der sich das Restkommando einer nationalen Einheit aufhielt.

Kon-kim suchte sofort den jungen Abteilungsleiter auf und erklärte ihm, daß er als Angehöriger der Kriegsakademie von Whampoa in einer Sondermission in Japan tätig gewesen sei und auf schnellstem Wege zur Regierung nach Tschungking gelangen müsse.

Sein energisches Auftreten hatte Erfolg. Bereits am nächsten Morgen fuhr er in Begleitung eines Unteroffiziers in einem von zwei Mauleseln gezogenen Feldwagen nach Tsingyün, wo er drei Tage auf den Zug warten mußte, der ihn zum Eisenbahnknotenpunkt Tschangtscha bringen sollte.

Mit dem Eintreffen des Zuges war aber nicht viel gewonnen. Überall ging es drunter und drüber. Für die rund sechshundert Kilometer weite Strecke benötigte Kon-kim insgesamt neun Tage, da der Zug nicht nach einem Fahrplan, sondern nach dem unerforschlichen Willen eines Transportführers fuhr, dessen Anordnungen rätselhaft waren. Aber er hatte den schönen Titel *Göttlicher Transportführer*, und Soldaten wie Offiziere betrachteten es als einen Wink des Himmels, daß der Zug stets zwischen Feldern anhielt, in denen goldgelbe Kürbisse, Lauch, Wurzeln, Sellerie, Melonen und andere willkommene Dinge wuchsen.

Auch Kon-kim ernährte sich auf diese Weise, doch der Geruch des Knoblauchs und Sesamöles, der wie eine Dunstglocke über allen Abteilen hing, in denen jeder nach eigenem Gutdünken kochte und brutzelte, ging ihm mit der Zeit so auf die Nerven, daß er sich entschloß, in Tschangtscha auszusteigen. Aber bald stellte sich heraus, daß er weiterreisen mußte, wenn er zu Geld kommen wollte. Die Telefonleitungen waren unterbrochen, wodurch sich die ortsansässige Bank außerstande sah, bezüglich der Deckung des von Kon-kim gewünschten Betrages entsprechende Erkundigungen einzuziehen.

»Wir können Ihnen beim besten Willen nicht helfen«, sagte einer der Schalterbeamten. »Sie müssen schon nach Tschungking fahren, wo alle Banken vertreten sind. Wie wir hörten, soll es ihnen zumeist auch gelungen sein, die Kontenblätter ihrer Kunden in Sicherheit zu bringen. Dort werden Sie also bestimmt zu Ihrem Geld kommen.«

Kon-kim fuhr sich erregt durch die Haare. »Das bedeutet für mich, daß ich höchstwahrscheinlich weitere vierzehn Tage in einem stinkenden Waggon hausen muß.«

Der Beamte beugte sich über den Schaltertisch und erwiderte gedämpft:

»Wenn Sie in der Lage sind, einen Flugschein zu bezahlen, könnte ich Ihnen vielleicht einen beschaffen. Er ist allerdings sehr teuer, und die Spesen...«

»Reden Sie nicht vom Preis, sondern sagen Sie mir, wieso hier eine Fluglinie existiert«, unterbrach ihn Kon-kim.

Der Beamte blickte prüfend um sich und flüsterte: »Eine richtige Fluglinie gibt es natürlich nicht. Nach Tschangtscha kommt aber alle zwei Wochen eine Maschine der deutsch-chinesischen Luftfahrtgesellschaft *Eurasia,* die den Geldtransport zwischen den Banken aufrechterhält. Ich kenne den Leiter des hiesigen provisorischen Flughafens und bin sicher, daß er Ihnen helfen wird. Aber wie gesagt: es kostet sehr viel Geld.«

»Ich zahle jeden Preis, wenn ich ihn in Form eines Schecks zur Verfügung stellen kann«, entgegnete Kon-kim. »Jeden!«

»Und der Scheck ist wirklich gedeckt?«

»Die Besatzung darf mich ohne Fallschirm abwerfen, wenn meine Bank das Papier nicht einlöst.«

Die Augen des Beamten leuchteten. »Gut, ich werde noch heute mit dem Flugleiter sprechen. Der Besatzung brauchen Sie von unserer Vereinbarung nichts zu sagen. Dem Piloten erklären Sie am besten, daß Sie als Beauftragter unserer Bank mitfliegen. Der Flugschein wird dann nämlich anders verrechnet«, fügte er hintergründig hinzu.

Kon-kim begriff, daß der Beamte und der chinesische Flugleiter im trüben fischen wollten und daß die *Eurasia* keinen Cent von der Summe erhalten würde, die er entrichten sollte. Aber das konnte ihm gleichgültig sein. »Abgemacht«, sagte er ohne zu zögern. »Ich gebe Ihnen den Scheck und werde mit der Besatzung nicht darüber reden.«

Der Beamte strahlte. »Dann kommen Sie morgen wieder zu mir. Die Maschine wird übermorgen mittag erwartet. Wenn es klappt, sind Sie noch am gleichen Tag in Tschungking. Ich muß schon sagen, daß Sie viel Glück haben.«

»Und Sie ausgesprochenes Pech«, erwiderte Kon-kim. »Denn jetzt müssen Sie mir zunächst einmal so viel Geld geben, wie ich für einen Anzug, zwei Übernachtungen und Verpflegung benötige. In meiner abgerissenen Kleidung kann ich unmöglich als Beauftragter Ihrer Bank in das Flugzeug einsteigen.«

Der Beamte nickte zustimmend. »Das ist richtig, aber ...«

»Kein Aber«, unterbrach ihn Kon-kim. »Wer ein Geschäft machen will, muß etwas riskieren.«

»Und wenn ich das nicht will?«

»Dann werde ich auf andere Weise versuchen, den Flugschein zu erhalten. Ich weiß ja jetzt Bescheid.«

Der Beamte wurde nervös. »Haben Sie denn nichts, was Sie mir als Pfand geben könnten?«

»Nein«, antwortete Kon-kim eisig. Er hatte keine Lust, mit einem Menschen zu feilschen, der mit der Notlage anderer Geschäfte macht. »Flüchtlinge vermögen nichts als ihr Wort zu geben. Wenn Ihnen das nicht genügt, ist es mir egal, ob Sie mir helfen oder nicht.«

»Ich hätte große Lust, Sie stehenzulassen«, schnaubte der Beamte.

»Und ich wette, daß Ihre Lust, sich einen ansehnlichen Betrag zu verdienen, größer ist«, erwiderte Kon-kim kaltschnäuzig. »Reden wir also nicht aneinander vorbei. Ich habe Ihnen erklärt, daß ich jeden Preis zahlen werde, bin aber nicht bereit, obendrein in Ihr ehrenwertes Gesäß zu kriechen.«

Der Beamte sah aus, als hätte ihn ein Peitschenhieb getroffen, doch als Kon-kim die Bank verließ, besaß er neben dem Geld, das er erbeten hatte, auch die Gewißheit, in zwei Tagen mit einem Flugzeug nach Tschungking zu gelangen.

Der etwas über drei Stunden dauernde Flug wurde für Kon-kim zu einem unvergeßlichen Erlebnis. Auf Goldbarren und Geldsäcken sitzend, sah er karstige Berglandschaften, stufenförmig angelegte Reisfelder, Dörfer, Städte, Seen, Flüsse, Täler, Straßen und Eisenbahnen so geruhsam unter sich dahingleiten, daß er glaubte, das Flugzeug stehe still und die Erde würde langsam unter ihm fortgezogen. Nur das Dröhnen des Motors der *Junkers W 34* und gelegentliche Böen erinnerten daran, daß die aus Wellblech geformte Maschine flog und nicht an einem Faden hing.

»Ihr Beruf muß wundervoll sein«, sagte der dem Piloten, als dieser ihn aufgefordert hatte, einen Blick in den Führerraum zu werfen.

»That's right«, erwiderte der ausgezeichnet englisch sprechende Deutsche. »Wir sind heute hier und morgen dort.«

Die Bemerkung brachte Kon-kim auf einen verwegenen Gedanken. »Wäre es möglich, Ihre Maschine zu einem Flug nach Hongkong zu chartern?«

Der Pilot schüttelte den Kopf. »Sorry, Sir. Hongkong ist englisches Territorium. Wir gehören zur *Eurasia*, einer von der *Deut-*

schen Lufthansa gegründeten chinesischen Fluggesellschaft. Wir dürfen nur innerhalb von China fliegen.«

»Schade«, sagte Kon-kim enttäuscht. »Ich muß nach Hongkong und weiß nicht, wie ich es anstellen soll, nachdem unsere Häfen von den Japanern besetzt wurden.«

»Wenn Sie Kies haben, können Sie sich einen Leichenfledderer schnappen«, warf der Funkmaschinist ein.

Kon-kim sah ihn fragend an. »Was ist Kies? Und was sind Leichenfledderer?«

Der Deutsche grinste. »Kies ist Geld. Und Leichenfledderer nennen wir unsere smarten kanadischen, englischen und amerikanischen Kollegen, die mit ihren Privatmaschinen für gesalzene Preise überall hinfliegen. Wenn es sein muß, sogar zum Nordpol. Aber wie gesagt: verdammt teuer. Unter zweitausend Dollar kurbeln die Brüder ihren Motor nicht an. Und dann verlangen sie noch mindestens zehn Dollar für die Meile.«

Kon-kims Wangen glühten. »Könnten Sie mich mit einem dieser Piloten zusammenbringen?«

»Warum nicht? Aber seien Sie vorsichtig. Die Jungens schießen aus der Hüfte, wenn sie genarrt werden.«

»Macht nichts«, entgegnete Kon-kim.

Schon zwei Stunden später führten ihn die Deutschen zu einem in einer Baracke hausenden Kanadier, der auf einer Feldpritsche lag und nicht daran dachte, sich zu erheben, als er hörte, worum es ging. Er zog lediglich einen abgegriffenen Kalender aus der Brusttasche seines Khakihemdes, blätterte eine Weile darin herum und sagte schließlich: »In dieser Woche bin ich besetzt, und am Sonntag und Montag wird mein Drachen durchgesehen. Am Dienstag muß ich nach Sian fliegen. Ich könnte Sie frühestens am Mittwoch nach Hongkong bringen. Bedingung...«, er klappte sein Taschenbuch zu und blickte zur Decke empor, »...dreitausend Dollar Startgeld und dreißig pro Meile.«

»Ihr werdet ja immer unverschämter«, empörte sich der deutsche Flugkapitän.

»Wer nicht will, braucht ja nicht«, antwortete der Kanadier gelassen. »Eure Firma arbeitet mit Staatsgeldern, ich hingegen mit eigenen Mitteln. Und hier ist Krieg! Wie komme ich dazu, auf die in aller Welt jedem Soldaten gewährte ›Frontzulage‹ zu verzichten, wenn ich über Gebiete fliegen soll, in denen heute dieser und morgen jener regiert? Nach Hongkong muß ich sogar über die Japsen hinwegspringen.«

»Ich akzeptiere Ihre Bedingungen«, sagte Kon-kim im Bestreben, den Piloten nicht zu verstimmen.

»Zahlung in bar vor Antritt des Fluges«, entgegnete der Kanadier ungerührt. »Es dürften etwa sechstausend Dollar werden. Den genauen Preis rechne ich noch aus.«

Kon-kim nickte. »Well. Eine Frage habe ich aber noch. Sie sagten eben, daß Sie Dienstag nach Sian fliegen müssen. Könnten Sie mich da mitnehmen?«

Der Pilot kniff die Augen zusammen. »Was wollen Sie dort?«

»An sich nichts. Ich habe drüben eine Schwester und eine gute Bekannte, die ich gerne aufsuchen würde, wenn die Möglichkeit dazu besteht.«

»Sie wissen, daß Shensi kommunistisch verwaltet wird?«

»Natürlich.«

»Ich habe einen hohen Funktionär nach Sian zu bringen und möchte Ihretwegen keinen Ärger haben. Sind Ihre Papiere in Ordnung?«

Kon-kim schlug sich vor die Stirn. »Ich habe ja ganz vergessen... Ich mußte von den Japanern flüchten und durfte meinen Paß aus Sicherheitsgründen nicht mitnehmen. Aber ich werde mir sofort einen neuen besorgen.«

Der Kanadier lachte. »Etwa bei der Regierung?«

»Bei wem denn sonst?«

»Sie Neuling! Wenn Sie einen Paß haben wollen, müssen Sie monatelang antichambrieren und bestechen. Und damit ist alles gesagt. Bye, Sir. Ihr Flug nach Hongkong fällt ins Wasser. Wenn Sie Ihre Papiere haben, dürfen Sie sich wieder bei mir melden.«

Kon-kim hielt ihm die Hand hin. »Wollen wir wetten, daß ich übermorgen im Besitz eines neuen Passes bin?«

Der Kanadier räkelte sich von seiner Pritsche hoch und schlug ein. »Top! Wenn Sie es fertigbringen, in zwei Tagen einen neuen Paß zu erhalten, bin ich Sportsmann genug, Ihnen tausend Dollar Rabatt zu gewähren.«

»Und ich zahle zweitausend, wenn ich verliere«, erwiderte Kon-kim selbstsicher. »Richten Sie sich also darauf ein, daß ich mit Ihnen nach Sian fliegen werde. Und anschließend bringen Sie mich nach Hongkong.«

Der Pilot rieb sein Kinn. »Damned, ich habe das unangenehme Gefühl, eben einen Tausender verloren zu haben.«

Kon-kim grinste. »Auch darauf gehe ich jede Wette ein.«

Der Kanadier stemmte die Hände in die Hüfte. »Die tausend Dollar verliere ich gerne, wenn es jemanden gibt, der sich bei den hiesigen korrupten Faulenzern durchsetzen kann.«

Kon-kim verabschiedete sich und ritt neben den Deutschen, die sich beide ein Gewehr umgehängt hatten, auf einem Steppenpferd der gut zehn Meilen entfernten, inmitten einer trostlosen Landschaft liegenden Provinzstadt entgegen, die zum Sitz der nationalen Regierung geworden war. Und hier erlebte er gleich in der ersten Nacht einen Luftangriff der Japaner. Die Wirkung der Bomben war relativ gering, da sie fast alle zu früh abgeworfen wurden. Erschütternd aber war es zu sehen, wie die Menschen um ihr Leben rannten. Wie von Sinnen rasten sie aus der Stadt heraus, um Schutz in den unterhalb von Tschungking gelegenen Höhlen zu suchen. Jeder Gemeinschaftsgeist war erstorben. Männer kümmerten sich nicht um ihre Frauen, Mütter nicht um ihre Kinder; alle stürmten und rannten über Menschen hinweg, die gestolpert waren und nach dem Angriff zu Hunderten zertrampelt auf den Straßen lagen.

Das Grauen packte Kon-kim. Er hatte nur noch einen Wunsch: so schnell wie möglich das Land zu verlassen, das verdammt zu sein schien, im Chaos zu enden.

Kon-kim erreichte, was er dem kanadischen Piloten prophezeit hatte. Innerhalb von zwei Tagen erhielt er einen neuen Reisepaß. Es fiel ihm nicht schwer, zu beweisen, daß er der Agent gewesen war, der von Japan aus die aufsehenerregenden Geheiminformationen erstattet hatte. Man bewunderte seine Leistung und versuchte mit Engelszungen ihn zu bewegen, weiterhin für die Armee tätig zu sein. Doch er lehnte ab und begründete seine Stellungnahme mit einem angeblich erlittenen Nervenzusammenbruch, der es ihm im Augenblick unmöglich mache, auch nur die geringste Aufgabe zu übernehmen. Angesichts seiner Verdienste und der hinter ihm liegenden schweren Jahre zeigte man dafür Verständnis, und man schied im besten Einvernehmen, nachdem Kon-kim angedeutet hatte, daß seine derzeitige Ablehnung nicht als endgültig anzusehen sei.

Das wäre geschafft, dachte er erleichtert, als er die im Palast eines ehemaligen ›Kriegsherrn‹ untergebrachte Dienststelle verließ. Kurz vor Erreichen der in den Park führenden Freitreppe blieb er jedoch plötzlich stehen. Keine zwanzig Meter von ihm entfernt unterhielt sich Tschiang Kai-schek mit einem höheren Offizier, den er offensichtlich gerade getroffen hatte.

Wie schon in Kanton, wo Kon-kim den Generalissimus in Begleitung von Dr. Sun Yat-sen und Michael Borodin in einem Restaurant gesehen hatte, so war er auch jetzt wieder von dem feingliedrigen Mann fasziniert, der es unerschrocken gewagt hatte, in die Speichen des chinesischen Schicksalsrades zu greifen. Seine dunklen und scharf blickenden Augen hatten nichts von ihrem früheren Glanz verloren und ließen noch immer den zum Staatsmann geborenen Realisten erkennen. Aber nervös schien er geworden zu sein; jedenfalls erweckte die hastige und laufend wechselnde Art der Bewegung seines Fächers, mit dem er sich ununterbrochen Luft zuwedelte, diesen Eindruck.

Auffallend war auch die Veränderung seiner Kleidung. Er trug weder die einstmals von ihm geschätzte khakifarbene Bluse noch die später von ihm bevorzugte ordenslose schwarze Jacke, sondern eine erstklassig geschneiderte grünlich-braune Uniform mit den fünf Sternen des Oberbefehlshabers der chinesischen Streitkräfte.

Gerne hätte Kon-kim ihn eine Weile beobachtet, er konnte sich aber unmöglich länger in seiner Nähe aufhalten.

Bei der Bank ließen sich seine Angelegenheiten mühelos regeln, und noch am gleichen Tage fuhr er zum Flughafen hinaus, wo er dem verblüfften kanadischen Piloten seinen neuen Paß präsentierte und gleichzeitig zehntausend Dollar mit dem Bemerken überreichte, daß er keinen Cent zurückverlange, falls der Kanadier bereit sei, in Sian eine Ruhepause von einer Woche einzulegen und ihn erst dann nach Hongkong zu fliegen.

Der Pilot erklärte sich einverstanden und zeigte Kon-kim seinen *Stinson*-Hochdecker, um den er einen Bretterzaun errichtet hatte, der Tag und Nacht von drei Mongolen bewacht wurde. »Wie gefällt Ihnen der Vogel?« fragte er voller Stolz.

»Gut«, erwiderte Kon-kim, der nichts von Flugzeugen verstand. »Die Maschine sieht schneller aus als die deutsche *Junkers*, mit der ich hierherkam.«

Der Kanadier nickte. »Das ist sie auch.«

»Und was hat Sie nach China verschlagen?«

Der Pilot schneuzte ungeniert in den Sand. »Daheim gibt es viele arbeitslose Flugzeugführer. Ich gehörte zu ihnen und habe meinem Onkel, der ein Sägewerk besitzt, so lange auf die Zehen getreten, bis er mir diesen Schlitten kaufte. Er gehörte einem Shanghaier Zeitungskönig, der sich nach Amerika absetzte, als es hier anfing, mulmig zu werden. Seitdem spiele ich Luft-Taxi für reiche Leute, die das Pech haben, den Anschluß zu verpassen.«

Kon-kim gefiel die offene Art des Kanadiers, der vollkommen für sich allein lebte und selten die Stadt aufsuchte. Sein Flugzeug war seine Welt. Er sparte jeden Cent, um sich eine noch schnellere Maschine kaufen zu können. Ihm ging es nur darum zu fliegen, und das von ihm recht rigoros betriebene Geldverdienen betrachtete er als notwendiges Übel.

Daß letzteres keine Redensart war, erkannte Kon-kim beim Start zum Flug nach Sian, der verabredungsgemäß am Dienstag der folgenden Woche durchgeführt wurde. Der Kanadier war völlig verändert und saß wie eine geballte Kraft hinter seinem Steuer; es sah aus, als sei er zu einem Teil des Flugzeuges geworden.

Einen ganz anderen Eindruck erweckte der kommunistische Funktionär, der neben Kon-kim im hinteren Teil der viersitzigen Kabine Platz genommen hatte und mit undurchdringlicher Miene auf die unter ihnen dahingleitende Landschaft hinabschaute. Er trug eine blaue Leinenjacke mit einem roten Abzeichen und schien nicht gewillt zu sein, sich zu unterhalten. Dabei sah er nicht unfreundlich aus, aber in seinem Gesicht lag etwas, mit dem man nicht ohne weiteres fertig werden konnte. Unnahbar wirkten seine flachen Wangen, fanatisch seine schwarzen Augen, abweisend sein energisches Kinn, verbittert sein herabgewinkelter Mund.

Kon-kim machte keinen Versuch, mit ihm in ein Gespräch zu kommen. Fasziniert betrachtete er das karstige Bergland, das aus dem Hochdecker wesentlich besser zu sehen war als aus der deutschen Maschine, deren Tragflächen sich stark in das Blickfeld geschoben hatten. Fast zwei Stunden dauerte der Flug, der wie ein Traum endete, aus dem man mit Bedauern erwacht.

Der Funktionär, der von einem vorsintflutlich anmutenden Wagen abgeholt wurde, bot dem Piloten und Kon-kim an, sie mit in die Stadt zu nehmen, doch der Kanadier lehnte dankend ab.

»Fragen Sie ihn, wo er schlafen will«, wandte sich der Kommunist, der die englische Sprache nicht beherrschte, an Kon-kim.

Der Pilot wies auf sein Flugzeug. »In der Kabine.«

»Und wo will er essen?«

Der Kanadier lachte. »Ich habe genügend Konserven und einen Spirituskocher bei mir. Und was ich sonst noch brauche, das bekomme ich schon.«

Kon-kim übersetzte das Gehörte, und als er im Wagen Platz genommen hatte, sagte der Funktionär sichtlich beeindruckt: »Der Kanadier gefällt mir. Ohne es zu wissen, trägt er den Kommunismus im Herzen. In ihm ist die alte und neue Welt wie in einer Retorte vereinigt. Er ist der schlagende Beweis dafür, daß unser seit Jahrtausenden unterdrücktes Volk durchaus befähigt ist, sich in kurzer Zeit mit der modernen Technik vertraut zu machen, sie zu beherrschen und zum Wohle aller weiterzuentwickeln. Nicht der Lebensstandard, sondern der Wille entscheidet.«

Kon-kim unterdrückte einen Seufzer, und der Kommunist, der offensichtlich eine Zustimmung erwartet hatte, erkundigte sich plötzlich ungehalten nach dem Grund seiner Reise.

Kon-kim sagte ihm, daß er seine Schwester und eine gute Bekannte aufsuchen wolle, die als Kommissarin tätig sei.

Das versöhnte den Funktionär, und er wurde sogar recht umgänglich, als er erfuhr, daß Süa-tü die Bekannte seines ihm schon verdächtig erschienenen Begleiters war. Er empfahl Kon-kim, im *Hotel zur Freiheit* abzusteigen, von wo er sich über die direkte Leitung der Ortskommandantur mit der neuerdings in Hsienjang stationierten Süa-tü verbinden lassen könne.

Im Hotel erlebte Kon-kim etwas, das ihm das Blut in den Kopf trieb. Der Portier, bei dem er sich nach dem Gasthof erkundigte, zu dessen Ankauf Mutter Lee Wei seiner Schwester die erbetene Summe überwiesen hatte, grinste vielsagend und gab ihm zu verstehen, daß das betreffende Haus erst am Abend öffne und er sich somit wohl oder übel gedulden müsse, wenn er sich der *Himmlischen Erleichterung* hingeben wolle. Kon-kim war es zumute, als habe er einen Schlag ins Gesicht erhalten. Es wollte ihm nicht in den Kopf, daß Li-tai die Inhaberin eines Freudenhauses geworden war. Er überlegte ernstlich, ob er sich nicht sofort nach Hongkong fliegen lassen sollte. Scham und eine nie gekannte Wut kämpften in ihm. Er war wie gelähmt, und es dauerte lange, bis er sich dazu entschloß, einen letzten Versuch zu machen, seine einstmals so rührend kindliche Schwester in ein anderes Leben zurückzuführen.

Er beschloß, das Haus in der Abendstunde aufzusuchen und nach Li-tai zu fragen.

»Oh, die ist gerade nicht frei«, erklärte ihm ein heruntergekommenes Frauenzimmer, das im Bestreben, ihre Körperformen besser zur Geltung zu bringen, eine Hand auf die Hüfte stützte und ein Knie anwinkelte, als er nach Li-tai fragte: »Es wird aber nicht lange dauern. Nehmen Sie solange im *Puppenzimmer* Platz.«

»Ich werde draußen warten«, erwiderte er angewidert. »Sagen Sie Li-tai, daß jemand da sei, der sie sprechen müsse.«

Das Weibsbild änderte seine Haltung und sah ihn scheel an. »Sind Sie von der Partei?«

Er gab keine Antwort, sondern ging ins Freie, wo er sich an eine Mauer lehnte. Die Kehle war ihm wie zugeschnürt.

Wie lange er wartete, hätte er nicht sagen können. Er wußte nur, daß er noch nie einen solchen Ekel empfunden hatte. Doch dann sah er eine zierliche Gestalt aus dem ›Gasthof‹ heraustreten.

Es war seine Schwester, die ihn mit einer eigenartig sonoren und brüchig klingenden Stimme fragte: »Was wünschen Sie von mir?«

Er stieß sich von der Mauer ab und blickte in ein Gesicht, das von einer streng geschnittenen Frisur in Form des europäischen ›Pagenkopfes‹ umrahmt war. »Erkennst du mich nicht?«

Sie stieß einen Laut des Erschreckens aus.

»Komm«, sagte er tonlos.

Sie vergrub ihr Gesicht an seiner Schulter.

Er schloß die Augen und drehte den Kopf zur Seite, um ihr billiges Parfüm nicht riechen zu müssen.

Sie schluchzte und stammelte seinen Namen.

Mit aller Gewalt bemühte er sich, die Vorstellung zu verbannen, daß sie eben noch in den Armen eines Mannes gelegen hatte.

Li-tai hob ihr Gesicht und fuhr sich mit dem Handrücken über die Augen.

Er reichte ihr sein Taschentuch, das sie sich vor die Nase hielt, als wolle sie den sauberen Geruch in sich aufnehmen.

Da Kon-kim nicht wußte, wohin er gehen sollte, schlug er die Richtung ein, aus der er gekommen war.

»Nicht dorthin«, bat sie ihn. »Da liegt die Hauptstraße.«

Ihr ›Revier‹, dachte er und blieb stehen. »Wohin?«

Sie wies in die entgegengesetzte Richtung. »Nicht weit von hier ist ein Tempel. Er ist verwahrlost, aber da können wir uns hinsetzen.«

Ohne zu sprechen durchquerten sie dunkle Gassen, in die nur hin und wieder ein spärlicher Lichtschein fiel.

Das Schweigen wurde zur Qual, und im Bestreben, es zu beenden und einen leichten Übergang zu finden, fragte Kon-kim schließlich: »Wodurch bist du eigentlich nach Sian gekommen?«

»Durch Tsai Fu«, antwortete sie kaum hörbar.

Kon-kim dachte voller Grimm an den Unteroffizier, der ihm einstmals das Leben zur Hölle gemacht hatte. »Ist er hier?«

»Im Augenblick bildet er Guerillas aus. Er ist Major.«

»Und er hat dich verlassen?«

»Ja.«

»Ist das der Grund, warum du diesen furchtbaren ›Gasthof‹ gekauft hast?«

Li-tai strich ihr Haar zur Seite. »Der gehört mir gar nicht. Ich habe Mutter das nur geschrieben, um Geld zu erhalten.«

»Und was hast du damit gemacht?«

»Es Tsai Fu gegeben.«

Kon-kim wurde ratlos. »Aber warum denn?«

»Er hatte versprochen, zu mir zurückzukommen, wenn ich die Summe beschaffe. Er war noch Hauptmann und sagte, daß er nicht eher Major werden würde, bis er einen *Großen Tiger*, wie man hier korrupte Vorgesetzte nennt, das Geld gegeben habe. Die Kommunisten führen zwar einen *San Fan*, einen Feldzug gegen die Korruption, aber wer kümmert sich schon darum.«

»Und Tsai Fu hat natürlich nicht Wort gehalten. Du lieber Himmel, Li-tai, wie konntest du nur auf diesen Menschen hereinfallen?«

Sie erwiderte nichts, sondern hockte sich auf eine der zum Tempel führenden Stufen, die sie gerade erreichten.

Er setzte sich neben sie und ergriff ihre Hände. »Entschuldige meine dauernde Fragerei, aber ich muß jetzt alles wissen. Seit wann bist du in diesem ›Gasthof‹?«

»Seit Beendigung des *Langen Marsches*. Wir mußten damals vor Tschiang Kai-scheks Armeen durch ganz China flüchten. Die meisten starben, weil wir nichts zu essen hatten. Es war furchtbar. Und als wir hier ohne Geld ankamen und nicht wußten, wovon wir leben sollten, sagte Tsai Fu, im Krieg müsse jeder Opfer bringen, und ich solle gegen Lebensmittel... Er drohte, mich in die Berge zu jagen, wenn ich mich nicht solidarisch erklären würde.«

»*Solidarisch* hat er das genannt?«

»Ja. Seine Kameraden sind aber nicht so. Die sind ganz anders. Darum hassen sie ihn auch. Ich habe eben Pech gehabt und mir schon oft gewünscht, die Banditen hätten mich damals umgebracht wie Vater und Große Schwester Han. Dann wäre mir vieles erspart geblieben.«

Kon-kim konnte seine Erschütterung kaum verbergen. »Du kommst mit mir«, sagte er eindringlich. »Und dann fängst du ein neues Leben an.«

Sie schüttelte den Kopf. »Dafür ist es zu spät.«

»Nie ist es zu spät«, beschwor er sie. »Ich weiß nicht, warum alles so hat sein müssen, aber ich danke dem Himmel, daß er mich hierhergeführt hat. Deine Worte beweisen eindeutig, daß du den Schock überstanden hast, der dich in jener grausamen Nacht verwandelte. Und es ist ebenso offensichtlich, daß du mit Tsai Fu nichts mehr zu tun haben willst.«

»Das ist richtig«, erwiderte sie. »Doch was nützt das? Anstelle des Schocks ist etwas anderes getreten: die Angst, in die frühere Welt zurückzukehren. Glaube mir, ich habe es manchmal vorgehabt, aber die nicht zu leugnende Tatsache, daß mein bisheriges Leben mein Gesicht gezeichnet hat, hinderte mich daran und wird mich immer daran hindern.«

Kon-kim preßte ihre Hände. »Ich flehe dich an, so etwas nicht zu sagen. Du mußt mit mir kommen!«

Li-tai seufzte. »Schau mich erst einmal bei Tag an. Du wirst noch froh sein, ohne mich fahren zu können. Als ich Süa-tü besuchte, hat sie sich angewidert von mir gewandt.«

»Ich denke, ihr versteht euch gut.«

»Das habe ich nur geschrieben, um Mutter zu beruhigen. Süa-tü würde sich hüten, mir die Hand zu reichen. Sie ist durch und durch Kommunistin, lebt ausschließlich für die ihr gestellte Aufgabe und predigt von morgens bis abends, daß Stahl auch aus altem Eisen gewonnen werden kann. Für asoziale Elemente, zu denen die Kommunisten uns armselige *Meisterinnen der Liebe* zählen, hat sie nicht das geringste Verständnis.«

»Das darfst du ihr nicht verübeln«, erwiderte Kon-kim in seiner Ratlosigkeit.

Li-tai entzog ihm ihre Hände. »Das habe ich auch nicht getan. Aber ein gutes Wort hätte sie mir sagen können. Statt dessen hat sie über die morbiden Erscheinungen des kapitalistischen Systems getobt und von ausgleichender Gerechtigkeit geredet. ›Leihe dir eine Hacke und hilf den Armen‹, hat sie mich angeschrien. Als wenn ich das nicht gerne getan hätte! Aber Tsai Fu... Ich kam nicht von ihm los, und als ich mich Süa-tü erklären wollte und versehentlich das Wort *Liebe* gebrauchte, hat sie mich hinausgeworfen und hinter mir hergerufen: ›Es gibt nur eine Liebe, und die ist nicht körperlich, sondern geistig und gilt der kommunistischen Idee.‹ «

Kon-kim legte den Arm um Li-tais Schulter und sagte mit weicher Stimme: »So kommen wir nicht weiter. Was Süa-tü denkt und sagt, interessiert mich nicht. Als dein Bruder bitte ich dich, meine Hand zu ergreifen und einen Schlußstrich unter dein bisheriges Leben zu ziehen. Ich bin mit einem Flugzeug hier. In wenigen Tagen kannst du außer Landes sein und dich niederlassen, wo du willst.«

»Das ist unmöglich«, stöhnte sie.

»Und warum?«

»Weil ich es einfach nicht kann.«

»Man kann alles, was man will«, widersprach er energisch. »Wenn man sich genügend Mühe gibt, gelingt es einem sogar, eine Eisenstange zur Stricknadel umzuschmieden.«

»Dazu fehlt mir die Kraft.«

»Ich werde sie dir geben.«

Li-tai stützte den Kopf in die Hände. »Du bist so gut zu mir.«

»Gut sein heißt, seine Pflicht erfüllen. Für mich gibt es im Augenblick keine größere Pflicht, als dich hier herauszuholen. Mach es mir also nicht unnötig schwer.«

Eine Weile sagte sie nichts, dann fragte sie: »Hast du nicht Angst, daß es wieder wie in Hongkong oder Singapore sein könnte?«

»Nein.«

»Wenn das der Fall ist«, erwiderte sie beinahe träumerisch, kann ich in Ruhe mit dir gehen.«

Kon-kim zog sie an sich. »Versprich es mir!«

Sie erhob sich und ging einige Schritte. »Ich begreife es selber noch nicht, aber du hast recht. Ich darf nicht mehr zögern. Der Himmel hat dich gesandt. Ich muß dieses Leben beenden und begleite dich, wohin du willst.«

»Dann wird alles gut«, entgegnete er wie erlöst und ging auf sie zu. »Von mir aus können wir schon morgen fliegen.«

»Das geht nicht«, erwiderte sie hastig. »In meiner augenblicklichen Verfassung darfst du mich nicht sehen. Ich brauche einige Tage, um mir ein neues Kleid zu schneidern und mich etwas zurechtzumachen. Hier kann man nichts kaufen. Es gibt nur die blaue Einheitskleidung.«

»Das habe ich bereits bemerkt.«

»Außerdem muß ich dich um etwas Geld bitten. Ich habe Schulden. Nicht viel. Mit fünfzig Dollar ist es getan. Aber wenn du mir noch etwas mehr geben könntest, wäre ich sehr glücklich. In diesem Tempel ist ein Buddha, dessen Vergoldung abgekratzt wurde. Ich habe oft bei ihm Trost gesucht. Dürfte ich ihn mit neuem Blattgold versehen?«

»Ist das denn in Sian zu bekommen?« fragte er verwundert.

»An sich nicht«, antwortete sie. »Ein Juwelier, mit dem ich schon einmal darüber gesprochen habe, würde mir jedoch die notwendige Menge geben. Er will nach Tschungking, weil er hier keine Geschäfte mehr machen kann. Der Besitz von Gold ist verboten.«

Kon-kim zog seine Brieftasche. »Ich gebe dir fünfhundert Dollar, mache aber zur Bedingung, daß du den ›Gasthof‹ nie wieder betrittst.«

»Das verspreche ich dir beim Leben unserer Mutter«, erwiderte sie. »Ich kenne ein Hotel, in dem ich bleiben kann.«

»Und wann wirst du reisefertig sein?«

Sie überlegte einen Moment. »Sagen wir in drei Tagen. Heute ist Dienstag. Komm am Samstag um acht Uhr zu diesem Tempel. Du findest mich beim Buddha.«

Kon-kim umarmte seine Schwester. »Weißt du, was Mutter vor kurzem sagte? Vergangenes soll uns nicht beschäftigen, wenn wir uns Kommendem zuwenden. Richte dich danach und denke daran, das Feuer im Herzen zu löschen, bevor du die Lampe vor Buddha entzündest.«

Am darauffolgenden Morgen regnete es in Strömen, und Kon-kim würde gewiß erst gegen Mittag aufgestanden sein, wenn das ihm zugewiesene Hotelzimmer freundlicher gewesen wäre und an den Wänden nicht etliche Spruchbänder gehangen hätten, deren zum

Teil kindlich anmutende, dann wieder hetzerischen Worte ihn bis zum Überdruß reizten.

Sammelt Unterschriften für den Frieden!, hieß es da. Oder: *Wir appellieren an das Gewissen der Welt! Zerschmettert den fliehenden Feind! Jagt die Kapitalisten! Verfolgt die Großen Tiger! Nieder mit den Gutsbesitzern!*

Kon-kim zog es vor, das Zimmer zu verlassen. Er konnte die Sprüche, die die Vorstellung eines Hammers in ihm wachriefen, der pausenlos auf einen leeren Amboß herabsaust, nicht mehr ertragen. Er war erleichtert darüber, daß Li-tai ihr bisheriges Leben aufgeben wollte. Seine Erleichterung aber glich jener, die ein Soldat nach Beendigung eines verlorenen Krieges empfindet.

In der zugigen und nur notdürftig eingerichteten Halle des *Hotels zur Freiheit*, das früher *Schatten der Seligkeit* geheißen hatte, hingen Plakate, die mit Ausländern abgeschlossene *Ungerechte Verträge* aufzählten, deren sofortige Annullierung gefordert wurde. Daneben Spruchbänder gegen den Imperialismus, gegen die Existenz ausländischer Missionen und gegen Internationale Siedlungen.

Kon-kim wurde es leid, den ganzen Tag zwischen schreierischen Plakaten und Transparenten zu verbringen. Obwohl er sich nach dem Gespräch mit Li-tai vorgenommen hatte, seine ehemalige Braut nicht aufzusuchen, ließ er sich nun doch telefonisch mit ihr verbinden. Er befürchtete zwar, eine fanatisierte Süa-tü anzutreffen, die alles Gute, Edle, Saubere und Anständige als kommunistische Errungenschaft bezeichnen und alles Böse, Schlechte, Unsaubere und Widerwärtige als zur kapitalistischen Welt gehörig verdammen würde. Aber was sollte er in den drei Tagen unternehmen, die noch verstreichen mußten, bis Li-tai reisefertig war? Unabhängig davon konnte er nicht leugnen, daß er Süa-tü wirklich geliebt hatte und nur schwer über ihren Verlust hinweggekommen war.

Die Verständigung war äußerst schlecht, doch der erregten Stimme Süa-tüs war unschwer zu entnehmen, wie sehr sie sich über Kon-kims Anruf freute. Sie bedauerte, nicht nach Sian kommen zu können, und bat ihn flehentlich, sich in den nächsten Omnibus zu setzen, der gegen Mittag direkt nach Hsienjang fahre.

Kon-kim sagte zu, ohne zu ahnen, welch primitivem Fahrzeug er sich anvertrauen mußte. Denn der ›Bus‹, der eine gewagte Eigenkonstruktion darstellte, bestand im wesentlichen aus einem hastig ratternden Motor, dem während der Fahrt immer wieder der Atem ausging; einem Kühler, aus dessen Stutzen unablässig ein munterer Geysir sprudelte; vier Rädern, deren abgenützte Reifen vorsorglich mit Hanfseilen umwickelt waren; und einer aus primitiven Hölzern zusammengebastelten riesigen Karosserie, durch deren unverglaste Fenster der Wind den Regen in das Innere peitschte.

Kon-kim, der von allen Seiten schief angesehen wurde, weil er nicht die blaue Einheitskleidung trug, die zur Erinnerung an die während des *Langen Marsches* getragenen Baumwolljacken zum ›Ehrenkleid‹ der Provinz Shensi geworden war, würde schon bald ausgestiegen sein, wenn er Süa-tü nicht versprochen hätte, sie noch an diesem Tage aufzusuchen. Die dauernden Stöße des ungefederten Fahrzeuges, das sich mühsam über das gelb-braune Band der Schlaglöcher hinwegquälte, zerrten an seinen Nerven. Und das, obwohl er das Glück gehabt hatte, einen Fensterplatz zu erhalten.

Über sechs Stunden dauerte die nur dreißig Meilen weite Fahrt, die immer wieder unterbrochen werden mußte, um den Kühler mit neuem Wasser zu versehen. Dann aber wurde der Süa-tü als Kommissarin unterstellte Ort erreicht, der die Reisenden mit einem hölzernen Torbogen begrüßte, an dessen Seiten Transparente verkündeten: *Hier arbeitet die Bevölkerung von Hsienjang für die Zukunft Chinas und für den Frieden in der Welt! Nieder mit den Verrätern! Nieder mit den Grundbesitzern! Nieder mit den Kapitalisten!*

Süa-tü erwartete Kon-kim an der Omnibushaltestelle auf dem *Platz der Solidarität,* der früher einmal *Shou-shu-ti,* Platz der Geschichtenerzähler, geheißen hatte. Ihre rundlicher gewordenen Wangen waren gerötet und gaben ihr ein frauliches Aussehen, das jedoch durch ihre militärisch anmutende blaue Baumwolljacke stark gemindert wurde. Aber sie strotzte vor Gesundheit, und es war ihr anzusehen, daß sie es gewohnt war, Anordnungen zu erteilen, die keinen Widerspruch duldeten. Ihre Augen leuchteten und ihre Zähne blitzten, als sie ihren früheren Verlobten ungeniert umarmte.

»Kon-kim!« jubelte sie beglückt. »Du ahnst nicht, wie ich mich freue, dich wiederzusehen! Wenn ich auch keine Lee *Fuh-ren* geworden bin, so möchte ich dich in dieser Stunde doch als *Dzang Fuh* begrüßen.«

Ihre Worte verwirrten ihn, da *Dzang Fuh,* Starker Held, die in den Oberschichten der Bevölkerung übliche Bezeichnung für den Ehemann war. Verhört haben konnte er sich nicht, denn Süa-tü hatte ebenfalls gesagt: Wenn ich auch keine Lee *Fuh-ren* geworden bin, keine dem Menschen Lee zugehörige Frau. »Du machst mich sehr glücklich«, erwiderte er in seiner Ratlosigkeit. »Mich hat noch niemand *Dzang Fuh* genannt.«

Sie sah ihn verwundert an. »Du bist nicht verheiratet?«

Er schüttelte den Kopf.

Süa-tü lachte verlegen. »Ich auch nicht. Aber darüber können wir uns später unterhalten. Jetzt gehen wir erst einmal zu mir. Hat die Fahrt dich sehr angestrengt?«

Er grinste. »Meine Wirbelsäule wurde ganz schön zusammengestaucht.«

»Ja, mit den Verkehrsmitteln sieht es noch übel bei uns aus.«

»Dafür ist dein Aussehen um so prächtiger.«

»Soll das ein Kompliment sein?«

»Sogar ein dickes.«

Sie gab ihm einen Stoß. »Mach mich nicht verlegen. Hier kennt man keine Komplimente.«

Er betrachtete sie unauffällig von der Seite. »Das ist aber sehr schade. Dir müßte man morgens, mittags und abends sagen, wie fantastisch du aussiehst.«

Süa-tü errötete. »Hör auf mit dem Unsinn und erzähl mir lieber, wie du nach Sian gekommen bist. Zur Zeit geht doch überhaupt kein Zug.«

»Ich hatte Glück: erwischte ein Flugzeug.«

»Hui«, machte sie. »Kapitalist bleibt Kapitalist.«

»Pech gehabt!« erwiderte er triumphierend. »Nicht ich, sondern einer eurer hohen Funktionäre charterte die Maschine. Ich habe mich nur hinten drangehängt.«

In ihren Augen lag Schalk. »Einem Kommunisten habe ich es also zu verdanken, daß ich dich wiedersehe. Ich sage ja immer: wir Kommunisten sind die besten Menschen in der Welt.«

»Und die größten Dialektiker, wie ich nach dieser Beweisführung neidlos anerkennen muß.«

Sie lachten beide und überquerten die Straße.

Süa-tü wies auf ein von vielen Fähnchen umrandetes Plakat, das an dem Haus prangte, auf das sie zugingen. »Das ist meine Dienststelle«, sagte sie stolz. »Und darüber habe ich meine Wohnung.«

»›Zentrale der sozialistischen Siedlung *Gelbe Erdfurche*‹«, las Kon-kim laut und fragte: »Soll Hsienjang einen neuen Namen bekommen?«

»Vielleicht«, antwortete sie achselzuckend. »Heute läßt sich das noch nicht sagen. Zunächst bauen wir vor den Toren dieser Stadt eine neue Siedlung, und wenn sie fertig ist, wird hier alles dem Erdboden gleichgemacht.«

»Seid ihr verrückt geworden?« entsetzte sich Kon-kim.

»Kaum«, entgegnete sie gelassen. »Die Selbstsucht der früheren Landherren zwingt uns zu solchen Maßnahmen. Hier ist alles so verludert, daß die Ratten die Oberhand gewinnen. Die Folge: Seuchen ohne Ende. Uns bleibt nichts anderes übrig, als eine neue Siedlung zu erstellen, die Menschen umzuquartieren und alles Vorhandene den Flammen zu überantworten.«

»Das ist ja unfaßbar«, erwiderte Kon-kim.

Süa-tü öffnete eine Tür, die schief in den Angeln hing. »Wir sind da, und ich heiße dich in meinem bescheidenen Heim, über dessen verfallenen Aufgang ich hinwegzusehen bitte, herzlich willkommen.«

Kon-kim dankte ihr und stieg eine Treppe hinauf, von der er glaubte, sie müsse jeden Moment zusammenbrechen. Süa-tüs Wohnung aber, die nur aus einem Zimmer und einer winzigen Küche bestand, war frisch gekalkt und machte einen für chinesische Verhältnisse ungewöhnlich sauberen Eindruck, wenngleich es nichts gab, was sie hätte behaglich erscheinen lassen können. Die Einrichtung bestand aus vier ungleichen Stühlen, einem niedrigen Tisch, der mit rührender Sorgfalt für zwei Personen gedeckt war, und einem aus rohen Brettern genagelten Lager, auf dem einige exakt ausgebreitete Wolldecken lagen.

»Ich hoffe, du hast nicht mehr erwartet«, sagte Süa-tü unsicher, da sie Kon-kims wandernden Blick bemerkte.

»Nicht mehr, aber auch nicht weniger«, erwiderte er in aller Offenheit. »Der Raum atmet deine Sauberkeit, und ich kann nur bedauern, daß das Schicksal gegen uns war.«

Süa-tü seufzte.

»Und wie es gegen uns war! Aber jetzt nimm erst einmal Platz. Ich hole schnell den Tee.«

Kon-kim entdeckte auf dem Tisch kantonesische Mondkuchen, deren dicken Rändern anzusehen war, daß bei ihrer Herstellung

Enteneier, Schinken, kandierte Früchte und Nüsse eine große Rolle gespielt hatten. »Wo hast du die nur hergezaubert?«

»In der nächsten Woche ist das Mondfest«, antwortete sie im Hinausgehen. »Ich hatte dafür gespart und entschloß mich nach deinem Anruf, das Fest vorzuverlegen.«

»Du bist eine großartige Frau«, sagte er in ehrlicher Bewunderung, als Süa-tü zurückkehrte und zitronengelben Tee einschenkte.

Sie sah ihn vorwurfsvoll an. »Habe ich dich nicht gebeten, mich nicht verlegen zu machen?«

»Das möchte ich aber«, entgegnete er gutgelaunt.

»Und was hast du davon?«

»Sehr viel, weil du mich dann wie früher anschaust und wieder die kleine intelligente Süa-tü bist, die außerordentlich selbständig denkt und handelt, bei gewissen Dingen aber doch recht verlegen werden kann.«

Sie lachte. »Weißt du noch, wie wir das Küssen ausprobiert haben?«

»Und enttäuscht waren!«

»Nur zuerst«, widersprach sie. »Nachher hat es uns gefallen.«

Der Ausdruck seines Gesichtes wurde ernst. »Und beide ahnten wir nicht, was uns erwartete.«

»Ich sah an jenem Abend den Feuerschein und rannte in meiner Angst um dich los; den Banditen direkt in die Hände.«

»Und ich war dem Wahnsinn nahe, als ich es am nächsten Tag erfuhr. Ich wollte dich holen und mit zu meinem Onkel nach Kanton nehmen. Du mußt Furchtbares durchgemacht haben.«

»Was mit mir geschah, kannst du dir denken. Ich habe immer nur an dich gedacht und den Himmel angefleht, mir zu sagen, was ich tun soll. Im Morgengrauen hörte ich dann, wie einer der Soldaten sagte: ›Ach wo, die brauchen wir nicht zu bewachen. Die ist fertig und hat keine Kleider. Wie soll sie da flüchten?‹ Mir war es, als hätte der Himmel zu mir gesprochen. Mit letzter Kraft raffte ich mich auf und lief davon. Nackt. Einem Wachtposten in die Arme. Der und sein Kamerad... Ich konnte plötzlich nicht mehr, ergriff die am Boden liegende Pistole des einen und drückte ab. Dann nochmals. Beide brachen zusammen.«

Kon-kim schloß die Augen.

Süa-tü blickte ausdruckslos vor sich hin.

»Ich kann dir nicht erzählen, was dann im einzelnen geschah. Es war entsetzlich. Aber mit einem Male stand ein alter Krieger neben mir, der die anderen fortstieß und mit zwei Revolvern bedrohte. ›Ich habe selber Töchter und knalle jeden nieder, der sich diesem Mädchen nochmals nähert‹, schrie er. Und an mich gewandt: ›Nimm meinen Überwurf und lauf los. Ich gebe dir Rückendeckung.‹ Da nahm ich seinen Mantel und sagte: ›Ich bleibe, weil sie dich und mich erschießen, wenn ich jetzt fortlaufe. Da ist es besser, deine Töchter behalten ihren Vater.‹ Doch es geschah nichts. Es war wie ein Wunder. Ich blieb, und niemand hat mich jemals wieder angerührt.«

»Du bist bei ihnen geblieben?« entsetzte sich Kon-kim.

»Bei dem Alten. Er war wie ein Vater zu mir.«

Kon-kim fuhr sich durch das Haar. »Ich glaube, du hast wirklich ein Wunder erlebt.«

»Bestimmt. Das Schicksal hat gewollt, daß ich durch die Banditen in das Lager eines ›Kriegsherren‹ kam, den Tschiang Kai-schek später vernichtete. Der Alte trat daraufhin in die ›Vierte Armee‹ ein, die eines Tages meuterte und als ›Rote Armee‹ in die Berge von Kiangsi zog. Dort vereinigten wir uns mit den Kommunisten, mit denen wir unter der Führung von Mao Tse-tung hierherflüchteten. Es war ein grauenhafter Marsch. Aber das wirst du wissen. Erzähl jetzt, wie es dir ergangen ist.«

»Das kann ich beim besten Willen nicht«, erwiderte Kon-kim. »Dafür geht mir deine Geschichte viel zu sehr im Kopf herum. Du lieber Himmel, dieses China...«

»Es geht ja nun aufwärts«, tröstete ihn Süa-tü. »Die Kleidung der hiesigen Bevölkerung wird dir schon aufgefallen sein. Bei uns ist jeder sauber angezogen. Das Schuhwerk ist bei niemandem mehr durchlöchert. Alle strahlen Zufriedenheit aus.«

»Und sind uniform geworden und von ihren Mitmenschen kaum noch zu unterscheiden«, warf Kon-kim ein, fügte jedoch abschwächend hinzu: »Für die *Lao be shin*, die arme Bevölkerung, die nie etwas besaß, ist die von euch eingeführte Einheitskleidung natürlich ein Segen. Dennoch stehe ich auf dem Standpunkt, daß der Mensch ein Individualist ist und es bleiben muß, damit...«

»...er individualistisch hungert und friert?« unterbrach ihn Süa-tü erregt.

Kon-kim erhob sich und legte seine Hände auf ihre Schultern. »Meiden wir den Boden der Politik. Unsere Ansichten sind zu verschieden. Mit einer so hübschen Frau, wie du es bist, unterhalte ich mich entschieden lieber über andere Themen.«

Sie blickte unwillig zu ihm hoch. »Wenn du dir doch endlich merken wolltest, daß Komplimente mich nervös machen. Mir sind bourgeoise Redensarten zuwider. Kannst du das nicht verstehen?«

»Nein.«

»Schau, ich bin eine überzeugte Kommunistin, der Aufgaben wichtiger als Komplimente sind. Uns Kommunisten interessiert nicht unser Aussehen, sondern das Soll, das zu erfüllen ist. Und wenn wir Zeit haben, reden wir nicht über irgend etwas, sondern wir überlegen gemeinsam, wie wir unser Soll zum Wohle des Volkes steigern können. Das ist unser Leben, und du darfst mir glauben, daß es ein schönes, befriedigendes und großes Leben ist.«

»Einverstanden«, erwiderte Kon-kim. »Aber neben Soll und politischen Debatten gibt es ja auch noch andere Dinge.«

»Zum Beispiel?«

»Die Familie.«

Süa-tü machte sich frei. »Du scheinst noch nicht gehört zu haben, in welch großzügiger Weise sich der kommunistische Staat gerade der Familie annimmt. Die Kinder werden in Gemeinschaftsheimen erzogen, lernen dort lesen, rechnen und schreiben. Die Eltern brauchen sich um nichts mehr zu kümmern. Sie können dadurch den ganzen Tag über zum Wohle ihrer Familie und des Volkes arbeiten.«

Kon-kim sträubten sich die Haare. »Übernimmt der Staat bei euch auch die Liebe?« fragte er zynisch.

Süa-tü erhob sich. »Wenn du die Liebe zwischen Mann und Frau meinst, so muß ich dir sagen, daß wir für sie leider keine Zeit haben. Aber mach nicht uns dafür verantwortlich. Die Schuld liegt bei denen, die unser Volk seit Generationen ausgesaugt und jede Entwicklung unterdrückt haben. Du kennst viele Länder und weißt aus eigener Anschauung, daß wir heute dort stehen, wo die Weißgesichter vor hundert Jahren standen. Hundert und mehr vergeudete Jahre müssen von uns eingeholt werden. Können wir das, wenn Mann und Frau sich wie Vögel auf einen Ast setzen und süße Lieder zwitschern? Wenn wir unser Ziel erreichen wollen, dürfen wir keine Minute verschenken und müssen Liebesstunden in Arbeitsstunden verwandeln. Aus Liebe zu unseren Nachkommen, denen es einmal besser als uns ergehen soll.«

»Das ist heller Wahnsinn«, empörte sich Kon-kim. »Ihr könnt doch nicht einfach hingehen und erklären: So, nun wollen wir schnell mal hundert Jahre einholen. Das geht nicht! Das ist Vergewaltigung des Lebens!«

»Und wie nennst du das, was die Feudalherren mit dem Leben ihrer Untertanen machten?« ereiferte sich Süa-tü.

»Laß uns aufhören«, bat Kon-kim. »Wir geraten in einen Disput, den wir beide nicht wollen. Wie wäre es mit einem Spaziergang? Es hat aufgehört zu regnen.«

»Einverstanden«, antwortete sie. »Eines möchte ich dir aber noch sagen: Wir werden die hundert Jahre aufholen! Und wenn die Welt sich auf den Kopf stellt!«

Der von Süa-tü eingeschlagene Weg war morastig wie das hinter ihr und Kon-kim liegende Leben. Beiden aber war es gelungen, sich zu erhalten, was den Menschen ausmacht. Sie waren geblieben, was sie bei der Geburt gewesen waren; sie trugen die ihnen auferlegte Bürde wie etwas Gegebenes; sie hatten Verständnis füreinander, obwohl die Verschiedenheit ihrer Umgebung sie verändert hatte.

Der Himmel wurde immer klarer, und auf den braunen Felsen der Berge lag der Glanz der untergehenden Sonne, als Süa-tü beiläufig erwähnte, daß sie sich am Abend für etwa eine Stunde trennen müßten, da sie an der täglichen Bauernversammlung teilzunehmen habe.

Um ihr eine Freude zu bereiten, fragte Kon-kim: »Kann ich dich nicht dorthin begleiten?«

»Selbstverständlich«, antwortete sie beglückt. »Es wäre sogar sehr schön. Du darfst nur nichts Großes erwarten. Es sind einfache Menschen, die nach der Last des Tages zusammenkommen, um von ihren Sorgen und Nöten zu sprechen.«

»Und das machen sie täglich?«

»Jeden Abend.«

»Freiwillig oder gezwungen?«

Sie lachte.

»Ich weiß, daß vielfach behauptet wird, wir setzten die Menschen unter Druck. Das stimmt aber nicht. Im Gegenteil, für unsere Bauern ist die Abendstunde geradezu ein Fest. Du wirst es erleben. Urteile, wenn du sie gesehen hast.«

Süa-tü hatte nicht übertrieben. Dennoch wäre Kon-kim am liebsten davongelaufen, als er in der Versammlung saß und erkannte, warum die Menschen täglich voller Begeisterung zusammenkamen. Jeder von ihnen wartete darauf, einmal in den Mittelpunkt gestellt zu werden. Denn jeden Abend wurden fünf bis sechs Männer oder Frauen aufgefordert, die Rednertribüne zu besteigen und zu erzählen, wie sehr sie darben und leiden mußten, bevor die Kommunisten die Gutsbesitzer enteignet und das Land unter der Bevölkerung aufgeteilt hatten. Sie brauchten nicht einmal zu lügen; die Ausbeutung hatte wirklich Orgien gefeiert. Aber war es zu verantworten, das menschliche Geltungsbedürfnis in dieser Weise zu mißbrauchen und einen grenzenlosen Haß zu schüren?

Voller Entsetzen sah Kon-kim, wie sich Hunderte von Menschen an den Qualen früherer Zeiten weideten, wie sie schmerzerfüllt schluchzten und stöhnten, wenn eine Frau in erschreckend realistischer Form eine an ihr ausgeübte Vergewaltigung schilderte. Das ganze war ein scheußlich raffiniertes Theater, in dem die Anwesenden zugleich Zuschauer und Akteure waren. Wer seinen Auftritt hinter sich gebracht hatte, war ein Held und verließ das Podium mit glühenden Wangen.

Schlimmer aber noch war der Abschluß der Versammlung, den vorgetragene Selbstanschuldigungen bildeten. Es begann damit, daß jemand plötzlich schrie, die soeben vernommene Pein der Genossen zwinge ihn, sofort zu bekennen, in welch unglaublicher Weise er sich am Volk versündigt habe.

An diesem Abend war es ein junger Mann, der förmlich auf die Rednertribüne stürzte und mit glänzenden Augen rief, daß er sich seit Wochen täglich mindestens eine halbe Stunde heimlich von seinem Arbeitsplatz entfernt habe. Er flehte um Bestrafung und bat händeringend darum, sein Soll für die Dauer von zwei Monaten zu verdoppeln, damit er wieder reinen Herzens zur Volksgemeinschaft gehöre.

Frenetischer Beifall belohnte sein Bekenntnis, und als er das Podium verließ, eilten weitere Burschen auf die Tribüne, um sich in ähnlicher Weise anzuklagen und um Bestrafung zu bitten.

Kon-kim wurde es zuviel. »Komm«, sagte er an Süa-tü gewandt. »Ich halte das nicht mehr aus.«

Sie warf ihm einen warnenden Blick zu. »Du kannst jetzt nicht gehen.«

»Und warum nicht?« zischte er verärgert.

»Weil du damit eine Katastrophe heraufbeschwören würdest. Du mußt nun bleiben, bis die Versammlung zu Ende ist.«

Kon-kim blieb, aber er machte aus seinem Herzen keine Mördergrube, als er später mit Süa-tü nach Hause ging. »Das war das Übelste von allem, was ich je erlebt habe«, wetterte er mit bleichem Gesicht. »Ihr verhetzt die Menschen nicht nur, sondern raubt ihnen auch noch die Seele. Ihr predigt den Humanismus und entwurzelt diejenigen, die Wurzeln schlagen sollen. Ihr sprecht von der Abschaffung der Ungerechtigkeit und lehrt die Menschen, sich selbst zu verstümmeln. Ihr lobt die Gleichheit und tötet das Gleichmachende: das Menschliche in uns. Einen perfekten Mechanismus der Existenz wollt ihr schaffen; wohlan, das ist wunderbar, und dagegen ist nichts zu sagen. Was ihr mit euren Methoden aber schafft, ist die Existenz von Mechanismen. Und die sind nicht einmal perfekt. Ich kann euch nur empfehlen, einer avantgardistischen Maschinenfabrik den Auftrag zu erteilen, selbstzeugende Roboter zu entwickeln, Roboter, die es dem Allmächtigen gestatten, den denkenden, individualistischen Menschen abzulösen.«

»Bist du jetzt fertig?« fragte sie, als er tief Atem holend schwieg.

»Es wäre noch vieles zu sagen«, entgegnete Kon-kim aufgebracht. »Aber das erspare ich mir lieber.«

Sie strich sich über die Stirn. »Darf ich nun einige Fragen an dich richten?«

»Wozu?« erwiderte er abweisend. »Es kommt ja doch nichts dabei heraus. Unsere Welten sind zu verschieden.«

»Du hast geredet, also mußt du auch mich einmal sprechen lassen.«

Er zuckte die Achseln. »Bitte.«

»Frage eins: Was hat dich an unserer Abendversammlung so gestört, daß du glaubst, uns derart massive Vorwürfe machen zu müssen?«

»Das ist schnell gesagt. Erstens: das Wühlen in einer zweifellos scheußlich gewesenen Vergangenheit. Ihr appelliert an das Geltungsbedürfnis des kleinen Mannes und benützt dessen menschliche Schwäche, um erlittene Not in Haß umzumünzen. Das ist verwerflich. Zweitens: die Selbstanklage. Ihr fördert sie, um den Menschen kleinzuhalten und zur Erhöhung seines Solls zu zwingen. Daß ihr ihm damit die Seele raubt, sagte ich bereits.«

Süa-tü blieb ruhig. »Wenden wir uns meiner zweiten Frage zu: Erhebst du die gleichen Vorwürfe gegen die christliche Kirche?«

»Natürlich nicht.«

»Und warum nicht?«

Kon-kim schüttelte den Kopf. »Ich weiß nicht, worauf du hinauswillst, aber was hat die christliche Kirche mit dem zu tun, wovon wir sprechen?«

»Sehr viel!« antwortete Süa-tü triumphierend. »Ihre Lehren, und mehr noch ihre Methoden, dienen uns als Vorlage.«

»Soll das ein Witz sein?«

Sie legte ihre Hand auf seinen Arm. »Denke einmal ein paar Minuten über Christus nach. War er etwa kein Kommunist? Sprach er nicht alle Menschen als Brüder und Schwestern an? Ließ er sich nicht für seine Ideen an das Kreuz nageln?«

Kon-kim lachte schallend. »Jetzt möchte ich bloß wissen, wer dir das erzählt hat.«

»Ich habe viele Vorträge darüber gehört, und wir haben stundenlang über dieses Thema debattiert.«

»Schade um die Zeit«, erwiderte er abfällig. »Wieviel Felder hättet ihr da bestellen können. Entschuldige, Süa-tü, aber die Sache fängt an komisch zu werden. Ich kenne mich in der christlichen Lehre natürlich nicht genau aus, weiß aber bestimmt, daß es absurd ist, Christus als Kommunisten zu bezeichnen. Mit demselben Recht könnte man dann auch behaupten, Buddha, Lao-tse und Mohammed seien Kommunisten gewesen. Das ist doch Unsinn. Religionsstifter sind gütige Geister, die das Üble auf dieser Erde anprangern. Ihre Lehren basieren aber auf Liebe und nicht auf Haß.«

»Und du bist jetzt gehässig«, erwiderte sie erregt. »Der Kommunismus ist eine Lehre der Liebe, und eben darum haben wir uns dazu entschlossen, die erfolgreichen Methoden der christlichen Missionare als Modell für unser Vorgehen anzusehen.«

Kon-kim griff sich an den Kopf. »Modell! Wenn ich so etwas schon höre!«

»Von mir aus kannst du es nennen, wie du willst. Auf jeden Fall wenden wir christliche Methoden an.«

»Als da sind?«

»Zum Beispiel die von dir mit bitteren Worten bedachte Abendversammlung. Sei ehrlich: liefen die Christen in deiner Heimatstadt nicht auch jeden Abend zu ihrem Missionar? Ich weiß, daß er sie mit Reis heranlockte, was wir nicht nötig haben. Aber was machten sie während ihrer Gemeinschaftsversammlungen? Einer nach dem anderen kam an die Reihe und mußte die Leiden schildern, die Christus und seine Anhänger durchgestanden haben. Und wenn das geschehen war, wurden die eigenen Leiden mit denen der ersten Christen verglichen. Nicht um Haß zu säen, wie du behauptest, sondern um zu erkennen, daß es anderen noch schlimmer als einem selber ergangen ist. Das tröstet, und darauf kommt es uns an. Wir machen keinen Hehl daraus, daß wir den Missionaren alles abgeschaut haben; auch die Selbstanklage, die sie Beichte nennen. Du hältst diese Methode für unmenschlich; ich aber sage dir, daß das Bekennen einer verbotenen Tat den Menschen reinigt und erlöst. Wir sind nur fortschrittlicher als die Christen, die Beichten geheim abhalten und begangene Sünden mit Gebeten bestrafen. Das gibt es bei uns nicht. Wir sind aufrecht, bekennen vor aller Welt, was wir getan haben, und bestrafen uns selbst mit Aufgaben, die dem Volke zugute kommen. Denn wir kämpfen nicht für eine Glückseligkeit im Jenseits, sondern für Gerechtigkeit und Zufriedenheit hier auf Erden. Das ist der Unterschied zwischen ihnen und uns: die Christen denken an die Ewigkeit, wir an das Dasein. Sie glauben an Gott, wir an den Wert des Menschen.«

»Und trampelt auf ihm herum.«

»Das ist nicht wahr!« empörte sich Süa-tü.

»Doch. Ihr wißt es nur nicht. Deine Worte haben es eben deutlich gezeigt. Ich will nicht bestreiten, daß ihr Gutes wollt und sicherlich auch viel Gutes tut. Wenn ihr euch aber einbildet, auf billige Weise im Fahrwasser eines Religionsstifters segeln zu können, dann seid ihr auf dem Holzweg.«

»Beenden wir das Thema«, erwiderte Süa-tü niedergeschlagen. »Es ist zu schmerzlich, einen geliebten Menschen mit fremder Zunge reden zu hören.«

»Geliebter Mensch?« fragte er aufhorchend.

»Ja, geliebter Mensch!«

»Heißt das, daß du mich immer noch liebst?«

»Allerdings!«

Kon-kim hielt sekundenlang den Atem an, dann sagte er plötzlich: »Komm mit mir, Süa-tü. Werde meine Frau.«

Sie blieb stehen.

»Bist du hierhergekommen, mir das zu sagen?«

»Nein. Ich fühle jetzt aber, daß wir trotz allem zusammengehören.«

»Unterstellen wir, es wäre so. Wer oder was gibt mir das Recht, Menschen über Bord zu werfen, die meiner bedürfen?«

»Sie werden auch ohne dich leben. Wenn du mich liebst, und das hast du gesagt, mußt du mit mir kommen.«

»Mit der gleichen Logik könnte ich erklären: Wenn du mich liebst, mußt du hierbleiben.«

»Das ist richtig.«

»Dann ziehe die Konsequenzen und bleibe.«

»Du weißt, daß ich hier eingehen würde.«

»Und warum? Weil du nur an dich und nicht an die notleidende Bevölkerung denkst. Es ist immer wieder dasselbe. Männer, die echte Führungskräfte sein könnten, kommen nicht zu uns, weil sie nicht bereit sind, ihr bequemes Leben aufzugeben. Was glaubst du, wieviel Schwierigkeiten uns erspart blieben, wenn man uns helfen würde. Aber nein, man liebt Banknoten, Diener und dergleichen angenehme Dinge und interessiert sich nicht für das Volk, das den verwegenen Wunsch hat, endlich einmal nicht mehr geschlagen und ausgebeutet zu werden. Bienen für die Reichen durften wir sein, nun aber, da wir uns für unser eigenes Wohlergehen abrackern, schimpft man uns Ameisen.«

Kon-kim seufzte. »Wir sind wieder bei dem Thema, das du beenden wolltest.«

»Ach, Kon-kim, warum muß alles so sein?«

Er blickte zu Boden. »Ich kann es dir nicht sagen, habe leider nun aber erfahren, daß die chinesische Tragödie die Menschen nicht bindet, sondern entfremdet, wodurch sie zur menschlichen Tragödie wird.«

Nach einer schlaflosen Nacht, die Kon-kim in eine Decke eingehüllt auf dem Boden in Süa-tüs Zimmer verbrachte, reichte er ihr am nächsten Vormittag zum Abschied stumm die Hand. Auch sie brachte kein Wort über die Lippen. Ihre Kehlen waren wie zugeschnürt. Sie wußten, daß ihre Trennung nun endgültig und für immer sein würde.

Nationale Empfindungen raubten mir Kinki Yasuda, dachte Kon-kim, als er wie verloren zum *Platz der Solidarität* ging, um in den Omnibus nach Sian einzusteigen. Ideologische Ungereimtheiten entfremdeten mir Süa-tü. Was mag nun kommen? Er warf einen letzten Blick zurück, geradeso, als hoffe er, daß Süa-tü ihm doch noch folge.

Sie stand am Fenster und blickte schmerzerfüllt hinter ihm her.

Zu der mit Li-tai verabredeten Zeit begab sich Kon-kim zu dem Tempel, auf dessen Stufen er mit seiner Schwester in der Nacht des Wiedersehens gesessen hatte. Das verwahrloste Aussehen der Weihestätte, die er bei Tag noch nicht gesehen hatte, entsetzte ihn. Die steinernen Löwen zu beiden Seiten des Aufganges waren zerschlagen, überall wucherte Gras, und das weitausladende Dach war zum größten Teil seiner Ziegel beraubt.

Der Himmel wendet sich ab von denen, die ihn verlassen, dachte er, als er sich dem Portal näherte. Über den Boden huschten einige Geckos, und aus den Bäumen der einstigen Parkanlage drang das monotone Zirren der Zikaden. Weitere Lebewesen schien es nicht zu geben.

Ein Gefühl der Verlassenheit beschlich Kon-kim, und als er die im Halbdunkel liegende Tempelhalle aufsuchte, glaubte er zu wissen, warum Li-tai sich ausgerechnet hier mit ihm hatte treffen wollen: sie scheute sich, ihm im vollen Tageslicht zu begegnen.

Doch kaum war er in das Innere des Tempels gelangt, blieb er mit angehaltenem Atem stehen. In der Mitte des Raumes brannte ein kleines Licht, das in die Hände eines riesigen Buddhas gestellt war, dessen nach innen gekehrter Blick eine unendliche Ruhe ausstrahlte. Aber weder das Licht noch der Ausdruck der Statue machten ihn stutzig. Es war vielmehr das glanzlose Aussehen des Buddhas, der nicht mit neuem Blattgold überzogen war, wie Kon-kim es erwartet hatte.

Unwillkürlich rief er den Namen seiner Schwester, die er in der Nähe der Statue vermutete, jedoch nicht entdecken konnte.

Er erhielt keine Antwort.

»Li-tai!« rief er nochmals.

Das Wort fiel kalt von den Wänden zurück.

Ein drittes Mal rief er ihren Namen, und als er wiederum keine Antwort erhielt, beschlich ihn ein unheimliches Gefühl. Sie hat mich belogen, durchfuhr es ihn in grenzenloser Enttäuschung. Wie immer. Und ich hätte meine Hand dafür ins Feuer gelegt, daß sie ihr bisheriges Leben nun tatsächlich beenden würde. Ihr ging es lediglich darum, einige Dollars zu ergattern. Für Blattgold, wie sie sagte. Und ich Narr habe ihr geglaubt!

Er ballte die Hände und hatte nur noch einen Gedanken: auf schnellstem Wege nach Hongkong zu gelangen.

Einen Fehler machen und sich nicht bessern, das erst heißt wirklich fehlen, empörte er sich voller Zorn. Als er sich aber umwandte, um den Tempel zu verlassen, sah er neben der Buddha-Statue eine in ein weißes Gewand gehüllte Gestalt liegen.

»Li-tai!« schrie er und stürzte auf sie zu.

Sie rührte sich nicht.

Er kniete sich neben sie und erstarrte. Auf ihren Lippen waren Spuren von Blattgold zu sehen.

»Li-tai!« rief er verzweifelt.

Ihre Augen blickten gebrochen zur Decke empor.

»Kleine Schwester«, stammelte er hilflos.

Vergebens. Sie hatte Gold geschluckt, um Ruhe im *Goldenen Tod* zu finden.

Kon-kim legte ein Tuch über ihr Gesicht.

Li-tai hatte das Feuer ihres Herzens gelöscht, bevor sie die Lampe vor Buddha entzündete.

Das Tor des glücklichen Lebens

Kon-kim sah um Jahre gealtert aus, als er sich in Hongkong von dem kanadischen Piloten verabschiedete, der ihn wohlbehalten über das von den Japanern besetzte Gebiet hinweg in die britische Kronkolonie geflogen hatte. Nur wenige Worte wechselten sie miteinander. Der Kanadier spürte, daß sein Fluggast etwas Schweres erlebt hatte, und Kon-kim war ihm dankbar dafür, daß er keine Frage an ihn richtete. Er hätte ihm ohnehin keine Antwort geben können. Mit Li-tais Tod mußte er allein fertig werden.

Und doch erlöste ihn der Gedanke, daß sie von allen Widerwärtigkeiten befreit war. Ihre Selbstentleibung aber hatte auf unerklärliche Weise die ihm vom Leben geschlagenen Wunden erneut aufgerissen. Der Mord an seinem Vater und seiner Schwester Han, der Raub Süa-tüs, der Verrat Kinki Yasudas: alles stand plötzlich wieder vor ihm, als sei es eben erst geschehen. Und das in einem

Augenblick, da er sich gezwungen sah, die Heimat für immer zu verlassen.

Kon-kim gab sich keinen Illusionen hin. Er hatte die Japaner kennengelernt und wußte, daß sie nicht in China eingefallen waren, um das Land nur für kurze Zeit zu besetzen. Ihr Lebensraum war zu klein geworden. Sie brauchten Rohstoffe, über die das einstmals mächtige, sich nun aber im Bruderkrieg verblutende chinesische Reich in Hülle und Fülle verfügte. Wer wollte es ihnen verargen, daß sie nach einer Frucht griffen, die ihnen förmlich in den Schoß fiel? Den Niedergang Chinas hatten nicht sie, sondern chinesische Staatsführer verschuldet.

Kon-kim versuchte, die Entwicklung objektiv zu betrachten, brachte es aber trotz aller Bemühungen nicht fertig, den immer stärker in ihm werdenden Haß gegen die Japaner zu dämpfen. Es gelang ihm einfach nicht, sich von dem Stachel zu befreien, der seit dem Verlust Kinki Yasudas in ihm steckte. Unentwegt mußte er an seine einstige Geliebte denken. Er tat es jedoch nicht verständnisvoll wie ehedem, sondern voller Auflehnung und Empörung. Was diesen Wandel herbeigeführt hatte, war ihm nicht bewußt. Vielleicht rief das Wissen, Familie und Heimat endgültig verloren zu haben, die Vorstellung in ihm wach, daß alles leichter zu ertragen wäre, wenn Kinki Yasuda, mit der er oft über den Aufbau eines neuen Lebens in einem friedfertigen Land gesprochen hatte, jetzt an seiner Seite stünde. Sehnsüchte und Wunschträume umgaukelten ihn, und je öfter er sich zurückliegende Zeiten vergegenwärtigte, um so mehr verdichtete sich sein Schmerz. Am liebsten hätte er zur Waffe gegriffen, um zu kämpfen. Die Vernunft sagte ihm jedoch: Vergiß das Gewesene und geh hin und arbeite. Tausend Tage ein Geist zu sein, ist nicht so viel, wie ein Tag Mensch zu sein.

Dennoch setzte Kon-kim seinen bereits gefaßten Entschluß, nach Malaya auszuwandern, nicht sofort in die Tat um. Der Gedanke, nur wenige Meilen von der Mutter entfernt zu sein, ließ ihn nicht zur Ruhe kommen und trieb ihn in das Lager der nach Hongkong geflüchteten Kantonesen, denen er märchenhafte Summen für den Fall anbot, daß sie sich bereit erklärten, seine Angehörigen über jene Schleichwege in die englische Kolonie zu führen, die sie auf ihrer Flucht benutzt hatten. Niemand aber war gewillt, ein derartiges Risiko auf sich zu nehmen. Sie alle hatten die von den Japanern entlang der Grenze aufgespießten Köpfe derjenigen gesehen, denen die Flucht nicht gelungen war.

Einer derartigen Gefahr wollte Kon-kim Mutter Lee Wei und Onkel Hu natürlich nicht aussetzen, doch es fiel ihm schwer, seine im stillen gehegte Hoffnung zu begraben und ein Schiff zu besteigen, dessen Musikkapelle sich sichtlich bemühte, die Auswanderer aufzumuntern. Die meisten der Reisenden waren dankbar dafür, Kon-kim aber ekelte das hektische Treiben der Passagiere an, die voller Ausgelassenheit im gerade in Mode gekommenen Swingstil tanzten und die Nacht zum Tag und den Tag zur Nacht machten.

Fünf Tage dauerte die Reise, die eine wohltuende Wirkung auf Kon-kim ausübte und ihn Abstand von den Ereignissen der letzten Wochen gewinnen ließ. Und als das in der Morgensonne liegende Singapore am Horizont auftauchte, war er im Grunde genommen recht froh, durch niemanden belastet zu sein. Er brannte darauf, Banken und Makler aufzusuchen, um einen Überblick über die Möglichkeiten zu gewinnen, die sich ihm hinsichtlich der Gründung oder des Aufkaufes eines Erfolg versprechenden Unternehmens in Malaya boten. Dank der klugen Wirtschaft seiner arbeitsreich und bescheiden gewesenen ehrenwerten Ahnen und seiner eigenen geschickten finanziellen Transaktionen war er in der glücklichen Lage, über namhafte Beträge zu verfügen, und es war ihm gleichgültig, welche Art von Betätigung er fand. Wichtig erschien es ihm nur, sich schnellstens einer Aufgabe zu widmen, die ihn ablenkte und nichts mit Politik zu tun hatte. Das bisherige Leben war ihm wie Sand durch die Hände geronnen.

Beinahe fiebernd schaute er nach Singapore hinüber, dessen zum Meer ausgerichteten Baulichkeiten trotz deren antiquiert wirkenden Türmen und Türmchen, Kuppeln und Säulen etwas Imponierendes anhaftete. Im Geiste sah er sich schon durch das farbige Durcheinander von Völkern und Rassen aller Art gehen, durch die von Malaien, Indern, Chinesen, Arabern, Europäern, Japanern und Indonesiern gebildete bunte Palette, die Singapore zu dem macht, was es ist: zum Schmelztiegel Südostasiens.

Kon-kim spürte, daß er richtig gehandelt hatte, als er das Schiff bestieg, um für immer nach Malaya auszuwandern. Dort gab es weder sinnlose Machtkämpfe noch zerstörenden Fremdenhaß, dort war man tolerant und stellte den Menschen über Religion, Rasse und Nation.

Kon-kim konnte es kaum erwarten, an Land zu kommen. Doch als es endlich soweit war und er die Gangway hinabsteigen wollte, stand plötzlich der weiß-livrierte indische Chauffeur Dr. Hajis vor ihm und nahm ihm nach einer ehrerbietigen Verneigung die Aktentasche aus der Hand.

»Welcome in Singapore«, sagte er zufrieden lächelnd und wies auf einen in der Nähe stehenden Wagen. »Ich glücklich, daß Sie sind gekommen. Auch Doktor Haji sich sehr wird freuen. Bitte einsteigen, dann wir fahren, und alles very well.«

Kon-kim sah ihn ratlos an. »Woher wußten Sie, daß ich heute hier eintreffe?«

Der Inder lachte glucksend. »Wir nicht genau gewußt, aber Mister Ta Tso-lin hat gegeben Telgramm, daß wahrscheinlich Sie kommen. Darum vorsorglich ich bin gefahren.«

Kon-kim schüttelte den Kopf. »Woher weiß Mister Ta Tso-lin...? Ich habe ihn dieses Mal überhaupt nicht getroffen und auch nicht die Absicht gehabt, Doktor Haji zur Last zu fallen.«

Der Chauffeur sah ihn vorwurfsvoll an. »Das besser, wenn Sie ihm nicht sagen. Er sonst sehr traurig.«

Kon-kim erkannte, daß er in eine peinliche Situation geraten war. Um völlig unabhängig zu sein, hatte er Dr. Haji, den er selbstverständlich zu einem späteren Zeitpunkt aufsuchen wollte, nicht über seine Reise verständigt. Und dieser sandte ihm nun seinen Wagen! Unmöglich konnte er den Fahrer mit einer fadenscheinigen Begründung zurückschicken.

Der Inder bemerkte Kon-kims Zögern und sah ihn unterwürfig an. »Bitte, einsteigen«, sagte er flehend. »Ich mich um Ihr Gepäck kümmere, dann wir fahren und alles very well.«

Kon-kim klopfte ihm leutselig auf die Schulter. »Im Grunde genommen preise ich mich ja glücklich, daß Mister Ta Tso-lin, der irgendwie erfahren haben muß, daß ich hierherreise, Doktor Haji davon in Kenntnis setzte.«

Die Augen des Fahrers strahlten, als hätte er ein fürstliches Geschenk erhalten. »Doktor Haji immer von Ihnen gesprochen, wie von Sohn. Er sehr alt geworden. Manchmal ich glaube, er bereits hat erreicht *Nirwana.*«

Die Worte des Inders bewegten Kon-kim. Er verehrte Dr. Haji und hatte sich lediglich aus der Sorge heraus, gleich wieder in politische Gespräche verwickelt zu werden, nicht bei ihm angemeldet.

Er wollte vorwärtsschreiten und nicht mehr zurückblicken. Wenn Dr. Haji jedoch, wie der Fahrer andeutete, so gealtert war, daß er schon nahe dem *Nirwana* stand, dann brauchte er keine Diskussionen zu befürchten.

Als er im Wagen Platz genommen hatte und der Fahrer seine Koffer verstaute, wanderten seine Gedanken in vergangene Zeiten. Vor ihm lag das Hafengebäude, auf das er einstmals mit Dr. Haji von der Reling des Schiffes hinabgeblickt hatte, das ihn nach Japan brachte. Kaleidoskopartig glitten längst vergessene Bilder an ihm vorüber. Als wäre es erst gestern gewesen, sah er im Geiste die in leuchtende Kimonos gekleideten Japanerinnen vor sich stehen, die mit ihm gereist waren. Unter ihnen Kinki Yasuda!

Kon-kim fuhr sich über die Augen, als wollte er die Bilder verbannen, die sich ihm aufdrängten.

Gleich darauf schob sich der Inder hinter das Steuer des Wagens. »Heute es wird werden sehr heiß.«

Kon-kim nickte.

»Dabei wir hatten letzte Nacht schwere *Sumatra*. Ganze Land war überschwemmt. Aber jetzt alles wieder very well.«

Kon-kim schmunzelte über das beständige ›Very well‹ des Inders, und da er nicht recht wußte, was er erwidern sollte, erkundigte er sich, ob die malaiischen Hütten der vielfachen Tropengewitter wegen auf Pfählen gebaut seien.

Der Fahrer bejahte und begann eine Erzählung von Land und Leuten, in deren Verlauf er kein Hehl daraus machte, daß er sich in Malaya wohler fühle als in Indien, wenngleich alle Malaien Mohammedaner seien. »Ich selbst nicht weiß, warum ich hier so glücklich«, fügte er hinzu und strich über seinen vom Betelkauen blutroten Mund. »Vielleicht, weil alle Menschen hier sind leise. Niemand schreit. Und mit jedem man kann gut auskommen. Keiner hat Dünkel. Alle lieben Tiere und gutes Essen.«

»Und wie sieht es mit der Arbeit aus?« fragte Kon-kim hintergründig.

Der Inder lachte. »Malaien lieber schlafen. Darum Chinesen hier machen große Geschäft.«

Kon-kim erinnerte sich daran, wie sehr es seine Mutter befriedigt hatte, als er ihr auf der Fahrt von Singapore nach Johore Bahru erzählte, daß es Chinesen seien, die das Herz Malayas pulsieren ließen. Damals hätte er nicht gedacht, daß auch er eines Tages nach

Malaya auswandern und auf dem Weg zu Dr. Haji darüber nachgrübeln würde, wo und wie er ein neues Leben beginnen könne.

Am Straßenrand wachsende Bananenstauden ließen ihn an die Errichtung einer riesigen Bananenplantage denken. Auf Lastwagen vorüberrollende Mastschweine riefen die Vorstellung einer mustergültigen Schweinezucht in ihm wach. Holztransporte gaukelten ihm mächtige Sägewerke vor. Kon-kim fieberte der Zukunft entgegen. Nur mit halbem Ohr hörte er auf das, was ihm der Fahrer erzählte. Er war nur noch Auge. Hinter allem, was er sah, suchte er ein für sich geeignetes Betätigungsfeld.

Eine Gruppe armseliger *Tamil*-Weiber, die mit langen Sichelmessern dafür sorgten, daß die durch den Dschungel führende Fahrbahn von üppig wuchernden Pflanzen freigehalten wurde, ließ ihn bewußt werden, wie gut es ihm trotz allem ging. Sein Leben war gewiß nicht befriedigend verlaufen, aber wieviel Menschen gab es, die das Glück hatten, sich nie finanzielle Sorgen machen zu müssen?

Der Fahrer drosselte den Motor, da sie die Grenzstation erreichten. Doch noch bevor die Räder stillstanden, gaben die Beamten das Zeichen zur Weiterfahrt.

»Ihnen für Kontrolle jetzt zu heiß«, sagte der Inder grinsend. »Außerdem sie wissen, daß ich nicht schmuggel.«

»Und wenn sie es nun doch tun würden?«

»Dann ich es Ihnen vorher würde sagen. Sie dann schließen Augen und erhalten Anteil.«

Kon-kim lachte. »Ich erinnere mich an Ihre damalige Erzählung über den Schmuggel der hiesigen Fischer.«

»Ja, die es haben gut«, erwiderte der Fahrer beinahe träumerisch, während er den Wagen über den etwa einen Kilometer langen Steindamm steuerte, der die Insel Singapore wie eine Nabelschnur mit Malaya verbindet. »Fischer nicht können lesen und schreiben, leben ganz arm in Hütten, klagen, daß Herz wird weich, machen aber große Geschäfte mit Polizei. Alles very well.«

Kon-kim schaute zu der auf einem sanften Hügel gelegenen *Abu Bakar Moschee* hinüber, die ihn wiederum, wie bei der ersten Fahrt nach Johore Bahru, an ein Bild aus Tausendundeiner Nacht erinnerte. Ihm war zumute, als sei er niemals fort gewesen. Wie anders war es in der Heimat gewesen, wie farblos war dort selbst das Bild der Landschaft geworden!

Der Fahrer verlangsamte das Tempo auf der am Ufer entlangführenden *Jalan Skudai* und bog bald darauf in einen von einer dichten Hecke umgebenen Park ein, in dem zwischen feuerroten und goldgelben Blumenbeeten das breit angelegte, niedrige Landhaus Dr. Hajis lag. Tausend Erinnerungen stürzten auf Kon-kim ein. Das Herz klopfte ihm in der Kehle, als der Wagen vor dem mit Oleander flankierten Portal anhielt und die Türen von malaiischen Dienern aufgerissen wurden, die schwarzsamtene Kopfbedeckungen, weiße Uniformblusen und eng um die Taille gewickelte *Sarongs* trugen. Zur Begrüßung legten sie eine Hand an die Stirn.

Kon-kim dankte ihnen und ging auf Dr. Haji zu, der, auf einen Ebenholzstock gestützt, mit vorgebeugtem Oberkörper im Hauseingang stand. Nur mühsam gelang es Kon-kim, seine Erschütterung über das veränderte Aussehen des Inders zu verbergen. Sein Haar war schlohweiß geworden, und die Wangen seines kupferbraunen, schmalen Gesichtes waren eingefallen. Aber seine dunklen Augen hatten ihre leuchtende Klarheit nicht verloren und strahlten noch immer die ihnen eigene Wärme und Güte aus.

»Dem Himmel sei Dank, daß er Sie nochmals zu mir führte«, begrüßte ihn Dr. Haji mit brüchig klingender Stimme, wobei er für einen Augenblick den Stock hob und die Hände in Brusthöhe gegeneinanderlegte.

Kon-kim stammelte Worte des Dankes und bat um Entschuldigung dafür, daß er sich nicht angemeldet und seine Reise nach Singapore verschwiegen habe.

Der Inder stützte sich auf Kon-kims Arm und wies mit dem Stock in das Hausinnere. »Um ehrlich zu sein, als mein Freund Ta Tso-lin, der durch Zufall von Ihrer Abreise erfuhr, mir vor zwei Tagen eine entsprechende Mitteilung machte, war ich nach kurzer Überlegung glücklich, daß Sie mich nicht verständigt haben. Das mag paradox klingen«, fuhr er hastig fort, als er sah, daß Kon-kim ihn verwundert anblickte. »Sie dürfen aber nicht vergessen, daß ich, wie Ta Tso-lin Ihnen nach Ihrer Rückkehr aus Japan sagte, eine bestimmte Aufgabe erfülle, durch die mir jeder entscheidende Schritt bekannt ist, den Sie in den letzten Jahren getan haben. Und zwar nicht nur in Japan. Ich habe zum Beispiel auch erfahren, daß Sie aus Kanton flüchten mußten, sich nach Tschungking durchschlugen, dort neue Papiere erhielten, eine weitere Verwendung als Agent ›vorerst‹ ablehnten und ein Flugzeug charterten, das Sie über Shensi nach

Hongkong brachte. Wenn man das alles weiß und plötzlich erfährt, daß Sie sich auf dem Weg nach Singapore befinden, fragt man sich natürlich, warum Sie sich nicht gemeldet haben. Und wenn man intensiv darüber nachdenkt und dabei berücksichtigt, welch aufregende Zeiten hinter Ihnen liegen, gibt es nur eine Erklärung: Sie wollen Brücken abreißen und von der hinter Ihnen liegenden Zeit nichts mehr wissen. Habe ich recht?«

Kon-kim war es zumute, als stünde er nackt da. »Ich bewundere Ihre Kombinationsgabe«, antwortete er verlegen.

»Verstehen Sie jetzt, warum es mich glücklich machte, daß Sie sich nicht bei mir anmeldeten? Ich begrüße Ihren Entschluß, ganz neu anzufangen, zumal die Tatsache, daß Sie ohne Begleitung reisen, vermuten läßt, daß das Leben nicht gerade zart mit Ihnen umging. Bitte, mißdeuten Sie diese Bemerkung nicht«, fügte er besorgt hinzu. »Ich bin weder neugierig noch möchte ich mit Ihnen über Dinge sprechen, von denen Sie sich befreien wollen.«

Kon-kim war gerührt. Er fand jedoch keine Gelegenheit, etwas zu erwidern, da sie in diesem Augenblick eine in der Mitte der Halle befindliche Sesselgruppe erreichten und Dr. Haji ihn bat, ihm beim Platznehmen behilflich zu sein. Und als wollte der Inder ihn auch weiterhin daran hindern, Worte des Dankes anzubringen, winkte er einen Diener herbei, den er aufforderte, seinen Gast in das für ihn vorbereitete Zimmer zu führen.

»Erfrischen Sie sich in aller Ruhe«, sagte er und legte seinen Stock auf ein niedriges Tischchen. »Ich lasse uns inzwischen einen Willkommenstrunk mixen.«

Kon-kim konnte nichts anderes tun, als sich verneigen und dem Diener zu folgen. Und während er mit diesem durch die ihm wohlbekannten und vom aromatischen Duft indischer Räucherstäbchen erfüllten Räume schritt, an deren Decken sich lautlose Ventilatoren drehten, dachte er an die Worte des ›Very-well-Chauffeurs‹, der ihm gesagt hatte: ›Doktor Haji immer von Ihnen gesprochen wie von Sohn.‹

Der Inder behandelte ihn wirklich, als sei er sein Vater, und Kon-kim wußte nicht, womit er sich diese Ehre verdient hatte. Unwillkürlich erinnerte er sich an einen Ausspruch der Mutter, die ihm einmal gesagt hatte: ›Es gibt mancherlei, was nicht erfunden wird, aber nichts, was nicht Wirklichkeit werden könnte. Alles in der Welt hat vielerlei Gründe; man muß das Leben nehmen, wie es ist.‹

Eine Woche lang nahm Kon-kim das Leben, wie es sich ihm bot, wenngleich er in keiner Stunde vergaß, warum er nach Malaya ausgewandert war. Er zügelte seinen Tatendrang, weil er sah, wie glücklich Dr. Haji über die Gespräche war, die sie miteinander führten. Und es bereitete ihm selbst große Freude, den Worten des Inders zu lauschen, dessen Auffassungen und Ansichten jene hohe geistige Warte erkennen ließen, die der Mensch nur durch Überwindung aller Leidenschaften zu erringen vermag.

Über alles mögliche unterhielten sie sich, nie aber über Politik oder Dinge, die sie persönlich betrafen. Bis Kon-kim eines Abends während eines schweren *Sumatras,* dessen Blitze und metallisch schmetternde Donnerschläge jede ruhige Unterhaltung unmöglich machten, wie beiläufig fragte: »Stehen Sie noch mit jemandem in Verbindung, der im besetzten Gebiet meiner Heimat lebt?«

Dr. Haji nickte: »Warum fragen Sie?«

»Ich würde meiner Mutter und meinem Onkel gerne eine Nachricht zukommen lassen.«

»Ihre Mutter lebt?« rief der Inder überrascht. »Warum haben Sie mir das nicht gesagt? Sie müssen sie natürlich sofort hierherkommen lassen. Selbstverständlich auch Ihren Onkel. Ich verstehe nicht, warum Sie nicht längst mit mir darüber gesprochen haben. Ich mied das Thema, weil ich befürchtete, Ihre Angehörigen seien beim Einmarsch der Japaner ein Opfer Ihrer früheren Agententätigkeit geworden.«

Kon-kim schüttelte den Kopf. »Wir hatten viel Glück. Ich werde Ihnen alles erzählen, möchte Sie zunächst jedoch bitten, mir zu sagen, ob Sie wirklich eine Möglichkeit sehen, meine Mutter und meinen Onkel aus Kanton herauszuholen.«

Der Inder entnahm einer vor ihm stehenden Elfenbeindose eine Papyros. »Einfach wird es nicht sein. Sie dürfen sich aber darauf verlassen, daß ich alles in meiner Macht Stehende tun werde, um Ihre Angehörigen sicher hierherzubringen.«

Kon-kim reichte Dr. Haji Feuer. »Ich erfuhr in Hongkong, daß die Japaner die Köpfe derjenigen, die auf der Flucht ertappt werden, an der Grenze auf Pfählen aufspießen.«

Der Inder stieß den Rauch unwillig vor sich hin. »Ich bin darüber informiert und werde nicht leichtsinnig handeln. Und im Hinblick auf die Söhne Nippons sage ich Ihnen, daß derjenige, der Unrecht tut, sich selbst schadet. Schlechtes verbreitet sich mit Windeseile über Tausende von Meilen. Die Niedertracht der Japaner beraubt sie schon jetzt aller Chancen, die sich ihnen boten. Ihr Plan, einen großostasiatischen Wirtschaftsraum unter japanischer Führung zu schaffen, wird durch ihre Untaten undurchführbar, und ich bin versucht zu sagen: leider! Denn die Japaner dürften heute die einzigen sein, die den in Ihrer Heimat sich immer stärker ausbreitenden Kommunismus fortfegen könnten. Tschiang Kai-schek erhält weder von Europa noch von Amerika die erforderliche Unterstützung. Die westliche Welt klammert sich an ihre Kolonien und einstmals errungenen Privilegien und erkennt nicht die Gefahr, die sich in China zusammenbraut. Sie spricht vom Kommunismus wie von einer Partei und übersieht, daß der Weltkommunismus eine Art Pseudo-Religion darstellt. Dabei gibt es genügend Männer – ich erinnere nur an den katholischen Philosophen Jacques Maritain –, die das klar erkannt haben. Doch was nützt es? In Europa und Amerika haben die Menschen eine Religion, die das Herz befriedigt, eine Wissenschaft und Philosophie, die den Kopf zufriedenstellt, und genügend Nahrung, so daß auch der Magen nicht rebelliert. Sie können wohl nicht so besorgt sein, wie wir es sind, und wir müssen uns damit abfinden. Wenden wir uns deshalb wieder unseren persönlichen Problemen zu. Ich schlage vor, daß Sie Ihrer Mutter noch heute einen Brief schreiben, den ich gleich morgen weiterleiten werde. Alles andere bitte ich mir zu überlassen.«

Kon-kim reichte dem Inder die Hand. »Ich weiß nicht, wie ich Ihnen danken soll. Ich kann nur hoffen...«

Dr. Haji unterbrach ihn unwillig. »Es gibt nichts Schöneres, als einem Menschen behilflich zu sein. Wem diese Freude nicht Dank genug ist, der wird nie das Glück erleben, im Einklang mit dem Rhythmus des Kosmos zu sein. Im übrigen steckt hinter meiner Hilfestellung auch eine gehörige Portion Selbstsucht. Sie, Kon-kim, werden bestenfalls einige Tage bei mir bleiben. Ihre kluge Mutter hoffe ich aber für längere Zeit hier festhalten zu können. Ebenfalls Ihren weisen Onkel. Ich freue mich schon auf Diskussionen mit ihm. Schreiben Sie also noch in dieser Stunde, und nachher erzählen Sie mir, wie es Ihnen gelungen ist, Ihre Angehörigen vor Repressalien zu schützen.«

»Einverstanden«, erwiderte Kon-kim und begab sich in sein Zimmer. Als er aber eine Stunde später mit einem umfangreichen Brief zurückkehrte, sagte ihm der Diener, Dr. Haji bitte um Entschuldigung dafür, daß er sich bereits zurückgezogen habe. Er sei plötzlich sehr müde geworden und erwarte seinen Gast am nächsten Morgen zur üblichen Zeit.

Kon-kim war nicht traurig darüber. Die Möglichkeit, die Mutter und den Onkel nach Malaya zu holen, bewegte ihn zu sehr. Unabhängig davon hatte das von ihm verfaßte Schreiben schmerzliche Erinnerungen an Li-tai wachgerufen. In seinem Brief hatte er nicht erwähnt, daß er in Shensi gewesen war, und er wollte Dr. Haji bitten, diese Tatsache seiner Mutter gegenüber zu verschweigen. Er wünschte sie in dem Glauben zu belassen, daß Li-tai noch lebte. Wenn keine Post von ihr eintraf, lag das eben an den überaus widrigen Umständen in der Heimat.

Der nächste Morgen war von strahlender Schönheit, und schillernde Pfauen und dickbäuchige Mynah-Vögel stolzierten wichtigtuerisch zwischen den feuerroten und goldgelben Blumenbeeten umher, als Dr. Haji und Kon-kim das Haus verließen, um einen Spaziergang zur nahegelegenen *Abu Bakar Moschee* zu machen. Eine himmlische Stille lag über den smaragdgrünen Rasenflächen, auf denen einige *Sandelholz*-Ponies des Sultans von Johore weideten.

Der langsam gehende Inder kam auf das Thema des vergangenen Abends zurück, und Kon-kim schilderte ihm, auf welche Weise es ihm gelungen war, die in die Besitzung seines Onkels eindringenden Japaner zu düpieren.

Dr. Haji war begeistert. »Und wie gelangten Sie nach Tschungking?«

»Zu Fuß, mit der Bahn und schließlich mit einem deutschen Flugzeug«, antwortete Kon-kim zurückhaltend, wobei er einen Zweig aus dem Gebüsch herausbrach, an dem sie gerade vorübergingen. »Es gibt da nicht viel zu erzählen. Ich hatte einfach Glück. Wie so oft in meinem Leben, wenn es brenzlig wurde. Es ist eigenartig: vieles, was ich erreichen möchte, ist mir nicht vergönnt. Komme ich aber in Gefahr, brauche ich nur die Initiative zu ergreifen, und schon läuft alles wie von selbst.«

Der Inder blickte nachdenklich vor sich hin. »Vielleicht erklärt das Ihre ungemein erfolgreiche Tätigkeit in Japan. Ich habe mich manchmal gefragt, wie Sie es zuwege gebracht haben, all das zu erfahren, was Sie melden konnten.«

Kon-kim warf den Zweig, den er gerade abgebrochen hatte, mit einer heftigen Bewegung fort.

Dr. Haji legte seine Hand auf Kon-kims Arm. »Entschuldigen Sie, wenn ich an etwas rührte...«

»Das haben Sie nicht getan«, unterbrach ihn Kon-kim. »Japan ist für mich allerdings ein rotes Tuch geworden. Das mag kindisch klingen, aber persönliche Erlebnisse... Ich hoffe, Sie nehmen mir mein mimosenhaftes Reagieren nicht übel.«

»Wie käme ich dazu«, erwiderte der Inder. »Ich habe mich nicht umsonst der Wissensbildung zugewandt, die meines Erachtens die einzige Möglichkeit bietet, unser verlorengegangenes Herz wiederzufinden.«

Kon-kim seufzte. »Ich versuchte gleiches und muß gestehen, daß es mir entscheidend half. Aber dann kamen die Japaner und raubten mir die Ruhe, die ich in der Bibliothek meines Onkels gefunden hatte.«

Dr. Haji blieb stehen. »Hätten Sie Lust, bei mir weiterzustudieren?«

Kon-kim schüttelte den Kopf. »Es würde nicht mehr gehen. Wahrscheinlich bin ich noch nicht reif genug.«

»Und in welcher Absicht sind Sie hierher gekommen?«

»Ich will arbeiten und etwas aufbauen. Was, das ist mir gleichgültig: Schweinezucht, Gummiplantage, Sägewerk oder sonst irgend etwas. Wichtig ist nur, daß ich dahin zurückkehre, wo meine ehrenwerten Ahnen standen und auch ich stehen durfte, bevor ich in jener unglückseligen Nacht mit meiner Mutter und Schwester flüchten mußte. Unter Bauern war ich damals, inmitten echter Menschen und blühender Felder. Nach nichts anderem sehne ich mich, und ich hoffe, daß mein Wunschtraum in Malaya in Erfüllung geht. Die Voraussetzungen sind ja gegeben. Hier gibt es keinen Krieg und keine Feindseligkeiten; hier zieht man den Käfig mit dem geliebten Singvogel des Morgens zum Dach empor, damit er das ihn umschließende Gitter angesichts der Schönheit der Natur vergißt; hier grüßen sich arm und reich; hier schlägt niemand einen Hund und übergießt man die Büffel bei der Arbeit mit Wasser, um ihnen Kühlung zu bringen. Man hat hier eben Herz. Die zurückliegenden Jahre haben mir gezeigt, daß der moderne Mensch es verlernt hat, wirklich zu leben. Er hetzt durch sein Dasein, als läge dahinter ein zweites.«

»Ihre Worte lassen erkennen, daß Sie auf dem richtigen Weg sind«, entgegnete der Inder nachdenklich. »Darüber hinaus glaube ich, Ihnen auch sagen zu können, warum Sie keine Bibliothek mehr benötigen. Sie haben Ihr verlorengegangenes Herz bereits wiedergefunden! Und bei dem anderen kann ich Ihnen behilflich sein.«

Kon-kim blickte zu Dr. Haji hinüber. »Wie soll ich das verstehen?«

»Das ist schnell gesagt. Auf einem Bankett des Kronprinzen Ismail Tengku Mahkota traf ich kürzlich die Witwe eines mir aus Indien bekannten Engländers, die sich mit dem Gedanken trägt, ihre bei Ipoh gelegene Zinn-Mine zu verkaufen. Wäre das nichts für Sie?«

»Und ob!« frohlockte Kon-kim. »Aber ich kann mir nicht vorstellen, daß jemand eine Zinn-Mine verkaufen will. Eine bessere Rendite gibt es doch nicht.«

»Das ist richtig«, bestätigte Dr. Haji. »Der Witwe meines früheren Bekannten ist das aber gleichgültig. Sie will von dem Unternehmen nichts mehr hören und sehen.«

»Könnten Sie sich mit ihr ins Benehmen setzen?«

»Selbstverständlich. Sie wohnt zur Zeit keine drei Meilen von meinem Haus entfernt. Wenn Sie wollen, lade ich sie zum Tee ein. Sie können sich dann mit ihr über das Projekt unterhalten. Ich möchte allerdings schon jetzt darauf aufmerksam machen, daß der Spaß viel Geld kosten wird.«

»Haben Sie eine Ahnung, wieviel?«

»Etwa eine Million US-Dollar. Aber dann beginnt es erst.«

»Was?«

»Das Geldausgeben«, antwortete Dr. Haji und erzählte, daß die zur Debatte stehende Mine nur dann lukrativ arbeiten könne, wenn beachtliche Summen investiert würden. Sein Bekannter habe große Pläne gehegt und sich dementsprechend viel Grund und Boden, Wasserquellen, notwendige Rechte und dergleichen gesichert. Doch dann habe die Weltwirtschaftskrise alle Berechnungen über den Haufen geworfen. Von heute auf morgen gingen die flüssigen Mittel aus, und der vorgesehene Ausbau, der das Unternehmen erst rentabel machen und die angelegten Gelder wieder einbringen sollte, mußte unterbleiben. Die Folge: die Mine florierte nicht, und der unternehmungslustige, jedoch ungewöhnlich herrisch veranlagte Engländer verlor die Nerven und überwarf sich mit jedem, der sich nicht bereit erklärte, ihm zu helfen. »Am schlimmsten aber verfuhr er mit seinen Arbeitern, als diese ihren Lohn verlangten«, fuhr Dr. Haji nach kurzer Pause fort. »Er züchtigte sie mit der Peitsche, so daß sie sich zusammenrotteten und ihn über die Böschung in die Mine warfen. Zum Glück brach er sich nur etliche Knochen, aber er kam über sein Mißgeschick nicht hinweg und starb gewissermaßen vor Kummer.«

Kon-kim kribbelten die Finger vor Aufregung. »Ich möchte die Mine kaufen, koste sie ein Vermögen. Mich reizt die Tatsache, daß sie nicht floriert. Das bringt Arbeit und all das, was ich mir wünsche. Bitte, laden Sie Ihre Bekannte so bald wie möglich ein.«

Er sah nicht mehr die Schönheit der Landschaft und roch nicht den roten Jasmin, der neben der Bank blühte, auf der sie eine Ruhepause einlegten. Seine Gedanken weilten bereits in Ipoh. Er wußte, daß diese Stadt in der nördlichen Provinz Perak lag, und er zitterte bei der Vorstellung, die Chance, die sich ihm jäh durch eine Laune des Schicksals bot, könnte wie eine Seifenblase platzen.

Ein Stein fiel ihm deshalb vom Herzen, als ihm Dr. Haji, der nach dem Spaziergang gleich ein längeres Telefongespräch führte, augenzwinkernd erklärte, die Inhaberin der Mine, Mistreß Jane Lawrence, werde zum Fünf-Uhr-Tee kommen und sei gerne bereit, in Verkaufsverhandlungen einzutreten.

Von dieser Minute an saß Kon-kim geschlagene vier Stunden in der Bibliothek des Inders und las alles, was er über Zinn, dessen Gewinnung, Aufbereitung und Verwendung finden konnte. Sein technisches Verständnis kam ihm dabei zustatten, und als er sich zum Tee umkleidete, war er durchaus in der Lage, einen kleinen Vortrag über das ›graue Gold‹ zu halten.

Das erste Treffen mit der annähernd fünfzigjährigen Engländerin verlief jedoch anders, als Kon-kim und Dr. Haji es sich vorgestellt hatten. Denn als der ›Very-well-Chauffeur‹, der beauftragt worden war, Jane Lawrence abzuholen, in den Park einbog, preschte plötzlich hinter dem Wagen ein orientalischer Vollbluthengst hervor, der von einer jungen Dame geritten wurde, die im Vorbeijagen diabolisch lachend mit ihrer Peitsche auf das Wagenverdeck schlug.

»Brrr!« rief sie gleich darauf, zog die Zügel straff und brachte das Pferd unmittelbar vor Dr. Haji und Kon-kim zum Stehen, die gerade aus dem Haus heraustraten, um die Engländerin zu begrüßen.

Der Inder blickte unwillig zu ihr hoch, während Kon-kims Augen sich vor Erstaunen weiteten. Nie zuvor war ihm eine so sportlich, temperamentvoll und verführerisch aussehende Frau begegnet. In ihrem goldblonden Haar knisterte die Sonne, und ihre großen blauen Augen blitzten voller Übermut. Ihre hohe Stirn zeigte Intelligenz, ihr kräftiges Kinn verriet Energie und Trotz, und die Art, mit der sie vom Pferd herabsprang, ließ deutlich erkennen, wie durchtrainiert sie war. Atemraubend aber war die Frechheit, mit der sie alles tat. Sie scherte sich nicht im mindesten darum, daß sie sich auf fremdem Boden befand und in einen Empfang hineinplatzte, drückte vielmehr einem der verdutzt dastehenden Diener die Zügel in die Hand und ging, ohne den Hausherrn zu beachten, auf den vorfahrenden Wagen zu, dessen Tür sie aufriß, noch bevor er angehalten hatte.

»Hast du dich erschreckt, als ich auf das Dach knallte?« rief sie der vor Erregung kreidebleichen Jane Lawrence entgegen.

»Wie kannst du dich unterstehen, hierherzureiten!« empörte sich die Engländerin.

»Denkst du, ich will nicht sehen, wer die *Albion-Tin-Works* kaufen will?« brauste die Reiterin auf. »Mich geht das Geschäft ja schließlich auch etwas an. Und wenn du vergißt, darauf aufmerksam zu machen, daß ich zur Zeit in Johore Bahru bin, dann lade ich mich eben selber ein.«

Jane Lawrence stieg aus dem Wagen und eilte auf den Inder zu. »Ich muß sehr um Entschuldigung für diesen peinlichen Zwischenfall bitten«, jammerte sie. »Ich vergaß am Telefon zu erwähnen, daß meine Tochter...« Sie schluchzte und verbarg ihr Gesicht.

Dr. Haji ergriff ihre Hände. »Aber gnädige Frau«, sagte er mit gütiger Stimme, obwohl ihm anzusehen war, daß er seinen Zorn nur mühsam unterdrücken konnte. »Wozu die Aufregung? Nachdem ich weiß, daß die tollkühne Reiterin Ihre Tochter ist, bin ich froh sie hier zu sehen. Ihr Auftritt ist gewiß ungewöhnlich, aber waren nicht auch wir einmal wie ungebärdige Fohlen?«

»Thank you!« mischte sich die ungeniert hinzutretende Reiterin in das Gespräch. »Ich bin froh, daß Sie meiner Mutter das mal sagen. Sie glaubt immer, mich an die Kandare legen zu müssen.«

»Es ist nicht die rechte Stunde, um über Erziehungsfragen zu sprechen«, entgegnete der Inder kühl. »Gestatten Sie mir, daß ich zunächst Ihre hochgeschätzte Mutter begrüße.«

»Bitte«, erwiderte sie arrogant und warf einen Blick zu Kon-kim hinüber, der betreten auf ihre salopp-elegante Reithose starrte.

Dr. Haji überhörte den deplacierten Einwurf und hieß Jane Lawrence betont herzlich willkommen. Anschließend stellte er ihr Kon-kim vor und bat darum, ihn und Mister Lee mit der jungen Dame bekannt zu machen.

Ihr Vorname gefiel Kon-kim. Patrice, dachte er fasziniert, und beobachtete, wie sie Dr. Haji die Hand reichte und, einer jähen Regung folgend, um Entschuldigung für ihren ungebührlichen Auftritt bat. Aber schon im nächsten Moment brach ihr unbeherrschtes Temperament wieder durch. Anstatt auch Kon-kim zu begrüßen, fragte sie Dr. Haji, ob der Herr bereits da sei, der die Zinn-Mine zu kaufen beabsichtigte.

Der Inder wies auf Kon-kim. »Mister Lee ist der Interessent.«

Patrice Lawrence straffte sich und schob ihr weißes, ein wenig hochgerutschtes Sporthemd energisch in den Bund ihrer Reithose, wodurch ihre wohlgeformte Brust noch plastischer in Erscheinung trat. »Das kommt überhaupt nicht in Frage!« ereiferte sie sich, ohne Kon-kim auch nur eines Blickes zu würdigen. »Die von meinem Vater gegründeten *Albion-Tin-Works* werden wir niemals einem Chinesen anvertrauen.«

Kon-kims Augen wurden zu winzigen Schlitzen.

»Bist du von Sinnen!« rief ihre Mutter voller Entsetzen.

»Das geht zu weit!« empörte sich Dr. Haji, wobei er seinen Stock auf den Boden stieß. »Entschuldigen Sie, Madam, aber ich kann es nicht dulden, daß einer meiner Gäste in meiner Gegenwart beleidigt wird. Bitte, haben Sie Verständnis dafür, daß ich Ihre Tochter ersuchen muß, mein Grundstück unverzüglich zu verlassen.«

Patrice Lawrence warf den Kopf in den Nacken, drehte sich um und ging mit festen Schritten auf ihr Pferd zu.

»Ich bin verzweifelt«, stammelte ihre Mutter.

Der Inder bot ihr seinen Arm. »Ihre Tochter ist noch sehr jung, und mir würde ihre Taktlosigkeit nichts ausgemacht haben, wenn Sie nicht zugegen gewesen wären. Dann hätte ich ihr klargemacht, warum es von Übel ist, in völkischen und rassischen Fragen moralische Urteile zu fällen. Vergessen wir also das turbulente Intermezzo und wenden wir uns der sonntäglichen Alltagsstunde, dem *Five o'clock tea*, zu.«

Es war bewundernswert, mit welch souveräner Gelassenheit

Dr. Haji Öl auf die Wogen der Erregung goß. Daß er sie nicht völlig glätten konnte, war nur natürlich. Aber wenn das Vorgefallene die nachfolgende Unterhaltung auch lähmte, so ließ das von ihm nach anfänglichen konventionellen Phrasen behutsam auf den Zweck des Treffens geführte Gespräch doch bald erkennen, daß die Engländerin ernstlich gewillt war, ihre Zinn-Mine zu verkaufen. Besonders wichtig war es dabei für Kon-kim, daß Jane Lawrence ihm unumwunden erklären konnte, das alleinige Verfügungsrecht zu besitzen, so daß ihre Tochter bei einem eventuellen Vertragsabschluß nicht hinzugezogen werden mußte. Ihr verstorbener Mann hatte lediglich bestimmt, daß im Falle eines Verkaufes die Hälfte des Erlöses auf ein Konto zugunsten von Patrice Lawrence einzuzahlen und bis zu deren einundzwanzigstem Lebensjahr durch ein Vormundschaftsgericht zu verwalten sei.

Auch hinsichtlich des Kaufpreises gab es keine langen Debatten. Dr. Haji hatte gut geschätzt. Die Engländerin verlangte eine Million US-Dollar, zahlbar bei Vertragsabschluß, wobei als festgelegt gelten sollte, daß dieser Preis alle Grundstücke, Liegenschaften, Rechte, Maschinen und Geräte einschloß, die ihr Mann im Raum von Ipoh erworben beziehungsweise in die von ihm gegründeten *Albion-Tin-Works* eingebracht hatte, mit Ausnahme eines in der Nähe von Tanjong Rambutan auf einer Anhöhe gelegenen Landhauses, das Jane Lawrence für sich behalten wollte.

Kon-kim bedeutete ihr, daß er in der Lage sei, die geforderte Summe sofort zu bezahlen, und er bat sie, ihn zu ermächtigen, die Mine zu besichtigen sowie Einblick in die Geschäftsbücher der Firma und des zuständigen Grundbuchamtes zu nehmen.

Sie entsprach seiner Bitte und fertigte eine entsprechende Legitimation aus, die sie ihm mit den Worten übergab: »Wenn ich auch hoffe, daß Sie alles so antreffen, wie Sie es sich erwünschen, so muß ich doch gestehen, daß mich der Gedanke, das Werk meines Mannes vielleicht schon in Kürze übergeben zu sollen, etwas schwindelig werden läßt. Aber ich glaube, daß es bei Ihnen in guten Händen wäre, und ich würde mich deshalb freuen, wenn Sie sich zum Kauf entschließen könnten.«

Kon-kim verneigte sich und ließ nicht erkennen, daß er die *Albion-Tin-Works* um jeden Preis erwerben wollte. Schon Patrice Lawrence wegen, der er zu zeigen wünschte, daß man einen Chinesen nicht ungestraft beleidigen kann.

Bereits im Morgengrauen des darauffolgenden Tages fuhr Kon-kim mit einem ihm von Dr. Haji zur Verfügung gestellten Wagen in Richtung Ipoh davon. Er steuerte das Fahrzeug selbst, und der neben ihm sitzende indische Chauffeur freute sich, einmal nach Herzenslust aus dem Fenster schauen zu können. Zu sehen gab es zwar nichts Besonderes. Der hervorragend angelegte Fahrdamm wurde zu beiden Seiten von der undurchdringlichen grünen Mauer des Dschungels begrenzt, hinter der Elefanten, Nashörner, Tiger, Tapire, Affen, Riesenschlangen und ungezählte Arten von Tropenvögeln hausten. Unmittelbar neben der Chaussee lagen Gebiete, die noch nie ein Mensch betreten hatte. Der Urwald war in weiten Distrikten so dicht, daß es nur mit unendlicher Mühe gelungen war, eine Straße und eine Eisenbahnlinie durch ihn zu führen. Alle Versuche, weiter in den Dschungel einzudringen, um sich seiner riesigen und begehrten Teakholzstämme zu bemächtigen, waren an den hohen Kosten und den unvorstellbar schnell nachwuchernden Farngewächsen und Lianen gescheitert.

Etwas Bedrückendes ging von der ewig grünen Dschungelmauer aus, und Kon-kim atmete erleichtert auf, als sie nach etwa zweihundert Kilometern den Eisenbahnknotenpunkt Gemas erreichten und knapp ein Drittel der Strecke bewältigt hatten, die sie an diesem Tag zurücklegen wollten. Die Stadt mit ihren weißen Häusern und rosa Dächern war eine Wohltat für das Auge, aber die Erholung währte nur fünf Minuten, dann lag die Chaussee wieder vor ihnen und erneut senkte sich die Monotonie der unaufhörlichen Vegetation über sie.

Kon-kim übergab dem Inder das Steuer, und von nun an wechselten sie sich regelmäßig jede Stunde ab. Über Seremban ging es nach Kuala Lumpur, der Hauptstadt Malayas, die einen nachhaltigen Eindruck auf Kon-kim machte und ihn sehr nachdenklich stimmte. Schon die kurze Fahrt durch die Metropole ließ ihn erkennen, daß die britische Kolonialpolitik anders sein mußte, als es vielfach behauptet wurde. Großzügig angelegte Avenuen mit prächtigen, der überwiegend mohammedanischen Bevölkerung Rechnung tragenden Bauwerken im maurischen Stil bewiesen neben zahllosen Schulen, ruhig gelegenen Krankenhäusern, Parkanlagen und modernen Verkehrsverhältnissen, daß die Engländer dem Land außerordentlich viel gegeben und seine Einwohner weder unterdrückt noch ausgepowert hatten.

»Fantastisch!« begeisterte sich Kon-kim, den die Schönheit Kuala Lumpurs in den Bann schlug. »Auf der Rückfahrt müssen wir hier unbedingt übernachten.«

Der indische Fahrer strahlte über das ganze Gesicht. »Kuala Lumpur sein nachts sehr interessant. Viel Lichter und schöne Mädchen; alles very well. Überall man kann...« Er unterbrach sich plötzlich und schaute angespannt hinter einem Sportwagen her, der sie mit hoher Geschwindigkeit überholte und von einer jungen Dame gesteuert wurde, deren goldblondes Haar im Fahrtwind wirbelte. »Sie gesehen?« rief er, erregt auf den Wagen weisend. »Miß Lawrence das war!«

»Zum Teufel!« fluchte Kon-kim und gab unwillkürlich Vollgas. Er ahnte, warum die temperamentvolle und unbeherrschte Engländerin die gleiche Strecke fuhr. Zweifellos führte sie etwas im Schilde. Er erkannte jedoch bald, daß der schnelle Sportwagen nicht einzuholen war und gab die Verfolgung auf. Wozu auch? Er konnte Patrice Lawrence nicht daran hindern, den Versuch zu machen, seine Pläne zu durchkreuzen. Die Entscheidung aber lag nicht bei ihr, sondern bei ihrer Mutter, die ihn ermächtigt hatte, sich den notwendigen Einblick zu verschaffen. Im übrigen wurde es Zeit, eine Pause einzulegen.

»Das nicht gut«, sagte der Inder.

»Was?« fragte Kon-kim, der in Gedanken versunken nach einem geeigneten Lokal Ausschau hielt.

»Das mit junge Miß.«

Kon-kim machte eine wegwerfende Bewegung.

Der Inder grollte verstimmt: »Sie hat gestern geschlagen Beule in mein Auto, und ich nicht konnte hingehen und hauen Beule in ihr Pferd. Aber jetzt ich weiß, was ich tue. Ich werde sehen kleine Sportwagen in Ipoh, und dann: peng, und alles very well.«

Kon-kim lachte herzhaft, warnte den Inder aber, keine Dummheiten zu machen.

»Sie doch auch hat getan«, erboste sich der Fahrer. »Warum ich nicht?«

»Weil die Schuld eines Menschen, der den Fehler eines anderen nachmacht, größer ist als die Schuld desjenigen, der ihn zunächst begeht. Unabhängig davon, würden Sie mir damit nur Schwierigkeiten bereiten.«

Der Inder strich über seinen vom Betelkauen blutroten Mund.

»Das ich natürlich nicht will. Schade.«

Kon-kim wies auf eine einfache Gaststätte. »Dort werden wir jetzt erst einmal etwas essen.«

Sie bestellten sich *Satai,* auf dünne Holzstäbchen aufgespießtes Hühner- und Rinderfleisch, das in eine pikante Soße eingetaucht und ohne Besteck vom Spieß gegessen wird. Kon-kim hatte am Schluß zehn Stäbchen neben sich liegen; eine geradezu beleidigende Fehlleistung, wie der Fahrer konstatierte, nachdem er vierundzwanzig Portionen verschlungen hatte und sein Wohlbehagen durch Rülpsen zum Ausdruck brachte.

Nur eine Stunde währte die eingelegte Mittagspause, dann ging es weiter durch endlose Dschungelgebiete, in die sich nach dem Passieren enger Serpentinen immer häufiger größere Lichtungen mit fruchtbaren Ebenen schoben, auf denen Reis, Zuckerrohr, Kaffee, Tee, Kakao, Tabak, Tapioka und Ananas angebaut wurden. Und überall waren Bananenstauden und mit Bombenlasten von Kokosnüssen behangene Palmen zu sehen.

Kon-kim genoß die Fahrt durch diesen Streckenabschnitt, der oftmals grandiose Ausblicke auf das über zweitausend Meter hohe *Cameron Highland* bot, und er würde restlos glücklich gewesen sein, wenn ihn der Gedanke an die vorauseilende Patrice Lawrence nicht doch ein wenig beunruhigt hätte. Je öfter er sich vergegenwärtigte, daß sie es auf sich nahm, an einem Tag eine Strecke von siebenhundert Kilometern zu durchrasen, um so nervöser wurde er. Bestand für sie vielleicht doch die Möglichkeit, ihm Schwierigkeiten zu bereiten? Er wußte es nicht und mußte die Dinge an sich herankommen lassen. Auf jeden Fall aber war es gut, daß der Inder die Engländerin erkannt hatte. Ihr Auftauchen konnte ihn jetzt nicht mehr überraschen, und er nahm sich vor, sich durch nichts provozieren zu lassen.

Das Gelände vor Ipoh wurde zusehends flacher, und als sich die Sonne dem Horizont näherte, tauchten die ersten Zinn-Minen auf, in deren Umgebung der Boden eintönig grau aussah.

Kon-kim steigerte die Geschwindigkeit, um die Stadt noch bei Tageslicht zu erreichen, und es überraschte ihn sehr, als er gewahrte, daß sich das Bild der Landschaft mit der Annäherung an Ipoh wieder restlos wandelte. Aus dem Dschungel der östlich gelegenen Berge traten bizarr geformte rote, weiße und grüne Felspartien hervor, die an chinesische Malerei erinnerten.

Eine Industriestadt hatte Kon-kim erwartet. Nun sah er mit Erstaunen, daß Ipoh nicht nur zwischen malerischen Bergen lag, sondern auch über herrliche Parkanlagen verfügte. Die Straßen waren ungewöhnlich sauber, und je mehr er sich dem Stadtzentrum näherte, um so sichtbarer wurde die großzügige Hand der Engländer, die auch hier den mohammedanischen Malaien zuliebe fast alle Verwaltungsgebäude im orientalischen Stil errichtet hatten. Und in der *Brewster-Road,* der Hauptgeschäftsstraße Ipohs, wetteiferte das Publikum an Eleganz. Die meisten waren europäisch gekleidet; überall sah man jedoch auch Chinesinnen und Malaiinnen, die bunte Nationaltrachten trugen, ganz zu schweigen von den Inderinnen, die in ihren leuchtenden und über alle Maßen weiblich wirkenden *Saris* wie exotische Königinnen einherschritten.

Kon-kim mußte sich zwingen, auf den Verkehr zu achten. »Wir fahren jetzt erst zum *Eastern Hotel*«, sagte er an den Inder gewandt, nachdem er sich bei einem adrett gekleideten Polizisten über die in Frage kommenden Hotels erkundigt hatte. »Sie achten darauf, ob Sie dort den Sportwagen von Miß Lawrence sehen. Wenn er da ist, fahren wir weiter zum *Grand-Hotel.*«

»Das gut«, erwiderte der Fahrer mit sichtlicher Genugtuung.

Kon-kim vermutete die Engländerin im *Grand-Hotel,* dem ersten Haus am Platze. Zu seiner Verwunderung stand ihr *Alfa Romeo* jedoch vor dem im amerikanischen Stil errichteten *Eastern Hotel.* Er fuhr deshalb gleich weiter, aber kaum hatte er hundert Meter zurückgelegt, da erwachte in ihm der ehemalige Agent. Kurz entschlossen beauftragte er den Inder, sich in das *Eastern Hotel* zu begeben und festzustellen, ob sich Miß Lawrence dort zufällig in der Halle oder in der Bar befinde. »Wenn ja«, fügte er hinzu, »dann achten Sie darauf, ob sie allein oder in Gesellschaft ist. Sollte letzteres der Fall sein, dann sehen Sie sich den oder die Betreffende genau an und kommen anschließend in das *Grand-Hotel,* wo ich inzwischen Quartier machen werde.«

Schon eine Stunde später wußte er, daß Patrice Lawrence mit einem etwa dreißigjährigen Briten zusammensaß, der glatt wie ein Offizier aussah, eine helle Breecheshose und gelbbraune Stiefel trug. Und da er inzwischen vom Portier erfahren hatte, daß die Büros der *Albion-Tin-Works* in der Nähe des *Eastern Hotels* lagen, kombinierte er, daß der Miß Lawrence Gesellschaft leistende Engländer der Geschäftsführer der Mine sei, an den ihn Jane Lawrence verwiesen hatte. Wenn das zutraf, mußte er damit rechnen, daß ihre Tochter und deren Begleiter Verbündete waren und ihm Ärger bereiten würden.

Obwohl Kon-kim hundemüde war, grübelte er an diesem Abend noch lange darüber nach, wie er sich in einem solchen Falle verhalten solle, bis ihm ein Gedanke kam, der ihn den Nachtportier anrufen ließ, dem er den Auftrag erteilte, ihn und seinen Chauffeur um fünf Uhr zu wecken.

Die Straßen von Ipoh waren noch menschenleer, als Kon-kim und der Inder am nächsten Morgen in den Wagen einstiegen, um zu der gut zehn Meilen außerhalb der Stadt befindlichen Zinn-Mine zu fahren, deren Lage ihnen der Portier anhand einer Karte beschrieben hatte. Von der Überlegung ausgehend, daß ihn Patrice Lawrence und der Geschäftsführer der *Albion-Tin-Works* – gleichgültig, ob es der Engländer mit den gelb-braunen Stiefeln war oder nicht – am Vormittag in der Verwaltung, niemals aber am Abbaugelände erwarten würden, wollte er dieses so zeitig wie möglich aufsuchen, um ungestört einen Überblick über das Werk und den dazugehörigen Grundbesitz zu gewinnen. Geschäftsbücher interessierten ihn vorerst nicht. Wenn er das Unternehmen kaufte, mußte er ohnehin Investitionen vornehmen, die alle augenblicklichen Rentabilitätsberechnungen über den Haufen warfen. Wichtig waren zunächst allein die Grube und die sich aus dem vorhandenen Grundbesitz ergebenden Ausdehnungsmöglichkeiten. Und irgend jemand mußte an der Mine sein, den er gegen Vorlage seiner Legitimation auffordern konnte, ihm alles zu zeigen und zu erklären.

Kon-kim täuschte sich nicht. Gleich am Rand des eigenartig grauen, sonst aber wie eine Braunkohlengrube aussehenden Abbaugeländes traf er einen *Towkay*, einen mit einem Bauchladen ausgerüsteten chinesischen Händler, der ihm bedeutete, daß sich die Arbeiter der *Albion-Tin-Works* in einem etwa zweihundert Meter weiter gelegenen Holzschuppen aufhielten, wo sie sich zur Schicht fertig machten.

Kon-kim wies den Inder an, beim Wagen zu bleiben und suchte den Schuppen auf, der einen wenig vertrauenerweckenden Eindruck machte. In ihm hockten etwa dreißig Malaien und Chinesen, die zum Teil bis zur Hüfte reichende Gummistiefel trugen. Er begrüßte sie in malaiischer Weise und sagte auf englisch, daß er den Schichtführer zu sprechen wünsche.

»I'm the boss«, erwiderte ein pockennarbiger Malaie, der einen samtenen *Songkok* trug und schwerfällig auf ihn zuging.

Kon-kim nannte seinen Namen und übergab das von Jane Lawrence erhaltene Schriftstück mit der Bitte, den Inhalt vertraulich zur Kenntnis zu nehmen.

Der Malaie las die Legitimation in aller Ruhe, und seine Augen glänzten, als er das Blatt zurückreichte. »Sie wollen...?« Er unterbrach sich. »Vielleicht ist es besser, wenn wir nach draußen gehen. Ich heiße Haron Ismail.«

Kon-kim reichte ihm die Hand. »Freut mich, Sie kennenzulernen.«

Als sie im Freien waren, sagte der Malaie: »Ich hoffe, Sie verübeln es mir nicht, wenn ich Sie zunächst noch bitte, mir Ihren Paß zu zeigen.«

»Im Gegenteil«, erwiderte Kon-kim und übergab seinen Ausweis. »Ihre Forderung beweist nur, daß Sie korrekt handeln.«

Der Grubenaufseher prüfte den Paß, bedankte sich und stellte die Frage, die ihm schon im Holzschuppen auf der Zunge gelegen hatte. »Sie wollen die Mine kaufen?«

»Vielleicht.«

»Wenn Sie es können, dann tun Sie es!« beschwor ihn Ismail.

»Zu welchem Preis?«

»Um jeden Preis! Die Wirtschaftskrise ist vorbei. Aufträge gibt es in Hülle und Fülle. Alle Minen florieren, nur hier geschieht nichts. Dabei könnten wir in ein paar Jahren ganz obenauf sein. Mister Lawrence, der Himmel sei ihm gnädig, hat alle Voraussetzungen dafür geschaffen. Er war ein tüchtiger Mann, leider nur schrecklich unbeherrscht.«

»Ich bin im Bilde«, erwiderte Kon-kim. »Seine Tochter scheint seine Veranlagung geerbt zu haben.«

Haron Ismail zuckte die Achseln, enthielt sich jedoch einer Stellungnahme.

Kon-kim gefiel die Zurückhaltung, und um möglichst schnell ein klares Bild über den Malaien zu gewinnen, fragte er ihn, wie er den Geschäftsführer der *Albion-Tin-Works* beurteile.

Haron Ismail wurde verlegen.

»Ich bin Grubenaufseher und kann nichts über ihn sagen. Unsere Aufgaben sind zu verschieden.«

»That's right«, entgegnte Kon-kim. »Ich erkundigte mich auch nur, weil ich glaube, ihn von Ansehen zu kennen. Trägt er gerne Breeches und gelb-braune Stiefel?«

»Ja.«

Ich habe mich also nicht getäuscht, dachte Kon-kim befriedigt und ersuchte den Aufseher, ihm innerhalb von drei Stunden einen möglichst umfassenden Überblick über das Abbaugelände zu geben.

Haron Ismail führte ihn an den Rand der Grube und zeigte ihm zunächst, in welcher Weise das Grundprodukt gewonnen wurde. Der Vorgang war denkbar einfach. Starke, auf die Sandwände gerichtete Wasserwerfer schwemmten die zinnhaltige Erde zur tiefer gelegenen Mitte der Mine, von wo das Wasser mit dem Sand durch Rohre auf ein hohes Gerüst gepumpt wurde, an das sich ein langes, treppenförmiges Gefälle anschloß, über das die graue Brühe träge dahinfloß. Dabei war das Gefälle so gehalten, daß nur die schwere zinnhaltige Substanz Zeit zur Ablagerung fand; alles übrige wurde fortgespült. Man benötigte also riesige Wassermengen, und der Gründer des Unternehmens hatte in kluger Voraussicht das Recht erworben, die Quellen eines etwa zehn Meilen entfernt gelegenen Berges ausschließlich für sich nutzbar zu machen. Und damit ihm niemand in das Gehege kommen konnte, hatte er auch gleich einen zu den Quellen führenden, mit Gummibäumen bestandenen Landstreifen in einer Breite von annähernd hundert Metern aufgekauft.

Der Malaie bedeutete Kon-kim, daß allein der Baumbestand ein Vermögen darstelle, fügte allerdings bedauernd hinzu, daß der Wald seit Jahren nicht mehr die geringste Pflege erhalte.

»Und warum nicht?« fragte Kon-kim.

»Sie werden wissen, was hier vorgefallen ist, als der Chef die Nerven verlor«, antwortete der Grubenaufseher. »Seitdem liegt alles im argen. Wenn heute jemand echten Schwung in die *Albion-Tin-Works* bringen würde, könnten hier in kurzer Zeit Hunderte von Familien ihr sicheres Auskommen finden. Statt dessen arbeiten zur Zeit achtundzwanzig Mann in der Mine. Und im Wald sind keine zehn Zapfer tätig.«

»Sie würden das Unternehmen also kaufen, wenn Sie das Geld dazu hätten?«

»Nein«, erwiderte Haron Ismail in entwaffnender Offenheit. »Das Geld wäre verloren, weil ich kein Organisator bin. Ich verstehe etwas von meiner Arbeit, war in Australien und habe dort fünf

Jahre in den Goldminen von Kalgoorlie gearbeitet. Aber ein Werk könnte ich nicht leiten.«

Der pockennarbige Malaie gefiel Kon-kim immer besser. »Sie haben vernünftige Ansichten«, erwiderte er angetan. »In China sagen wir: Wer am Morgen das richtige Prinzip erkannt hat, kann am Abend ruhig schlafen.«

Der Grubenaufseher nickte. »So ist es.«

Kon-kim forderte ihn auf, ihm nunmehr das gesamte abbaufähige Terrain, dann die weiteren Grundstücke und schließlich den zu den Quellen führenden Waldstreifen zu zeigen.

Wohl über zwei Stunden benötigten sie, um das verhältnismäßig ebene und nur von Sträuchern bestandene Werkgebiet abzugehen. Dabei wies der Malaie darauf hin, daß im letzten, wesentlich tiefer gelegenen Distrikt keine Grube angelegt werden könne, weil man dort schon nach wenigen Metern auf Grundwasser stoße.

»Die Anschaffung eines Schiffsbaggers, der vom festen Boden aus in die Tiefe gräbt, bis das Grundwasser erreicht wird, wodurch er von selbst ins Schwimmen kommt, ist auf die Dauer nicht zu umgehen«, fügte er erläuternd hinzu. »Ein Schiffsbagger kostet natürlich viel Geld, hat aber den Vorteil, daß man kein Wasser heranschaffen muß.«

Kon-kim rieb sich die Nase. »Ich sehe schon kommen, daß das von meinen ehrenwerten Ahnen erarbeitete Vermögen restlos draufgehen wird.«

Haron Ismail sah ihn erwartungsvoll an. »Sie haben ernstlich vor, das Werk zu kaufen?«

»Würde es Ihnen Freude machen?«

»Einen Luftsprung würde ich tun. Sie sind anders als alle, die sich die Mine bisher angesehen haben. Die kamen immer mit großem Gefolge, blickten ein bißchen in der Gegend herum und hatten Angst, sich ihre Schuhe schmutzig zu machen. Mit Geld allein ist es hier nicht getan. Die *Albion-Tin-Works* brauchen einen Mann, der sich um alles kümmert.«

Kon-kim blickte nachdenklich vor sich hin. »Wird man sich nicht daran stoßen, daß ich Chinese bin?«

Der Grubenaufseher schüttelte den Kopf. »Es gibt natürlich immer *Shu Tsais*, Dschungelratten, denen es mißfällt, daß Engländer und Chinesen vermögender sind als Einheimische. Aber das hat nichts zu sagen.«

»Dann wollen wir jetzt schnell noch zum Berg hinüber fahren, damit ich auch den Wald gesehen habe.«

Der Weg war nicht weit, und Kon-kim erkannte auf den ersten Blick, was los war. Zwischen den gradlinig angepflanzten Bäumen wuchs hüfthohes *Lallang*-Gras, und viele der wertvollen Gummibäume waren durch Aufschlitzen zum ›Verbluten‹ gebracht.

»Wer hat das getan?« fragte er voller Empörung.

»Das kann ich nicht sagen«, antwortete der Malaie ohne zu zögern.

»Warum nicht?«

»Die Männer wurden geschlagen.«

Kon-kim nagte an seinen Lippen und blickte an den endlosen Baumreihen entlang. »Haben Sie eine Ahnung, wieviel Stämme aufgeschlitzt wurden?«

»Zirka tausend.«

»Und wieviel Bäume hat der Wald?«

»Schätzungsweise fünfzig- bis sechzigtausend.«

Kon-kim wandte sich um. »Ich sehe jetzt um vieles klarer, und Sie werden der erste sein, den ich verständige, wenn der Kauf perfekt geworden ist. Bis dahin wird geschwiegen.«

»Sie können sich auf mich verlassen, Mister Lee!«

Eine halbe Stunde später suchte Kon-kim die Behörde auf, die das Grundbuch führte, und als er sich davon überzeugt hatte, daß die den *Albion-Tin-Works* gehörenden Grundstücke nicht belastet waren, sprach er bei der *Chamber of Commerce & Industry* und anschließend bei einem Notar vor, mit dem er eine längere Unterhaltung hatte, die damit endete, daß der Hüter des Rechts versicherte, den besprochenen Vertrag bis zum nächsten Abend aufzusetzen.

Einen dem Kaufabschluß hemmend entgegenstehenden Faktor mußte Kon-kim allerdings selbst noch aus dem Wege räumen: sein chinesischer Paß besaß in Malaya nur eine beschränkte Gültigkeit. Er konnte den beabsichtigten Vertrag erst unterzeichnen, wenn er neben der chinesischen Staatsangehörigkeit auch die britische erworben hatte, deren Erlangung jedoch keine Schwierigkeit bereitete, da die Engländer in dieser Hinsicht sehr großzügig verfuhren.

Es war erstaunlich, was Kon-kim in einem Tage alles schaffte, und als er am Abend in der weiten Halle des *Grand-Hotel* Platz nahm, hatte er bereits zwei Telefongespräche mit Johore Bahru geführt und von Jane Lawrence die Zusage erhalten, daß sie in der Frühe des nächsten Morgens in den Zug steigen und nach Ipoh kommen würde, um den Vertragsentwurf mit ihm und dem Notar zu besprechen. Und im Hotel war ein fürstliches Zimmer für sie reserviert.

Eine Bedingung hatte sie jedoch gestellt: sie wünschte ihre Tochter nicht zu treffen, und Kon-kim hatte ihr leichten Herzens versichert, daß sie sich diesbezüglich keine Sorge zu machen brauche. Er wußte, was er wollte, und wenn er sich vergegenwärtigte, was er sich für den nächsten Vormittag vorgenommen hatte, dann rieb er sich insgeheim schon die Hände.

Zunächst aber bestellte er sich eine Flasche Champagner, den er ebenso genoß wie den Anblick einiger junger Tanzpaare, denen die Musik im Blut zu liegen schien. Und da in seiner Nähe etliche zarte chinesische und malaiische *Tai-Tais* saßen, die ihr saures Brot damit verdienten, daß sie gegen Abgabe eines Coupons mit den Herren der Schöpfung tanzten, überlegte er, ob er sich nicht auch einige Gutscheine kaufen und einmal ausgelassen sein sollte. Doch dann erinnerte er sich an den letzten Abend mit Kinki Yasuda, und die eben erst in ihm aufgekommene frohe Stimmung verflog im Nu und schlug in das Gegenteil um. Er trank den Champagner mit einem Male hastig und verbittert, bis er spürte, daß der Alkohol ihn erreichte und ihm Wünsche vorgaukelte, die sein Blut in Wallung brachten. Schmerz, Sehnsucht, Liebe und Haß kämpften in ihm und vermischten sich jäh in irrsinnigem Wirbel zur Gestalt von Patrice Lawrence, die er im Geiste vor sich stehen sah, wie er sie an jenem Nachmittag gesehen hatte: in Reithosen, in deren Bund sie ihr ein wenig hochgerutschtes Sporthemd energisch hineinschob. »Patrice!« stöhnte er, ohne sich dessen bewußt zu sein.

»Wie bitte?« fragte ihn ein in diesem Augenblick vorbeikommender Kellner.

Die Ernüchterung war vollkommen. »Salah, salah – Ein Mißverständnis«, entgegnete Kon-kim. »Ich möchte zahlen.«

Wie in Trance verließ er die Hotelhalle. Er konnte nicht verstehen, warum ausgerechnet das Bild der arroganten Engländerin so verheißungsvoll vor ihm aufgetaucht war.

Wir rechnen noch miteinander ab, dachte er, als er sein Zimmer aufsuchte. Schon morgen soll sie erfahren, daß sie mit mir nicht machen kann, was sie will. Sie wird sich noch wundern.

Patrice Lawrence verschlug es tatsächlich sekundenlang die Sprache, als Kon-kim am nächsten Vormittag im Büro des Geschäftsführers der *Albion-Tin-Works* erschien und nicht das geringste Erstaunen über ihre Anwesenheit zeigte. Einen vollen Tag hindurch hatte sie vergeblich auf diese Minute gewartet, nun aber, da der große Augenblick endlich gekommen war, schritt dieser Mister Lee an ihr vorbei, als sei sie Luft.

»Haben Sie keine Augen im Kopf?« fuhr sie ihn an, als er auf den hinter einem schweren Schreibtisch sitzenden Engländer zuging.

Kon-kim blieb stehen und gab sich einen verwunderten Anschein.

»Wie kommen Sie darauf?«

»Ja, sehen Sie denn nicht, wen Sie vor sich haben?«

»Doch«, erwiderte er in aller Ruhe. »Ein Mädchen, das sich in meiner Gegenwart einmal so schlecht benommen hat, daß ich es vorziehe, die mit ihm gemachte Bekanntschaft zu ignorieren.«

Patrice Lawrence schoß das Blut in den Kopf. Aber noch bevor sie etwas entgegnen konnte, wandte sich Kon-kim an den Geschäftsführer, der voller Empörung aufsprang.

»Gut, daß ich Sie nicht mehr auffordern muß, sich zu erheben«, sagte Kon-kim mit einer jeden Widerspruch im Keim erstickenden Stimme. »Mein Name ist Lee. Ich möchte Sie nur kurz darüber informieren, daß ich die *Albion-Tin-Works* übernehmen werde und noch heute nach Johore Bahru reise, um einen gestern hier vorbereiteten Vertrag mit Mistreß Lawrence abzuschließen. Ich habe mir bereits alles angesehen und ersuche Sie, die Übergabe vorzubereiten. Bis dahin bitte ich darum, nicht am Schreibtisch sitzen zu bleiben, wenn ein Gast eintritt. Das wäre es für heute«, fügte er sarkastisch hinzu, drehte sich um und verließ den Raum in der unumstößlichen Gewißheit, daß sich Patrice Lawrence schon in der nächsten Stunde hinter das Steuer ihres Sportwagens setzen und nach Johore Bahru zurückjagen würde. Ihre Mutter aber saß inzwischen bereits im Zug nach Ipoh.

Die Gunst der Zeit ist nichts gegen den Vorteil der Lage, dachte Kon-kim mit sich selbst zufrieden, als er das Gebäude verließ. Aber dann erinnerte er sich an den Weisen Meng-tse, der erklärt hatte: Die Einigkeit der Menschen ist tausendmal wichtiger als der Vorteil der Lage.

Seine Gedanken wanderten zum Geschäftsführer der *Albion-*

Tin-Works zurück, der ihm plötzlich ebenso leid tat wie Patrice Lawrence, von der er annahm, daß sie nach ihrer Ankunft in Johore Bahru etliche Dinge zerschlagen würde.

Drei Tage dauerte es, bis der Kaufvertrag zur Zufriedenheit beider Partner formuliert war und die für Kon-kim unvergeßliche Minute heranrückte, in der er mit Überreichung von zwei Schecks der Inhaber der *Albion-Tin-Works* wurde.

Jane Lawrence standen Tränen in den Augen, die jedoch schnell versiegten, als Kon-kim sie und den Anwalt zu einem kleinen Festessen einlud, von dem er, wie er an die Engländerin gewandt sagte, zuversichtlich hoffe, daß es eine dauerhafte Freundschaft einleite. Er spürte, daß Jane Lawrence trotz des Vermögens, über das sie nun in bar verfügte, im Grunde genommen ein armer Mensch war. Die Unbeherrschtheit ihrer Tochter überschattete ihr Dasein, und Kon-kim, der zwangsläufig an seine Mutter und Li-tai dachte, nahm sich vor, die Engländerin hin und wieder aufzusuchen, wenn sie sich in dem ihr verbliebenen Landhaus bei Tanjong Rambutan aufhielt. Vielleicht bot sich ihm dort auch die Möglichkeit, ihrer Tochter einmal gründlich die Meinung zu sagen. Sein Erfolg mußte ihr zeigen, daß sie nicht gegen ihn ankommen konnte, und er war der festen Überzeugung, daß sie noch sehr kleinlaut werden würde, wenn sie erst sah, was er aus den *Albion-Tin-Works* zu machen verstand.

Aber nur für den Bruchteil einer Sekunde beschäftigte sich Kon-kim in dieser für ihn so bedeutenden Minute mit Jane Lawrence und deren Tochter. In Gedanken war er bereits in der Zinn-Mine. Er bat den Notar, unverzüglich eine Kopie des soeben abgeschlossenen Vertrages dem Geschäftsführer der *Albion-Tin-Works* mit der Weisung überbringen zu lassen, sich um vier Uhr an der Grube einzufinden.

Kalt und berechnend beorderte Kon-kim den Engländer zum Werksgelände, wo er den pockennarbigen Malaien über die Vertragsunterzeichnung informieren und den Briten entweder für sich gewinnen oder mit ihm brechen wollte.

Der indische Kraftfahrer sah Kon-kim erwartungsvoll an, als dieser am Nachmittag mit gerötetem Gesicht aus dem Hotel heraustrat.

»Vertrag endlich geklappt?« fragte er hastig.

»Abwarten«, erwiderte Kon-kim. »Zunächst müssen wir zum Abbaugelände. Fahre so schnell es geht.«

Der Inder tat sein Bestes, und als sie die Mine erreichten, forderte Kon-kim ihn auf, ihm zu folgen.

Der Fahrer lief wie ein schwanzwedelnder Hund hinter ihm her.

Kon-kim blickte über den Rand der Zinngrube, in der Haron Ismail gerade damit beschäftigt war, einen Wasserwerfer neu auszurichten. »Halloh...!« rief er ihm zu.

Der Malaie blickte zu ihm empor.

»Schluß machen für heute!«

Haron Ismail hob die Arme. »Sind Sie der neue Chef?«

»Ja! Und ich stifte so viel Bier, wie ihr haben wollt! Kommt herauf, boys. Drei Tage Feierschicht!«

Die Arbeiter johlten und liefen hinter ihrem Aufseher her, der wie ein Wiesel auf die aus der Mine herausführende Leiter losrannte.

Der Inder gebärdete sich, als hätte er das Große Los gewonnen. »Ich gewußt, daß alles wird very well.«

Kon-kim ging den Arbeitern entgegen und schüttelte ihnen die Hand.

Derartiges hatten sie noch nicht erlebt, und als Kon-kim ihnen erklärte, daß die *Albion-Tin-Works* nun richtig in Schwung gebracht würden und er keine Arbeiter, sondern nur Arbeitskameraden kenne, da überschlugen sich die Wogen der Erregung. Das Stimmengewirr verstummte jedoch, als in der Nähe ein Wagen anhielt, dem der Geschäftsführer entstieg, der mit federndem Gang auf die Gruppe zuging und bei jedem Schritt mit einer Reitpeitsche gegen seine gelb-braunen Stiefel schlug.

Kon-kim blickte ihm gelassen entgegen, und als der Engländer ihn erreichte und in beinahe militärischer Haltung vor ihm stehenblieb, bot er ihm die Hand und sagte mit gewinnendem Lächeln: »Ich hoffe auf gute Zusammenarbeit, möchte allerdings darauf aufmerksam machen, daß sie nur möglich werden wird, wenn Sie Ihre Peitsche verschwinden lassen.«

»Wie bitte?« fragte der Brite mit ungläubiger Miene.

»Sie wissen, was hier geschehen ist«, erwiderte Kon-kim. »Belegschaftsmitglieder wurden mit einer Peitsche geschlagen. Ich kann es deshalb nicht dulden, daß ein solches Instrument auf dem Werksgelände zur Schau gestellt wird. Werfen Sie das Ding also fort.«

Dem Engländer schoß das Blut in den Kopf. »Sie können von mir nicht verlangen, daß ich...«

»Sie sollen Ihre Peitsche in die Mine werfen!« unterbrach ihn Kon-kim mit einer Schärfe, die ihm niemand zugetraut hätte.

»Ich denke nicht daran!« empörte sich der Geschäftsführer.

Er hatte es kaum ausgesprochen, da riß Kon-kim ihm die Peitsche aus der Hand und schleuderte sie über den Rand der Grube. »Schade«, sagte er und gebot den begeistert aufschreienden Arbeitern zu schweigen. »Ich hatte gehofft, daß Sie mir diese Szene ersparen würden. Aber ich habe für alles Verständnis und trage Ihnen nichts nach, wenn Sie jetzt erklären, weiterhin für die *Albion-Tin-Works* tätig sein zu wollen.«

Der Engländer sah ihn verächtlich an. »Danke, mein Bedarf ist gedeckt.«

»Dann beurlaube ich Sie für das nächste Jahr und ersuche Sie, sich die Ihnen zustehenden Bezüge auszahlen zu lassen.«

Der Geschäftsführer straffte sich und ging erhobenen Hauptes davon.

Kon-kim blickte eine Weile hinter ihm her. Dann wandte er sich an die Arbeiter. »Man mag über ihn sagen, was man will: fest steht, daß er Haltung bewiesen hat. Und das muß man achten.«

Die Männer, die schon hatten fluchen wollen, nickten plötzlich zustimmend, und Kon-kim wußte, daß die von ihm inszenierte ›Schau‹ wie ein Lauffeuer durch sämtliche Zinn-Minen rasen und mit einem Schlage den Makel fortwischen würde, der dem Namen des Unternehmens anhaftete. Unabhängig davon hatte er die Arbeiterschaft auf billige Weise hinter sich gebracht; es lag auf der Hand, daß er nun zu gegebener Zeit die besten Kräfte des Landes erhalten konnte. Und um den Personenkreis nicht zu verstimmen, an den er sich wenden mußte, um erfahrene Verwaltungsangestellte zu erhalten, hatte er den bisherigen Geschäftsführer in großzügiger Weise abgefunden.

Kon-kim zweifelte nicht daran, daß sein Vorgehen kolportiert werden würde. Er war seiner Sache so sicher, daß er noch am gleichen Abend eine Annonce aufsetzte, in der er den Besitzwechsel der *Albion-Tin-Works* anzeigte und Führungskräften verlockende Angebote machte. Dann schlief er sich gründlich aus und fuhr am nächsten Morgen in bester Stimmung nach Johore Bahru zurück, um seine Sachen zu holen und verschiedene Banken in Singapore aufzusuchen, deren Hilfestellung er voraussichtlich in absehbarer Zeit benötigte. Er verfügte zwar immer noch über ein beachtliches Vermögen, konnte sich jedoch ausrechnen, daß dieses schnell dahinschmelzen würde, wenn er den *Albion-Tin-Works* die ihm vorschwebende Ausweitung gab.

Dennoch war er restlos glücklich. Seit seiner Flucht aus dem Elternhaus sah er sich erstmalig wieder in die Lage versetzt, konkret zu planen und den Blick in eine verheißungsvolle Zukunft zu richten. Ein Gefühl der Dankbarkeit durchströmte ihn, wenn er der ehrenwerten Ahnen gedachte, deren Fleiß und Bescheidenheit ihm den Erwerb einer ungewöhnlich ausbaufähigen Zinn-Mine ermöglicht hatten. Ihnen und dem Schicksal, das es so gewollt hatte, verdankte er es, daß er über Nacht zu einem kleinen König geworden war.

Aber er wurde nicht überheblich, sondern hörte im Geiste seine Mutter sagen: Vergiß nicht, daß alle Dinge vom Himmel bestimmt sind. Das winzigste Flüstern schon ist im Himmel wie ein Donner hörbar, und ein Herz ohne Demut offenbart sich dem Auge des Allmächtigen wie ein Blitzstrahl.

Drei Tage weilte Kon-kim in Johore Bahru, von wo er zweimal nach Singapore fuhr, um mit seinen Banken zu verhandeln. Nach Kenntnisnahme des von ihm abgeschlossenen Kaufvertrages erklärten sich die zuständigen Direktoren sofort bereit, ihm mit Krediten zu dienen, falls seine Mittel zum Ausbau der *Albion-Tin-Works* nicht ausreichen sollten. Gleichzeitig kaufte er sich ein elfenbeinfarbenes Kabriolett, das er voller Stolz dem über die günstige Entwicklung der Dinge glücklichen Dr. Haji vorführte. Immer wieder begeisterte sich der Inder über die raffinierte Art, mit der Kon-kim Patrice Lawrence ausgeschaltet hatte.

»Ich bin überzeugt, daß Sie alles richtig machen«, sagte er beinahe väterlich, als Kon-kim sich von ihm verabschiedete. »Dennoch möchte ich Ihnen in dieser Stunde raten, in Zukunft stets zu bedenken, daß es viel Ärger bringt, wenn man in allem nur dem Vorteil nachgibt.«

Kon-kim versicherte Dr. Haji, die Mahnung zu beherzigen. Dann bat er nochmals darum, ihn sofort anzurufen, wenn eine Nachricht von seiner Mutter oder seinem Onkel eintreffen sollte.

Stärker denn je hoffte er, dem Inder möge es gelingen, seine Angehörigen aus Kanton herauszubringen. Die Nachrichten aus

China wurden immer bedrückender. Tschiang Kai-scheks Truppen unternahmen nicht den geringsten Versuch, verlorene Gebiete zurückzuerobern. Sie beschränkten sich darauf, einige Pässe zu halten und die für die Versorgung der Armee unentbehrliche ›Reisprovinz‹ Hunan zu verteidigen. Doch während der Generalissimus geduldig auf den Ausbruch des von ihm prophezeiten neuen Weltkrieges wartete, von dem er sich eine entscheidende Wende im Konflikt mit Japan erhoffte, bemühten sich die Söhne Nippons, die letzten Nachschubwege nach China abzuriegeln. Wenn Mutter Lee Wei und Onkel Hu nicht bald über die Grenze geführt wurden, bestand für sie wahrscheinlich nie mehr die Möglichkeit, in die freie Welt zu gelangen.

Aber so schmerzlich dieser Gedanke auch war, Kon-kim mußte ihn von sich schieben und beherzt die Führung der *Albion-Tin-Works* übernehmen. Tausend Dinge warteten auf ihn. Nachdem er sich im *Grand-Hotel* einquartiert hatte, suchte er den pockennarbigen Haron Ismail auf, den er zum Oberaufseher über alle Arbeitsplätze ernannte und beauftragte, unverzüglich den zu den Quellen führenden verwahrlosten Waldstreifen in einen mustergültigen Zustand zu bringen.

»Ich überlasse alles Ihnen«, sagte er ihm. »Sie können einstellen, wen Sie wollen, und ich ermächtige Sie, nach eigenem Ermessen Aufseher zu ernennen und ihnen das Recht einzuräumen, jeden zu entlassen, der sich als Drückeberger erweist. Um meine grundsätzliche Einstellung zu den Arbeitern zu dokumentieren, erhöhe ich die Löhne mit sofortiger Wirkung um zehn Prozent.«

Der Malaie machte ein bedenkliches Gesicht. »Ich möchte Ihnen dringend raten, davon Abstand zu nehmen.«

»Warum?« fragte Kon-kim verwundert.

»Weil Sie sonst Ärger mit den anderen Minenbesitzern bekommen. Unabhängig davon käme im Prinzip nichts dabei heraus, da sich fast alle Arbeiter auf Grund der Lohnverbesserung sofort eine zweite beziehungsweise dritte oder vierte Frau nehmen würden – je nachdem, wieviel der einzelne schon hat. Und mit jeder Frau wird es schlimmer.«

Kon-kim lachte. »Sprechen Sie etwa aus Erfahrung?«

Der Malaie schmunzelte. »Erst stellt man es sich schön vor, ein paar Frauen zu haben, später aber... Als ich aus Australien zurückkehrte, handelte ich nach dem Motto: Je mehr Frauen, desto größer das Ansehen. Das stimmt auch. Die Zufriedenheit und Ruhe schwinden aber in gleichem Maße dahin. Erhöhen Sie die Löhne also nicht oder höchstens um fünf Prozent, wenn Sie Ihr soziales Empfinden zum Ausdruck bringen wollen. Und darauf dürfte es Ihnen ja wohl ankommen.«

Kon-kim nickte. »Anständig von Ihnen, daß Sie kein Blatt vor den Mund nehmen. Mir geht es tatsächlich darum, den Arbeitern zu zeigen, daß mein Glück auch das ihre sein soll.«

»Wenn alle so denken würden, gäbe es keine Kommunisten«, erwiderte der Malaie.

Kon-kim zuckte die Achseln. »Möglich. Aber ich sehe ein, daß es unter den gegebenen Umständen richtiger ist, den Lohn nur um fünf Prozent zu erhöhen.«

Es war gut, daß Kon-kim auf Haron Ismail hörte. Schon die fünfprozentige Lohnerhöhung verursachte einen solchen Ansturm von Arbeitskräften, daß sich der zum Oberaufseher ernannte Malaie in aller Ruhe die vertrauenerweckendsten unter ihnen aussuchen und unverzüglich mit der Pflege des verwahrlosten Kautschukwaldes beginnen konnte. Über hundert Frauen und Männer erhielten den Auftrag, das hochstehende *Lallang*-Gras zu jäten und Bäume zu fällen, die ›verblutet‹ waren. Und eine Kolonne versierter Zapfer marschierte hinter ihnen her, um jeden einzelnen der im gleichen Abstand voneinander stehenden Stämme gewissenhaft zu kontrollieren. Wo unter den spiralförmig abgeschälten Rinden das Sammelgefäß fehlte, ersetzten sie es durch einen neuen Auffangbehälter, um dann mit einer rasiermesserscharfen Klinge einen millimeterbreiten Span von der Rinde abzuheben, so daß der *Latex* in das Gefäß fließen konnte.

In der Zinn-Mine ging indessen die Arbeit ihren gewohnten Gang. Eine Produktionssteigerung konnte erst in Angriff genommen werden, wenn die am äußersten Ende des Gummiwaldes gelegenen Quellen die erforderlichen Wassermengen lieferten. Und das war frühestens in einem halben Jahr der Fall, weil das Wasser durch weite Rohre zur Grube geleitet werden mußte, die nur von Europa oder Amerika bezogen werden konnten.

Um die britischen Behörden für sich zu gewinnen, erteilte Kon-kim einer englischen Firma den Auftrag, die vom Gründer der *Albion-Tin-Works* bereits projektierte Wasserleitung so schnell wie möglich zu erstellen. Er war sich bewußt, daß er den Preis unter den gegebenen Umständen nicht aushandeln konnte, nahm diese Tatsache jedoch aus taktischen Gründen gerne in Kauf. Lehrgeld mußte er so oder so zahlen. Er wußte aber auch, daß jeder Tag, der bis zur Produktionserweiterung herausgewirtschaftet wurde, bares Geld bedeutete und vieles wieder wettmachte.

Kon-kim kam es darauf an, Zeit zu gewinnen. Und damit die Produktion an dem von ihm in Aussicht genommenen ›Tag X‹ auch sofort auf volle Touren gebracht werden konnte, beauftragte er Haron Ismail, umschichtig schon jetzt die für später vorgesehenen Arbeitskräfte für die Dauer von acht bis vierzehn Tagen zur Einarbeit zu beschäftigen. Gleichzeitig ließ er am Rand der Mine ein Gebäude errichten, in dessen unterem Teil sich die Umkleide-, Wasch- und Aufenthaltsräume der Arbeiter befanden. Die obere Etage diente zur Aufnahme der Werksverwaltung, die er nicht in der Stadt belassen wollte. Sorge bereitete ihm nur die Tatsache, daß sich auf seine Annonce weder ein kaufmännischer Direktor noch ein technischer Leiter um die vakanten Posten beworben hatte. Er überlegte schon, wohin er sich hilfesuchend wenden sollte, als ihn Haron Ismail auf einen jungen Chinesen aufmerksam machte, den er als Aufseher eingestellt hatte.

»Mit dem sollten Sie sich einmal unterhalten«, forderte ihn der Malaie vielsagend auf.

»Weshalb?« fragte Kon-kim.

»Seinen Papieren zufolge ist er Ingenieur. Er hat sich aber nur als Aufseher beworben.«

»Herzlichen Dank für den Tip«, erwiderte Kon-kim und schlenderte auf den Chinesen zu, den er prüfend ansah und fragte: »Kennen wir uns nicht irgendwoher?«

»Ich wüßte es nicht«, antwortete der Aufseher in breitem Hakka-Chinesisch.

»Möglich, daß ich mich täusche«, erwiderte Kon-kim. »Aber aus Kanton sind Sie bestimmt.«

Der Chinese lachte. »Das wird man mir wohl bis zu meiner letzten Stunde anhören.«

Kon-kim nickte. »Wann haben Sie die Stadt verlassen?«

»Vor gut fünf Jahren.«

»Warum?«

»Es ging nicht mehr. Ich war als junger Mann in die kommunistische Partei eingetreten und...«

»Verstehe«, unterbrach ihn Kon-kim. »Was haben Sie seither gemacht?«

Der Chinese senkte den Kopf. »Ich will Sie nicht belügen. Ich bin Ingenieur, habe in Shanghai studiert und war in den letzten drei Jahren der technische Leiter einer hiesigen Mine. Mir unterlief bei der Berechnung eines neuen Ablaufgerüstes ein Fehler, der zur Folge hatte, daß die Konstruktion zusammenbrach und fünf Arbeiter erschlug.«

»Das ist allerdings scheußlich«, erwiderte Kon-kim. »Sind Sie verheiratet?«

»Ja. Ich habe vier Kinder. Zwei Jungen und zwei Mädchen.«

»Könnte Ihnen nochmals eine falsche Berechnung unterlaufen?«

»Bestimmt nicht. Aber was nützt das? Die Männer sind tot, und meine Ingenieurlaufbahn ist zu Ende. Niemand wird es wagen, mich einzustellen. Und wer es riskieren würde, müßte damit rechnen, daß ihm die Arbeiter davonlaufen.«

»Meine würden bleiben, weil Führung und Arbeiterschaft in meinem Betrieb wie eine Familie sind«, widersprach Kon-kim. »Ich kann es mir also leisten, Sie einzustellen, und da ich der festen Überzeugung bin, daß Ihre Berechnungen in Zukunft stimmen werden, engagiere ich Sie hiermit als technischen Leiter.«

Der Ingenieur zitterte plötzlich. »Ist das Ihr Ernst?«

»Ja«, antwortete Kon-kim gut gelaunt und reichte ihm die Hand. »Sie haben mein Wort. Nur Ihren Namen müssen Sie mir noch nennen.«

Der Chinese ergriff die dargebotene Hand. »Ich heiße Go Cho Hong und werde arbeiten wie nie zuvor. Sie können sich auf mich verlassen, das schwöre ich Ihnen.«

»Daran zweifle ich nicht. Nur die Allerweisesten und die Allerdümmsten ändern sich niemals. Laufen Sie also los und grüßen Sie Ihre Frau.«

Kon-kim wußte, daß er einen technischen Leiter gefunden hatte, wie er ihn sich besser nicht wünschen konnte. Und Go Cho Hong enttäuschte ihn nicht. Er kümmerte sich von diesem Tage an um alles und saß bis tief in die Nächte hinein über Plänen, Tabellen und Aufstellungen, so daß Kon-kim sich des öfteren gezwungen sah, ihn mit Gewalt aus dem Büro zu vertreiben.

Die technische Leitung lag damit in guten Händen, was noch fehlte, war ein versierter kaufmännischer Direktor. Doch noch bevor dieser gefunden war, erhielt Kon-kim einen Anruf von David Hamilton, der seinen bereits in Japan erwähnten Plan, mit Henry Dymont eine Waffenhandelsfirma zu gründen, verwirklicht und sich in Singapore etabliert hatte.

Kon-kim glaubte nicht richtig zu hören, als er am Telefon die Stimme seines Freundes vernahm. »Woher weißt du, daß ich in Ipoh sitze?« erkundigte er sich atemlos.

»Von Royal-Dymont«, antwortete der Amerikaner aufgekratzt. »Und der erfuhr es von Doktor Haji, den er gestern abend aufsuchte. Die beiden haben sofort versucht, dich anzurufen, bekamen aber keine Verbindung. Ist ja toll, was man von dir hört. Wie fühlst du dich als Zinn-König?«

»Zunächst noch wie ein Affe im Frack. Ich weiß nicht viel damit anzufangen. Und wie geht es dir?«

»Ausgezeichnet. Ich habe mit Henry *The International Arms Company* gegründet. Müßte eigentlich ein gutes Geschäft werden, da die Welt sich die Frechheit der Japsen bestimmt nicht mehr lange gefallen lassen wird.«

»Du arbeitest also weiterhin für den Krieg?«

David Hamilton lachte. »Du etwa nicht? Oder glaubst du, aus deinem Zinn werden nur Zinn-Soldaten gepreßt?«

»Natürlich nicht.«

»Rede also keinen Unsinn, sondern setz dich in den nächsten Zug und komm nach Singapore. Diesen Anstandsbesuch bist du Royal-Dymont und mir schuldig.«

»Weiß der Himmel. Ohne euch wäre ich nicht aus Japan herausgekommen. Ich bin im Augenblick allerdings maßlos in Druck, weil ich noch keinen geeigneten kaufmännischen Leiter gefunden habe.«

»Den besorge ich dir!« rief David Hamilton. »Wirf dich also in den nächsten Zug und vergiß vor allen Dingen nicht, mir die anläßlich deiner Flucht verauslagten zehntausend Dollar mitzubringen. Ich habe sie jetzt dringend nötig.«

Kon-kim stieg das Blut in den Kopf. Er hatte völlig vergessen, seinem Freund das Geld zu überweisen. Nachdem er sich entschuldigt hatte, versprach er, spätestens in zwei Tagen in Singapore zu sein. Und schon in der darauffolgenden Nacht stieg er in den Zug.

Wohltuend empfand er die Reise in dem mit einer Klimaanlage versehenen Schlafwagen, und er fühlte sich frisch wie ein Fisch im Wasser, als der Zug am nächsten Morgen gegen zehn Uhr in Singapore einlief, wo er sich ein Taxi nahm, das ihn in wenigen Minuten zum Büro der Freunde brachte, die ihm einen turbulenten Empfang bereiteten.

»Hast du mein Geld mitgebracht?« waren die ersten Worte David Hamiltons, der ihn umarmte, als wollte er ihm die Rippen brechen.

»Zum Teufel«, stöhnte Kon-kim. »Willst du mich unbedingt in ein Krankenhaus bringen?«

»Was meinen Sie, was Dory mit Ihnen anstellen würde, wenn sie hier wäre«, grölte der Engländer, wobei er eine Flasche *Johnnie Walker* ergriff und Kon-kim erbarmungslos zwang, sie an die Lippen zu setzen. »Sie würde Sie minutenlang an ihren beachtlichen Busen drücken. Sie wissen doch, daß sie einen Narren an Ihnen gefressen hat. An Dav übrigens auch. Aber bei Ihnen entwickelt sie mütterliche Gefühle. Na ja, Frauen, die keine Kinder haben...«

»Es soll Menschen geben, die sich totquatschen, wenn väterliche Empfindungen in ihnen aufsteigen«, unterbrach David Hamilton den Engländer. »Jetzt bin ich erst mal an der Reihe. Mein lieber Kon-kim! Ich nehme an, daß du mein Geld mitgebracht hast und heiße dich somit herzlich willkommen. Im übrigen erwarten wir von dir, daß du uns einige eines Zinn-Königs würdige Tage bereitest. Cheerio!«

Kon-kim ließ sich wie ermattet in einen Sessel fallen. »Man sollte es nicht für möglich halten! Um keinen Deut habt ihr euch verändert.«

»Ich wüßte auch nicht, warum wir das sollten?« entgegnete Royal-Dymont glucksend. »Das Leben bringt genügend Veränderungen mit sich. Dory sagt immer...« Er unterbrach sich. »Ich hab' Ihnen ja noch gar nicht gesagt, daß Dory im Augenblick im Indischen Ozean schwimmt. Sie fährt nach England, um sich von den Strapazen der letzten Wochen zu erholen. Was meinen Sie, was wir zu packen hatten!«

Der Amerikaner stieß Kon-kim in die Rippen. »Habe ich mir nicht einen herrlichen Kompagnon ausgesucht? Mit seiner Quatscherei bringt er die Menschen dahin, daß sie sich das Leben nehmen wollen, und wenn es soweit ist, tauche ich auf und verkaufe ihnen die dazu erforderliche Waffe. Ich sage dir: wir sind ein großartiges Team!«

»Den Eindruck habe ich auch«, erwiderte Kon-kim.

David Hamilton grinste. »Jetzt fahren wir erst mal zum *Raffles Hotel,* bo wir ein Zimmer für dich reserviert haben. Und wenn du dich erfrischt hast, gondeln wir schön langsam zum Kap Kling hinaus. Du wirst staunen, was für ein phantastisches Restaurant es dort gibt.«

»Im Prinzip bin ich einverstanden«, erwiderte Kon-kim. »Du hast nur vergessen, daß ich Chinese bin. *Raffles Hotel* wird mich nicht aufnehmen.«

»Der Fall ist bereits geklärt«, polterte Dymont. »Dem Portier haben wir deutlich zu verstehen gegeben, daß wir Waffenhändler sind und das idiotische Theater nicht mitmachen. Ist doch ein tolles Stück, die Menschen heute noch nach Gesichtsfarben trennen zu wollen.«

»Ich weiß Ihre Einstellung zu schätzen«, entgegnete Kon-kim. »Für mich ist es aber dennoch peinlich...«

»Unsinn«, unterbrach ihn David Hamilton. »Wenn wir bereit sind, ein Exempel zu statuieren, darfst du nicht kneifen. Wir wohnen auch im *Raffles* und gewannen den Eindruck, daß du nicht der erste Asiat sein wirst, der dort absteigt. Die Zeit ist nicht stehengeblieben.«

Es sollte sich bald erweisen, daß die beiden Freunde Kon-kim keinen guten Dienst erwiesen hatten. Er erhielt zwar das reservierte Zimmer, aber die meisten der vermögennden Hotelgäste rümpften die Nase oder wichen gar zur Seite, wenn sie Kon-kim erblickten. Auf der Straße erhoben sie keinen Einspruch gegen asiatische Völker und Rassen, mit denen sie sich nur zu gerne fotografieren ließen, um daheim zeigen zu können, wo überall sie gewesen waren. Im weltberühmten *Raffles Hotel* wollten sie jedoch die gepflegten Innenhöfe mit ihren gleich priesterlichen Wedeln zugeschnittenen Palmen für sich allein genießen.

»Wenn man sieht, wie sie sich benehmen, braucht man sich nicht zu wundern, daß der Kommunismus auch in Südostasien immer stärker um sich greift«, grollte Royal-Dymont.

»Ich habe geahnt, daß die Geschichte peinlich für mich wird«, entgegnete Kon-kim verstimmt. »Nun ist aber nichts mehr zu ändern, und ich denke nicht daran, mich jetzt verdrängen zu lassen.«

»Das wäre ja auch noch schöner«, erwiderte David Hamilton, der sich ostentativ bei Kon-kim einhakte. »Ich könnte hier allen in die Fresse schlagen.«

Kon-kim zog seinen Freund mit sich fort. »Brech jetzt bloß keinen Streit vom Zaun!«

»Er hat recht«, pflichtete ihm Royal-Dymont bei. »Wir sind am Schluß nur die Dummen und müssen ausziehen.«

»Ich denke, wir wollen ein Exempel statuieren«, erboste sich der Amerikaner.

»Aber nicht gleich mit Pauken und Trompeten«, wies ihn der Engländer zurecht. »Verlassen wir die ungastliche Stätte. Die am Kap Kling stehenden Palmen sind ohnehin schöner als die hier zurechtgestutzten Pharaonenwedel.«

Kon-kim atmete erleichtert auf, als sie David Hamiltons Wagen erreichten, in dem sich sein Freund als erstes die mitgenommene Flasche an die Lippen setzte.

»So«, sagte er, als er einen gehörigen Schluck getrunken hatte. »Nun ist mir wohler.«

Die Stimmung stieg schlagartig wieder, und Kon-kim genoß die üblichen Witzeleien seines Studienkameraden ebensosehr wie die wirren und endlosen Monologe Henry Dymonts. Alle drei aber waren zuhöchst erstaunt, als sie nach fast zweistündiger Fahrt plötzlich feststellten, daß das Meer unmittelbar vor ihnen lag und keiner das geringste von der reizvollen Landschaft gesehen hatte, durch die sie gefahren waren.

»Verglichen mit uns sind Tratschtanten die reinsten Waisenkinder«, sagte der Amerikaner, als sie ausstiegen und auf den Strand zugingen. Die Luft flimmerte, und die der Küste vorgelagerten Inseln tanzten in der Hitze vor einem Himmel, dessen Farbe vom pastellgetönten Horizont zum Zenith in ein leuchtendes Azurblau überging.

»Hier kann man es aushalten«, sagte Kon-kim zufrieden und atmete mit tiefen Zügen die frische Brise ein. »Der Herrgott hat schon grandiose Plätze geschaffen.«

»Die wir neunmal klugen Menschen mit Geschützen bestücken«, entgegnete Royal-Dymont und wies auf eine in der Nähe gelegene, äußerst geschickt am Ufer getarnte Befestigungsanlage.

David Hamilton rang die Hände. »Und so was nennt sich Waffenlieferant! Stell dir lieber vor, was wir verdienen würden, wenn wir die Kasematten mit neuen Geschützen ausrüsten müßten!«

Kon-kim schüttelte den Kopf. »Kannst du überhaupt nichts Vernünftiges mehr reden?«

Der Amerikaner bleckte die Zähne. »Wünschst du ein Gespräch über Politik?«

»Nein, danke.«

»Na schön, dann bist du an der Reihe. Erzähle von deiner Zinn-Soldaten-Mine.«

Dieser Aufforderung kam Kon-kim nur zu gerne nach, und Royal-Dymont wie David Hamilton erkannten an der ungewohnt temperamentvollen Schilderung ihres sonst nur selten aus sich herausgehenden Freundes, daß dieser eine Aufgabe gefunden hatte, die ihn erfüllte. Es war daher verständlich, daß sie in einem Augenblick, da Kon-kim sie für eine Minute alleine ließ, schnell beratschlagten, ob sie ihrem Vorsatz treu bleiben und Kon-kim über Kinki Yasudas Freitod informieren sollten.

»Wenn wir ihm jetzt reinen Wein einschenken, reißen wir eine Wunde auf, die noch nicht vernarbt ist«, gab Royal-Dymont zu bedenken. »Es hilft nichts: wir müssen schweigen, damit er seine Arbeitskraft nicht verliert.«

»Er kommt«, flüsterte der Amerikaner und blickte Kon-kim lachend entgegen. »Erleichtert?«

»Und wie! Ich habe übrigens gerade gedacht, daß es schön wäre, wenn ihr mich mal in Ipoh besuchen würdet.«

»Keine schlechte Idee«, antwortete Henry Dymont. »Wir müssen ohnehin in Kürze nach Kuala Lumpur, um einen Kotau vor dem dortigen Kommandierenden General zu machen.«

»Das trifft sich glänzend! Ich hole euch dann ab. Von Kuala Lumpur sind es nur hundertvierzig Meilen.«

David Hamilton deutete nach Westen, wo sich die Sonne wie ein feuriger Ball dem Horizont näherte. »Wenn ihr für einen Moment schweigt, können wir sie untergehen hören.«

Die Sonne stand knapp über dem Meer, das aufzuschäumen schien und sich blutrot verfärbte. Der Himmel flammte in Blau und Gold, und die Silhouetten der über das Wasser hinausragenden Palmen erinnerten an demütige Priester, die sich vor dem Allmächtigen verneigen. Der Seewind war plötzlich eingeschlafen. Kein Lüftchen regte sich mehr.

Wie gebannt blickten die Freunde in die Ferne, bis die Sonne nach einem letzten Aufglühen hinter dem Horizont verschwand und ein bleigraues Meer zurückließ, das frieren machte und an den reitenden Tod erinnerte.

»Kommt, wir wollen gehen«, sagte Royal-Dymont mit merkwürdig spröder Stimme.

Die Freunde nickten, und David Hamilton hakte sich bei Kon-kim ein, um ihn zu dem auf einer Anhöhe gelegenen Restaurant zu führen, von dem er geschwärmt hatte.

Die eigenwillige Einrichtung des Lokals überraschte Kon-kim. An den rauh verputzten Wänden hingen malaiische und indonesische Waffen traulich vereint mit Fischfanggeräten, Ochsenziemern, Masken und Seltenheiten aller Art. Und zwischen all diesem alten, aber dekorativ wirkenden Gerümpel standen mit erlesenem Geschmack gedeckte Tische, von denen man durch breite Fenster zu den nahegelegenen Inseln Merliman, Pesek und Ayer Chawan hinüberblicken konnte.

»Ein hübsches Restaurant«, sagte Kon-kim anerkennend, nachdem er sich ein wenig umgeschaut hatte. »Hat euch der Zufall hierhergeführt?«

David Hamilton schüttelte den Kopf. »Der Besitzer, ein bekannter Spediteur, mit dem wir vor einigen Tagen einen Vertrag abgeschlossen haben, lud uns hierher ein. Die Gastronomie ist sein Hobby.«

»Wahrscheinlich, um auf Kosten des Finanzamtes seinen Bedarf an hübschen Mädchen decken zu können«, fügte Henry Dymont trocken hinzu. »Aber Sie werden sich wundern, wie ausgezeichnet man hier ißt.«

Der Engländer hatte nicht übertrieben. Die Küche war wirklich hervorragend, und der Kellner stellte ein Menü zusammen das sich sehen lassen konnte. Als erstes servierte er *Chendawan*, Pilze, die auf der Zunge zergingen. Anschließend *Ayam goreng*, kaltes Huhn. Und dann in munterer Reihenfolge: *Kambing panggang*, zartes Hammelfleisch; *Udan goreng*, gebackene Langusten; *Kerabu ayam*, malaiischer Hühnersalat; *Gulai pedas ikam nasi*, heißer Fisch mit Curry und Reis. Und den Abschluß bildete *Mata kuching*, eine hervorragende, jedoch undefinierbare Nachspeise.

Das üppige, fast drei Stunden dauernde Essen war gerade beendet, als David Hamilton mit großen Augen zum Eingang hinüberstarrte. »Ich werde verrückt«, stöhnte er in gemachter Manier. »Nach diesem Mahl ein solches Weib – Herrgott, warum habe ich so viel gefressen!«

Royal-Dymont und Kon-kim schauten sich unwillkürlich um,

reagierten jedoch grundverschieden. Der Engländer spitzte die Lippen und gab wohlige Knurrlaute von sich, während Kon-kim den Kopf schnell zurückwandte und betreten vor sich hinblickte. Aber nur für den Bruchteil einer Sekunde, dann hatte er sich gefangen.

»Wenn man euch hört und sieht, könnte man meinen, balzende Hähne vor sich zu haben«, sagte er belustigt.

»Ist das ein Wunder?« verteidigte sich der Amerikaner. »Das Girl ist Klasse. Du hast es nur nicht richtig angesehen.«

»Sag das nicht«, entgegnete Kon-kim gelassen. »Ihre Augen sind blau, ihr Haar ist goldgelb, ihre hohe Stirn zeigt Intelligenz, ihr Kinn verrät Energie, und ihre Bewegungen sind elastisch und bestimmt.«

David Hamilton stemmte die Hände in die Hüften. »Wenn du jetzt noch erklärst, daß du das alles mit einem Blick gesehen hast...«

»Habe ich das behauptet?«

»Du kennst sie?«

»Erraten! Sie ist die Tochter jener Dame, die so vernünftig war, mir die Zinn-Mine zu verkaufen.«

»Und wer ist der Knülch, der sie begleitet?«

»Keine Ahnung.«

»Daß schöne Frauen nie allein sein können«, seufzte der Engländer.

Kon-kim lachte. »Wie heißt es im Buch der Christen? Du sollst nicht begehren deines Nächsten Weib!«

»Es wäre vernünftiger, wenn du die attraktive Göttin an unseren Tisch holen würdest«, erwiderte David Hamilton. »Ihren Begleiter übernehme ich. Hinter der Küche finde ich bestimmt einen geeigneten Mülleimer.«

Kon-kim verzog die Lippen. »Ich muß dich enttäuschen. Was du attraktive Göttin nennst...«

»Ssst!« machte der Freund und stieß Kon-kim so unmißverständlich an, daß dieser augenblicklich schwieg.

Gerade noch zur rechten Zeit, denn schon im nächsten Moment stand Patrice Lawrence am Tisch, nickte kurz zu Kon-kims Begleitern hinüber und fragte ihn mit der unschuldigsten Miene, ob sie ihn sprechen könne.

Kon-kim erhob sich und antwortete steif: »Bitte.«

Sie sah ihn unsicher an.

Royal-Dymont und David Hamilton wollten sich erheben, wurden jedoch durch eine herrische Geste Kon-kims davon abgehalten.

Patrice Lawrence strich nervös über ihr enganliegendes Kleid, dessen trapezförmigem Ausschnitt etwas Verführerisches anhaftete. »Muß es hier sein?«

»Ich habe vor meinen Freunden keine Geheimnisse.«

»Nun gut«, erwiderte sie achselzuckend. »Ich möchte mich bei Ihnen entschuldigen. Ich weiß heute, daß ich mich schlecht benommen habe und wäre Ihnen dankbar, wenn Sie jenen Nachmittag vergessen könnten.«

Kon-kim hielt ihr die Hand hin. »Der Fall ist erledigt und vergessen, und es wäre schön, wenn Sie und Ihr Begleiter uns Gesellschaft leisten würden.«

Patrice Lawrence nahm die Einladung dankend an, und Kon-kim machte sie mit seinen Freunden bekannt, die sich vor Beflissenheit förmlich überschlugen. Dann winkte sie ihren schüchtern im Hintergrund verbliebenen Begleiter herbei und stellte ihn den Herren vor.

Er war ein farbloser, vermögender Nichtstuer, der Patrice Lawrence so sehr langweilte, daß sie es vorzog, einen Canossa-Gang anzutreten, als den Abend weiterhin allein in seiner Gesellschaft zu verbringen.

Hätte Kon-kim dies gewußt, würde er die hübsche Engländerin gewiß nicht an seinen Tisch gebeten haben.

Patrice Lawrence hatte jedoch nicht ausschließlich ihres faden Bekannten wegen den Entschluß gefaßt, sich bei Kon-kim zu entschuldigen. Es war vielmehr die lautlose Art, mit der er sie in Ipoh kaltgestellt hatte, die sie zwang, ihr überhebliches Wesen zu unterdrücken und seine Nähe zu suchen. Hinzu kam der Reiz, den Menschen näher kennenzulernen, der die Initiative und Geschicklichkeit besaß, im Handumdrehen eine Zinn-Mine zu kaufen, den Geschäftsführer zu erledigen und die Arbeiter wie eine Phalanx hinter sich zu bringen. Sie war über alles informiert und hatte seinetwegen schon manch unruhige Nacht verbracht und immer wieder darüber nachgegrübelt, ob sie sich mit ihm versöhnen oder etwas gegen ihn unternehmen solle. Als sie ihn unerwartet in dem Restaurant entdeckte, hatte sie sich in Sekundenschnelle für eine Versöhnung entschieden.

Und Patrice Lawrence fiel es nicht schwer, Männer wie David

Hamilton und Henry Dymont im Nu für sich zu gewinnen. Bewußt beachtete sie Kon-kim etwas weniger als dessen Freunde. Sie lachte ihm zwar hin und wieder freundlich zu, nützte aber weitgehend die Chance, die ihr im besonderen Maße der ausgelassene Amerikaner bot. Sie flirtete mit David Hamilton, ohne sich etwas zu vergeben, reizte ihn zum Widerspruch und brillierte mit Paraden, die ihr niemand zugetraut hätte. Aber hinter allem, was sie sagte, stand jener giftige Stachel, den Kon-kim beim ersten Treffen zu fühlen bekommen hatte. Es war geradeso, als wünsche sie ihn eifersüchtig zu machen, um ihn an sich heranzuziehen, dann wieder vor den Kopf zu stoßen, um ihn von sich fernzuhalten. Dabei war sie klug genug, in heiklen Fällen anstelle einer eigenen Aussage eine kompetente Größe zu zitieren. Und auch das tat sie nicht plump, sondern äußerst geschickt.

So machte sie lediglich ein bedenkliches Gesicht, als der Amerikaner begeistert über die Prachtbauten der chinesischen Regenten sprach und unumwunden erklärte, daß ihm die östlichen Paläste tausendmal lieber seien als die europäischen Schlösser, deren Symmetrie ihn langweile. Die natürliche Folge ihres Reagierens war, daß David Hamilton sie fragte, ob sie anderer Meinung sei.

»Das möchte ich nicht sagen«, erwiderte sie, sich unsicher stellend. »Ich mußte nur an Daniele Varé denken. Er sagt in einem seiner Bücher: ›Prunk in östlichen Ländern ist zumeist nur eine Hülle für Dreck. Pracht und Unziemlichkeit gehen Hand in Hand.‹«

Kon-kim ahnte, was Patrice Lawrence mit dem Zitat bezweckte. Er ließ sich jedoch nichts anmerken, sondern erwiderte gelassen: »Daniele Varé hat recht. Ich befürchte nur, daß Sie ihn falsch verstanden haben. Seine Worte beziehen sich auf den Prunk der früheren Herrscherhäuser, bei denen Pracht, Dreck und Unziemlichkeiten tatsächlich Hand in Hand gingen. Aber wie war das in Europa? Ich erinnere an das Schloß von Versailles, in dem es weder ein Bad noch eine Toilette gab. Habe ich darum das Recht, daraus abzuleiten ...«

»Warum nicht, wenn es Ihnen guttut?« unterbrach ihn Patrice Lawrence banal.

Kon-kim lehnte sich zurück. »Kann es einem jemals guttun, etwas Falsches abzuleiten? Mich persönlich könnte das nicht befriedigen.«

Patrice Lawrence spürte, daß sie Kon-kim nicht gewachsen war.

Sie ärgerte sich darüber, konnte aber nicht umhin, ihn zu bewundern. Er imponierte ihr, zumal er der einzige in der Runde war, der sich von ihrem guten Aussehen nicht beeindrucken ließ.

Darin täuschte sie sich. Kon-kim war keine kalte Natur, wenngleich er sich bei Frauen äußerst zurückhaltend zeigte. Sein Blut geriet öfter in Wallung, als ihm lieb war. Er dachte aber nicht daran, Feuer in Papier einzuwickeln. Und wenn er sich Patrice Lawrence gegenüber besonders reserviert verhielt, so lag das nicht nur an den Umständen, unter denen sie sich kennengelernt hatten. Er wußte, daß die Gefühle und Empfindungen eines Asiaten anders als die eines Europäers sind, und er spürte die Gefahr, die daraus erwachsen mußte. Ein Europäer mochte mit einer Asiatin auskommen, umgekehrt aber konnte nur eine Katastrophe daraus erwachsen.

Doch auch Kon-kim war von jener Vereinsamung ergriffen, die in fremde Länder verschlagene Menschen überkommt, und es war kein Wunder, daß die beinahe tragische Naivität, mit der Asiaten bereit sind, Ausländer zu verherrlichen, ihn dahin brachte, Patrice Lawrence nichts nachzutragen und ihr ehrlichen Herzens zu verzeihen. Im Bestreben sie dies fühlen zu lassen, machte er ihr im Verlauf der nächsten Stunden sogar einige Komplimente, die sie mit Genugtuung zur Kenntnis nahm, aber auch gleich wieder so überheblich werden ließ, daß der gut verlaufene Abend jäh mit einem schrillen Mißklang endete.

Es begann, als man sich gemeinsam zu den Wagen begab, wo Kon-kim sah, daß Patrice Lawrences Begleiter über keine Limousine, sondern über einen offenen Sportwagen verfügte. Da es kühl geworden war, fragte er ihn, ob er den Vorschlag machen dürfe, Miß Lawrence im geschlossenen Wagen seines Freundes nach Hause zu bringen.

»Selbstverständlich«, erwiderte der junge Mann bereitwillig.

Kon-kim wandte sich an die Engländerin. »Darf ich Sie dann bitten, bei uns Platz zu nehmen?«

»Nein, danke«, erwiderte sie hochnäsig und warf den Kopf in den Nacken. »Soweit geht die Freundschaft nun doch noch nicht.«

Es waren weniger ihre Worte, als die beleidigende Art, in der sie ausgesprochen wurden, die Kon-kim entsetzten.

Den anderen erging es ähnlich, wenngleich sie völlig verschieden reagierten. Ihrem Begleiter blieb vor Schreck der Mund offenstehen, Henry Dymont lachte nervös, und David Hamilton entflog die nicht gerade schöne Bezeichnung: »Blöde Ziege!« Gleich darauf ging er auf Patrice Lawrence zu, als wolle er ihr gründlich die Meinung sagen.

Kon-kim kannte seinen Freund und riß ihn zurück. »Wozu sich ereifern?«

Der Amerikaner machte sich frei und wandte sich erneut an die Engländerin. Doch da schob Kon-kim ihn kurzerhand in den Wagen, schlug die Tür hinter ihm zu und gab Royal-Dymont zu verstehen, daß er das Steuer übernehmen werde.

»So ein unverschämtes Biest«, tobte David Hamilton, als die beiden eingestiegen waren.

»Reg dich nicht auf«, erwiderte Kon-kim, legte den Gang ein und fuhr davon. »Die Schuld liegt bei mir. Ich hätte wissen müssen, daß nicht laufen kann, wer das Kriechen noch nicht erlernt hat.«

»Ich verstehe überhaupt nicht, was die Mistbiene mit ihrer Bemerkung bezweckte«, grollte David Hamilton erneut. »Dahinter steckte eine Absicht.«

»Ist doch gleichgültig«, entgegnete Kon-kim. »Ich jedenfalls bin um eine Erfahrung reicher. In Zukunft werde ich mich hüten, so mir nichts dir nichts jemandem zu verzeihen, der mich beleidigt hat.«

»Sie hat dich...«

»Ja«, unterbrach ihn Kon-kim erregt. »Aber verschone mich mit Fragen. Die Angelegenheit ist erledigt und hat nur die Richtigkeit des Spruches unter Beweis gestellt: ›Wen der Himmel strafen will, dem schickt er eine schöne Frau über den Weg.‹ Und jetzt ein anderes Thema! Ihr kennt das Sprichwort: ›Wen der Himmel liebt, dem läßt er einen Freund begegnen.‹ Ich lade euch zu einer Flasche Champagner ein.«

David Hamilton rieb sich die Hände. »Da wir zwei Freunde sind, wirst du zwei Flaschen bestellen müssen.«

»Well!« erwiderte Kon-kim, der froh war, verbergen zu können, wie getroffen er sich fühlte. Er, ein Asiat, hatte einer Europäerin verziehen, und diese dankte es ihm, indem sie ihm vor anderen eine Zurechtweisung erteilte, die er nicht verdient hatte. Er schwor sich, die erneute Unverfrorenheit nicht zu vergessen und Patrice Lawrence die ihr gebührende Antwort zu geben.

Nach zwei weiteren, harmonisch verlaufenen Tagen kehrte Kon-kim mit dem Nachtexpreß nach Ipoh zurück. Dort fand er einen

Brief vor, mit dem sich der Direktor eines Konkurrenzunternehmens um den Posten des kaufmännischen Leiters der *Albion-Tin-Works* bewarb. Kon-kim rief ihn gleich an und verabredete ein gemeinsames Abendessen im *Grand-Hotel*. Dann begab er sich in gehobener Stimmung zur Mine, vor der auf dem zukünftigen Verwaltungsgebäude gerade das Dachgerüst errichtet wurde.

»Morgen können wir das Richtfest feiern«, begrüßte ihn Haron Ismail freudestrahlend.

»Auch sonst alles in Ordnung?«

»Alles!«

»Was macht Go Cho Hong?«

»Einen besseren technischen Leiter hätten wir nicht finden können. Es gibt nichts, um das er sich nicht kümmert. Ich traf ihn sogar im Kautschukwald, wo er mir sagte, daß er mit dem *Latex* etwas Besonderes vorhat. Aber das muß er Ihnen selbst erzählen. Ich möchte ihm die Freude nicht verderben.«

Kon-kim gefiel die kameradschaftliche Haltung des Oberaufsehers, und er pfiff vergnügt vor sich hin, als er später allein über das Werksgelände ging. Und da er dachte, daß das Schicksal es doch recht gut mit ihm meine, nahm er sich vor, etwas für die Mönche zu tun, die nicht weit von der Zinn-Grube entfernt in einer Felsenhöhle lebten. Der Gedanke stimmte ihn froh, und er war mit sich und der Welt zufrieden, als er bald darauf den zum technischen Leiter ernannten jungen Chinesen traf, der ihm nach einem kurzen Bericht über die Arbeit der vergangenen Tage vorschlug, den im Gummiwald gewonnenen *Latex* künftighin nicht mehr zu Platten pressen zu lassen, sondern in Spezialtanks zu sammeln und in flüssiger Form nach Europa zu verschiffen, wodurch enorme Frachtkosten eingespart würden.

Kon-kims Augen blitzten. »Die Idee ist großartig. Wie sind Sie darauf gekommen?«

Go Cho Hong grinste hintergründig. »Ich habe einige *Rubbler* ausgehorcht, die bei einer englischen Firma beschäftigt sind.«

Kon-kim drohte mit dem Finger. »Grenzt das nicht an Werkspionage?«

Das Grinsen des technischen Leiters wurde breiter. »In Anbetracht der Tatsache, daß der *Latex* bei uns fast nebenbei anfällt, dürfte mein Aushorchen allenfalls mit der Neugier eines Bauern vergleichbar sein, der seinen Nachbar bei der Arbeit beobachtet.«

Kon-kim machte ein bedenkliches Gesicht. »Waren es nicht Marx und Engels, die die Dialektik in die materialistische Auffassung der Natur und Geschichte hineinnahmen?«

Go Cho Hong blickte verlegen zu Boden.

Kon-kim stieß ihn vor die Brust. »Also, die Tanks werden beschafft. Das andere überlassen wir in Zukunft aber denen, die sich dazu berufen fühlen. Einverstanden?«

Es war geschickt, wie Kon-kim mit seinen Leuten umging. Er ritt das Pferd der Kameradschaft und stellte niemals den Herrn zur Schau. Aber gerade darum war jeder bereit, sich ihm bedingungslos zu unterwerfen. Man spürte das Menschliche in seinem Wesen und fühlte sich geborgen.

So erging es auch Macolm Watt, dem Direktor des Konkurrenzunternehmens, mit dem sich Kon-kim zum Dinner verabredet hatte. Er war das Musterbild eines Schotten: groß, hager und drahtig segelte er wie eine verkantete Fregatte im Kielwasser eines ihn führenden Boys durch die Hotelhalle. Sein Haar war rötlich. Er begrüßte Kon-Kim mit einer Stimme, die an das saugende Geräusch eines ablaufenden Bades erinnerte.

»Freut mich, Ihre Bekanntschaft zu machen«, sagte er, nachdem er sich vorgestellt hatte. »An sich wollte ich Sie schon früher aufsuchen; es gab jedoch Gründe, die mich davon abhielten.«

Kon-kim überhörte den Hinweis und bat ihn, Platz zu nehmen. »Wünschen Sie einen Drink?«

»Ein Bier, wenn es Ihnen recht ist.«

Kon-kim gab einem Kellner eine entsprechende Weisung und wandte sich wieder dem Schotten zu. »Darf ich die Gründe erfahren, die Sie bislang abhielten, sich mit uns ins Benehmen zu setzen?«

»Selbstverständlich«, antwortete Macolm Watt in aller Offenheit. »Zunächst einmal, und das werden Sie mir gewiß nicht verübeln, wollte ich sehen, ob bei den *Albion-Tin-Works* wirklich ein neuer Wind weht. Ich bin in ungekündigter Position und möchte mich nicht gerade verschlechtern.«

»Dafür habe ich Verständnis«, entgegnete Kon-kim. »Aber warum wünschen Sie eine Veränderung?«

»Ein Sohn der Hauptgesellschafterin des heute von mir geleiteten Unternehmens ist soweit, daß er die Führung übernehmen kann. Für mich bedeutet das, daß ich sie über kurz oder lang werde übergeben müssen. Und damit komme ich zum zweiten Punkt meiner bisherigen Zurückhaltung. Ich wollte mich nicht an Sie wenden, ohne zuvor klare Verhältnisse geschaffen zu haben. Das konnte jedoch nicht eher geschehen, weil sich sämtliche Gesellschafter in den Ferien befanden. Die Entscheidung ist nun vor vier Tagen gefallen: ich bin frei!«

»Ab wann?«

»Man war sehr großzügig und stellte es in mein Belieben. Wenn ich will, kann ich das Feld noch in diesem Monat räumen.«

»Ihre Bedingungen?«

»Übernahme meines derzeitigen Vertrages unter Anrechnung meiner Dienstjahre.«

»Einverstanden!« erwiderte Kon-kim und zeichnete einen Bon ab, den ihm der Kellner vorlegte.

Der Schotte sah ihn verwundert an. »Bedeutet das, daß Sie mich einstellen wollen, ohne meine Papiere geprüft zu haben?«

»Warum nicht? In meiner Heimat sagt man: Wenn man einen Tiger malt, kann man zwar das Fell, nicht aber die Knochen malen. Wozu also Papiere prüfen?«

Macolm Watt lachte. »Eine entwaffnende Logik, die unter Umständen jedoch verhängnisvoll werden kann.«

»Nicht, sofern man die Augen offenhält«, widersprach Kon-kim. »Wie jeder Baum seine Rinde hat, so hat jeder Mensch sein Gesicht. Unabhängig davon muß ich gestehen, daß es mir bei Ihnen so vorkommt, als würden wir uns schon lange kennen. Wenn das beim ersten Zusammentreffen der Fall ist, lebt man in der Regel ohne Reue zusammen.«

»Ich darf mich also als Ihr kaufmännischer Leiter betrachten?«

»Ich möchte mich da etwas anders ausdrücken«, antwortete Kon-kim nach kurzer Überlegung. »Betrachten Sie sich als der kaufmännische Leiter der *Albion-Tin-Works*, deren Inhaber ich zufällig bin. Sie sollen nicht mir, sondern dem Werk dienen.«

Der nüchtern und real denkende Schotte wußte sekundenlang nicht, was er darauf erwidern sollte. »Entschuldigen Sie«, sagte er schließlich, »aber jetzt habe ich das Gefühl, in eine fremde Welt getreten zu sein.«

»Wieso?« erkundigte sich Kon-kim.

»Ich weiß nicht, wie ich mich ausdrücken soll. Ihre Worte sind nicht die eines ›Chefs‹, und ich fühle dennoch, daß Sie es in höchstem Maße sind. Das soll kein billiges Kompliment sein. Ich möchte Ihnen vielmehr sagen, daß ich mich darauf freue, mit Ihnen zusammen zu arbeiten.«

»Herzlichen Dank«, erwiderte Kon-kim.

Macolm Watt warf einen Blick auf seine Armbanduhr. »Wissen Sie, daß ich erst vor knapp fünf Minuten in das Hotel eintrat?«

Kon-kim nickte.

Der Schotte ergriff das Glas. »Es ist unglaublich, was man in fünf Minuten erleben kann.«

Ein Unternehmen kaufen und ausbauen kann jeder, der über die erforderlichen Mittel verfügt. Nur wenige aber vermögen ihren Arbeitern und Angestellten ein Gefühl der Zusammengehörigkeit zu geben. Kon-kim besaß diese Fähigkeit. Wahrscheinlich, weil er einer Familie entstammte, die seit Generationen Menschen geführt und erfahren hatte, daß sich aus den Zähnen einer Ratte kein Elfenbein machen läßt.

Wie sehr in ihm der Geist der Ahnen noch lebendig war, zeigte Ko-Kims Ansprache beim Richtfest des neuen Verwaltungsgebäudes. »Genug zu haben ist Glück«, sagte er. »Mehr als genug zu haben ist unheilvoll. Die *Alboin-Tin-Works* werden deshalb jeden Gewinn, der das ›Genug‹ übersteigt, der Allgemeinheit zur Verfügung stellen.«

Es war verständlich, daß Kon-kim in wenigen Monaten über eine Gefolgschaft verfügte, die bereit war, für ihn durchs Feuer zu gehen. Und hinter seinen Arbeitern und Angestellten standen deren Familien, die nicht begreifen konnten, daß sich der Inhaber einer Zinn-Mine dazu herabließ, sie in ihren Hütten aufzusuchen, um mit ihnen zu plaudern.

Kon-kim wiederum begriff nicht, daß die Menschen sich über sein Verhalten wunderten. Daheim war es für jeden Bauern eine Selbstverständlichkeit gewesen, daß das jeweilige Oberhaupt der Familie Lee zumindest einmal im Jahr auf dem Pachthof erschien, um sich nach den Sorgen und Nöten zu erkundigen. Außerdem bereitete es ihm ehrliche Freude, sich mit dem einfachen Volk zu unterhalten. Und warum sollte er, nachdem er über einen kaufmännischen und technischen Leiter verfügte, nicht einmal Dinge tun, die ihm Spaß machten? Wenn die zur Produktionssteigerung erforderlichen Wasserrohre erst eintrafen, gab es ohnehin keine freie Stunde mehr für ihn. Er nutzte deshalb die ihm bis dahin verbleibende Zeit weidlich aus und genoß jeden Tag, den der Himmel ihm schenkte.

Dabei vergaß er nicht, alle ihm auferlegten Verpflichtungen zu erfüllen. So fuhr er nach Tanjong Rambutan, wo er sich zwei Tage Jane Lawrence widmete, obwohl er am liebsten schon nach wenigen Stunden die Flucht ergriffen hätte, weil sich die verbitterte Engländerin nur über ihren Mann und ihre Tochter unterhalten konnte. Von ersterem war sie überzeugt, er habe die Größe eines Cäsar besessen und sei darum, wie dieser, ermordet worden. Und von ihrer Tochter behauptete sie, diese sei aus der Art geschlagen und lege es darauf an, sie, die Mutter, um ihr Vermögen zu bringen.

Es war für Kon-kim schwer, sich die endlosen und unsinnigen Tiraden einer Frau anzuhören, die in ihrer Ratlosigkeit nichts Besseres zu tun wußte, als in ihrem Schmerz herumzuwühlen. Wie gerädert war er, als er Jane Lawrence nach achtundvierzig Stunden verließ. Im Bestreben, etwas für sein seelisches Gleichgewicht zu tun, suchte er die in der Nähe der Zinn-Mine in einer Felsenhöhle lebenden buddhistischen Mönche auf.

Schon beim Betreten des chinesischen Felsentempels *Sam Poh Tong* erinnerte ihn die eigentümliche Stimmung der Grotte an Jugendtage, in denen sein Vater oft mit ihm in eine Höhle gegangen war. Er hatte dann stets von der großen Kraft gesprochen, die von ihr ausgehe, weil sie als Kehrseite des Weltberges den Menschen vom Irdischen abschließe und ihm die Möglichkeit biete, in die Tiefen seines eigenen Wesens einzudringen. Kon-kim war es in dieser Stunde, als stehe der greise Vater wieder neben ihm, bis er nach einem Gang durch den Höhlentempel mit Erstaunen feststellte, daß sich am Ende desselben eine von steilen Felswänden umgebene kleine Lichtung befand, in der die Mönche ein zierliches Kloster erbaut hatten, das von einem hübschen Garten umgeben war, in dem selbst ein winziger Teich nicht fehlte.

»Hier kann man wahrlich Ruhe finden«, begeisterte sich Kon-kim, als ein Buddhist mit verschränkten Armen auf ihn zuging.

Der Mönch nickte. »Wir danken unserem Schöpfer täglich dafür.«

Kon-kim blickte in die Höhe, und überrascht von der intensiven Farbe des Firmaments entgegnete er: »Das dürfte das schönste Blau sein, das ich je gesehen habe.«

Der Buddhist lächelte. »Das sagt fast jeder, der hierherkommt.

Dem Blau haftet etwas Geheimnisvolles an, etwas Unendliches, Ewiges.«

»Wahrscheinlich liegt es daran, daß man den Himmel von hier aus wie durch ein Rohr erblickt«, entgegnete Kon-kim. »Die Lichtbrechung wird eine andere sein.«

»Vielleicht haben Sie recht«, erwiderte der Mönch mit weicher Stimme und lud Kon-kim ein, auf einer am Teich stehenden Steinbank Platz zu nehmen. »Wir hoffen allerdings, daß die Ursache eine andere ist.«

»Nämlich?«

»Die Öffnung über uns ist so eng, daß Anruf und Gnade hier einen sehr schmalen Weg gehen müssen. Wäre es nicht denkbar, daß sie dabei zusammentreffen und in inniger Vereinigung die Farbe des Himmels intensivieren?«

Kon-kim verblüffte die sehnsüchtige Gläubigkeit, die aus den Worten sprach. »Ich hoffe mit Ihnen, daß es so ist«, antwortete er. »Zumal in physikalischen Gesetzen kein Glück zu finden ist.«

Der Mönch setzte sich neben ihn und wies auf zwei träge im Wasser liegende Schildkröten. »Möchten Sie sie füttern?«

»Gerne«, erwiderte Kon-kim und nahm ein Blatt aus einem Korb, der neben der Steinbank stand. »Aber warum erweisen Sie mir diese Ehre?«

»Weil ich meine Neugier stillen möchte. Die eine ist nämlich eine ›Götter-‹ und die andere eine ›Geisterschildkröte‹. Es interessiert mich, zu erfahren, welches der beiden Tiere das erste von Ihnen gereichte Blatt fressen wird.«

Kon-kim wußte um die Heiligkeit der Schildkröten, deren Rükken nach chinesischer Auffassung die Wölbung des Himmels verkörpert, während ihr flacher Bauch die ebene Erde versinnbildlicht. Auch war ihm bekannt, daß *fünftausendjährige Tiere* ›Götterschildkröten‹ und *zehntausendjährige* ›Geisterschildkröten‹ genannt werden, wobei von letzteren behauptet wird, daß sie sich wie Geister verwandeln können.

Im Bestreben, die träge im Wasser liegenden Tiere zu einem Wettkampf zu verleiten, warf Kon-kim das Blatt in die Mitte des Teiches, aber nur die ›Geisterschildkröte‹ setzte sich in Bewegung, während die andere faul liegenblieb. »Ist das nun ein gutes oder ein schlechtes Omen?« fragte er den Mönch.

»Ein außergewöhnliches!« rief der Buddhist. »Der Fall ist seit vielen Jahren nicht mehr eingetreten. Ich muß sofort meine Brüder holen. Wenn die Zeichen nicht trügen, wartet Großes auf Sie. Es besteht sogar die Möglichkeit, daß Sie sich eines Tages wie ein Geist verwandeln werden.«

Kon-kim glaubte nicht an Orakel und versuchte, das Thema zu wechseln. Davon wollte der Mönch aber nichts wissen. Er holte seine Glaubensbrüder, und erst nachdem das seltene Ereignis eingehend besprochen worden war, wandte sich die Unterhaltung Dingen zu, die Kon-kim mehr interessierten. Bis zum späten Abend blieb er bei den Buddhisten, und als er sich von ihnen verabschiedete, war er durchdrungen von der Überzeugung, daß jede Sekte ihre Wahrheit und jede Wahrheit ihre Sekte hat.

Das Tor der kichernden Mönche

Die zum Bau der projektierten Wasserleitung benötigten Stahlrohre wurden gerade angeliefert, als die Zeitungen eine Nachricht brachten, die Kon-kim aufhorchen ließ. Japanische und russische Truppen waren im Grenzgebiet der Sowjetunion aufeinandergestoßen, und es sah ganz danach aus, als ob sich aus den örtlichen Kämpfen ein regelrechter Krieg entwickeln würde. Beide Parteien schienen nicht gewillt zu sein, sich aus dem umstrittenen Gelände verdrängen zu lassen, und als die im Juli 1938 begonnenen Gefechte auch noch im August fortgesetzt wurden, hoffte Kon-kim, daß die drängenden Söhne Nippons über kurz oder lang Teile des von ihnen besetzten chinesischen Reiches aufgeben müßten. Er konnte sich jedenfalls nicht vorstellen, daß Japan nicht genötigt sein würde, seine Truppen zusammenzufassen, und oftmals in diesen Tagen wanderten seine Gedanken zu Tschiang Kai-schek, der noch immer in Tschungking saß und Raum verkaufte, um Zeit zu gewinnen.

Kon-kims Hoffnung ging nicht in Erfüllung. Der von vielen Chinesen herbeigewünschte offene Krieg zwischen Japan und Rußland wurde durch den Abschuß eines Waffenstillstandes gebannt, der die sowjetischen Truppen zum Rückzug zwang und Japans Position weiterhin verstärkte.

In Ipoh wurde indessen die von den Quellen zur Zinn-Mine führende Rohrleitung fertiggestellt, so daß die Produktion der *Al-*

bion-Tin-Works endlich in großem Maße gesteigert werden konnte. Sie reichte dennoch bei weitem nicht aus, um die plötzlich aus allen Ländern hereinflatternden Aufträge zu erfüllen. Kon-kim entschloß sich deshalb kurzerhand, einen kostspieligen Schiffsbagger zu kaufen, der im tiefer gelegenen Distrikt des Abbaugeländes mit der Erschließung eines weiteren Feldes beginnen sollte.

»Hoffentlich übernehmen wir uns nicht«, warnte ihn Macolm Watt, der sich im Laufe der vergangenen Monate als ein versierter und gewissenhafter Geschäftsführer erwiesen hatte.

»Bestimmt nicht«, erwiderte Kon-kim, dem die ruhige und bedächtige Art des Schotten gefiel. »Viel größere Sorgen bereitet mir der über Nacht geradezu unermeßlich gewordene Weltbedarf an Zinn. Ich kann mir nicht helfen: es riecht nach Krieg.«

Macolm Watt hob abwehrend die Hände. »Malen Sie den Teufel nicht an die Wand! Sie wissen, daß ich Sportflieger bin und damit rechnen muß, gleich am ersten Tage eingezogen zu werden.«

Kon-kim nickte gedankenvoll. »Hoffen wir, daß diejenigen, die diese Welt regieren, sich darüber im klaren sind, daß ein ausgesprochenes Wort nicht zurückgeholt werden kann. Und das große Dinge oft durch Kleinigkeiten verlorengehen.«

Seine Worte entsprangen dem bedrückenden Gefühl, am Vorabend einer weltweiten Auseinandersetzung zu stehen, die China, wie Kon-kim befürchtete, an den Rand des Abgrundes führen mußte. Denn wenn es zu einem neuen Weltkrieg kam, konnte seiner Meinung nach das Schwergewicht nur in Europa liegen, und es war vorauszusehen, daß dann alle Nationen so mit sich selbst beschäftigt sein würden, daß niemand mehr Zeit und Gelegenheit hatte, Tschiang Kai-schek zu helfen.

Kon-kims Befürchtungen hingen stark mit der Sorge zusammen, die er sich um seine Mutter machte. Das Herz blieb ihm deshalb fast stehen, als ihn Dr. Haji wenige Stunden nach der mit Macolm Watt geführten Unterredung anrief und ihm mit heiserer Stimme erklärte, daß er sich zu seinem Leidwesen gezwungen sehe, eine Nachricht zu übermitteln, die er seines schlechten körperlichen Zustandes wegen bedauerlicherweise nicht persönlich überbringen könne.

»Ist etwas mit meiner Mutter geschehen?« rief Kon-kim ahnungsvoll.

»Ja«, antwortete der Inder. »Ihre liebenswerte Mutter und Ihr

Onkel Hu haben die Reise zum Morgendämmer über den Bergen des ewigen Friedens angetreten.«

Es dauerte eine ganze Weile, bis Kon-kim etwas erwidern konnte. »Wissen Sie Näheres?« fragte er kaum hörbar.

Dr. Haji räusperte sich. »Sie starben vor drei Monaten. In der Nacht vom sechsten zum siebenten März.«

»Auf der Flucht?«

»Nein. Der von mir beauftragte Agent erhielt mein Schreiben außerordentlich verspätet und konnte das Haus Ihres Onkels erst Ende März aufsuchen. Vier Wochen früher, und Ihre Angehörigen wären gerettet gewesen.«

Kon-kim spürte, daß der Inder die letzte Bemerkung nur gemacht hatte, um nicht über die Todesursache sprechen zu müssen. Aber wie schwer sie auch sein mußte, er wollte nicht geschont werden und bat Dr. Haji, ihm nichts zu verheimlichen und alles zu sagen, was er erfahren habe.

»Es ist nur wenig, doch das wenige ist entsetzlich«, erwiderte der Inder. »Dem Bericht eines Dieners zufolge erhielt das im Haus Ihres Onkels untergebrachte japanische Kommando am sechsten März den Bescheid, daß es am darauffolgenden Tag durch ein neues ersetzt werde. In der Nacht wurde allenthalben gepackt, und als die Dienerschaft am nächsten Morgen das Haus aufsuchte, waren sämtliche wertvollen Gegenstände fortgeschafft, und Ihre ehrenwerte Mutter sowie Ihr Onkel lagen mit gebrochenen Gliedern tot im Garten. Die Dienerschaft vermutet, man habe sie vom Balkon herabgestoßen.«

Kon-kim hatte alle Farbe verloren. »Ich danke Ihnen«, sagte er mit matter Stimme. »Wir müssen uns daran gewöhnen, in einer Zeit zu leben, in der nicht normal gestorben wird.«

Macolm Watt war der erste, der nach dem Gespräch mit Dr. Haji in Kon-kims Arbeitszimmer eintrat. Da er erkannte, daß etwas Außergewöhnliches geschehen sein mußte, wollte er sich schon wieder zurückziehen, als Kon-kim ihn mit müder Geste daran hinderte.

»Ich werde morgen nicht kommen«, erklärte er, wobei er zu Boden blickte, als wolle er seine Augen verbergen. »Vielleicht auch übermorgen nicht. Machen Sie sich dann keine Gedanken.«

Der Schotte ging auf ihn zu. »Kann ich irgend etwas für Sie tun?«

»Nein, danke«, erwiderte Kon-kim und bat darum, ihn alleine zu lassen. Wenn man es doch den Japanern heimzahlen könnte, dachte er in ohnmächtigem Schmerz. Eine Nation, die den Krieg unter die Bevölkerung trägt…

Er preßte die Hände gegen die Schläfen. Die erschütternde Tatsache, daß von seinen Familienangehörigen niemand eines natürlichen Todes gestorben war und es keine Grabstätte gab, die er hätte aufsuchen können, raubte ihm fast den Verstand.

Sein Herz verhärtete sich, und seine Augen zeigten einen kalten Ausdruck, als er drei Tage später in sein Büro zurückkehrte. Eisig aber wurde er, als die Zeitungen im Juni 1939 meldeten, daß die nach Abschluß des Waffenstillstandes mit Rußland arrogant gewordenen Japaner sich nicht gescheut hatten, die Blockade der Fremdenniederlassung von Tientsin zu verfügen. Doch es kam noch schlimmer. Ein japanischer Sprecher forderte Großbritannien auf, die Regierung Tschiang Kai-scheks nicht mehr zu unterstützen und gemeinsam mit Japan an der Errichtung einer *Neuen Ordnung* in Ostasien zu arbeiten.

Jetzt haben sie den Bogen überspannt, dachte Kon-kim. Er zweifelte keine Sekunde daran, daß England das unglaubliche Ansinnen ablehnen und seine Flotte nach China schicken würde.

Er sollte sich täuschen. Trotz aller Entrüstung wurde innerhalb von zwanzig Tagen das nach seinen Verfassern benannte *Craigic-Arita-Abkommen* getroffen, mit dem Großbritannien die vollendeten Tatsachen und die besonderen Bedürfnisse der japanischen Truppen in China anerkannte.

Ein Keulenschlag hätte Kon-kim nicht schlimmer treffen können, und er nahm kein Blatt vor den Mund, als er sich drei Tage später mit Henry Dymont und David Hamilton in Kuala Lumpur traf. »Wißt ihr, was ihr Briten getan habt?« fuhr er den Engländer an, kaum daß dieser ihm die Hand gereicht hatte. »Verrat habt ihr geübt und eine Nation geopfert, die euch seit Generationen Häfen und Niederlassungen zur Verfügung stellt!«

»Uns blieb keine andere Wahl«, erwiderte Royal-Dymont. »Unser Verhältnis zu Deutschland spitzt sich im Augenblick so zu, daß die Möglichkeit eines Krieges in bedenkliche Nähe gerückt ist.«

Kon-kim ballte die Fäuste. »›Chien Men Chu Hu, Hou Men Chin Lang! – Man kann einen Tiger nicht durch die Vordertür hinausjagen und den Wolf beim Hintertor hereinlassen!‹ Wenn ihr befürchtet…«

»Beruhige dich«, unterbrach ihn David Hamilton und reichte ihm die neueste Tageszeitung. »In der Angelegenheit ist das letzte Wort noch nicht gesprochen. Amerika hat den seit dreißig Jahren bestehenden Handelsvertrag mit Japan gekündigt.«

Kon-kim überflog die Überschriften. »Alles schön und gut, aber was hilft das?«

»Im Moment vielleicht nicht viel. Die Tatsache jedoch, daß wir unseren Handelsvertrag zwei Tage nach Abschluß des *Cragic-Arita-Abkommens* gekündigt haben, beweist eindeutig, daß wir euch zurufen: Haltet aus! Wir kommen und stehen euch bei!«

»Wann?« ereiferte sich Kon-kim.

David Hamilton legte ihm die Hand auf die Schulter. »Du kennst uns Amerikaner. Wir überstürzen nichts. Sir Edward Grey sagte einmal: ›Die United States sind vergleichbar mit einem gigantischen Dampfkessel. Es dauert lange, bis er brodelt, aber wenn er angeheizt ist, werden der von ihm entwickelten Kraft eines Tages keine Grenzen gesetzt sein.‹ «

Die angespannte politische Lage beherrschte die Gespräche dieses Tages. Dabei blieb es auch, als Henry Dymont und David Hamilton, die zwischendurch den Kommandierenden General von Kuala Lumpur aufsuchten, am Abend in Begleitung eines höheren Offiziers zurückkehrten.

Kon-kim, der den Freunden den Tod der Mutter und des Onkels verschwiegen hatte und auch nicht beabsichtigte, mit ihnen darüber zu sprechen, war es ganz lieb, daß sie den Abend nicht zu dritt verbrachten. Im Augenblick wäre es ihm schwergefallen, einen ausgelassenen David Hamilton zu ertragen.

»Sie werden sich vielleicht darüber wundern, daß Ihr Name mir bereits geläufig war, bevor die beiden Herren mir erzählten, daß wir Sie hier treffen würden«, sagte ihm der Commander nach den üblichen Vorstellungs- und Begrüßungsfloskeln.

»Und wodurch?« fragte Kon-kim erstaunt.

»Durch Jane Lawrence. Ich kannte ihren Mann gut und hätte Stein und Bein geschworen, daß die *Albion-Tin-Works* nicht mehr in die Höhe kommen würden. George Lawrence beging unverzeihliche Fehler, und nach seinem Tode übertrugen die Arbeiter ihre Rache auf alles, was er erworben und aufgebaut hatte. Und dabei wäre es geblieben, wenn ein Brite das Werk gekauft hätte. Bei Ihnen ist das etwas anderes. Sie sind Asiat und besitzen obendrein ein unerhörtes Geschick, mit Menschen umzugehen, wie mir der Standortälteste von Ipoh erzählte. Hätten Sie nicht Lust, die Führung eines Reservebataillons zu übernehmen, das aus Einheimischen gebildet werden soll?«

»Ich möchte Sie nicht beleidigen«, antwortete Kon-kim. »Aber es gibt lohnendere Aufgaben.«

Der Commander war anderer Meinung, und im Nu entstand eine lebhafte Debatte, die Kon-kim mehr und mehr in Harnisch brachte, weil David Hamilton und Henry Dymont unentwegt dem Offizier recht gaben. Er vermutete, daß sie einen vielleicht in Aussicht gestellten Waffenauftrag nicht gefährden wollten.

In seiner Auflehnung fragte er den britischen Offizier bewußt aggressiv: »Glauben Sie wirklich, daß eine gut ausgerüstete und nach Clausewitz'schen Regeln kämpfende europäische Armee die Japaner daran hindern könnte, Indochina, Malaya oder Indonesien binnen kürzester Frist zu besetzen?«

Der Commander lächelte mitleidig. »Ich möchte behaupten, daß allein das Vorhandensein unserer Truppen eine Garantie dafür bietet daß die Söhne Nippons niemals auf den Gedanken kommen werden, eines der von Ihnen genannten Länder zu überfallen.«

»Ich habe sieben Jahre Gelegenheit gehabt, den Japanern in die Karten zu schauen«, entgegnete Kon-kim gereizt. »Und ich schwöre Ihnen, daß das, was ich gesehen und gehört habe, so raffiniert angelegt ist, daß Sie eines Tages mit Entsetzen an unsere heutige Unterhaltung zurückdenken werden.«

Der Engländer schüttelte den Kopf. »Wissen Sie, wieviel hervorragend ausgebildete Soldaten uns beispielsweise in Malaya zur Verfügung stehen? Rund hunderttausend!«

Kon-kims Augen brannten. »Und alle Männer sind in der Lage, wochen- und monatelang im Dschungel zu leben?«

Der Commander sah Kon-kim an, als zweifle er an dessen Verstand. »Jetzt behaupten Sie bloß noch, daß die Japaner den Plan haben, ihre Schlachten im Urwald zu schlagen.«

»Das werden sie schön bleibenlassen. Aber wenn Ihre Soldaten nicht in den Dschungel ausweichen, um von dort einen erbarmungslosen Guerilla-Krieg zu führen, dann werden sie verteufelt schnell in die Gefangenschaft wandern.«

»Jetzt weiß ich nicht mehr, ob ich lachen oder weinen soll«, empörte sich der Engländer. »Nehmen wir einmal an, die Japaner würden Guerillas einsetzen: Meinen Sie, daß ein guter Soldat mit denen nicht fertig wird?«

»Ohne entsprechende Ausbildung auf keinen Fall! Ich empfehle Ihnen dringend, sich die von Mao Tse-tung herausgegebene Schrift *›Guerilla-Krieg‹* zu beschaffen. Wenn Sie seine Empfehlungen beherzigen, bleibt Ihren Soldaten vieles erspart.«

Der Commander lachte. »Mao Tse-tung contra Clausewitz! Ich freue mich, daß Sie auch witzig sein können.«

Kon-kim verneigte sich mit undurchdringlicher Miene. »Die durchschlagende Wirkung meines Witzes ermutigt mich, sie mit einem *Da capo* zu beglücken. Ich behaupte, daß fünftausend Guerillas einer in dieses Land einfallenden japanischen Armee mehr zusetzen können, als hunderttausend hervorragend ausgebildete Soldaten, wenn diese nicht auf den Dschungelkampf trainiert sind.«

Der Commander war verstimmt und das Dinner verlief anders, als es sich jeder erhofft hatte. David Hamilton und Royal-Dymont kochten innerlich und fragten sich, was Kon-kim bewogen haben mochte, so massiv zu werden. Um so bedauerlicher war es, daß dringende Geschäfte die beiden Freunde zwangen, von einer Weiterreise nach Ipoh Abstand zu nehmen. Kon-kim vermutete, daß sein unbeherrschtes Vorgehen die wahre Ursache der Umdisponierung sei, und erst als ihn David Hamilton zwei Tage später anrief und ihm erneut versicherte, daß es zwischen ihnen keinerlei Spannung gebe und sie wirklich nur der Not gehorchend nicht mit ihm gefahren seien, da stand sein Polarstern wieder am rechten Platz. Aber er ärgerte sich über sich selbst und nahm sich vor, künftighin zu bedenken, daß Streitigkeiten unvermeidbar sind, wenn man seine Meinung offen kundtut.

Es unterlag keinem Zweifel, daß der Tod Mutter Lee Weis Konkims Herz verhärtet und den zuvor schon schwelenden Haß auf die Japaner in eine lodernde Flamme verwandelt hatte. An keinem Balkon konnte er mehr vorübergehen, ohne sich vorzustellen, wie seine Mutter und sein Onkel von habgierigen und rücksichtslosen japanischen Offizieren in die Tiefe gestoßen worden waren. Ihr grauenhaftes Ende war auch die Hauptursache seines plötzlich so aggressiv gewordenen Gespräches in Kuala Lumpur gewesen. Er hatte den Commander weder attackieren noch beleidigen wollen. Ihm war es vielmehr darum gegangen, auf die Gefahren hinzuweisen, die den europäischen Truppen drohten, wenn deren Führer sich nicht intensiv mit dem Wesen der Japaner beschäftigten und weiterhin in überheblicher Weise darauf verzichteten, aus den Erfahrungen zu lernen, die man in China gemacht hatte.

Aber wenn er die eingetretene Mißstimmung auch bedauerte, so war er doch froh, daß er sich einmal hatte Luft verschaffen können. Er fühlte sich irgendwie erleichtert und dankte seinem Schöpfer dafür, daß er seine frühere Tätigkeit nicht mehr auszuüben brauchte und ein befriedigendes Arbeitsfeld gefunden hatte.

Über fünfhundert Arbeiter und Angestellte beschäftigte er bereits, und in den *Albion-Tin-Works* gab es niemanden, dessen Familie er nicht mindestens schon einmal aufgesucht hatte. Das einzige, was ihm fehlte und wonach er sich insgeheim sehnte, war eine Frau. Doch wenn er in der Hotelhalle oder auf dem Rennplatz die Töchter der angesehenen Familien musterte, sah er im Geiste Kinki Yasuda vor sich, die er im Grunde seines Herzens immer noch so sehr liebte, daß es ihm unmöglich war, sich die Ehe mit einer anderen Frau vorzustellen.

Und dennoch: Kon-kim wünschte sich nichts sehnlicher, als Patrice Lawrence nochmals zu begegnen. Als er sie nach einigen Monaten aber zufällig in einem hellen Staubmantel vor dem *Grand-Hotel* aus ihrem schnittigen *Alfa Romeo* aussteigen sah, trat er augenblicklich in das Hotel zurück und eilte durch die Halle, um ihr aus dem Wege zu gehen. Es dauerte jedoch nicht lange, bis ihn der Gedanke, mit der hübschen Engländerin unter einem Dach zu wohnen, so unruhig machte, daß er seinen Diener beauftragte, heimlich festzustellen, ob Patrice Lawrence nur für eine Nacht oder für mehrere Tage ein Zimmer gemietet habe.

Der über den ungewöhnlichen Auftrag verwunderte Chinese konnte ihm schon nach kurzer Zeit melden, daß die Engländerin das Wochenende in Ipoh verbringen und dann nach Tanjong Rambutan fahren würde.

Als Kon-kim diesen Bescheid erhalten hatte, verließ er das Hotel und fuhr zur Mine, um Macolm Watt unter einer fadenscheinigen Begründung zum Dinner einzuladen. Es war, als habe er Angst vor sich selbst bekommen, und er hätte sich ohrfeigen mögen, als er sich am Abend dabei ertappte, daß er sich angelegentlich im Spiegel betrachtete und selbstzufrieden dachte, mit seinen vierzig Jahren nicht nur gut auszusehen, sondern auch das richtige Alter für ein noch nicht ganz einundzwanzigjähriges Mädchen zu haben.

Kon-kim hatte sich tatsächlich kaum verändert. Er war nach wie vor sehr schlank, aber seine lebhaften dunklen Augen hatten viel von ihrem Glanz verloren.

An diesem Abend befürchtete Kon-kim ernstlich, sich selbst untreu zu werden. Deutlich spürte er, daß sein asiatischer Stolz in Widerstreit mit dem Verlangen lag, das ihn seit Monaten quälte. Er fühlte sich hin und her gezerrt, und als er sein Zimmer verließ, war er sich nicht darüber im klaren, wie er sich verhalten sollte, wenn er mit Patrice Lawrence zusammentraf. Grüßen mußte er sie, das war selbstverständlich. Begrüßen aber konnte er sie auf keinen Fall.

Doch was nützen tausend Überlegungen und Vorsätze, wenn eine bildhübsche Frau es sich in den Kopf gesetzt hat, dem ihr imponierenden Manne zu gefallen. Sie läßt die Waffen, die die Natur ihr gegeben hat, von geschickten Modekünstlern so raffiniert betonen, daß nur noch ein Eisblock ungerührt bleiben kann. Und dann tut sie genau das Gegenteil von dem, was man von ihr erwartet.

Patrice Lawrence bewies es. Kurz nach neun Uhr, zu einem Zeitpunkt also, da die überwiegende Mehrzahl der Hotelgäste bereits zum Dinner Platz genommen hatte, erschien sie im Speisesaal in einem schlichten stahlblauen Seidenkleid, das in der Taille von einem indischroten Ledergürtel gehalten wurde. Und als wäre es das Natürlichste von der Welt, ging sie, sich plötzlich freudig erregt stellend, mit schnellen Schritten auf Kon-kims Tisch zu, so daß es den Anschein hatte, als sei sie überrascht und glücklich, so unverhofft einen guten Bekannten zu treffen.

»Wie schön, daß ich Sie endlich einmal wiedersehe«, begrüßte sie Kon-kim und reichte ihm die Hand, als habe es nie eine Verstimmung zwischen ihnen gegeben.

Kon-kim erhob sich und hatte nur den Gedanken, sich keine Blöße zu geben. »Ich freue mich ebenfalls«, erwiderte er gezwungen lächelnd. »Wenn ich gewußt hätte, daß Sie in Ipoh sind, würde ich mich natürlich frei gemacht und Sie eingeladen haben. So ist das leider nicht möglich.«

Patrice Lawrence schaute wie Hilfe suchend zu seinem Begleiter hinüber, der unwillkürlich aufstand und sich verneigte.

Kon-kim blieb nichts anderes übrig, als Macolm Watt vorzustellen, fügte aber gleich hinzu: »Wir sind gerade in einer wichtigen

Besprechung. Ich bedauere es lebhaft, Sie nicht bitten zu können, uns Gesellschaft zu leisten. Hoffentlich sind Sie für längere Zeit in Ipoh, damit ich Gelegenheit habe...«

»Ich bin nur für ein paar Tage hier«, unterbrach sie ihn.

Kon-kim sah die Formen ihrer Figur und spürte, daß es für ihn kein Entrinnen mehr geben würde, wenn er nun nicht standhaft verleugnete, was sein Blut in Wallung brachte. Im Bestreben, die ihm dringend notwendig erscheinende Absetzbewegung einzuleiten, sagte er wie betrübt: »Schade, daß Sie nur für ein paar Tage in Ipoh sind. Vor Mitte nächster Woche kann ich mich unmöglich frei machen.«

»Auch nicht am Abend?« fragte sie enttäuscht.

»Leider auch nicht am Abend!« antwortete er, um keine Brücke stehen zu lassen, über die er hätte schleichen können, wenn Träume und Sehnsüchte erneut den Versuch machen sollten, ihn umzustimmen.

Kon-kims klare Erwiderung wirkte auf Patrice Lawrence wie eine kalte Dusche. Sie begriff, daß sie eine Abfuhr erlitten hatte, bewahrte aber Haltung und sagte mit maliziösem Lächeln: »Die Hochachtung, die ich für meinen Vater empfinde, wird immer größer. Er starb lieber, als sich zu Tode zu arbeiten. Good-bye, Sirs! Und entschuldigen Sie die Störung.« Damit nickte sie beiden Herren freundlich zu und begab sich, ohne auch nur die geringste Verlegenheit zu zeigen, zu einem in der Nähe befindlichen freien Tisch, an dem sie so Platz nahm, daß Kon-kim und Macolm Watt in ihrer Blickrichtung saßen.

Sie läßt sich durch nichts aus der Fassung bringen, dachte Kon-kim in stiller Bewunderung, da er erkannte, daß Patrice Lawrence es ihm unmöglich gemacht hatte, sich weiterhin ungeniert mit seinem Begleiter zu unterhalten. Er schlug deshalb vor, den Mokka in der Bar zu trinken.

Der Schotte, der taktvoll genug gewesen war, weder eine Frage zu stellen noch eine Bemerkung zu machen, war einverstanden. Sie erhoben sich und begaben sich in die Bar, in der etliche zum Wehrdienst beorderte Engländer ihren Abschied feierten.

»Noch singen sie«, sagte Kon-kim, als das Lied ›We go out hanging our washes on the *Siegfried-line*‹ angestimmt wurde. »In ein paar Monaten dürften sie stiller geworden sein.«

Macolm Watt zündete seine Pfeife an. »Mir ist es unverständlich, wie man angesichts eines soeben ausgebrochenen Weltkrieges so ausgelassen sein kann.«

Kon-kim nickte. »Wenn ich an die Polen denke, die ihre Heimat innerhalb eines Monats verloren haben, läuft es mir kalt über den Rücken. Halten Sie es für möglich, daß es den Franzosen ähnlich ergehen könnte?«

Der Schotte schüttelte den Kopf. »Das glaube ich nicht, wenngleich der deutsche Blitzkrieg beweist, daß wir eine harte Nuß zu knacken haben werden. Dazu die Achse ›Rom–Berlin‹ und der Nichtangriffspakt mit Moskau ... Wir sind in eine prekäre Lage geraten, und ich mache kein Hehl daraus, daß ich froh bin, noch nicht eingezogen zu sein. Ich befürchte allerdings, daß man mich bald holen wird, da man aus Sportfliegern schnell Jagdflieger machen kann.«

Kon-kim packte plötzlich die Lust, das Fliegen zu erlernen, und er fragte den Schotten, wie lange es dauere, aus einem Normalbürger einen akzeptablen Piloten zu machen.

Macolm Watt fingerte an seiner nicht richtig brennenden Pfeife herum. »Eine Norm läßt sich da nicht aufstellen«, antwortete er, während er ein neues Streichholz entzündete. »Wenn man nicht ganz untalentiert ist und jeden Morgen und Abend drei Platzrunden absolviert, erledigt man nach etwa zehn Tagen seinen ersten Alleinflug. Nach zwei weiteren, mit Trainingsflügen angefüllten Wochen folgen die sogenannten Ziellandungen und der Höhenflug, bei dem man sich mindestens eine Stunde in einer Höhe von über siebentausend Fuß aufhalten muß. Den Abschluß bildet ein Überlandflug mit zwei Außenlandungen. That's all.«

»Das mach' ich!« rief Kon-kim begeistert. »Wissen Sie, wer mir hier das Fliegen beibringen kann?«

Der Geschäftsführer grinste. »Wenn Sie sich gut mit mir stellen, übernehme ich diese Aufgabe. Ich habe vor zwei Jahren die Lehrqualifikation erhalten.«

Kon-kim war Feuer und Flamme und verabredete mit dem Schotten, gleich am nächsten Morgen mit den Übungsflügen zu beginnen. Und schon acht Tage später kletterte Macolm Watt aus dem vorderen Sitz der offenen Schulmaschine und klopfte Kon-kim vielsagend auf die Schulter.

»Hals- und Beinbruch!« rief er gegen den Propellerwind an. »Und vergessen Sie nicht, daß der Vogel jetzt länger anschwebt, weil mein Gewicht fehlt. Das Gas also etwas zeitiger herausnehmen!«

Der Start gelang, wenngleich das Flugzeug zunächst seitlich ausbrechen wollte. Kon-kim spürte das Herz in der Kehle, aber als er die Maschine abgehoben hatte und die ersten Bäume unter sich hinwegstreichen sah, hätte er vor Glück schreien mögen. Über fünfzig Trainingsflüge lagen hinter ihm, doch was bedeuteten sie schon gegen diesen einmaligen und nie wiederholbaren ersten Alleinflug! Jetzt erst, da er ganz auf sich selbst gestellt war und sein Herz vor Aufregung die wildesten Sprünge machte, flog er wirklich.

»Ich fliege!« schrie er überschwenglich. Als aber die erste, nur etwa drei Minuten dauernde Platzrunde zu Ende war und die Räder den Boden berührt hatten, ohne daß es krachte, da rollte er erleichtert zur Halle zurück.

Er hatte jedoch nicht mit seinem Fluglehrer gerechnet, der energisch widersprach, als er den Motor abstellen wollte. »Das kommt überhaupt nicht in Frage. Bevor Sie nicht Ihren zweiten und dritten Alleinflug erledigt haben, lasse ich Sie nicht aussteigen.«

Der Schotte wußte, warum er Kon-kim sofort wieder davonjagte, und dieser war ihm zehn Minuten später dankbar dafür. Denn jetzt erst war er innerlich frei und konnte sich bis zum nächsten Alleinflug nicht mehr die Sorge einschleichen, daß er bei der ersten Landung vielleicht nur Glück gehabt habe.

In diesen Tagen, in denen Kon-kim förmlich auflebte, erhielt er von Dr. Haji einen Brief, der ihn voller Wehmut an seinen verstorbenen Onkel denken ließ. Der Inder schickte ihm die behördlich beglaubigten Sterbeurkunden seiner Angehörigen und teilte ihm mit, daß er vor einigen Monaten von einem Direktor seiner Bank zufällig erfahren habe, daß sein Onkel der *First National City Bank of New York* die Order gegeben habe, sein bei der Singaporer Filiale deponiertes Vermögen im Falle seines Todes seinem Neffen Lee Kon-kim zur Verfügung zu stellen. Er, Dr. Haji, habe sich daher erlaubt, das der Bank vorzulegende Dokument in Kanton zu besorgen, und er überreiche dieses nebst der Sterbeurkunde seiner Mutter in der Hoffnung, damit einen Wunsch der Verstorbenen erfüllt zu haben.

Kon-kim, der nie an das Vermögen seines Onkels gedacht hatte, rief Dr. Haji noch in der gleichen Stunde an, um sich bei ihm zu bedanken.

Der Inder nahm jedoch keine Dankesbezeugungen entgegen. Er erklärte kurz und bündig: »Ich tat meine Pflicht, und wenn es Ihnen ein Bedürfnis ist, sich erkenntlich zu zeigen, dann setzen Sie sich gelegentlich auf die Bahn und besuchen Sie mich für ein paar Tage.«

»Das verspreche ich Ihnen«, erwiderte Kon-kim frohgestimmt. »Ich werde aber nicht mit der Bahn, sondern mit einem Flugzeug kommen, das ich selber steuere. Ich erwerbe gerade den Piloten-Ausweis und habe mir bereits eine Maschine bestellt.«

»Das ist ja phantastisch«, rief der überraschte Inder.

»Und mir kommt gerade ein guter Gedanke«, fiel Kon-kim ein. »Ich werde dem Flugzeug den Namen meines Onkels geben und es mit dem von ihm geerbten Geld bezahlen. Und mit dem verbleibenden Rest werde ich in irgendeiner Weise gegen die Japaner arbeiten. Sein Vermögen soll sie schädigen, so gut es geht.«

Der Inder war betroffen und bat flehend darum, derartiges zu unterlassen.

»Aber warum?« ereiferte sich Kon-kim. »Die Japaner haben meine Mutter und meinen Onkel umgebracht, und ich finde, daß es nicht mehr als recht und billig ist...«

»Ich verstehe Sie«, unterbrach ihn Dr. Haji ungehalten. »Aber gerade darum muß ich Ihnen sagen, daß der Himmel nur denjenigen segnet, der anderen verzeiht. Wer seine Mitmenschen benachteiligt, gleichgültig, aus welchem Grunde, den trifft Unheil. Vergessen Sie das nicht.«

Kon-kim schlug die Warnung in den Wind und grübelte in den nächsten Wochen immer wieder darüber nach, wie er das über eine Million Dollar betragende Vermögen seines Onkels zum Schaden der Japaner anlegen könne. Hin und wieder gab er sich allerdings auch redlich Mühe, seinen grenzenlos gewordenen Haß zu dämpfen. Der Anblick eines Balkons aber genügte, um sein Denken erneut unerbittlich werden zu lassen. In solchen Stunden stürzte er sich wie ein Verzweifelter in die Arbeit, deren es seit Ausbruch des Zweiten Weltkrieges in überreichlichem Maße gab.

Die Belegschaft der *Albion-Tin-Works* war auf tausend Mann angewachsen, die in drei Schichten arbeiteten. Das gesamte Abbaugelände wurde des Nachts von riesigen Scheinwerfern erhellt, und auch der Schiffsbagger, ausgerechnet ein japanisches Modell, war in Betrieb genommen. Zu tun gab es also genug, und es war erstaunlich, daß Kon-kim nicht die geringsten Ermüdungserscheinungen zeigte, obwohl er vom frühen Morgen bis zum späten Abend auf den Beinen war. Nebenbei absolvierte er noch das Flugtraining, das ihn jedoch, wie er behauptete, nicht anstrengte, sondern seine Spannkraft erhöhte.

Oft dachte er in dieser Zeit an Patrice Lawrence, er fragte sich manches Mal, warum er sich das Leben eigentlich unnötig schwer mache. Und das angesichts eines Krieges, dessen Weiterentwicklung nicht abzusehen war! Fest stand nur, daß der Schwerpunkt der Auseinandersetzung in Europa lag und mit einer entscheidenden Verlagerung des Kriegsschauplatzes nicht gerechnet werden konnte. China war den Japanern preisgegeben, und Tschiang Kaischek hatte nicht Raum für Zeit, sondern für Spott verkauft. Die Zeit, die er hatte gewinnen wollen, arbeitete nunmehr für die Kommunisten, deren Guerillaverbände den Japanern das Leben zur Hölle machten. Ihr verwegener Kampf begeisterte die Bevölkerung, die ihnen zujubelte und nichts mehr von den sich dauernd zurückziehenden Truppen des Generalissimus wissen wollte.

Kon-kim ahnte, daß seine Heimat nicht mehr zu retten war. Er würde jedoch niemals auf den Gedanken gekommen sein, daß eine Niederlage Frankreichs den Krieg nach Südostasien tragen könnte. Aber es war so, und Kon-kim erfaßte blitzschnell die heraufziehende Gefahr, als die japanische Regierung im Juni 1940, also unmittelbar nach Beginn der erfolgreichen deutschen Offensive gegen Frankreich, das Recht forderte, den nördlichen Teil Französisch-Indochinas zu besetzen, um in der Lage zu sein, eine der letzten Nachschubstraßen nach China zu blockieren.

»Wer den Japanern dieses Recht einräumt, übergibt ihnen den Schlüssel zum Tor Südostasiens!« wetterte Kon-kim im Büro seines Geschäftsfreundes. Und er zweifelte an der Vernunft der Europäer, als Frankreich die Sperrung der Nachschubstraße tatsächlich verfügte. Dabei aber blieb es nicht! Unter dem Eindruck der Niederlage von Dünkirchen schloß England, dem Wunsch Japans gemäß, auch die Burmastraße, so daß es keinen nach China führenden Weg mehr gab.

Kon-kim war verzweifelt, und es nützte ihm wenig, daß er in diesen Tagen eine unerwartete Genugtuung erfuhr. Der Commander, der sich einst über seine Ansichten erbost hatte, rief ihn an und bat um eine Unterredung über die politische Entwicklung.

Kon-kim erklärte sich bereit, ihn jederzeit zu empfangen, und der britische Offizier erschien schon wenige Stunden später in Begleitung eines Generals, der kein Hehl daraus machte, daß er von der seinerzeitigen Kontroverse gehört habe und eigens nach Ipoh gefahren sei, um zu erfahren, was Kon-kim im einzelnen über die Pläne der Japaner wisse.

»Nicht mehr als Sie«, erwiderte Kon-kim. »Was ich bei den Japanern lernte, entspricht der Fähigkeit eines versierten Schachspielers, dem bestimmte Züge seines Gegners zeigen, was folgen wird. Verstehen Sie, was ich damit sagen will?«

»Gewiß«, antwortete der General. »Und wie würden Sie, um bei Ihrem Beispiel zu bleiben, die letzten Züge der Japaner analysieren?«

Kon-kim trat an eine Weltkarte, in der die Kunden der *Albion-Tin-Works* durch kleine Fähnchen gekennzeichnet waren. »Sehen Sie sich die Lage Französisch-Indochinas einmal genau an«, sagte er beinahe dozierend. »Japan erklärt, es müsse Tonking besetzen, um den Nachschub nach China zu unterbinden. Das kann aber nicht stimmen. Ein einziger Blick auf die Karte zeigt, daß die durch Französisch-Indochina verlaufenden Nachschubwege viel zu unbedeutend sind. Daraus ergibt sich, daß der wahre Grund ein anderer sein muß. Und ich will ihn Ihnen nennen: Japan geht es darum, sich eine Ausgangsbasis zur Eroberung Malayas, Singapores, Indonesiens und Burmas zu schaffen!«

»Belieben Sie zu scherzen?« entrüstete sich der General.

»Ich weiß nicht, warum Europäer immer annehmen, daß man scherzt, wenn man großräumig denkt«, erwiderte Kon-kim ärgerlich. »Vielleicht liegt es daran, daß die europäischen Länder so klein sind, daß sie zwischen unseren Grenzen zehn-, zwanzig- und dreißigmal untergebracht werden könnten.«

»Aber Japan ist doch selbst irrsinnig klein«, warf der Commander ein.

Kon-kim rümpfte die Nase. »Hat der japanische Generalstab mit der Besetzung Chinas nicht bewiesen, daß er großräumig zu denken vermag? Daß Japan über ein unerhörtes Menschenreservoir verfügt, brauche ich Ihnen nicht zu erzählen. Warum soll es also an den Schätzen Südostasiens vorbeigehen, wenn diese zu erringen sind? Nach den letzten Geschehnissen hat Japan den Schlüssel zur Schatzkammer bereits in der Tasche, und ich gehe jede Wette ein, daß Französisch-Indochina besetzt wird, wenn Frankreich von

Deutschland geschlagen werden sollte. Und dann setzen die japanischen Truppen mit einem Katzensprung über Thailand nach Malaya hinüber, und von diesem Augenblick an stehen Ihnen, Herr General, als Kampfgelände lediglich zwei durch den Dschungel führende Straßen und Eisenbahnlinien zur Verfügung.«

»Eben!« rief der General triumphierend. »Eine idealere Verteidigungsmöglichkeit kann man sich nicht wünschen. Insgesamt sind nur *vier* Wege abzuriegeln. Wer sie beherrscht, besitzt dieses Land.«

Kon-kim faßte sich an den Kopf. »Vergessen Sie denn völlig, daß wir im Zeitalter des Flugzeuges leben? Bei nur vier Wegen genügen ein paar Bomberverbände, um einer Armee, die nicht im Dschungel leben und somit nicht in den ausweichen kann, das Laufen beizubringen. Und Sie, Sir, werden den Befehl dazu geben, weil Sie es nicht verantworten können, Ihre Männer im Bombenhagel erschlagen zu lassen.«

Das Gesicht des Generals wurde eisig. »Ich weiß, daß Ihr Steckenpferd der Guerillakrieg ist. Aber seien Sie überzeugt, Mister Lee, wir verstehen etwas von unserem Beruf. Die von Ihnen erwähnten Bomberverbände werden von unseren Jägern abgefangen, und ein guter Soldat hat es nicht nötig, sich auf die Stufe von Partisanen zu stellen.«

»Dann kann ich nur hoffen, daß der Himmel Ihre Männer davor bewahrt, jemals gegen Guerillas kämpfen zu müssen.«

Der General schnaubte.

»Verstehen Sie mich nicht falsch, wenn ich in diesem Zusammenhang an das Debakel von Dünkirchen erinnere«, fuhr Kon-kim unbeirrt fort. »Es gibt Dinge, die man nicht bewältigen kann, und es liegt mir fern, Sie oder Ihre Nation zu kränken. Im Gegenteil, wir brauchen Ihre Hilfe. Wenn Ihre Truppen hier eine Schlappe erleiden, sind *wir* verloren, Großbritannien aber noch lange nicht.«

»Und sie meinen, mit Partisanen-Methoden wäre alles gewonnen?«

»Guerillas können selbstverständlich nichts anderes tun, als einem eingefallenen Feind das Leben zur Hölle zu machen. Hinauswerfen können sie ihn nicht. Unser Thema war aber auch ein anderes. Sie wollten etwas von mir hören, und ich machte Sie auf die japanische Gefahr aufmerksam. Und um meinen Ansichten ein stärkeres Gewicht zu verleihen, möchte ich Ihnen nun im Vertrauen sagen, daß ich sieben Jahre als Agent für die Armee Tschiang Kai-scheks in Japan tätig war. Bitte, behalten Sie dieses für sich. Ich erwähne es nur, damit Sie meine Auffassungen nicht als die eines Großsprechers abtun.«

Der General sah Kon-kim entgeistert an. »Entschuldigen Sie, Mister Lee, aber das wußte ich nicht. Ihre Ansichten sind mir jetzt verständlicher, ich halte sie aber dennoch für – sagen wir: äußerst phantastisch, weil ich mir einfach nicht vorstellen kann...«

»...daß wahr ist, was nicht wahr sein darf!« beendete Kon-kim den Satz.

Der General zuckte die Achseln. »Hoffen wir, daß Sie nicht recht behalten.«

Kon-kim nickte. »Ich bin der letzte, der das nicht wünscht.«

Man trennte sich im besten Einvernehmen, Kon-kim aber blieb von einer Unruhe erfüllt, die ihn wie ein Gespenst verfolgte. Der Gedanke, daß japanische Einheiten die malaiische Halbinsel überfallen könnten, legte sich wie ein Alpdruck auf ihn. Er würde dann erneut flüchten müssen. Verzweiflung packte ihn, wenn er sich vergegenwärtigte, daß er wieder in das sinnlose Dasein zurückgestoßen werden könnte, dem er glücklich entronnen war.

Sein Schicksal gönnte ihm nicht die ersehnte Ruhe, und Kon-kim ahnte, was auf ihn zukam, als das nach Abschluß des *Dreimächtepaktes* mit Japan verbündete Deutschland zu immer schwereren Schlägen ausholte und schließlich sogar in Rußland einfiel. Der unaufhaltsame Vormarsch der grauen Bataillone mußte die Japaner ermutigen, auch ihrerseits zum Großangriff anzutreten, und als die deutschen Heere im September 1941 die Kesselschlacht von Kiew siegreich beendet und den Dnjepr überschritten hatten, besetzte Japan kurzerhand den Nordteil Französisch-Indochinas und zwang Laos und Kambodscha, die ihnen von Frankreich zugesprochenen Teile ihrer Länder an Thailand zurückzugeben, das sich daraufhin zu einem Bündnisvertrag mit Japan bereit erklärte.

Für Kon-kim waren die Signale auf Sturm gesetzt. Über Nacht sah er sich vor die Entscheidung gestellt, entweder Malaya zu verlassen oder *va banque* zu spielen, das heißt, zu bleiben und zu kämpfen.

Der Entschluß fiel ihm schwer, und in Erinnerung an Napoleons Ausspruch: ›*Fixer les objets longtemps sans être fatigué*‹, versuchte er den mit diesen Worten zum Ausdruck gebrachten Wert der Fähigkeit, sich lange mit einem Gegenstand zu befassen, ohne zu ermüden, dadurch zu erreichen, daß er sich eine erstklassige Landkarte beschaffte und alle Chancen prüfte, die Malaya einem Angreifer bot. Anschließend überlegte er ebenso gewissenhaft, welche Gegenmaßnahmen ein Verteidiger ergreifen konnte, und erst nachdem er tagelang jedes Für und Wider sorgfältig gegeneinander abgewogen hatte und zu der Überzeugung gelangt war, daß Malaya keinesfalls zu verteidigen, aber geradezu ideal zur Entfesselung eines nervenaufreibenden Bandenkrieges sei, entschloß er sich, nicht nochmals zu flüchten, sondern bei seinen Angestellten und Arbeitern zu bleiben und mit ihnen aus dem Dschungel heraus zu kämpfen.

Noch am gleichen Abend rief er David Hamilton an, den er bestürmte, ihm unverzüglich die von Mao Tse-tung verfaßte Schrift ›*Guerilla-Krieg*‹ zu besorgen. »Und wenn du alle Buchhandlungen und Kioske ablaufen mußt!« fügte er drängend hinzu. »Ich brauche die Anleitung so schnell wie möglich.«

Der Amerikaner lachte aus vollem Halse. »Willst du etwa unter die Kommunisten gehen?«

»Als Millionär bleibt einem ja nichts anderes übrig«, erwiderte Kon-kim im gleichen Tonfall.

»Rede keinen Quatsch, sondern sag, wozu du die Schrift brauchst.«

»Und wenn du erneut wie ein Pferd wieherst«, entgegnete Kon-kim, »ich möchte meine Mine verteidigen, wenn die Japaner kommen.«

»Blöder Kerl!« entflog es dem Freund. »Solange die Japsen ihr Ziel in China nicht erreicht haben, werden sie sich hüten, ihre Front zu verlängern.«

»Besorgst du mir die Schrift: ja oder nein?«

»Ich schicke sie dir, wenn ich sie bekommen sollte, erlaube mir aber festzustellen, daß ihr alle nicht mehr normal seid.«

Kon-kim horchte auf. »Ihr alle?« fragte er hastig. »Von wem sprichst du?«

»Von dir, Royal-Dymont und sämtlichen befreundeten Idioten. Ich könnte mir die Haare ausraufen. Henry ist schon wieder für den Geheimdienst tätig. Und warum das ganze Affentheater? Nur weil die Japaner Tongking besetzt haben und der französische Generalgouverneur im Moment nichts dagegen unternehmen kann.«

»Du hast gut reden«, rief Kon-kim aufgebracht in die Sprechmuschel hinein. »Wenn es eines Tages kritisch wird, setzt du dich auf ein Schiff und fährst nach Amerika.«

David Hamilton lachte hölzern. »Sorry, Sir, bis dahin befinden auch wir uns in des Teufels Küche. Spätestens in ein paar Monaten geht unser Film gegen Japan und Deutschland über die Bühne. Roosevelt treibt und wird von Churchill getrieben. Das Volk will natürlich nichts davon wissen...«

»Ich weiß«, unterbrach ihn Kon-kim bissig. »Ich konnte ja lesen, daß einer eurer berühmtesten Professoren erklärt hat: ›Das Leben eines amerikanischen G. I. ist mehr wert als vierhundert Millionen Chinesen.‹ «

»Blödes Gerede ist das«, entgegnete David Hamilton. »Die Mehrheit ist bei uns gegen den Krieg, aber...«

»Sag mir lieber, ob du wirklich davon überzeugt bist, daß Roosevelt auf eine Auseinandersetzung mit Japan drängt«, fiel Kon-kim unbeherrscht ein.

»Selbstverständlich!« antwortete der Freund. »Und hinter ihm steht nicht nur Churchill, sondern die gesamte amerikanische Hochfinanz. Prima Geschäft, sagt man in der Wall Street. Schon allein, weil wir unsere Arbeitslosen dann mit einem Schlag loswerden.«

Eine merkwürdige Gedankenassoziation erinnerte Kon-kim an einen Spruch, den ihm sein verstorbener Onkel mit auf den Weg gegeben hatte, als er zum ersten Mal die Heimat verließ und nach Amerika fuhr. Gleichzeitig aber dachte er auch an das ihm vom Onkel vermachte Vermögen, das er irgendwie zum Schaden der Japaner anlegen wollte. »Hör zu, Dav«, rief er wie elektrisiert. »Kannnst du mir schnellstens Waffen besorgen?«

»Kommt drauf an, welche. Kanonen, Panzer und Kriegsschiffe habe ich zur Zeit nicht auf Lager.«

»Mach jetzt keine Scherze. Mir ist es bitterernst.«

»Also, ich notiere: was möchtest du haben?«

»Revolver, Gewehre, Buschmesser, Dolche, Parangs...«

»Wieviel willst du haben?«

Kon-kim nagte an seinen Lippen. »Sagen wir je fünftausend.«

»Bist du übergeschnappt?«

»Nein, Dav! Ich habe dir erklärt, daß ich nicht spaße. Ich zahle bar!«

»Na, schön. Mir soll es recht sein, wenn Zinn-Könige neuerdings Waffen fressen. Wieviel Munition brauchst du?«

»Was würdest du sagen?«

»Als versierter Waffenhändler empfehle ich tausend Schuß pro Schießeisen. Das gibt dem Auftrag ein hübsches Gewicht.«

»Einverstanden. Liefere alles, was fünftausend Dschungelkämpfer benötigen. Besorg dir die Schrift Mao Tse-tungs und lese darin nach, was versierte Guerilla-Kämpfer brauchen. Und solltest du von der Kampfanweisung hundert oder mehr Exemplare bekommen können, dann behalte eine für dich und schick mir den Rest schnellstens zu. Ist das klar?«

»Absolut.«

»Noch etwas: organisiere schon fünftausend Gummizapfer-Anzüge.«

David Hamilton holte tief Luft. »Mein lieber *Bruder durch Zuneigung!* Ich weiß ja, daß du ein verrückter Hund bist, aber allmählich gewinne ich den Eindruck, daß du dich verrennst.«

»Wenn du nicht liefern willst, wende ich mich an deine Konkurrenz.«

»Unterstehe dich!«

»Du wirst also liefern?«

»Was bleibt mir anderes übrig. Ich muß nur noch wissen, wohin das Spielzeug geschickt werden soll.«

»Alles so schnell wie möglich nach Ipoh. Vorhandenes schon morgen verladen lassen. Mein Name darf aber nirgendwo in Erscheinung treten. Du weißt, daß ich auf der Liste der Japaner stehe.«

»Geht in Ordnung. Ich werde mich noch heute mit unserem Spediteur in Verbindung setzen. Spätestens übermorgen rollen die ersten Knallbonbons ab, und ich erlaube mir schon jetzt, dir auch im Namen meines Kompagnons für den wirklich reizenden Auftrag unseren tiefempfundenen Dank zu sagen. Die Schriften Mao Tsetungs werden wir selbstverständlich nicht berechnen.«

Als Kon-kim den Telefonhörer auf die Gabel zurücklegte, begriff er selbst nicht, was er getan hatte. Er wußte nur, daß er nach tagelangen Überlegungen zu dem Entschluß gelangt war, Malaya keinesfalls zu verlassen und gegen die Japaner zu kämpfen. Während des Gespräches war ihm dann plötzlich der verstorbene Onkel eingefallen, und im Bruchteil einer Sekunde hatte er sich dazu entschlossen, dessen Vermögen zum Ankauf von Waffen zu benutzen. Daß er damit einen Weg betreten hatte, der ihn zwangsläufig zum Führer einer Guerilla-Gruppe machen mußte, ging ihm erst auf, als das Gespräch beendet war. Der Gedanke belastete ihn so sehr, daß er gleich am nächsten Morgen den britischen Commander in Kuala Lumpur anrief, um ihn über den erteilten Auftrag zu informieren.

Der Engländer protestierte zunächst energisch, beruhigte sich jedoch, als Kon-kim ihm bedeutete, die Absicht zu haben, sich mit seinen Männern dem Ortskommandanten zu unterstellen.

»Allerdings nur, bis Japaner in Malaya einfallen«, fügte er unmißverständlich hinzu. »Von diese Augenblick an gilt für mich ausschließlich das Gesetz des Krieges.«

Der Commander erhob noch mancherlei Einwände, war im Prinzip aber einverstanden und ersuchte Kon-kim, baldmöglichst nach Kuala Lumpur zu kommen, um Details zu besprechen.

Drei Tage später flog Kon-kim mit seinem gerade erhaltenen Flugzeugführerschein in einer gecharterten Maschine nach Kuala Lumpur, wo er mit den zuständigen Offizieren schneller einig wurde, als er vermutet hatte. Man gestattete ihm die Aufstellung eines sogenannten ›Heimatverbandes‹ und sicherte ihm zu, seinen Namen in keiner Akte in Erscheinung treten zu lassen. Dann flog er nach Ipoh zurück, wo er sich bis spät in der Nacht mit Macolm Watt, Haron Ismail und dem technischen Leiter Go Cho Hong besprach, die gleich ihm der Auffassung waren, daß es gegebenenfalls richtiger sei, einen erbarmungslosen Guerilla-Krieg zu führen, als die Hände in den Schoß zu legen oder zu flüchten.

Von diesemm Abend an glich Kon-kims Büro einem Taubenschlag. Einzeln empfing er über fünfzig Aufseher und Vorarbeiter, denen er zunächst – gewissermaßen vertraulich und von Mann zu Mann – auseinandersetzte, worum es ihm ging, um ihnen dann ein Exemplar der glücklicherweise in großer Anzahl erhaltenen Schrift ›*Guerilla-Krieg*‹ in die Hand zu drücken und sie zu militärischen ›Gruppenführern‹ zu ernennen.

Die vertraulich aufgezogenen Unterredungen erweckten in jedem das Gefühl, ein Auserwählter zu sein, und jeder brannte plötzlich darauf, Kon-kim zu zeigen, daß er sich auf ihn verlassen könne.

Das allein genügte ihm nicht. Im Bestreben, jeden Arbeiter zu einem verläßlichen Kämpfer zu machen, suchte er im Verlauf der nächsten zwei Wochen sämtliche Arbeitskolonnen auf, denen er mit knappen Worten die drohende Gefahr schilderte, um dann jedem einzelnen mit Handschlag zu versichern, daß er im Falle einer kriegerischen Auseinandersetzung mit ihnen in den Dschungel gehen und notfalls alle Mittel der *Albion-Tin-Works* für den Kampf um die Freiheit Malayas zur Verfügung stellen würde.

Kon-kim bewies in diesen Tagen nicht nur, daß er es vortrefflich verstand, die Menschen zu begeistern. Er entwickelte auch ein Organisationstalent, das seinesgleichen suchte. Die bei David Hamilton in Auftrag gegebenen und nun laufend anrollenden Waffen und Kleidungsstücke wurden sofort verteilt beziehungsweise in Depots gebracht, die Kon-kim in aller Eile auf drei in der weiteren Umgebung von Ipoh gelegenen Bergen einrichten ließ: auf den *Korbu* bei Tanjong Rambutan, auf den *Bubu* in der Nähe von Rengas und auf den *Batu Puteh* bei Tapah. Außerdem sorgte er dafür, daß die Transporte dorthin jeweils von den Arbeitsgruppen durchgeführt wurden, die im Kriegsfall in den betreffenden Räumen operieren sollten. Ein jeder sollte schon jetzt sein zukünftiges Kampfgebiet kennenlernen.

Es war unglaublich, was Kon-kim innerhalb kürzester Frist zuwege brachte. Bereits vier Wochen nach dem Gespräch mit David Hamilton war das gesamte in Auftrag gegebene Material im Dschungel verschwunden, und Kon-kim bedrückte nur noch die Sorge, daß die Japaner seinen Namen erfahren und sich an seine Fersen heften könnten. Denn je mehr er sich in die sich selbst gestellte Aufgabe vertiefte, um so klarer erkannte er, daß er zwischen den verschiedenen Abteilungen hin und her pendeln mußte, wenn er den notwendigen Überblick behalten und die Kampfmaßnahmen koordinieren wollte. Sein Name durfte keineswegs in Erscheinung treten. Um dies zu erreichen, kam er mit seinen ›Abteilungsleitern‹ Macolm Watt, Haron Ismail und Go Cho Hong überein, ihn vor den ›Gruppenführern‹ sowie bei der Mannschaft nur noch ›Puma‹ zu nennen, wie man ihn einst in Whampoa genannt hatte.

Der Name des Raubtieres war nicht schlecht gewählt, und er bürgerte sich im Nu bei der Belegschaft der *Albion-Tin-Works* ein. Gerade noch zur rechten Zeit, denn der politische Himmel verfinsterte sich in erschreckendem Tempo.

Roosevelt, der den *Dreimächtepakt* bereits als eine Drohung bezeichnet hatte, erklärte in einem am 6. Dezember 1941 an den japanischen Kaiser Hirohito gerichteten Appell ultimativ, daß die sofortige Zurückziehung der japanischen Truppen aus Französisch-Indochina eine unerläßliche Vorbedingung für die Erhaltung des Friedens sei. Die Folge war verheerend: der japanische Außenminister überreichte in der Frühe des 7. Dezember den Botschaftern Großbritanniens und der Vereinigten Staaten ein ›Schlußmemorandum‹, das zum Ausdruck brachte, daß der bestehende Konflikt nicht mehr mit friedlichen Mitteln gelöst werden könne. Und bereits um 7 Uhr 55 griffen dreihundertsechzig japanische Bomber unter Jagdschutz Pearl Harbor an, wo innerhalb von einer halben Stunde 19 Kriegsschiffe und 177 Flugzeuge zerstört wurden und 2729 Offiziere und Mannschaften ihr Leben verloren.

Eine Welle der Empörung lief durch Amerika, die sich allerdings auch gegen das US-Kriegsministerium richtete, als bekannt wurde, daß es nach Erhalt des japanischen ›Schlußmemorandums‹ nicht für notwendig erachtet hatte, Pearl Harbor auf schnellstem Wege zu alarmieren.

»Das Ganze ist eine unglaubliche Schweinerei«, tobte David Hamilton, als er am darauffolgenden Tage mit Kon-kim telefonierte. »Mich würde es nicht wundern, wenn es Absicht war.«

»Aber warum denn?« entsetzte sich Kon-kim.

»Unser Volk will vom Krieg nichts wissen. Vielleicht sollte es auf diese Weise in Rage gebracht werden. Ein hinterhältiger Angriff und große Verluste bringen selbst den friedfertigsten Yankee auf die Palme. Aber na, Tschiang Kai-schek bekommt jetzt wenigstens Hilfe. Unser Kessel hat den erforderlichen Überdruck erreicht, und es gibt keine Arbeitslosen mehr. Hipp, hipp, hurra! Der Sand knirscht in Gottes Mühlen, und kein Aas hält sich die Ohren zu. Solltest du übrigens noch Waffen brauchen: ich veranstalte einen Schlußverkauf zu erhöhten Preisen.«

»Weißt du, was du bist? Ein Ekel!«

David Hamilton lachte. »Warum so empört? Es ist selbstverständlich, daß du Mengenrabatt erhältst. Für dich ändern sich die Preise nicht.«

»Letzte Frage«, entgegnete Kon-kim. »Bleibst du in Singapore?«

»Kommt drauf an. Im Augenblick kann ich noch nichts sagen.«

»Na schön. Vorsorglich wollen wir uns verabschieden. Wenn es losgeht, bin ich nicht mehr zu erreichen.«

»Du willst also wirklich in den Dschungel gehen?«

»Natürlich.«

»Mensch, Kim«, erwiderte der Freund und fügte gleich darauf bedrückt hinzu: »Mach's gut. Ich halte dir die Daumen. Sollten Henry und ich Singapore verlassen müssen, dann wende dich an unseren Spediteur, wenn du Waffen benötigst. Er hat ein hübsches Lager unter die Erde gebracht. Ich werde ihm sagen, daß du jederzeit darüber verfügen kannst. Wegen der Abrechnung brauchst du dir keine Gedanken zu machen. Wir regeln das später, sofern wir es dann noch können.«

»Bist doch kein Ekel.«

»Dann bin ich zufrieden. Und jetzt: bye, Kim!«

»Bye, *Bruder durch Zuneigung!*«

»Ich Trottel!« rief David Hamilton. »Das Wichtigste hätte ich beinahe vergessen! Seit Monaten wollte ich dich schon fragen, ob du eine Nachricht von meiner *Mutter durch Zuneigung* erhalten hast.«

»Ja«, antwortete Kon-kim nach kurzem Zögern, wobei er seine Hände auf die Telefongabel legte, um sie sofort hinabdrücken zu können. »Sie und dein *Onkel durch Zuneigung* wurden von den Japanern umgebracht.«

Die Ereignisse überstürzten sich. Am 7. Dezember 1941 war Pearl Harbor bombardiert worden, drei Tage später versenkten japanische Torpedoflieger vor der malaiischen Küste die eilends nach Singapore beorderten britischen Schlachtschiffe ›*Prince of Wales*‹ und ›*Repulse*‹, und am 15. Dezember trat das japanische Heer von Thailand aus zum Angriff auf Malaya an.

Kon-kim, der die Hiobsbotschaft kurz nach fünf Uhr erhielt, gab sofort den Befehl, die seit Tagen zur Alarmierung der Werksmannschaft schußbereit stehenden Mörser abzufeuern. Jede Minute war jetzt kostbar. Die thailändische Grenze lag nur hundert Meilen von Ipoh entfernt. Es mußte damit gerechnet werden, daß japanische Flieger die Hauptstraße unter Beschuß nahmen. Kon-kim hatte deshalb vorsorglich angeordnet, daß sich die entsprechend den Arbeitsschichten in drei Kampfabteilungen aufgegliederte Belegschaft der *Albion-Tin-Works* nach Abfeuern der Werksmörser an verschiedenen Punkten sammeln und eine halbe Stunde später unter Führung der Abteilungsleiter auf unterschiedlichen Wegen in die ihnen zugewiesenen Operationsgebiete begeben sollte.

Die dem pockennarbigen Malaien unterstellte und an diesem

Morgen noch nicht abgelöste Nachtschicht war als erste abmarschbereit. Sie begrüßte ihren ›Puma‹ mit einem wilden Freudengeschrei, das Kon-kim lächelnd quittierte, obwohl ihm nicht danach zumute war. Die übernommene Verantwortung lag wie Blei auf seinen Schultern. Prüfend betrachtete er seine Arbeiter, die in ihren grünen und mit Waffen aller Art behangenen Gummizapferanzügen einen verwegenen Eindruck machten.

»Wir wollen jetzt wenig Worte verlieren«, sagte er mit fester Stimme. »Die Japaner sind im Morgengrauen über die Grenze gerückt. Ich vermute, daß die Briten trotz ihrer guten Ausbildung und Ausrüstung nicht in der Lage sein werden, den feindlichen Vormarsch aufzuhalten. Malaya läßt sich nicht ohne weiteres verteidigen. Seine Dschungelgebiete sind aber auch nicht zu erobern und geben uns somit die Möglichkeit, den überheblichen Söhnen Nippons das Leben gründlich zu vergällen. Und das ist die Aufgabe, die wir übernehmen. Handelt, wie ihr es mit eueren Gruppenführern in den letzten Wochen geübt habt. Sägt an unübersichtlichen Stellen Bäume an und stürzt sie, wenn eine Militärkolonne vorüberfährt, so auf die Straße, daß zehn bis zwanzig Wagen eingekeilt werden. Keinesfalls mehr! Und dann schießt aus dem Hinterhalt nieder, was sich bewegt. Aber nur von einer Straßenseite aus und längstens zwei bis drei Minuten. Laßt das Feuer dann schwächer werden und erweckt den Anschein, als müßtet ihr euch infolge Munitionsmangels zurückziehen. Vorher selbstverständlich eine Gasse in den Dschungel schlagen, in die der Feind in dem Glauben hineinrennen soll, sie sei euer Fluchtweg. In Wirklichkeit flüchtet niemand. Vorne gehen alle in Deckung und am Ende der Gasse bereitet sich eine Gruppe zum Empfang mit Maschinenpistolen vor. Auch hier wieder nur von einer Seite schießen, damit kein eigener Mann in das Schußfeld gerät! Zur gleichen Zeit eröffnet die an der Straße verbleibende Gruppe erneut das Feuer und knallt diejenigen ab, die zurückflüchten oder bei den Fahrzeugen geblieben sind. Wenn ihr so vorgeht, schicken zwei Gruppen von nur vierzig Mann in wenigen Minuten an die hundert japanische Teufel in die Hölle. Dann aber verschwinden und im undurchdringlichen Dschungel untertauchen. Und beim nächsten Mal eine andere Stelle wählen! Die Japaner sollen ihr blaues Wunder erleben, wenn sie glauben, mit *Shu-Tsais*, Dschungelratten, fertig werden zu können.«

Den Augen der Männer war anzusehen, daß sie es kaum erwarten konnten, sich auf den in das Land eingefallenen Feind zu stürzen.

Kon-kim klopfte einigen in seiner Nähe stehenden Arbeitern auf die Schulter. »Ich fahre jetzt zu den anderen Abteilungen und komme nach, sobald es mir möglich ist. Im Moment ist noch allerhand zu erledigen. Vergeßt nicht, unterwegs Nahrungsmittel zu organisieren. Und erklärt der Bevölkerung, auf welche Weise sie euch in Zukunft versorgen soll. Eure Gruppenführer wissen Bescheid und werden euch alles Notwendige erzählen.«

»Wie heißt unsere Losung?« rief Haron Ismail überschwenglich, als Kon-kim geendet hatte.

»Mit ›Puma‹ für Malaya!« schrien die Männer.

Kon-kim hob warnend die Hand. »Ich weiß, daß ihr es gut meint. In dieser Minute aber wollen wir den Himmel anrufen und ihn bitten, unseren Kampf zu segnen.«

Seine Worte hatten eine unerwartete Wirkung. »Allahu akbar!« rief einer der Männer, und sämtliche Mohammedaner wandten sich augenblicklich nach Westen und sprachen mit erhobenen Armen in Richtung auf Mekka: »Allah ist groß, und Mohammed ist sein Prophet.« Dann warfen sie sich nieder, um die Erde mit der Stirn zu berühren und den Allmächtigen anzuflehen, Malaya von den Feinden zu befreien.

Es war ein eindrucksvolles Bild, die mit Gewehren, Revolvern, Messern und Schwertern behangenen Männer beten zu sehen, und Kon-kim, der wohl wußte, daß Mohammedaner selbst bei der Arbeit zu den vorgeschriebenen Zeiten das *Takbir* murmeln, nahm sich vor, im Falle eines günstigen Ausganges des Krieges eine Pagode an der Stelle errichten zu lassen, an der sie in diesem Augenblick standen.

Auch bei der zweiten und dritten Abteilung, die Malcolm Watt und der technische Leiter Go Cho Hong anführten, hielt Kon-kim eine kurze Ansprache. Danach kehrte er auf schnellstem Wege zur Mine zurück, wo ein Restkommando damit beschäftigt war, unter den Ablaufgerüsten und Wasserrohren äußerlich nicht sichtbare Sprengladungen anzubringen, so daß die Zinnförderung jederzeit unterbunden und für Monate unmöglich gemacht werden konnte. Hier und dort gab er kurze Anweisungen, dann rief er die Militärkommandantur in Kuala Lumpur an und bat den Commander, ihm mindestens drei tragbare Funksprechanlagen zur Verfügung zu stellen, da es ihm sonst unmöglich sei, die Verbindung zwischen seinen Abteilungen aufrechtzuerhalten.

Der britische Offizier wand sich wie ein Aal, sicherte ihm die Geräte aber schließlich zu, und Kon-kim schickte sofort den letzten ihm noch zur Verfügung stehenden Lastwagen in die Hauptstadt, um die für ihn wichtigen Anlagen holen zu lassen.

»Sollten die Japaner schneller vorrücken, als ich annehme, dann versteckt die Geräte irgendwo im Dschungel und schlagt euch zu Fuß nach Ipoh durch«, sagte er den beiden Fahrern. »Kontaktmann ist der am Eingang des *Grand-Hotels* sitzende alte indische Schlangenbeschwörer. Sprecht ihn aber nicht an, sondern werft eure Meldung mit einer Münze in seinen Beutel und wartet zu Hause, bis ihr einen Bescheid erhaltet.«

Nachdem die Kraftfahrer losgebraust waren, suchte Kon-kim den britischen Standortältesten auf, der nahe daran war, die Nerven zu verlieren. »Es ist zum Verzweifeln«, stöhnte der weißhaarige Engländer entmutigt. »Die Provinz Kedah ist schon abgeschnitten, und auf dem Weg zu uns wurde Lawin bereits besetzt! Und wissen Sie, wie die Infanterie vorrückt? Auf Fahrrädern, die ihnen in Grik von einem japanischen Händler übergeben wurden! Die Fahrräder lagerten in Malaya, und kein Mensch hat etwas davon gewußt! Die Spitze kommt dadurch vermutlich schnell vorwärts. Wir müssen damit rechnen, daß sie den Chenderoh-See inzwischen erreicht hat.«

»Und was haben Sie veranlaßt?« fragte Kon-kim hastig.

»Die sofortige Sprengung der über den Seitenarm des Sees führenden Straße. Hoffentlich klappt es noch.«

Kon-kim rannte davon und jagte mit seinem Wagen hinter der von Macolm Watt geführten Abteilung her.

»Vier Mann zu mir!« schrie er seinen Leuten zu, als er die Lastwagenkolonne überholte.

Im Nu sprangen vier verwegen aussehende Gestalten in sein Kabriolett, und dann ging es in rasendem Tempo nach Kangsar, wo sich die Bevölkerung vor dem heranrückenden Feind bereits verkrochen hatte.

Der Zufall wollte es, daß sie einen Verkehrsschutzmann entdeckten, der eilends an den Häusern entlanglief.

»He!« rief Kon-kim ihn an. »Wissen Sie, wo der Fahrradhändler von Kangsar sein Lager hat?«

»In der Anson-Road.«

Wenige Minuten später hielten sie vor einem Haus, neben dem sich ein ansehnlicher Schuppen befand.

Kon-kim sprang aus dem Wagen und bedeutete seinen Männern, ihm zu folgen.

Die Haustür war verschlossen, das Namensschild aber zeigte, daß seine Bewohner Japaner waren. Kon-kim trommelte mit den Fäusten gegen die Tür und rief auf japanisch: »Aufmachen! Wir sind Freunde!«

Im Haus wurden Schritte laut. Gleich darauf erschien ein Japaner, der Kon-kim und sein Gefolge besorgt musterte. »Sumi masen… – Ich bin untröstlich…«

Weiter kam er nicht, da Kon-kim ihn abrupt unterbrach: »Ich weiß, daß ich jetzt sehr unhöflich bin, aber die Zeit drängt. Jeden Augenblick können unsere Freunde eintreffen. Haben Sie alles vorbereitet?«

»Wakari masen – Ich verstehe Sie nicht.«

»Stellen Sie sich nicht so an«, entgegnete Kon-kim unwillig. »Ich spreche von den zu übergebenden Fahrrädern.«

Das Gesicht des Japaners erhellte sich. »Hai, hai, wakari masu – Ja, jetzt verstehe ich. Es ist alles auf das beste vorbereitet.«

»Wieviel Leute stehen Ihnen zur Verfügung?«

»Fünf Mann.«

»Holen Sie sie, und führen Sie uns in das Lager. Ich möchte es gesehen haben, bevor ich weiterfahre. Übrigens nach Ipoh!« fügte er vielsagend hinzu. »Die Stadt soll noch heute besetzt werden.«

»So desuka – Tatsächlich?« rief der Händler hocherfreut und trat eilig in das Haus zurück.

Kon-kim warf seinen Männern einen warnenden Blick zu. »Wir werden gleich mit sechs Japanern in den Schuppen gehen. Haltet eure Spritzen bereit. Wir müssen die Kerle umlegen und das Lager anzünden.«

Die Männer nickten, als seien sie es gewohnt, Menschen zu erschießen, Kon-kim aber war die Kehle wie zugeschnürt, als der Händler in Begleitung von fünf Japanern, die sich stumm vor ihm verneigten, aus dem Haus heraustrat.

»Konnichiwa – Guten Tag«, sagte er und deutete zum Lager hinüber. »Gehen wir. Die Zeit drängt.«

Was folgte, war das Werk einer Minute. Etliche Schüsse peitschten durch den bis zur Decke mit Fahrrädern angefüllten Schuppen, dann wanden sich sechs Menschen im Todeskampf und züngelten an mehreren Stellen die ersten Flammen hoch.

Auf der Rückfahrt sprach niemand ein Wort. Das Gesetz des Krieges hatte jeden in die Zange genommen.

Kon-kim starrte auf die Fahrbahn. Pausenlos hörte er das verräterisch von ihm ausgesprochene ›Konnichiwa – Guten Tag‹. Unerbittlich marterte ihn das Wort. Im Rhythmus des Motors, im Surren der Räder und im vorbeistreichenden Fahrtwind hämmerte es: Konnichiwa, Konnichiwa, Konnichiwa!

Seine Gedanken überschlugen sich. Er ahnte, daß ihn von nun an jede Entbietung der Tageszeit in der gleichen Weise an die sechs Japaner erinnern würde, wie ihn der Anblick eines Balkons an den Tod der Mutter und jedweder Alkoholdunst an die sieben Marodeure denken ließ, denen er in jener unseligen Nacht die Kehlen durchschnitten hatte. Er war der Meinung gewesen, daß ihn der gewaltsame Tod seiner Angehörigen hart gemacht hätte, hart genug, um eine Welt verteidigen zu können, die er als ›frei‹ erachtete. Er hatte aber nicht bedacht, daß der Preis der Verteidigung nicht in der Möglichkeit liegt, sterben zu können, sondern in der Pflicht, töten zu müssen.

Die Unergründlichkeit des Daseins erinnerte ihn an den weisen Meng-tse, der erklärt hatte: ›Menschenliebe ist die natürliche Gesinnung des Menschen. Pflicht ist der natürliche Weg des Menschen. Wie traurig ist es, wenn man seinen Weg verläßt, wenn man nicht mehr auf ihm wandelt, wenn man sein Herz verliert und es nicht wiederzufinden weiß.‹

Kon-kim zwang seine Gedanken in eine andere Richtung. Er hatte sich der Pflicht unterworfen, Malaya zu verteidigen, und er hoffte, sein Herz auf diesem Wege nicht zu verlieren.

Doch in einem anderen Sinne sollte es ihm noch an diesem Tage geraubt werden, und zwar so plötzlich, daß er nicht begreifen konnte, wie es geschah.

Er hatte die vier von Macolm Watts Abteilung übernommenen Männer abgesetzt und fuhr mit dem Schotten sowie einigen Kampfgruppen nochmals etwa zehn Kilometer in Richtung Kangsar bis zu einer Stelle zurück, wo sich die von der thailändischen Grenze nach Ipoh führende Straße gabelte und den Japanern die Möglichkeit bot, den letzten Streckenteil auf zwei Wegen zurückzulegen. Um sie zu zwingen, über Tanjong Rambutan zu fahren, wo sich die Gruppen Macolm Watts im Dschungel überfallbereit machten, ließ er die zweite Straße in aller Eile an mehreren Stellen sprengen und durch gefällte Baumriesen sperren. Es dauerte jedoch Stunden, bis die Chaussee so nachhaltig zerstört und verbarrikadiert war, daß sie nach menschlichem Ermessen erst in Wochen wieder passierbar gemacht werden konnte.

In dieser Zeit waren die Japaner schon bis über Kangsar hinaus vorgedrungen, und als Kon-kims Männer sich gerade abfahrbereit machten, jagte ein englisches Militärflugzeug an ihnen vorbei, dessen Besatzung ihnen zurief, daß die japanische Vorhut höchstens noch zwei Meilen entfernt sei.

Es wurde höchste Zeit, und Kon-kim verabschiedete sich von Macolm Watt, dem er erklärte, in Ipoh noch versuchen zu wollen, die von den Briten zugesagten Funksprechgeräte in Sicherheit zu bringen.

Der lange Schotte machte ein bedenkliches Gesicht. »Riskieren Sie nicht zuviel. Wenn Sie ausfallen, bricht alles zusammen.«

»Hals- und Beinbruch«, erwiderte Kon-kim, stieg in seinen Wagen und raste los.

Kurz vor Tanjong Rambutan informierte er einige in Deckung liegende Wachtposten. Dann jagte er weiter, bis ihm plötzlich Jane Lawrence einfiel, deren Landhaus in der Nähe der Ortschaft lag.

Wer weiß, was die Japaner mit ihr machen, wenn meine Leute ihnen die erste Lektion erteilt haben, dachte er besorgt. Ich muß sie in Sicherheit bringen.

Ohne zu zögern bog er von der Hauptstraße ab, doch als er Jane Lawrences Landhaus erreichte, glaubte er nicht richtig zu sehen. Nur mit einem Badeanzug bekleidet, sonnte sich ihre Tochter in einem Liegestuhl.

»Patrice!« rief er außer sich. »Die Japaner sind im Anmarsch!«

»Ich weiß«, gab sie gelassen zurück. »Das Radio hat es schon in aller Frühe gemeldet.«

Kon-kim trat an sie heran. »Seien Sie vernünftig! Ich bin nicht aus Spaß hierhergekommen. Wo ist Ihre Mutter? Die Japaner stehen kurz vor der Ortschaft.«

Sie lachte verächtlich. »Das glauben Sie doch selber nicht!«

»Ich schwöre es Ihnen!« entgegnete er aufgebracht. »Und jetzt sagen Sie mir, wo Ihre Mutter ist!«

»Im Dschungel.«

»Wo?« fragte er fassungslos.

»Im Dschungel! Sie ist geflüchtet, weil das Taxi uns im Stich gelassen hat, das wir nach der Radiomeldung hierherbeorderten. Mein Wagen ist im Eimer; ich bin vor einen Baum geknallt.«

Kon-kim war nahe daran, die Beherrschung zu verlieren. »Und Sie lassen Ihre Mutter einfach fortrennen und legen sich in die Sonne, als lebten wir im tiefsten Frieden?«

»Hören Sie doch endlich auf«, fuhr sie ihn böse an. »Sie tun ja gerade so, als könnten die Japaner hexen. Im übrigen wirkt eine Frau im Badeanzug nicht kriegerisch. Die Inselzwerge werden also Stielaugen machen und nicht schießen, wenn sie wirklich kommen sollten.«

»Die Japaner werden etwas ganz anderes mit Ihnen machen!« schrie Kon-kim erbost. »Los, holen Sie Ihre Kleider! Ich nehme Sie mit.«

Patrice Lawrence erhob sich. »Das Anerbieten nehme ich trotz Ihres rauhen Tones an.«

»Zuvor aber sagen Sie mir, in welche Richtung Ihre Mutter gelaufen ist.«

Die Engländerin schaute zum Wald hinüber, der den Park nach drei Seiten umgab. »Ich kann es Ihnen beim besten Willen nicht sagen. Wir saßen gerade beim Tee, als Mama plötzlich wie von Sinnen davonrannte.«

Ein jäh anschwellendes Motorengeräusch ließ Kon-kim aufhorchen. »Das ist ein Japaner«, rief er warnend, und schon im nächsten Moment donnerte ein Jagdflugzeug über sie hinweg, das unmittelbar darauf steil hochgezogen und in eine Kurve gelegt wurde, aus der es Sekunden später wie ein Raubvogel herabschoß.

»In Deckung!« schrie Kon-kim und riß Patrice Lawrence hinter einen Baum, wo er sie rücksichtslos zu Boden stieß.

Gerade noch zur rechten Zeit. Vom Himmel jagte eine Salve herab, die ringsum Erde aufspritzen ließ. Dann donnerte die Maschine dicht über sie hinweg.

Da Kon-kim ahnte, daß der Pilot nun von der anderen Seite kommen würde, sprang er schnell auf und zog Patrice Lawrence mit sich fort. »Zum Haus!« rief er atemlos.

Sie rannten über den Rasen und warfen sich hinter die Hausmauer.

Patrice Lawrence umklammerte Kon-kim und vergrub ihren Kopf.

Er roch ihr Haar und spürte die Wärme ihrer von der Sonne noch heißen Haut.

Das Motorengeräusch kam näher.

Ihr volles Haar fiel über sein Gesicht.

»Keine Sorge«, sagte er gedämpft. »Wir sind hier in Sicherheit.«

Das Maschinengewehrfeuer setzte ein.

Patrice Lawrence preßte sich noch enger an Kon-kim.

Geschosse prasselten gegen die rückwärtige Hauswand und durchschlugen den frei stehenden Wagen.

Sie stöhnte und stammelte Kon-kims Namen.

Er spürte ihren Körper...

Das Maschinengewehr hämmerte weiter.

Sie drehte sich zur Seite, so daß ihre Lippen vor seinem Mund lagen.

Ihr Atem verwirrte ihn.

Das Jagdflugzeug dröhnte über sie hinweg.

Kon-kim rührte sich nicht und verfolgte die Maschine, bis er sah, daß sie nicht zurückkehrte. Und plötzlich war ihm alles gleichgültig. Er küßte Patrice Lawrence wie ein Verdurstender und achtete nicht auf das Haar, das zwischen ihren Gesichtern lag.

Freude, Zorn, Trauer, Furcht, Liebe, Haß und Lust ballten sich jäh in elementarer Gewalt. Es gab kein Denken mehr, nur noch Leidenschaft, duftende Erde und einen am Himmel dahinfliegenden Feind, der bestrebt gewesen war, sein Heldentum auf billige Weise zu dokumentieren, aber – zwei Menschen vereint hatte.

Später, als Kon-kim sich erhob, um nach seinem Wagen zu sehen, war mit einem Male alles anders. Die Erde, auf der sie gelegen hatten, fühlte sich nun hart an, die Luft war schwül, das Tageslicht blendete, und die Farbe von Patrice Lawrence Lippen war scheußlich verwischt.

»Du mußte dich anziehen«, sagte Kon-kim, wobei er sich mit einem Tuch über den Mund fuhr. »Wenn mein Wagen hinüber ist, müssen wir uns zu Fuß durchschlagen.«

Ihre blauen Augen blickten wässerig. »Und wohin, Sir?«

»Stell jetzt keine dummen Fragen, sondern beeil dich«, antwortete er und lief auf sein Kabriolett zu. »Halt die Daumen, daß der Motor nichts abbekommen hat.«

Sie erhob sich, nahm ihren Badeanzug und stieg die Stufen zur rückwärtigen Veranda empor, auf der sie hinter einer Blumenstaude stehenblieb und zu Kon-kim hinüberschaute, der gerade den Anlasser betätigte.

Der Motor sprang an.

»Alles in Ordnung!« rief er. »Wir haben nur Löcher in der Karosserie und im Polster. Beeil dich!«

Patrice Lawrence war wie verwandelt. Das Erlebte und die Möglichkeit, noch vor Eintreffen der Japaner flüchten zu können, trieb sie zu höchster Eile an. Kon-kim fiel ein Stein vom Herzen, als er sie schon nach wenigen Minuten in einem einfachen Waschkleid auf sich zulaufen sah.

»Das ging wirklich fix«, sagte er anerkennend, als sie in den Wagen einstieg.

Sie zuckte die Achseln. »Ich wollte lediglich unter Beweis stellen, daß eine Frau sich auch schnell anziehen kann.«

Kon-kim überhörte die frivole Bemerkung und jagte davon. Bald darauf gab er Vollgas, da aus Richtung Kangsar die ersten Maschinengewehrsalven zu vernehmen waren. »Wir haben mehr Glück als Verstand«, knurrte er verbissen, als sie die Chaussee nach Ipoh erreichten und mit Höchstgeschwindigkeit durch das wie ausgestorben daliegende Tanjong Rambutan rasten.

»Und was werden Sie in Ipoh machen?« fragte Patrice Lawrence, als er das Tempo in einer Kurve für einen Moment verringerte.

»Das weiß ich noch nicht. Aber du hast dich versprochen.«

»Wieso?«

»Du hast nicht das vertrauliche ›You‹ gebraucht.«

Patrice Lawrece bemühte sich, den Rock ihres hochwehenden Kleides festzuhalten. »Ich habe mich nicht versprochen und möchte, daß wir auch weiterhin beim betonten ›You‹ bleiben.«

Er warf ihr einen schnellen Blick zu.

Sie griff mit einer Hand nach ihrem Haar, das vom Fahrtwind umhergewirbelt wurde. »Ich bin der Meinung, daß es einen schlechten Eindruck macht, wenn wir... Sie sind Chinese, ich bin Europäerin! Meine Bekannten würden mich schneiden, wenn sie erführen, daß Sie und ich...«

Kon-kim gefror zu Eis.

Sie schaute verstohlen zu ihm herüber. »Sind Sie jetzt böse?«

Er gab keine Antwort, obwohl er am liebsten geschrien hätte:

Verlogenes Subjekt! Du redest von Bekannten und meinst dich selber. Kaum sind deine Sinne befriedigt, da stuft dein überheblicher Kopf die Menschen schon wieder nach Farben und Rassen ein.

Patrice Lawrence räkelte sich tiefer in den Sitz hinein. »Keine Antwort ist auch eine Antwort. Wenn Ihnen die letzte Stunde nicht deutlich gemacht hat, daß ich anders als die meisten Europäer denke, dann kann ich Ihnen nicht helfen. Auf jeden Fall ist es häßlich von Ihnen, mir zu verübeln, daß ich auf meine Bekannten Rücksicht nehmen möchte.«

»Wenn Ihnen so sehr daran gelegen ist, sollten Sie sich die Lippen neu anmalen«, entgegnete er voller Auflehnung.

Von diesem Augenblick an wurde kein Wort mehr gesprochen.

Als Ipoh unmittelbar vor ihnen lag, entdeckte Kon-kim in etwa fünfhundert Meter Entfernung drei am Stadtrand stehende japanische Panzerspähwagen. Er trat im selben Moment auf die Bremse, setzte den Wagen zurück und jagte in die entgegengesetzte Richtung davon.

»Um Gottes willen«, rief Patrice Lawrence erschrocken. »Was machen wir nun?«

Er blickte suchend an der Chaussee entlang. »Hier in der Nähe muß ein Feldweg sein, über den wir einen Teil der Stadt umfahren können. Ich habe ihn einmal benutzt und kam auf der *Lahat Road* heraus.«

»Können da nicht auch schon Japaner sein?«

»Das glaube ich kaum. Die Panzerspähwagen dürften eine Vorhut sein, die auf das Gros wartet.«

Kon-kims Vermutung war richtig, und es gelang ihm, unbehelligt in die Stadt zu kommen, in der die Menschen wie aufgescheuchte Ameisen umherhasteten. Die Geschäfte wurden gestürmt. Allenthalben sah man Europäer, die in überladenen Wagen in Richtung Kuala Lumpur flüchteten.

Kon-kim fuhr auf schnellstem Wege zum *Grand-Hotel,* wo er mit Genugtuung feststellte, daß der alte Schlangenbeschwörer seinen Platz nicht geräumt hatte. Er blies zwar nicht die *Okarina,* sah den kommenden Ereignissen jedoch mit der Gelassenheit eines Menschen entgegen, der nichts zu verlieren hat und genau weiß, daß Boas und Pythons auch feindlichen Truppen Achtung einflößen. Aber er hatte flinke Augen, und noch bevor Kon-kim ausgestiegen war, deutete er kaum sichtbar zum Hoteleingang hinüber, neben dem ein in Lumpen gekleideter chinesischer Wahrsager hockte, der niemand anderer als Kon-kims Diener war.

Kon-kim kaufte von ihm im Vorübergehen das Horoskop des Tages, blieb aber unwillig stehen, als er sah, daß sich Patrice Lawrence nicht an die mit ihm getroffene Absprache hielt, sondern seinen Wagen verließ und sich anschickte, die Straße zu überqueren. »Patrice!« rief er ärgerlich hinter ihr her. »Wohin wollen Sie?«

Sie blickte über die Schulter zurück. »Nach Singapore. Byebye!«

»Sie wissen doch gar nicht, ob Sie Ihre Bekannten noch antreffen!«

»Ich treffe immer jemanden«, entgegnete sie arrogant und eilte davon.

Kon-kim war drauf und dran, hinter ihr herzulaufen, aber dann zog er es doch vor, die auf den Rand des Horoskops gekritzelte Meldung zu lesen, die ihm vorsorglich schon jetzt in der von ihm für die Zukunft befohlenen Form gegeben wurde.

Die Nachricht besagte, daß die nach Kuala Lumpur entsandten Fahrer wohl die Funksprechgeräte, nicht jedoch die dazugehörigen Stromerzeugungsaggregate erhalten hatten.

Sekundenlang überlegte er, was er tun sollte. Ohne Strom ließen sich die Anlagen nicht bedienen. Wenn er in ständigem Kontakt mit seinen Abteilungen bleiben wollte, mußte er unverzüglich nach Kuala Lumpur fliegen und auf Biegen und Brechen versuchen, die fehlenden Aggregate zu bekommen.

Als hätte ihn das erstandene Horoskop nicht befriedigt, kaufte er ein zweites, wobei er seinem Diener zuflüsterte, daß er sich voraussichtlich einige Tage nicht melden werde. Dann stieg er in seinen Wagen und fuhr in Richtung Flughafen davon. Aber schon in der Vorstadt erkannte er an den mit Europäern zurückrasenden Wagen, daß die Japaner die nach Kuala Lumpur und zum Flughafen führende Hauptstraße abgeschnitten haben mußten. Seine Vermutung bestätigte sich bald darauf. Um einen letzten Versuch zu machen, aus Ipoh herauszukommen, schlug er einen Seitenweg ein, der an der Zinn-Mine vorbei nach Batu Gajah führte. Erreichte er diesen Ort, dann konnte er ohne Schwierigkeit auf die Hauptstraße nach Kuala Lumpur gelangen.

Das Glück war ihm nicht hold. Der Weg nach Batu Gajah führte an einem Bahndamm entlang, auf dem Kon-kim schon von weitem japanische Posten stehen sah. Wenn er nicht Gefahr laufen wollte, zur willkommenen Zielscheibe zu werden, mußte er auf der Stelle kehrtmachen.

Er war in eine gefährliche Lage geraten und überlegte fieberhaft, war er unternehmen könne, um seine Arbeiter und Angestellten, die sich ihm bedinungslos anvertraut hatten, nicht zu enttäuschen. Er mußte sich zu ihnen durchschlagen! Aber wie? Den Wagen durfte er nicht länger benützen, da dieser auf seinen Namen zugelassen war und ihn im Falle einer Festnahme verraten würde. Es blieb ihm nichts anderes übrig, als sich schnellsten von ihm zu trennen.

Kon-kim schaute sich schon nach einem günstigen Versteck um, als er erkannte, daß er sich in unmittelbarer Nähe des Felsentempels *Sam Poh Tong* befand, dessen buddhistische Mönche er einmal aufgesucht hatte. Kurz entschlossen fuhr er den Wagen in ein Gebüsch und lief querfeldein auf die Felsenhöhle zu.

Die Mönche atmeten erleichtert auf, als sie Kon-kim erblickten, dessen in der Grotte laut hallende Schritte sie bereits einem feindlichen Soldaten zugesprochen hatten.

»Daß Sie uns in dieser Stunde besuchen, ist ein gutes Omen!« frohlockte der Mönch, der ihn einst aufgefordert hatte, die Schildkröten zu füttern.

Seine Worte erinnerten Kon-kim an die frühere Unterhaltung, und einer jähen Eingebung folgend, erwiderte er: »Sie haben recht: es ist ein gutes Omen. Ich *mußte* heute zu Ihnen kommen.«

Die Augen des Mönches weiteten sich.

»Haben Sie damals, nachdem die ›Geisterschildkröte‹ das erste von mir geworfene Blatt fraß, nicht gesagt, daß ich mich möglicherweise eines Tages wie ein Geist verwandeln würde?«

»Gewiß«, antwortete der Buddhist.

Kon-kim blickte von einem zum anderen. »Ihnen allen habe ich seinerzeit erklärt, daß ich Orakeln gegenüber sehr skeptisch bin, und ich gestehe, daß ich meine Meinung inzwischen nicht geändert habe. Dennoch suche ich Sie heute auf, um mich – bildlich gesprochen – mit Ihrer Unterstützung in einen Geist zu verwandeln, der Ihnen und mir Hilfe bringen soll.«

Die Mönche drängten näher an Kon-kim heran. »Wie sollen wir das verstehen?«

»Die Sache ist ganz einfach«, erwiderte er. »Unsere Interessen begegnen sich in dieser schweren Stunde. Sie möchten den Tempel vor der Zerstörung bewahren, während ich aus besonderen Gründen so schnell wie möglich aus Ipoh herauskommen muß. Vereinen wir uns also, indem wir vermittels einer kleinen Notlüge zu einer Kriegslist greifen, die uns allen helfen wird, wenn einer von Ihnen mit einer weißen Flagge auf die Straße geht und dem ersten vorbeikommenden Japaner einen von mir beschriebenen Zettel übergibt. Ich beherrsche die japanische Sprache und werde die Japaner in meiner Mitteilung bitten, unverzüglich ins Kloster zu kommen, um einen im Dienste der *Kempetai* stehenden Geheimagenten zu retten, der – wie ich behaupten werde – hier seit Tagen versteckt gehalten wird. Alles Weitere überlassen Sie mir. Ich werde den Japanern erzählen, daß ich nicht mehr leben würde, wenn Sie, die Mönche von *Sam Poh Tong*, mir nicht geholfen hätten. Auf leichte Weise erhalten Sie so eine Garantie dafür, daß dem Tempel nichts geschehen wird.«

»Und was wird aus Ihnen?« fragte das Oberhaupt des Klosters benommen. »Wie wollen Sie aus Ipoh herauskommen?«

»Das muß sich aus der Situation ergeben«, antwortete Kon-kim. »Irgendwie werde ich es schon schaffen. Wir müssen uns nur darin einig sein, daß ich vor drei Tagen hier aufgetaucht bin und um Schutz bat, meinen Namen nicht nannte, seither unter dem Dachboden versteckt gehalten werde und Ihnen den Zettel mit der Bitte übergab, ihn dem ersten vorbeikommenden Japaner in die Hand zu drücken.«

Die meisten der ängstlichen Mönche schauten betreten vor sich hin, aber in der nachfolgenden Debatte gelang es Kon-kim, das Oberhaupt für seinen aus dem Stegreif ersonnenen Plan zu gewinnen.

Und seine Rechnung ging auf. Schon eine Stunde später wurde er aus dem inzwischen gewählten Versteck herausgeholt und zu einem jungen Leutnant geführt, der mit mehreren Soldaten im Klosterhof stand und ihm skeptisch entgegenblickte.

Kon-kim ging mit schnellen Schritten auf ihn zu und rief, noch bevor er ihn erreichte: »Gut, daß Sie gekommen sind! Wenn diese Mönche nicht gewesen wären ...« Er unterbrach sich, ergriff spontan die Hände des Klosteroberhauptes und sagte, an den Offizier gewandt: »Entschuldigen Sie, aber ich muß mich zunächst bedanken.«

Der Leutnant lächelte, und Kon-kim umarmte den Buddhisten. Dann verneigte er sich vor den übrigen Tempelhütern, um sich schließlich dem Japaner zuzuwenden. »Schauen Sie sich bloß diese Mönche an«, sagte er kopfschüttelnd. »Erst retten sie mich, und nun, da alle Gefahr vorüber ist, machen sie Gesichter, als sollten sie für ihre edle Tat bestraft werden. Erklären Sie ihnen, daß sie ohne Sorge sein können.«

Der junge Offizier schmunzelte. »Das müssen Sie ihnen schon selber sagen, da sie meine Sprache nicht verstehen würden.«

Kon-kim hob die Hand und rief: »Unser japanischer Freund bittet mich, Ihnen zu übermitteln, daß alles in Ordnung ist und Sie lachen und nicht Trübsal blasen sollen.«

Die Mönche, die ihre Erregung kaum noch verbergen konnten, fingen an zu kichern. Zunächst schamhaft, dann aber, als der Leutnant ihnen aufmunternd zunickte, immer freier und gelöster werdend.

Kon-kim atmetet erleichtert auf. »Und nun wollen wir keine Zeit verlieren«, wandte er sich an den Japaner. »Ich bin im Auftrage der *Kempetai* tätig; meine Nummer ist achthundertsieben. Was mich im Moment am meisten bewegt: wurde der Vormarsch durch Guerillas erschwert?«

»Allerdings«, erwiderte der Offizier verblüfft. »Ganz unverhofft wurden wir angegriffen.«

»Aus dem Dschungel heraus?«

»Ja.«

»Ich habe es geahnt«, stöhnte Kon-kim und gab sich einen verzweifelten Anschein. »Hatten Sie große Verluste?«

»Beim ersten Überfall fast hundert Mann. Beim zweiten etwas weniger und beim dritten über hundertfünfzig. Schlimmer aber noch ist die Tatsache, daß unser Zeitplan in Unordnung geraten ist. Unser Tagesziel war Tapah. Wir kommen jedoch nicht über Ipoh hinaus.«

»Und wo liegt der Generalstab?«

»In Betong.«

»Besteht schon telefonische Verbindung?« fragte Kon-kim, obwohl er genau wußte, daß eine Feldleitung noch nicht gelegt sein konnte.

Der Japaner schüttelte den Kopf. »Sie vergessen, daß wir seit heute morgen hundertsechzig Kilometer zurückgelegt haben.«

Kon-kim fuhr sich durch das Haar. »Dann müssen Sie mir sofort ein Fahrzeug besorgen. Noch heute muß ich nach Betong. Wenn ich es nicht schaffe, kostet es Tausenden das Leben.«

Der Offizier sah ihn betroffen an. »Das ist unmöglich! Versetzen Sie sich in meine Lage. Würden Sie einem Zivilisten, der behauptet, Agent der *Kempetai* zu sein, ohne weiteres einen Wagen übergeben?«

»Natürlich nicht«, antwortete Kon-kim entwaffnend. »Aber habe ich diese Forderung gestellt? Sie sollen mir kein Fahrzeug übergeben, sondern einem Ihrer Männer den Befehl erteilen, mich schnellstens zum Generalstab zu bringen.«

Der Leutnant betrachtete ihn lauernd. »Ist Ihre Meldung wirklich von solcher Dringlichkeit?«

»Ich sagte bereits, daß es Tausenden das Leben kosten wird, wenn ich nicht noch in dieser Nacht...«

»Also gut«, unterbrach ihn der Japaner. »Ich stelle Ihnen meinen Wagen und Fahrer zur Verfügung, muß Sie jedoch bitten, in Kangsar meinen Regimentskommandeur zu informieren.«

»Wird gemacht«, erwiderte Kon-kim. »Weiß mein Begleiter, wo wir ihn finden?«

»Hai, hai. Gleich am Stadtausgang.«

Kon-kim bedankte sich, und wenige Minuten später brauste er in einem Kübelwagen davon.

»Wir schneiden ein ganzes Ende ab, wenn Sie an der nächsten Kreuzung nicht links abbiegen, sondern geradeaus fahren«, sagte er dem gutmütig und bäuerlich aussehenden japanischen Soldaten, als sie sich Ipoh näherten. »Es ist zwar nur ein Feldweg, aber er erspart uns die Stadtdurchfahrt. Wollen wir ihn benutzen?«

Der Fahrer nickte.

»Dann werde ich Sie führen.«

Es war klar, daß Kon-kim den Japaner zum Flugplatz dirigierte, wo er mit Erleichterung feststellte, daß der Holzschuppen unbeschädigt und weit und breit niemand zu sehen war. Aber sein Herz klopfte wie ein Hammer, als er, fast ohne sich zu bewegen, seine Pistole aus der Tasche zog und sie entsicherte. Dann führte er seinen Arm behutsam hinter den Fahrer, dem er die Mündung plötzlich in den Rücken drückte.

Der Japaner fuhr zusammen.

»Tomatte kudasai – Stop!« kommandiere Kon-kim.

Der Fahrer dachte nicht daran, sondern stieß Kon-kim mit einer heftigen Bewegung zur Seite und griff blitzschnell nach seiner am Koppel hängenden Revolvertasche.

Kon-kim blieb nichts anderes übrig, als zu schießen und zu versuchen, das Steuer zu ergreifen.

Zu spät. Der Wagen krachte gegen eine Böschung.

Der Japaner gab sich nicht verloren und umklammerte Kon-kim.

Zwei weitere Schüsse peitschten durch den beginnenden Abend.

Der Soldat sank über das Steuer.

Kon-kim sprang aus dem Wagen und lief über das Landefeld auf den Schuppen zu, an dessen Rückseite sich neben der Werkstatt die Unterkunft des Flugzeugwartes befand, den er eilig heraustrommelte. »Ist die Maschine startklar?«

»Natürlich«, antwortete der Monteur. »Aber die Japaner sollen schon in der Stadt sein.«

»Darum brauche ich den Vogel«, rief Kon-kim und rannte in die Halle, um das Tor zu öffnen. »Und du wirst mit mir fliegen. Keine dreihundert Meter von hier entfernt habe ich einen Japaner umlegen müssen. Wenn er gefunden wird, bist du erledigt.«

Fünf Minuten später hob Kon-kim ein kleines Sportflugzeug vom Boden und flog in Baumwipfelhöhe davon.

Das Tor des toten Herzens

Das Licht des Tages war bereits gebrochen, als Kon-kim in Kuala Lumpur landete. Seine Nerven vibrierten. Am liebsten hätte er die Augen geschlossen und geschlafen. Der Gedanke an seine im Dschungel kämpfenden Männer trieb ihn jedoch weiter, und als er das Flugzeug abgestellt hatte und bei der Luftaufsicht erfuhr, daß im gegenwärtigen Durcheinander kein Taxi zu erhalten sei, machte er sich auf den Weg in die gut fünf Kilometer entfernt gelegene Stadt, um den Commander aufzusuchen, den er nicht eher wieder verlassen wollte, bis er die zu den Funksprechanlagen gehörigen Stromaggregate erhalten hatte. In der Militärkommandantur traf er den Briten nicht an, und da ihm ein Leutnant erklärte, daß sich alle höheren Offiziere in einer Lagebesprechung befänden, deren Ende nicht abzusehen sei, begab er sich zum Hotel *Majestic*, um sich ein Quartier zu beschaffen. Wo man ihn unterbrachte, war ihm gleichgültig; er brauchte nur einen Platz, auf dem er einige Stunden schlafen konnte. Doch das *Majestic* und alle anderen Hotels waren von Flüchtlingen so überfüllt, daß nicht einmal ein Sessel zu erhalten war. Und in den Speisesälen herrschte ein derartiger Betrieb, daß Kon-kim es vorzog, ein einfacheres Restaurant aufzusuchen. Wie groß aber war sein Erstaunen, als er in einem an der *Campbell Road* gelegenen chinesischen Lokal Patrice Lawrence entdeckte. Sie saß mit vier englischen Soldaten an einem Tisch und aß munter plaudernd *Satay*.

Es ist nicht zu glauben, dachte er und trat an sie heran. »Schmeckt es?« fragte er und beugte sich über ihre Schulter.

Sie blickte zu ihm hoch, als gewahre sie einen Geist. »Du lieber Gott! Kon-kim, wo kommen Sie her?«

»Von Ipoh«, antwortete er trocken.

Sie ergriff seine Hand. »Wissen Sie, daß ich für Sie bereits das Schlimmste befürchtete? Wenige Minuten nachdem wir uns getrennt hatten, stoppten diese Herren mit ihrem Militärfahrzeug neben mir und riefen: ›Schnell, wenn Sie noch aus der Stadt herauskommen wollen! Die Chaussee nach Kuala Lumpur wird abgeschnitten!‹ Und dann saß ich auch schon im Wagen, und wir brausten davon.«

Kon-kim nickte anerkennend. »Sie hatten also recht, als Sie sagten, daß Sie immer jemanden treffen.«

Patrice Lawrence lachte. »Und wie sind Sie herausgekommen?«

Kon-kim spielte den Überlegenen. »Ich habe es mir etwas einfacher gemacht. Nachdem ich meine Sachen gepackt und im Hotel meine Rechnung bezahlt hatte, bin ich zum Flugplatz gefahren, um mit meiner Maschine hierherzufliegen.«

Patrice Lawrence starrte ihn an. »Sie haben ein Flugzeug?«

Er stellte sich verwundert. »Wußten Sie das nicht?«

Sie schüttelte den Kopf. »Warum haben Sie mir das nie erzählt?«

»Wir trafen uns zu selten. Und das letztemal fand ich keine Gelegenheit, antwortete er hintergründig und zog einen Stuhl heran. »Gestatten Sie, daß ich mich zu Ihnen setze?«

»Das ist doch selbstverständlich«, erwiderte sie und rutschte eilfertig zur Seite.

Kon-kim bestellte sich ebenfall *Satay*, das er in aller Eile aß. Dann erklärte er, das Militärgouvernement aufsuchen zu müssen.

Patrice Lawrence machte ein enttäuschtes Gesicht. »Und wo bleiben Sie heute nacht?«

Er zuckte die Achseln. »Wahrscheinlich am Flugplatz. Es war mir nicht möglich, ein Quartier zu bekommen.«

Sie erhob sich mit ihm. »Ich begleite Sie noch ein paar Schritte.«

Kon-kim verabschiedete sich von den Soldaten und verließ das Lokal.

Patrice Lawrence hakte sich bei ihm ein. »Werden Sie weiter nach Süden fliegen?«

Er schüttelte den Kopf. »Wozu? Irgendwo wird man ja doch überrollt.«

Sie sah ihn erstaunt an. »Sie wollen in Malaya bleiben?«

»Natürlich.«

»Mir scheint, Sie sind wahnsinnig geworden.«

»Möglich.«

»Ich verstehe Sie nicht«, entgegnete sie ärgerlich. »Sie sind doch unabhängig. Warum fahren Sie nicht nach Indien und warten dort das Ende des Krieges ab?«

»Haben Sie das vor?«

»Allerdings. Ich gehe an den Dal-See, ein paar Meilen von Srinagar entfernt. Das Tal von Kaschmir ist ein Paradies auf Erden. Hätten Sie nicht Lust, mitzukommen?«

»An sich schon«, antwortete Kon-kim belustigt. »Aber ich befürchte nur, daß Ihre Bekannten Sie dann schneiden werden.«

Sie drückte seinen Arm. »Ich würde mir nichts daraus machen.«

»Wie großzügig von Ihnen.«

»Seien Sie jetzt nicht garstig.«

»Sie haben recht«, erwiderte er. »In der Stunde der Trennung soll man nett zueinander sein.«

Patrice Lawrence blieb stehen. »Sie wollen wirklich hierbleiben?«

»Ja, weil ich den Japanern...« Er schwieg, als erscheine es ihm müßig, darüber zu reden.

»Haben Sie etwa vor, gegen die Japaner zu kämpfen?«

»Vielleicht.«

Sie seufzte. »Ich verstehe Sie nicht, Kon-kim.«

»Wie sollten Sie auch. Aber ich bin dennoch sehr froh, daß wir uns getroffen haben. Als Sie in Ipoh fortliefen, hätte ich Sie verprügeln mögen.«

Patrice Lawrence strich sich eine Haarsträhne aus der Stirn.

»Schade, daß Sie das nicht getan haben. Ich möchte manchmal, daß jemand kommt, der mich...« Sie zog ihn an sich. »Bitte, bleiben Sie.«

Er spürte ihren Körper. »Ich habe Ihnen erklärt, daß ich zum Militärgouvernement muß.«

»Und wie lange haben Sie dort zu tun?«

»Ein oder zwei Stunden. Möglicherweise auch nur zehn Minuten. Sie wissen doch, daß alles drunter und drüber geht.«

»Gut«, entgegnete sie nach kurzem Zögern. »Dann warte ich auf Sie in dem Restaurant, in dem wir uns getroffen haben. Und wenn es Stunden dauert.«

»Und dann?«

»Nehme ich Sie mit zu mir. Ich habe in dieser Straße ein kleines Zimmer erhalten. Es ist sehr schmutzig, aber es hat vier Wände. Werden Sie kommen?«

Er gab keine Antwort.

Sie preßte sich an ihn. »Bitte, sag ja! Es ist vielleicht das letzte Mal, daß wir uns sehen.«

Kon-kim seufzte. »Wenn du doch nicht eine so schreckliche Verführerin wärest!«

Etwa eine halbe Stunde später empfing ihn der britische Commander. Er sah gehetzt aus und lachte hysterisch, als Kon-kim ihm erklärte, daß er ihn nicht aufhalten wolle und nur gekommen sei, um die zu den Funksprechanlagen erforderlichen Stromaggregate zu holen.

»Wenn es Ihnen Spaß macht, können Sie sogar das ganze Depot übernehmen! Wir haben den Befehl erhalten, uns nach Jahore abzusetzen und den feindlichen Vormarsch nur durch leichte motorisierte Kräfte zu behindern. General Wavell, der Oberste Alliierte Befehlshaber in Südostasien, hält eine längere Verteidigung von Malaya und Singapore unter den gegebenen Umständen für ausgeschlossen. Ja, Sie haben recht behalten. Die Japaner rasen buchstäblich an der Küstenstraße entlang.«

»Es soll überhaupt nicht gekämpft werden?« entgeisterte sich Kon-kim.

»Wir haben Weisung, uns in Jahore zu formieren. Bedienen Sie sich also der hiesigen Depots, die spätestens morgen mit allem in die Luft gesprengt werden, was wir nicht mitnehmen können. Stromaggregate werden Sie allerdings nicht finden.«

Trotz der deprimierenden Nachricht erkannte Kon-kim die einmalige Chance, die sich ihm bot. Er mußte versuchen, so viel Heeresgut wie möglich an sich zu bringen. Aber wie sollte er es forttransportieren »Können Sie mir Lastwagen zur Verfügung stellen?« erkundigte er sich, obwohl er ahnte, daß seine Frage müßig war.

»Wenn wir genügend Fahrzeuge hätten, würden wir das Material selber mitnehmen«, antwortete der Commander gereizt.

Kon-kim erinnerte sich daran, daß der Brite ihn früher einmal aufgefordert hatte, die Führung eines einheimischen Reservebataillons zu übernehmen. Wenn es in Kuala Lumpur ein solches gab... Noch bevor er den Gedanken zu Ende gedacht hatte, fragte er den Commander, ob die seinerzeit erwähnten Reserveverbände aufgestellt worden seien.

»Nur zum Teil«, antwortete der Engländer zerstreut. »Es gibt drei Einheiten: eine in Kuala Lumpur, eine in Gemas und die dritte in Kluang. Alles in allem etwa fünfzehnhundert Mann.«

»Und was geschieht mit den Leuten?«

Der Commander zuckte die Achseln.

»Sie nehmen sie nicht mit?«

»Wozu? Sie würden uns nur im Wege stehen, wenn es in Jahore zur Schlacht kommen sollte. Außerdem fehlen uns Transportmöglichkeiten.«

»Und wer führt die Einheiten?«

»Gediente Einheimische, die einem Major unterstellt sind. Gerade vor wenigen Minuten habe ich ihm gesagt, daß er den Befehl zur Auflösung geben soll. Die Japaner würden die Männer nur massakrieren.«

Kon-kims Augen brannten. »Wenn Sie mich auf elegante Weise loswerden wollen, dann bringen Sie mich schnellstens mit dem Major zusammen.«

»Haben Sie etwa die Absicht, Ihre Guerilla-Kämpfer zu verstärken?«

»Unter anderem.«

»Des Menschen Wille ist sein Himmereich«, erwiderte der Commander und beauftragte einen Schreiber, Kon-kim zu dem Major zu führen.

Schon nach einer viertelstündigen Unterredung verließ dieser mit Kon-kim die Militärkommandantur, um zu einem Malaien zu fahren, der bei der *Mata-Mata*, der Polizeitruppe, gedient hatte und trotz seiner gutmütig dreinschauenden Augen einen verwegenen Eindruck machte. Sein Name war Sulaiman, seine Stimme dröhnte wie ein schwingender Gong.

»Dies ist Mister Lee, dem ich soeben das Kommando über alle Reserveverbände übertragen habe«, erklärte ihm der Major ohne Umschweife. »Sie unterstehen ab heute ihm und nicht mehr dem Militärgouvernement. Alles Weitere wird Ihnen Mister Lee sagen.«

Der stämmige Malaie musterte Kon-kim, als wollte er sagen: Den mach' ich im Handumdrehen fertig.

Kon-kim spürte die Auflehnung, ließ sich aber nichts anmerken, sondern verabschiedete den Major, der sichtlich erleichtert verschwand. Dann wandte er sich an den ehemaligen Polizeisergeanten und sagte bewußt aggressiv: »So, nun möchte ich zunächst einmal wissen, was Ihnen an mir mißfällt. Ist es meine Nasenspitze?«

Der Malaie stutzte und lachte: »Sie meinen, weil es eine typisch chinesische ist?«

»Nehmen Sie Anstoß daran?«

»Nein, das ist es nicht.«

»Was ist es denn? Sprechen Sie sich ruhig offen aus.«

»Na, schön. Um es kurz zu machen: ich bin Soldat, Sie nicht. Wie komme ich dazu...«

»Moment«, unterbrach ihn Kon-kim. »Ich garantiere Ihnen, daß ich es mit einem Soldaten Ihres Kalibers jederzeit aufnehme.«

Der Malaie grinste verächtlich.

Kon-kim stieß ihn vor die Brust. »Los, greifen Sie mich an, wenn Sie mich auf die Probe stellen wollen.«

Die Augen Sulaimans wurden zu Schlitzen. »Das lasse ich mir nicht zweimal sagen«, brüllte er und sprang Kon-kim an.

Der drehte sich blitzschnell und schleuderte seinen Angreifer mit einem Judo-Griff auf den Boden. »Ich hoffe, daß Ihnen die Kostprobe genügt.«

Der Malaie rieb sich sein Handgelenk. »Den Trick müssen Sie mir beibringen.«

Kon-kim lachte: »Einverstanden, wenn ich daraus schließen darf, daß Sie bereit sind, mit mir zusammenzuarbeiten?«

Sulaiman nickte. »So hat mich noch keiner aufs Kreuz gelegt.«

»Dann ernenne ich Sie hiermit zu meinem Stellvertreter. Neben der Führung Ihres Bataillons übernehmen Sie ab sofort auch das Kommando über die in Gemas und Kluang stehenden Reserveeinheiten. Und ich werde Ihnen jetzt erzählen, was Sie bis morgen abend geschafft haben müssen.«

Über eine Stunde redete Kon-kim auf Sulaiman ein, und als er ihn verließ, besaß er die Gewißheit, daß weitere fünfzehnhundert Einheimische ihre Wohnungen mit dem Dschungel vertauschen und noch in dieser Nacht jeden greifbaren Lastwagen und mindestens fünfhundert Fahrräder requirieren würden.

Der Commander traute seinen Ohren nicht, als Kon-kim ihm am nächsten Morgen meldete, das Reservebataillon Kuala Lumpur sei auf dem Wege zum Depot, wo es sechsunddreißig Transportfahrzeuge mit Waffen und Munition beladen werde, um anschließend auf Fahrrädern nach Kajang zu fahren und im Dschungel unterzutauchen.

Der Brite sah ihn entgeistert an. »Glauben Sie wirklich, sich für eine Weile im Dschungel halten zu können?«

»Wenn es sein muß, sogar jahrelang«, antwortete Kon-kim. »Ich habe dem Führer des hiesigen Bataillons den Auftrag erteilt, die in Gemas und Kluang gebildeten Heimatverbände zusammenzutrommeln, und Sie bitte ich, umgehend dafür zu sorgen, daß die Abteilung Kluang von der Truppe Waffen und Munition erhält. Gemas übernehmen wir. Kluang ist zu weit für uns.«

Der Commander versprach es ihm und fügte bedrückt hinzu: »Ich wollte, ich könnte mehr für Sie tun.«

»Das können Sie!« erwiderte Kon-kim wie aus der Pistole geschossen. »Den drei Reservebataillon habe ich fünf Operationsgebiete zugewiesen; ich brauche also außer den mir fehlenden Stromaggregaten weitere fünf komplette Funksprechgeräte. Weisen Sie Ihre zuständige Dienststelle in Singapore an, mir die Anlagen auszuhändigen.«

»Sie wollen nach Singapore?«

»Ich fliege noch heute mit meiner eigenen Maschine dorthin.«

Der Engländer stemmte die Hände in die Hüften. »Sie scheinen wirklich ein Teufelskerl zu sein. Haben Sie eventuell einen Platz für unseren General frei?«

»Bedaure«, antwortete Kon-kim. »Ich verfüge nur über ein kleines Sportflugzeug.«

Daß er das Nützliche mit dem Angenehmen verbinden und Patrice Lawrence nach Singapore bringen wollte, verschwieg Kon-kim. Aber nicht ihretwegen hatte er sich zu dem Flug entschlossen.

Es ging ihm vielmehr darum, David Hamilton aufzusuchen, von dem er hoffte, daß er ihm in irgendeiner Form helfen könne, die Funksprechgeräte in die einzelnen Operationsgebiete zu schaffen.

Patrice Lawrence war natürlich glücklich, von Kon-kim nach Singapore gebracht zu werden, und ihre vom Fahrtwind massierten Wangen glühten, als er sie am Nachmittag wohlbehalten auf dem unmittelbar am Meer gelegenen Landefeld absetzte.

»Diesen Flug werde ich nie vergessen«, sagte sie begeistert, als sie ihre Kopfhaube abstreifte und ihr volles Haar schüttelte. »Ich kann es gar nicht abwarten, dir dafür zu danken.«

Er nahm ihr die Haube ab. »Fahr gleich los und organisiere ein Zimmer im *Raffles-Hotel.* Mit einem entsprechenden ›Teegeld‹ wirst du es schon schaffen. Ich erledige inzwischen meine Sachen und komme so bald wie möglich.«

Sie warf ihm einen verliebten Blick zu. »Hoffentlich läßt du mich nicht wieder so lange warten wie in der letzten Nacht.«

»Ich werde mein Bestes tun«, erwiderte er und begab sich zur Flugleitung um David Hamilton anzurufen, der glücklicherweise in seinem Büro war und sich sofort bereit erklärte, ihn abzuholen.

Es dauerte nicht lange, bis der Freund erschien. »Ich bin froh, daß wir uns noch einmal treffen«, rief er schon von weitem. »Stell dir vor: heute nacht geht mein Schiff!«

»Nach Hause?«

»Sofern die Reise nicht auf dem Grunde des Meeres endet«, antwortete David Hamilton. »Die Japaner sollen Spielzeuge haben, die ganz leise herankommen und einen entsetzlichen Lärm machen, wenn sie irgendwo anstoßen.«

»Geh den Dingern doch aus dem Weg und bleib hier.«

»Sorry, Sir, ich bin einberufen. Zur Marine! Dort werden dringend Leute gebraucht, die wegen Seekrankheit immer an der Reling stehen und auf das Wasser starren. Aber das schwöre ich dir: wenn ich so ein ekelhaftes Spielzeug auf mich zukommen sehe, halte ich mir die Ohren zu.«

»Was ich sofort tun werde, wenn du mich weiterhin zum Narren halten willst.«

»Bitte, ich kann auch anders. Nach letztem ›on dit‹ beabsichtigt general Wavell, Mister Churchill auf einige Dinge aufmerksam zu machen, die ihm die Prothesen aus dem Mund fallen lassen werden. Unter anderem will er ihm erzählen, daß die Nordseite Singapores nicht befestigt ist, es dem Feind somit keine Schwierigkeit bereiten wird, die Straße von Johore zu überqueren. Ferner wird er ihm sagen, daß die hier installierte Küstenartillerie infolge der gestreckten Flugbahn ihrer Geschosse nicht zur Bekämpfung feindlicher Batterien eingesetzt werden kann. Eine Verteidigung der Insel ist also unmöglich. Und im Falle eines Rückzuges auf die Insel muß der nach Johore Bahru führende Damm mitsamt der einzigen Wasserleitung gesprengt werden, die Singapore versorgt. Kurzum, der Herr Oberste Alliierte Befehlshaber ist über die hiesige Schlamperei entsetzt und sieht sich genötigt, geziemend auf eine bevorstehende unrühmliche Niederlage aufmerksam zu machen*.

»Weißt du, was das für mich bedeutet?« rief Kon-kim außer sich.

»Daß du mit deinen Männern in wenigen Tagen ohne Nachschub und Rückendeckung sein wirst! Mach Schluß, bevor es zu spät ist. Über kurz oder lang werdet ihr den Dschungel verlassen müssen. Und was ist dann? Abschlachten wird man euch! Du kennst die Japaner. Vor einer schönen Blume verbeugen sie sich, ein Menschenleben aber ist ihnen keinen Pfifferling wert.«

»Hör auf!« unterbrach ihn Kon-kim unwillig. »Ich weiß, warum ich kämpfe. Und wenn man mich vierteilen sollte: ich werde keine Menschen im Stich lassen, die an mich glauben. Im übrigen haben meine Männer bereits am ersten Tag über dreihundert Japaner umgelegt, und kein geringerer als ein japanischer Offizier hat mir dies berichtet. Wir werden den Kerlen das Leben zur Hölle machen. Und sollten wir den Dschungel eines Tages verlassen müssen, wird es in einer anderen Form geschehen, als du glaubst.«

David Hamilton zuckte die Achseln. »Dein Wille und deine Ideale in Ehren, aber von beidem hast du zuviel.«

»Sag mir lieber, wo sich dein Spediteur aufhält.«

»Was willst du von ihm?«

»Ich muß mich mit ihm über unauffällige Transportmöglichkeiten unterhalten.«

* Winston Churchill schreibt hierzu in seinen Memoiren: »Auch war es mir nie in den Sinn gekommen, daß der Rücken der berühmten Festung nicht durch einen Kranz unabhängiger, selbständiger Forts geschützt sein könnte. Ich kann nicht begreifen, wieso ich das nicht wußte. Aber keiner der Offiziere an Ort und Stelle und keiner meiner Sachverständigen zu Hause scheint sich dieses furchtbaren Mangels bewußt gewesen zu sein.«

Der Amerikaner schüttelte den Kopf, brachte Kon-kim aber mit seinem Geschäftsfreund zusammen, der in einem altmodischen Bürohaus hinter einem mit Schweinsleder überzogenen Schreibtisch residierte.

Der betont modisch gekleidete Transportunternehmer gefiel Kon-kim, obwohl er stark nach Juchten duftete. Als Kon-kim ihm aber auseinandersetzte, worum es ihm ging, erklärte der Spediteur mit abwehrend erhobenen Händen, daß er für kein Geld der Welt bereit sei, den Ast abzusägen, auf dem er sitze.

»Ich kann Ihnen jedoch einen Tip geben«, fügte er augenzwinkernd hinzu. »Mir sind einige Schmuggler bekannt, die die Straße von Malacca wie ihre Westentasche kennen. Übergeben Sie ihnen die Funksprechanlagen und bestimmen Sie, an welchen Küstenpunkten sie abgeliefert werden sollen. Die Burschen sind zuverlässig, segeln nur in der Nacht und liegen tagsüber in unzugänglichen Buchten.«

Er trat an eine neben seinem Schreibtisch hängende Landkarte. »Das Gerät für Kluang würde ich an die Mündung des Simpang beordern und von dort mit einem Boot durch den Dschungel schaffen lassen. Da halten sich garantiert keine Japaner auf. Und das Gerät für Gemas müßte in der Mündung des Muar übernommen werden; das für Kajang im Langat und die Geräte für die nördlichsten Gruppen im Perak.«

»Ihr Vorschlag ist gut«, erwiderte Kon-kim nach kurzer Überlegung. »Zumal ich im Augenblick noch mit Kluang, Gemas und Kajang telefonieren und alles verabreden kann.«

»Sie müssen damit rechnen, daß Ihre Leute unter Umständen ein oder zwei Wochen an den Mündungen warten müssen«, gab der Spediteur zu bedenken. »Die als Fischer getarnten Schmuggler gehen auf Nummer Sicher und lassen sich Zeit.«

Kon-kim nickte. »Das ist besser als umgekehrt. Wäre es Ihnen möglich, mich noch heute mit den Männern zusammenzubringen? Die Angelegenheit eilt, da die telefonische Verbindung schon morgen abreißen kann.«

David Hamilton, der bis zu diesem Augenblick geschwiegen hatte, mischte sich in das Gespräch. »Hör zu, George«, sagte er, an den Transportunternehmer gewandt. »Mein Schiff geht in dieser Nacht. Du wirst verstehen, daß ich wenigstens noch ein paar Stunden mit meinem *Bruder durch Zuneigung* zusammen sein möchte.

Übernimm die Sache. Leg die Übergabeplätze fest, damit mein Freund seine Leute informieren kann, und morgen oder übermorgen erhältst du die Geräte und gibst sie weiter. Noch sind die Japaner ja nicht auf der Insel. Es kann dir also nichts passieren.«

Der Spediteur machte eine geldzählende Bewegung. »Und was sage ich den Schmugglern?«

»Was sie hören wollen«, antwortete Kon-kim. »Ich übergebe Ihnen einen Blankoscheck.«

Der Spediteur seufzte. »Well. Ich erledige die Sache.«

Eine halbe Stunde später war alles bis ins kleinste Detail festgelegt. Dann rief Kon-kim den ehemaligen Polizeisergeanten an, und als er diesen ausführlich informiert hatte, legte er den Hörer in dem Bewußtsein zurück, daß es für ihn in einigen Wochen kein Problem mehr sein würde, die Operationen der einzelnen Abteilungen aufeinander abzustimmen. Es war allerdings gut, daß er sich zuvor noch mit dem britischen Heereswaffenamt in Verbindung gesetzt hatte, das ihn auf die relativ geringe Reichweite der Funksprechgeräte aufmerksam machte und ihm dringend empfahl, eine Station zwischen Ipoh und Kuala Lumpur in Betrieb zu nehmen, damit diese die zwischen den nördlichen und südlichen Stationen zu führenden Gespräche vermitteln könne. Dies machte es notwendig, ein Gerät bei Tangi zu installieren.

»Ich bewundere deinen Mut«, sagte David Hamilton, als sie sein Büro aufsuchten, um noch eine Weile miteinander plaudern zu können. »Du übernimmst die Verantwortung für Tausende von Menschen, als wäre das nichts. Wie kannst du bloß noch ruhig schlafen?«

Kon-kim trat an das Fenster des Büros und blickte über den Hafen. »Wenn du glaubst, daß ich ruhig schlafe, täuschst du dich. Gerade das Gegenteil ist der Fall.«

»Und warum nimmst du das alles auf dich?«

»Weil ich das Leben und die Pflicht liebe und mich an die Pflicht halte, wenn ich beides nicht vereinigen kann. Und ich rege mich darüber auf, daß die Oberen, die sich das Recht zusprechen, Brände anzulegen, es dem Volk verwehren, seine Lampen anzuzünden.«

Der Freund rümpfte die Nase. »Das klingt kommunistisch.«

»Ist aber chinesisch gedacht. Und nun ein anderes Thema. Ich habe keine Lust, mich über Ideologien zu unterhalten.«

David Hamilton reichte ihm ein Glas. »Hast recht. Wozu von

Scheiße reden, wenn es Whisky gibt. Hoffen wir, daß wir uns eines Tages gesund wiedersehen.«

Als Kon-kim später zum *Raffles-Hotel* fuhr, war er froh, daß sein Freund sich weder nach seinem Quartier erkundigt hatte noch auf den Gedanken gekommen war, ihn zu fragen, auf welchem Weg er durch das von den Japanern besetzte Gebiet zu seinen Männern gelangen wolle. Auf beide Fragen hätte er mit einer Lüge antworten müssen. Im gegenwärtigen Zustand wäre es ihm zuwider gewesen, über Patrice Lawrence beziehungsweise über einen Plan zu sprechen, dessen Verwegenheit ihn selbst noch erschreckte.

Die Engländerin erwartete ihn bereits in der weitläufigen Hotelhalle und erzählte freudestrahlend, daß sie ein wunderschönes Zimmer erhalten habe. »Außerdem«, fügte sie schwärmerisch hinzu, »habe ich mir ein zauberhaftes Kleid und für dich einen dunklen Seidenanzug und Wäsche gekauft, so daß wir in aller Form dinieren können.«

Ihre Fürsorge versetzte Kon-kim in eine gehobene Stimmung, und nachdem er sich gebadet hatte und feststellte, daß der von Patrice Lawrence besorgte Anzug tadellos saß, verspürte er große Lust, den europäischen Hotelgästen zu zeigen, daß in Ostasien das Zeitalter der Diskriminierung seinem Ende entgegenging. »Krönen wir den Tag mit einem Dinner im *Elisabethanischen Saal*«, sagte er überschwenglich.

Patrice Lawrence sah ihn erschrocken an. »Verstehe mich jetzt nicht falsch, Kon-kim. Mir geht es darum, einen schönen Abend mit dir zu verleben. Ich befürchte jedoch, daß wir Ärger bekommen, wenn wir diesen Saal aufsuchen.«

»Das möchte ich bezweifeln«, widersprach er gut gelaunt. »Ärgern werden sich höchstens andere. Oder schämst du dich meiner?«

»Nein!« erwiderte sie ohne zu zögern.

»Dann begleite mich wie eine Königin und sei unbesorgt.«

Patrice Lawrence folgte ihm und ließ sich nicht anmerken, daß sie mit einem peinlichen Auftritt rechnete. Sie wußte, daß es noch kein Asiat gewagt hatte, im exklusiven *Elisabethanischen Saal* des *Raffles-Hotels* zu essen, und sie wunderte sich deshalb nicht über die gereckten Hälse und empörten Blicke der Hotelgäste, als sie durch den Speisesaal schritten.

Auch Kon-kim ließ sich nicht beirren. Zielstrebig ging er auf einen freien Tisch zu, neben dem er stehenblieb und Patrice Lawrence fragend anschaute. »Ist dir dieser Platz recht?«

Sie nickte.

Im selben Moment eilte der Oberkellner herbei und erklärte Kon-kim, daß er ihn ersuchen müsse, den Saal zu verlassen.

»Sehr schön«, erwiderte Kon-kim. »Dann nehmen wir diesen Tisch.« Damit zog er einen Sessel zurück und warf Patrice Lawrence einen aufmunternden Blick zu.

Seine Entschlossenheit imponierte ihr. Sie nahm Platz, als sei sie die Herrin des Hauses.

Kon-kim setzte sich neben sie.

Der Oberkellner schnappte nach Luft und hastete davon.

Patrice blickte lächelnd hinter ihm her. »Ich bin gespannt, wie es weitergehen wird.«

Kon-kim wollte gerade etwas erwidern, als der Oberkellner mit dem Geschäftsführer zurückkehrte, der ihn nun energisch aufforderte, augenblicklich den Speisesaal zu verlassen.

Kon-kim zog in aller Ruhe seine Pistole aus der Tasche, legte sie auf den Tisch und bat um die Speisekarte.

Der Geschäftsführer starrte entgeistert auf die Waffe und schluckte so heftig, daß sein Adamsapfel wippte.

»Um die Speisekarte habe ich gebeten!« ermahnte ihn Kon-kim.

»Sehr wohl«, erwiderte der Geschäftsführer, gab dem Oberkellner ein entsprechendes Zeichen und verschwand.

Patrice Lawrence geriet in eine Hochstimmung, die sich noch steigerte, als Kon-kim ihr nach dem Dinner bei einer Flasche Champagner sagte, daß er sich entschlossen habe, eine weitere Nacht in Singapore zu bleiben.

Wieder verband er das Nützliche mit dem Angenehmen. Das Gespräch mit David Hamilton hatte ihn nachträglich so beunruhigt, daß er es nicht wagte, Singapore zu verlassen, ohne zuvor mit den Männern gesprochen zu haben, die den Transport der Funksprechgeräte übernehmen sollten. Und es war gut, daß er sich am darauffolgenden Tag ausführlich mit ihnen unterhielt. Er erkannte bald, daß die Schmuggler nur zu gerne bereit waren, ihm auch in Zukunft behilflich zu sein. Deshalb vereinbarte er mit ihnen, daß sie grundsätzlich am Anfang eines jeden Monats mindestens drei Tage lang in der Mündung des Perak liegen sollten, um eventuelle Aufträge entgegenzunehmen. Und er sicherte ihnen für alle Fahrten volle Bezahlung zu, gleichgültig, ob ihre Hilfe in Anspruch genommen werde oder nicht.

Das Abkommen stimmte Kon-kim froh, wenngleich es ihn viel Geld kostete. Da er früher fertig geworden war, als er angenommen hatte, nützte er die günstige Gelegenheit, um schnell noch Dr. Haji aufzusuchen, dem er in einem längeren Telefongespräch versprochen hatte, sich wenn irgend möglich persönlich von ihm zu verabschieden.

Dem Inder ging es körperlich sehr schlecht. Seine durch die Krankheit unnatürlich geweiteten Augen sahen matt aus, als er in einem Rollstuhl in die Empfangshalle geschoben wurde und sichtlich bewegt Kon-kims Hände ergriff. »Ich bin glücklich, mich noch einmal mit Ihnen unterhalten zu können«, sagte er. »Aber fangen Sie nicht wieder an, mich zu bereden, das Land zu verlassen. Ich bleibe, was immer auch kommen mag.«

»Ich werde nicht mehr auf Sie einreden«, versprach Kon-kim. »Dennoch bedaure ich, daß Sie sich nicht in Sicherheit bringen wollen.«

»Wozu?« entgegnete der Inder mit müder Geste. »Wir stehen nicht am Beginn eines schrecklichen Krieges, sondern am Anfang des Niederganges einer großen Zeit. Das britische Empire geht unter und mit ihm eine ganze Welt. Ich beklage diese Tatsache, beweine sie aber nicht, da ich weiß, daß Neues kommen wird. Und Neues ist nicht unbedingt schlecht. Vieles mag uns zunächst befremdlich erscheinen; wenn ich jedoch die ›Von-der-Hand-in-den-Mund-Politik‹ der letzten Jahre betrachte, die kein konkretes Ziel erkennen ließ, und wenn ich sehe, wie die Alliierten ihren Krieg führen, dann muß ich an Demosthenes denken, der den von den Mazedoniern geschlagenen Athenern zurief: Ihr solltet euch schämen, weil ihr nicht begreifen wollt, daß man es sich im Krieg nicht erlauben kann, dem Befehl des Augenblicks zu gehorchen. Ihr führt die Auseinandersetzung wie ein Barbar, der im Ringkampf nichts Besseres zu tun weiß, als seine Hand auf die getroffene Stelle zu legen. Ihr schickt Hilfe, wenn ihr hört, daß Philipp die Chaeronea angegriffen hat. Ihr rennt nach Thermopylae, wenn gemeldet wird, daß er sich dorthin wendete. Ihr folgt ihm, als ob ihr nach seinen Befehlen handeln müßtet. Niemals habt ihr einen festen Plan, nirgendwo trefft ihr Vorsichtsmaßnahmen. Ihr wartet auf schlechte Nachrichten, bevor ihr handelt.«

»Bravo!« entflog es Kon-kim, der voller Interesse zugehört hatte.

Dr. Haji sah ihn erstaunt hat.

»Ich kannte diesen Ausspruch nicht, stimme Demosthenes aber voll und ganz zu, weil ich mir einbilde, in etwa gehandelt zu haben, wie er es sich von den Athenern erwünschte.«

»Sie?« fragte der Inder verwirrt.

Kon-kim nickte und berichtete, wozu er sich durchgerungen und was er eingeleitet hatte.

Als er endete, schloß Dr. Haji die Augen und lehnte den Kopf zurück. »Ich befürchte, Sie haben etwas getan, das sich wie ein Berg auf Sie wälzen wird. Denken Sie an das *Buch der Weisheit:* ›Es kommt der Tag, an dem im Werden begriffene Dinge nicht mehr geleitet werden können. Dann wuchern sie wie Lianen und werden zu übermächtigen Wesen, denen der Mensch machtlos gegenübersteht.‹ Deutschlands bedeutendster Dichter faßte den Sinn dieser Worte in die knappste Form: ›Das erste steht uns frei, beim zweiten sind wir Knechte.‹ Und ausgerechnet in Deutschland geschah jetzt das, wovor der große Geist warnte: ein paar Männer setzten etwas in Bewegung, das plötzlich sein Eigenleben bekam und Europa zu vernichten droht.«

»Ich begreife Ihre Sorge«, erwiderte Kon-kim. »Aber Sie gehen von falschen Voraussetzungen aus. Ich predige keine Lehre, sondern fordere zum Kampf gegen einen Feind auf, der ganz Ostasien unterjochen will.«

»Daß Sie sich dagegen auflehnen, verstehe ich«, entgegnete der Inder. »Aber mir gefällt die Art des von Ihnen gewählten Kampfes nicht. Ich bin der Meinung, daß derjenige, der beabsichtigt, einen Krieg so zu führen, daß die Getöteten die Straße bedecken, letztlich der Erde zumutet, Menschenfleisch zu fressen. Ein solcher Frevel kann nicht ungesühnt bleiben! Ich beschwöre Sie deshalb, sich dessen zu erinnern, was Buddha lehrte: Die Welt ist Leiden, das Leben ist Leiden; unser Ziel muß die Läuterung der Seele sein – das Aufgehen in das *Nirwana,* in das Nichts.«

Patrice Lawrence lag noch in tiefem Schlaf, als Kon-kim in der Frühe des nächsten Morgens lautlos das Zimmer verließ, um den Lesesaal des Hotels aufzusuchen, in dem er in aller Eile einen Brief schrieb, den er dem Portier mit der Bitte übergab, ihn in das Postfach des von ihm gemieteten Apartments zu legen. Dann regulierte er die Rechnung und ging über den *Nicoll Highway* zu dem nahe gelegenen Flugplatz hinüber.

Der Anblick der aufgehenden Sonne fesselte ihn und lenkte seine Gedanken von dem ab, was er nun auf Gedeih und Verderb unternehmen wollte. Seit Stunden schon hatte er nicht mehr schlafen können. Da war er schließlich aufgestanden und heimlich davongeschlichen. Er war sich darüber im klaren, daß er unkorrekt gehandelt hatte, aber er sagte sich: Patrice Lawrence ist keine Kinki Yasuda. Sie suchte ein Abenteuer, hat es gefunden und wird auf ihrer Überfahrt nach Indien nicht weinen, sondern flirten.

Als er den Flugplatz erreichte, begab er sich zunächst zur Luftaufsicht, wo ihm ein Beamter bedauernd erklärte, daß er nicht mehr nach Kuala Lumpur fliegen könne, da die Stadt vor wenigen Stunden von den Japanern besetzt worden sei. Kon-kim verlangte daraufhin nach Malacca abgefertigt zu werden, und als er sein Bordbuch erhalten hatte, suchte er die Wetterwarte und anschließend die Flugzeughalle auf, in der gerade die ersten aus England eingetroffenen *Hurricanes* in fieberhafter Eile zusammenmontiert wurden.

Unterstützt von einem Monteur, schob er seine Maschine ins Freie, um den Motor warmlaufen zu lassen. Danach ließ er die Tanks nochmals bis zum Rand füllen. Anschließend legte er seinen Fallschirm an, dessen Gurte er an diesem Morgen besonders straff anzog. Nachdem er sich vergewissert hatte, daß alles in Ordnung war und seine Pistole sowie ein Klappmesser in der Knietasche seiner Fliegerkombination steckten, kletterte er in den silberfarbigen Doppeldecker, mit dem er bald darauf zum Startplatz rollte. Ein letzter Blick galt den Motorüberwachungsinstrumenten, dann gab er Vollgas und flog davon. Kurs West-Nordwest. Ohne die übliche Platzrunde zu fliegen, steuerte er auf kürzestem Weg die hinter der Halbinsel von Pontian fast geradlinig verlaufende malaiische Westküste an, der er stur folgte, bis nach einer Flugzeit von etwa siebzig Minuten Malacca in Sicht kam.

Entgegen seiner bei der Flugleitung gemachten Angabe setzte er nicht zur Landung an. Er wechselte lediglich die Flughöhe und brauste im Tiefflug weiter an der Küste entlang, wobei er größere Buchten in direktem Kurs überflog. Um jeden Meter geizte er, da er sechshundert Kilometer zurücklegen wollte und wußte, daß sein Benzin bei den an diesem Tage herrschenden Windverhältnissen höchstens für sechshundertfünfzig Kilometer ausreichte. Sein Ziel lag im Norden des Landes, im vom Feind besetzten Gebiet. Es war der südlich von Rengas gelegene 1657 Meter hohe *Mont Bubu,* auf dem er das Depot für die Haron Ismail unterstellte Abteilung hatte errichten lassen.

Kon-kims Vorhaben war verwegen, aber er mußte alles auf eine Karte setzen, wenn er zu seinen Männern gelangen wollte. Doch je weiter die Zeit verstrich und je näher das Ziel heranrückte, um so unruhiger und nervöser wurde er. Er war in der Absicht gestartet, zum *Mont Bubu* zu fliegen, und er hatte die letzte Brücke hinter sich abgerissen, als er nicht in Malacca landete, sondern weiter nach Norden flog: vorbei an Port Swettenham, das die Japaner bereits besetzt hatten; vorbei an der Mündung des Perak, von der aus die letzten siebzig Kilometer über undurchdringlichen Dschungel führten. Nur einen Kontrollpunkt gab es noch für ihn: die von Ipoh über Batu Gajah zum Meer führende Straße. Wenn er sie überflog, befand er sich genau dreißig Kilometer vor dem gesetzten Ziel. Von diesem Zeitpunkt an mußte er seine Maschine selbst auf die Gefahr hin steigen lassen, von japanischen Fliegern entdeckt zu werden.

Das Herz klopfte ihm in der Kehle, als es schließlich so weit war, daß er die Drehzahl des Motors erhöhen und den *Bubu* ansteuern mußte, der sich wie eine grüne Kuppel gegen den blauen Himmel abhob. Unglaublich friedlich sah der Berg aus. Nichts verriet, daß sich unter seinen mächtigen Baumkronen ein Waffenlager und dreihundert Mann befanden.

Aber so befriedigend diese Feststellung auch war, Kon-kim blickte sorgenvoll auf das undurchdringliche Blattgewirr. Und als er die höchste Erhebung des Berges erreicht hatte und kein Zweifel darüber bestehen konnte, daß er sich genau über dem von ihm angelegten Depot befand, umkreiste er die Kuppe, wobei er den Motor mehrere Male jäh drosselte und dann wieder auf volle Touren jagte. Er hoffte, seinen Männern ein Zeichen zu geben, das verstanden werde. Danach ließ er die Maschine in einer Spirale um weitere fünfhundert Meter steigen. Noch einmal überflog er die Bergspitze, und als er sich – gegen den Höhenwind anfliegend – etwa vierhundert Meter von ihr entfernt hatte, handelte er kurz entschlossen. Mit energischer Bewegung schloß er den Brandhahn. Dann schaltete er die Zündung aus, riß den Anschnallgurt auf, kletterte aus seinem Sitz heraus und sprang in die Tiefe.

Der jähe Luftaufprall raubte ihm den Atem. Arme und Beine

wurden umhergewirbelt. Er zog den am Brustgurt seines Fallschirms befindlichen Griff. Es gab einen Ruck. Er glaubte, die Glieder würden ihm vom Leibe gerissen, doch dann wurde mit einemmal alles ganz weich, und eine beinahe beängstigende Stille breitete sich aus. Er hing am Fallschirm, der sich strahlend weiß über ihm wölbte.

Eine ungeheure Erleichterung überfiel Kon-kim. Dennoch war ihm zumute, als sei eine zu straff gespannte Seite in ihm gerissen. Er lachte hysterisch, bis er sah, daß der Dschungel rasend schnell auf ihn zukam. Ein letzter Blick zeigte ihm, daß er nicht weit von der Bergkuppe entfernt in die Baumkronen hineingleiten würde. Unwillkürlich winkelte er die Arme hoch, um sein Gesicht zu schützen. Er purzelte durch knorrige Äste, verhedderte sich, fiel drei, vier Meter und hing plötzlich wie ein am seidenen Faden sich drehender Weihnachtsengel zwischen mächtigen Baumriesen, in denen Affen erschrocken aufsprangen und ein wütendes Geschrei anstimmten.

Verwirrt versuchte Kon-kim zu schätzen, wieviel Meter ihn vom Boden trennten. Zwanzig waren es bestimmt. Vielleicht auch dreißig. Er konnte die mit *Kurkumagras* bedeckte Erde nur undeutlich erkennen; seine Augen hatten sich noch nicht an das diffuse Licht des Dschungels gewöhnt. Es war, als blicke er von oben in ein Aquarium hinein. Zwischen ihm und dem Waldboden wanden sich Girlanden von Lianen.

Riesige Falter taumelten an ihm vorüber. Aufgescheuchte Bankivahühner flatterten davon. Und über ihm, inmitten des wirren Gewebes von Ästen, Zweigen, Blättern, Orchideen und moosartigen Farnkräutern, das er im Fall durchschlagen hatte, stießen erboste Nashornvögel ihr kreischendes ›Kat-kat‹ aus.

»Nun gebt schon Ruhe«, schimpfte Kon-kim, während er einige in seiner Nähe hängende armdicke Lianen betrachtete und überlegte, ob er an ihnen in die Tiefe gleiten könne. Der Lärm um ihn herum wurde aber immer schlimmer. Die Affen veranstalteten ein solches Gekeife, daß er am liebsten die Pistole ergriffen und wild drauflosgeschossen hätte. Er beherrschte sich jedoch, weil er seine Munition erst abfeuern wollte, wenn sich die normalerweise nur in der Nacht krakeelenden Waldbewohner beruhigt hatten und Aussicht bestand, daß seine Schüsse gehört wurden. Er befürchtete allerdings, daß der Knall einer Pistole im dichten Dschungel nur auf kurze Entfernung zu vernehmen sei, und je länger er darüber nachdachte, um so überzeugter wurde er, daß das für die Mittagsstunde ungewöhnliche Gezeter der Tiere seine Männer veranlassen würde, die Ursache zu ergründen. Zumal sie das Flugzeug gehört und bemerkt haben mußten, daß der Motor mehrere Male gedrosselt und wieder auf Vollgas gebracht worden war.

Kon-kim machte deshalb zunächst keinen Versuch, sich von seinem in den Baumkronen verhedderten Fallschirm zu befreien und auf irgendeine Weise zur Erde zu gelangen. Er wartete vielmehr geduldig, und es war noch keine halbe Stunde vergangen, da vernahm er die dumpfen Schläge der *Coupe-coupe*, der sichelförmigen Messer, die einen Weg durch den Dschungel schlugen.

»Hallohhh...!« rief er mit vorgehaltenen Händen.

»Es ist der ›Puma‹!« hörte er Männer schreien. Und gleich darauf: »Wir kommen! Wir kommen!«

Die Schläge wurden hastiger, und es dauerte keine fünf Minuten mehr, bis ihn eine Gruppe von zehn Guerilla-Kämpfern erreichte, die ein ausgelassenes Freudengeheul anstimmten.

»Habt ihr ein Seil?« rief Kon-kim, als sie sich endlich beruhigt hatten.

»Ich hole eins!« schrie einer der Männer und lief davon. »Zum Depot sind es nur hundertzwanzig Meter.«

»Nur hundertzwanzig Meter?« frohlockte Kon-kim. Die vollbrachte navigatorische Leistung befriedigte ihn so sehr, daß er für eine Weile die von den Ausdünstungen einer allzu üppigen Vegetation unerträglich schwere Luft vergaß. Die unter ihm stehenden Männer trugen leichte Buschhemden, er aber war in eine Fliegerkombination gezwängt und hing in Fallschirmgurten, die es ihm unmöglich machten, seine Kleidung zu öffnen.

Es dauerte nicht mehr lange, bis etliche ›Dschungelratten‹ herbeieilten, die mit bloßen Füßen und nacktem Oberkörper wie Affen an den Baumstämmen emporkletterten, sich Stricke zuwarfen, die Fallschirmleinen kappten und Kon-kim abseilten, noch bevor er begriff, was mit ihm geschah.

Dann aber waren die auf ihn wartenden Kämpfer nicht mehr zu halten. Sie ergriffen ihren ›Puma‹, umarmten ihn und trugen ihn auf den Schultern zum Depot, wo er so stürmisch empfangen wurde, daß er darum flehen mußte, ihm wenigstens so lange Ruhe zu gönnen, bis er sich seiner Fliegerkombination entledigt habe.

Kon-kim machte die unangenehme Feststellung, daß seine am ersten Kriegstag in wenigen Stunden in den Dschungel geworfenen Arbeiter eine völlig falsche Vorstellung von den Anforderungen hatten, die auf sie warteten. Die meisten betrachteten den Aufenthalt in der Abgeschiedenheit als eine abenteuerliche Unterbrechung ihres bisherigen Daseins. Sie genossen es, einmal fern von der Familie ein ungezwungenes, männliches Lagerleben führen zu können. Kon-kim erkannte aber auch, daß er selbst sich manches leichter vorgestellt hatte, als es war. Die von ihm geplanten Kampfmaßnahmen konnten nur erfolgreich verlaufen, wenn entsprechende Voraussetzungen geschaffen wurden. Dazu gehörte, neben der straffen Schulung der Männer in militärischer und geistiger Hinsicht, auch die Errichtung eines sauber angelegten Lagers. Er befahl deshalb als erstes den Bau von fünfzehn Bambushütten, die er im Kreis angeordnet auf Pfählen aufstellen ließ.

Um den Feind kümmerte er sich in dieser Zeit überhaupt nicht, und als die Siedlung fertiggestellt war und mit der Ausbildung der Kämpfer begonnen werden konnte, schickte er Verbindungsleute zu Macolm Watt und Go Cho Hong, die er zum *Mont Bubu* beorderte, um sich mit ihnen zu besprechen.

Kon-kims Geduld wurde auf eine harte Probe gestellt. Über eine Woche dauerte es, bis sich die beiden Abteilungsleiter in mühseligen Nachtwanderungen zu ihm durchgeschlagen hatten. Und was sie ihm berichten mußten, war höchst unerfreulich. Beide Verbände, die im Gegensatz zur Gruppe Haron Ismails unmittelbar an der von Thailand nach Singapore führenden Hauptstraße lagen, hatten dem Feind zwar beachtliche Verluste beigebracht, in den letzten Tagen aber infolge unerwarteter Gegenmaßnahmen der Japaner selbst auch über hundert Mann verloren.

»Fällen wir jetzt einen Baumstamm über die Straße«, erklärte der übernächtigt aussehende Schotte, »dann springen die den Transport begleitenden Soldaten augenblicklich zu beiden Seiten in den Graben und werfen aus der Deckung heraus Unmengen von Handgranaten. Und wenn die Attacke beendet ist, fauchen mächtige Flammenwerfer auf uns los.«

Der Chinese Go Cho Hong nickte zustimmend. »Zu allem Übel wurden wir nach dem letzten Angriff auch noch mit Bomben belegt. Meine Leute sind nicht in bester Stimmung.«

»Die Schuld liegt bei mir«, erwiderte Kon-kim. »Ich habe einfach drauflos organisiert und nicht bedacht, daß uns allen die notwendige Ausbildung fehlt. Wir müssen den Kampf sofort einstellen und dürfen ihn erst wiederaufnehmen, wenn wir zu mustergültig aufeinander abgestimmten Bataillonen geworden sind. Und sollten Monate darüber vergehen.«

Vernünftiger hätte Kon-kim nicht handeln können. Seine Weisung brachte Ruhe und Ordnung in die Abteilungen und hatte überdies den Vorteil, daß die Japaner zu der Überzeugung gelangten, die Bildung von Guerilla-Gruppen im Keim erstickt zu haben. Und dieser Eindruck verstärkte sich noch, als auch die Einheiten des ehemaligen Polizeisergeanten Sulaiman, dem Kon-kim durch Boten einen entsprechenden Befehl übermittelte, sich jeglicher Kampfhandlungen enthielten.

Doch es war eine schwarze Zeit für Kon-kim, zumal die Nachrichten, die er erhielt, durchaus deprimierend waren. Den letzten Meldungen zufolge hatte Hongkong schon nach zehn Tagen kapituliert, und der japanische General Yamashita schickte sich an, die Insel Singapore von der Landseite her zu erobern. Die Engländer hatten den von Johore Bahru nach Singapore führenden Damm bereits gesprengt, und es konnte kein Zweifel mehr darüber bestehen, daß der Krieg verloren und Malaya den Söhnen Nippons wie eine reife Frucht in den Schoß gefallen war.

Entsetzlicher aber als alle militärischen Hiobsbotschaften waren die Berichte über das unmenschliche Vorgehen der Japaner gegen die Bevölkerung. Wahllos töteten sie Männer, Frauen und Kinder, deren auf Pfähle aufgespießte Köpfe zu Hunderten zur Schau gestellt wurden. Kon-kim konnte sich kaum noch beherrschen, als er von diesen Greueltaten hörte. Nicht daß er sich Illusionen hingegeben hätte. Er wußte, daß die Neigung zur Grausamkeit nicht nur im japanischen, sondern auch im chinesischen Volk schlummert. Das Zurschaustellen von abgeschlagenen Köpfen aber zeugte von einer Roheit, die keine Scham kennt.

»Dafür werden wir uns rächen!« schwor er seinen Leuten, und von dieser Stunde an konzentrierte er sich auf die Durchführung von Vergeltungsüberfällen, die er so raffiniert anlegte, daß sie unmöglich zu durchschauen waren.

Doch er ließ sich Zeit und schlug auch noch nicht zu, als alle Funksprechgeräte angeliefert waren und er sich jederzeit mit seinen Abteilungsleitern in Verbindung setzen konnte. Er wollte nun ganze Arbeit leisten, und erst nachdem sämtliche Einheiten die Beendigung der von ihm angeordneten Vorbereitungen gemeldet hatten, gab er den Befehl, mit den Überfällen zu beginnen, aber jede der von ihm bis ins Detail vorgeschriebenen Kampfmethoden nur ein einziges Mal anzuwenden und dafür Sorge zu tragen, daß kein Feind mit dem Leben davonkomme.

Er selbst übernahm das Kommando der am *Mont Bubu* eingesetzten Abteilung Haron Ismails, mit der er sich auf einem vorbereiteten Dschungelpfad im Nachtmarsch zu der von Kangsar nach Taiping führenden Straße begab, wo er in Abständen von je zwei Kilometern sieben Baumriesen so ansägen ließ, daß sie innerhalb weniger Sekunden über den Fahrdamm gestürzt werden konnten. An die beiden äußeren Bäume dirigierte er je fünfzehn Mann, die den Auftrag erhielten, die Stämme nur zu fällen, wenn eine größere Wagenkolonne an ihnen vorüber gefahren sei. Unmittelbar danach sollten sie sich in den Dschungel zurückziehen und sich keinesfalls auf ein Gefecht einlassen. An die auf die äußeren Sperren folgenden nächsten Baumstämme stellte er ebenfalls je fünfzehn Mann, deren Aufgabe die gleiche war, allerdings mit dem Unterschied, daß sie ihre Bäume *vor* und nicht *hinter* der Kolonne zum Sturz bringen und dann schnellstens verschwinden sollten.

Kon-Kim blieb bei den restlichen rund zweihundert Mann, die als eigentliche Kampfgruppe in der Nähe des in der Mitte der Strecke angesägten siebenten Baumstammes in Deckung ging. Er zweifelte nicht daran, daß sein Plan gelingen würde, aber er wurde doch unruhig, als sich den ganzen Tag über keine Militärkolonne zeigte. Hin und wieder flitzten zwar vereinzelte Kübelwagen vorbei, die jedoch im Interesse des großangelegten Unternehmens unbehelligt blieben.

Und dennoch gab es niemanden, der untätig gewesen wäre. Alle waren vollauf damit beschäftigt, sich von den Blutegeln zu befreien, die zu Tausenden aus dem Boden herauskrochen. Die Männer besaßen zum Teil schon ein großes Geschick darin, sich von den ekelhaften Plagegeistern zu befreien. Sie schaben sie mit Bambusstäbchen von ihren Beinen und ließen es nicht dahin kommen, daß sich die Parasiten vollsogen und dick wie Erbsen wurden.

Kon-kim riß die Blutegel anfangs noch einzeln fort, bis auch er Zuflucht zu einem Bambusholz nahm, mit dem er unentwegt über seine Beine schabte, die aus vielen Poren bluteten.

Unerträglich wurde der widerwärtige Abwehrkampf aber erst, als die Nacht einbrach und lautlos über die Köpfe dahinstreichende Schleiereulen die Nahrungsjagd der Tierwelt einleiteten. Nun sah man die wie Ameisen aus dem Sumpfboden herauskommenden Blutegel nicht mehr. Man konnte sie nur noch ertasten und wie eine weiche Masse mit einem kräftigen Ruck abreißen. Dazu das nicht enden wollende Affengekreische, das gebrochene Schluchzen der Gachos, der Lärm der Nashornvögel, das Pfeifen und Lallen der Gibbons und die grellen, beängstigenden Todesschreie gejagter Kreaturen. Man hörte gedämpftes Raubtierknurren und starrte in die Dunkelheit, die stellenweise von gespenstisch phosphoreszierenden Büschen erhellt wurde.

Es gehörten Nerven dazu, die Nacht im Dschungel zu verbringen, und die auf dem Boden liegenden Männer waren ihrem ›Puma‹ dankbar dafür, daß er das Hauptlager in der weniger sumpfigen und kühleren Höhe des *Mont Bubu* errichtet hatte. Nur selten wurde dort oben jemand von Blutegeln oder leuchtenden Skolopendern überfallen, deren Bisse üble Geschwülste und hohes Fieber hervorrufen.

In der Nähe von Kon-kim fluchten einige Männer, die sich wieder einmal Trauben von Blutegeln von den Beinen reißen mußten.

»Seid froh, daß die Biester da sind«, rief er ihnen zu. »Betrachtet sie als Panzer des Urwaldes, die uns vor jeder Verfolgung schützen.«

Es war ein schwacher Trost, aber er half den schon stark von Kon-kim beeinflußten Männern. Sie begriffen, daß die Widerwärtigkeiten, die sie auf sich nehmen mußten, den Feind daran hinderten, in den Dschungel einzudringen. Dennoch war es schwer, sich angesichts eines verlorenen Krieges einer schier unerträglichen Pein auszusetzen und nicht zu denken: Was vermögen zweitausendfünfhundert Partisanen schon gegen einen Feind auszurichten, der im Kampf um Singapore über sechzigtausend gut ausgebildete Soldaten gefangennehmen konnte!

Selbst Kon-kim überfielen derartige Gedanken. Er wartete sehnlichst darauf, sich und seiner Gefolgschaft zu beweisen, daß der Feind zu schlagen und die Freiheit zu verteidigen sei.

Der herbe Duft wilder Minze wurde vom penetranten Knoblauchgeruch der Guerilla-Kämpfer verdrängt, als diese sich im Morgengrauen des nächsten Tages erhoben und ihre gepeinigten Glieder rieben.

»Wenn heute keine Kolonne vorbeikommt, gehe ich nach Kangsar und bringe den erstbesten Japaner um, der mir über den Weg läuft«, schimpfte ein junger Malaie, dessen Wangen geschwollen und von weißen Blasen bedeckt waren.

Kon-kim ging auf den Malaien zu. »Ich verstehe deine Wut«, sagte er. »Aber nach Kangsar gehen wir erst in acht Tagen. In dieser Woche wird von jeder Einheit nur ein großer Straßenüberfall durchgeführt. Weiter nichts! Die Japaner sollen wissen, daß sie es mit organisierten Verbänden zu tun haben.«

Der Malaie sah ihn betroffen an. »Und was versprechen Sie sich davon?«

»Eine Beunruhigung des Feindes, die sich der Bevölkerung, auf deren Unterstützung wir angewiesen sind, mitteilen wird. Sie soll Kontakt mit uns suchen, damit wir in Zukunft über jede Bewegung der Japaner informiert werden. Wie von selbst muß sich ein Netz von Spionen und heimlichen Kämpfern bilden, die über Tag ihrer Arbeit nachgehen, des Nachts aber auf uns warten und den Feind von hinten angreifen, wenn wir ihn durch ein Scheingefecht aus seinem Bau herauslocken. Es darf kein Dorf und keine Stadt mehr geben, in der es nicht zu Sabotageakten und Überfällen kommt, und ich garantiere euch, daß wir dieses Ziel erreichen!«

Kon-kim war bei weitem nicht so zuversichtlich, wie er sprach. Ihm ging es darum, seine Männer in die rechte Kampfstimmung zu versetzen. Er wollte ihre Gedanken von der qualvoll gewesenen Nacht fortlenken und flehte den Himmel an, ihm baldmöglichst eine japanische Transportkolonne zu senden.

Eine Zentnerlast fiel ihm deshalb von den Schultern, als gegen elf Uhr das Rattern schwerer Lastwagen hörbar wurde, in das sich bald darauf das Niederkrachen eines über dreißig Meter hohen Baumstammes mischte, das den Beginn der sehnlichst erwarteten Aktion ankündigte.

Der Lärm des berstend aufschlagenden Dschungelriesen ließ den im Führungswagen der Transportkolonne sitzenden japanischen Offizier erschrocken zurückblicken. Er sah, daß unmittelbar hinter dem aus zweiundzwanzig Fahrzeugen gebildeten Convoy ein Baum über die Straße gefällt worden war, und gab sofort den Befehl, das Tempo zu steigern. Gleichzeitig ergriff er eine Signalflagge, um die

Kolonne jederzeit stoppen zu können, falls sich auf der vor ihm liegenden Strecke etwas ereignen sollte. Er schien jedoch nicht ernstlich damit zu rechnen, denn nachdem er prüfend an der friedlich aussehenden Dschungelmauer entlanggeblickt hatte, sagte er seinem Fahrer: »Ich glaube, wir haben Glück gehabt. Die Sperre sollte bestimmt nicht hinter uns errichtet werden. Die Guerillas dürften sich zuviel Zeit gelassen haben.«

Daß er sich getäuscht hatte, erkannte er schon eine Minute später, als sich plötzlich vor ihm ein schwerer Baum über die Chaussee neigte und dröhnend zu Boden schlug.

»Stop!« schrie er und schwenkte seine Flagge.

Die Räder der Lastwagen kreischten, aber noch bevor sie anhielten, sprangen von jedem Fahrzeug fünf Männer ab, die sich blitzschnell in die Straßengräben warfen und Handgranaten in den Dschungel schleuderten. Gleichzeitig machten sich auf allen Transportern je zwei mit Flammenwerfern ausgerüstete Soldaten kampfbereit, und als die in den Gräben liegende Truppe ihre dritte Granatensalve geworfen hatte, stürzten die Spezialkräfte wie auf ein Kommando über ihre Kameraden hinweg, um fast dreißig Meter lange Flammen in den Urwald zu werfen, der unter der ungeheuren Hitze wie ein Dampfkessel zischte. Vom Feind aber war weder etwas zu sehen noch zu hören, und der Transportoffizier, der voller Entsetzen erkannte, daß die Kolonne überhaupt nicht angegriffen wurde, schrie seinen Männern aus Leibeskräften zu, die Flammenwerfer abzustellen. Vergebens. Der Lärm war zu groß, und als er endete, war das Öl der Tornistergeräte verbraucht und der Gasdruck auf Null gesunken.

»Wir sind in eine Falle geraten!« rief er mit sich überschlagender Stimme. »Gewehre und Maschinenpistolen bereithalten! Der Feind kann jetzt von allen Seiten kommen! Besatzung der ersten fünf Wagen übernimmt den Deckungsschutz des Räumkommandos! Alle übrigen sichern zu den Seiten und nach hinten ab!«

Der Transportoffizier handelte folgerichtig. Er mußte sich auf einen Angriff gefaßt machen, den er nun nicht mehr mit Flammenwerfern und Handgranaten beantworten konnte. Auch wußte er nicht, wo der Feind lag, und er rechnete damit, daß dieser erst aus dem Dschungel herauskommen würde, wenn er auf der schmalen Straße den Versuch machte, die Wagen zu wenden. Er vermutete, daß man ihn zur Umkehr verleiten und einen Überfall an dem hinter der Kolonne gefällten Baum durchführen wollte. Er entschloß sich deshalb, nicht zurückzukehren, sondern das vordere Hindernis räumen zu lassen.

Aber er fühlte sich nicht mehr wohl in seiner Haut. Immer wieder vergegenwärtigte er sich, daß annähernd zweihundertfünfzig Soldaten unter seinem Kommando standen. Wenn große Verluste eintraten, blieb ihm nichts anderes übrig, als sich das Leben zu nehmen, denn im Falle einer Bestrafung – und es kam nur die Todesstrafe in Betracht – konnte er nicht in den Ehrentempel der Gefallenen einziehen.

Wie verzweifelt rannte er an den Lastwagen entlang, um jedem Soldaten einzuschärfen, was er bei einem eventuellen Überfall zu tun habe: »Schießen, schießen und nochmals schießen! Dem Feind muß es unmöglich gemacht werden, aus dem Dschungel herauszukommen!«

Daß dieser Befehl unüberlegt war, zeigte sich, als die Kolonne zum zweiten Mal von einem jäh auf die Chaussee krachenden Baumriesen gestoppt wurde. Sämtliche Soldaten sprangen nun im Nu in die Straßengräben und verschossen ihre Munition gegen einen nicht vorhandenen Feind. Zwei Kilometer weiter aber, vor dem mittleren der sieben angesägten Baumstämme, warteten zweihundert Guerilla-Kämpfer, die in aller Seelenruhe damit begannen, sich angriffsbereit zu machen. Fünfzig von ihnen kletterten auf die Bäume, der Rest legte sich auf den Boden und tarnte sich mit Zweigen.

Nur noch Kon-kim lag im Straßengraben und blickte zu der zum zweitenmal gestoppten Kolonne hinüber. Wenn deren Führer den Befehl zur Rückkehr gab, war alles vergebens gewesen.

Er ahnte, daß der erneut genarrte Transportoffizier es sich wohl überlegte, ob er das Hindernis beseitigen lassen oder zunächst umkehren sollte, um seine Soldaten mit neuer Munition, neuen Handgranaten und Flammenwerfern zu versorgen. Der Japaner wurde aber das Gefühl nicht los, daß sein unsichtbarer Gegner es darauf anlege, ihn zur Umkehr zu zwingen. Er blieb deshalb bei seinem einmal gefaßten Entschluß, weiterzufahren und sich durch nichts beirren zu lassen.

Wieder dauerte es fast eine halbe Stunde, bis die schwere Barrikade zur Seite geräumt war, und als sich der Convoy endlich in Bewegung setzte, hatten die Soldaten die Weisung erhalten, bei einem eventuellen dritten Hindernis das Feuer nicht sofort zu eröffnen, sondern schnellstens in Deckung zu gehen und die Dinge an sich herankommen zu lassen.

Alles trat so ein, wie Kon-kim es seinen Männern vorausgesagt hatte. Kaum senkte sich der vierte Baumstamm über den Fahrdamm, da wurden die Lastwagen gestoppt und sämtliche Japaner sprangen ohne zu schießen in die Straßengräben.

Die Guerilla-Kämpfer hatten sie nun zum Teil unmittelbar vor sich liegen, doch niemand gab einen Schuß ab. Etwa zwanzig Sekunden gingen so dahin, eine Zeit, die wie eine Ewigkeit anmutete und die erst endete, als sich der japanische Offizier erhob und mit seinen Soldaten auf die Straße zurücktrat. In diesem Augenblick eröffneten Kon-kims am Boden liegende Männer ein erbarmungsloses Feuer, das auf der Stelle über die Hälfte der Japaner zusammenbrechen ließ. Weitere dreißig bis vierzig stürzten auf der Flucht zur gegenüberliegenden Straßenseite, und der Rest verblutete in den nunmehr aus den Bäumen über die Lastwagen hinwegjagenden Salven.

Kaum ein Schuß fiel von der Gegenseite, und der einzige Japaner, der nach dem Feuerüberfall unversehrt angetroffen wurde, war der Fahrer des Führungswagens, der sich zwischen die Räder seines *Datsuns* verkrochen hatte. Hundertsechsundachtzig Tote und einundfünfzig Schwerverletzte bedeckten die Straße, und letztere ließ Kon-kim ausnahmslos erschießen. Lediglich dem Kraftfahrer schenkte er das Leben, um ihn aushorchen zu können. Als der Gefangene sich aber standhaft weigerte, die Zahl der Soldaten zu nennen, die den Transport begleitet hatten, erteilte Kon-kim den Befehl, ihn durch rücksichtsloses Auspeitschen zum Reden zu bringen. Gleichzeitig gab er Anweisung, die bereits angesägten, jedoch noch nicht gefällten Bäume über die Straße zu stürzen und die auf diese Weise nach beiden Seiten blockierte Strecke nach Versprengten abzusuchen.

Seine Maßnahme hatte Erfolg. Es wurden neun geflüchtete Japaner aufgestöbert und erschossen, und als Kon-kim dem bereits blutig geschlagenen Kraftfahrer auf den Kopf zusagte, daß der Convoy von einem Offizier und zweihundertsechsundvierzig Mann begleitet gewesen sei, brach der Gepeinigte zusammen. Außer ihm gab es keinen Überlebenden, der den Überfall hätte schildern können.

Kon-kim ließ den Gefangenen jedoch nicht töten, sondern befahl, ihn zu fesseln und zum *Mont Bubu* abzuführen, wo er ihn über etliche Dinge verhören und notfalls mit Gewalt zum Sprechen bringen wollte.

Indessen machte sich das Gros der Kämpfer daran, alle vorhandenen Lebensmittel und brauchbaren Waffen sowie Benzinkanister und Flammenwerfer in den Dschungel zu schaffen. Dann wurden die Fahrzeuge angezündet, und bereits eine Stunde nach dem vernichtenden Feuerhagel konnte der durch die erbeuteten Güter beschwerlich gewordene Rückmarsch zum Lager angetreten werden.

Im Gegensatz zu seinen Männern, die trotz der von ihnen zu tragenden schweren Lasten in bester Stimmung waren, machte Kon-kim einen verzagten Eindruck. Er sah im Geiste sein bisheriges Leben an sich vorüberziehen, das immer wieder anders verlaufen war, als er es gewollt hatte. Stets hatten die Verhältnisse ihn gezwungen, Dinge zu tun, die ihm zuwider waren. Mit Schrecken erkannte er, daß seine vor der Flucht aus Japan an David Hamilton gerichteten Worte an ihm selbst zur scheußlichen Wirklichkeit geworden waren. Damals hatte er gesagt: ›Überall werden wir Menschen unter Anrufung höchster Ideale zu Stimmvieh, Kanonenfutter und Marionetten degradiert, wodurch wir zwangsläufig vom rechten Weg abkommen und das geheimnisvolle Recht einbüßen, das uns über nichtdenkende Individuen erhebt!‹ War nicht auch er, der Getriebene, inzwischen zu einer jener treibenden und die Menschheit degradierenden Gestalten geworden?

Wenige Tage später wußte Kon-kim, daß die von ihm befohlene Überfallaktion von allen Abteilungen mit großem Erfolg durchgeführt worden war. Neunhundertsechzig Japaner hatten ihr Leben lassen müssen, hundertzwölf Fahrzeuge wurden vernichtet, und keine der acht im Dschungel hausenden Einheiten hatte einen Toten zu beklagen. Insgesamt gab es nur zwölf Verwundete, und wenn die Abteilungsleiter sich nicht täuschten, war es keinem feindlichen Soldaten gelungen, sich durch Flucht in Sicherheit zu bringen.

Aber was wollte das bei einem Gegner besagen, dessen Kräfte unerschöpflich zu sein schienen. Die von den ostasiatischen Kriegsschauplätzen herüberwehenden Hiobsbotschaften überschlugen sich förmlich. Japaner hatten die Philippinen angegriffen und Manila und Cavite eingenommen; der zu ihrer Verteidigung eingesetzte amerikanische General MacArthur mußte auf höheren

Befehl nach Australien ausweichen. Niederländisch Indien und die an Ölvorkommen überreiche Insel Tarakan gingen verloren; desgleichen Celebes und Borneo. Es folgte die Eroberung von Timor, das nach dem Schlag gegen Pearl Harbor von alliierten Truppen besetzt worden war. Java wurde überrannt. Auf Neu-Guinea landeten Truppen. Und die Briten sahen sich gezwungen, Rangun preiszugeben, noch bevor die Japaner nach Burma vorstießen und den letzten Nachschubweg nach China abschnitten.

Kon-kim fragte sich in diesen Tagen oft, ob der von ihm entfesselte Guerilla-Krieg nicht vergleichbar sei mit dem sinnlosen Unterfangen einer Mücke, die den Versuch macht, die Haut eines Elefanten zu durchstechen. Die überwältigenden Erfolge der Japaner gestatteten es einfach nicht mehr, hoffnungsvoll in die Zukunft zu blicken. Trotzdem mußte er weiterkämpfen, um eine Katastrophe zu verhindern, die unvermeidbar wurde, wenn er die ihn verehrenden Männer enttäuschte.

Mit den Worten: ›Das erste steht uns frei, beim zweiten sind wir Knechte!‹ hatte Dr. Haji ihn eindringlich gewarnt. Kon-kim erinnerte sich an diesen Ausspruch, als er den japanischen Kraftfahrer, dessen Standhaftigkeit er seit Tagen insgeheim bewunderte, erneut zum Verhör auf den freien Platz vor den Pfahlhütten führen ließ. Er bereute es längst, ihn nicht sofort erschossen zu haben; wenn er seinen gequälten Körper sah, hätte er am liebsten den Befehl gegeben, ihn laufenzulassen. Aber auch hier war er zum Knecht dessen geworden, was ihm freigestanden hatte: er mußte sein Gesicht wahren und weiterhin versuchen, den Gefangenen durch Gewaltanwendungen zum Reden zu bringen.

Kon-kim, der wie alle den grünen Gummizapferanzug trug, blickte dem schmächtigen Japaner mit undurchdringlicher Miene in die Augen. Er empfand Ekel vor sich selbst, sagte aber mit bewußt kalter Stimme: »Ich möchte Sie nicht im unklaren lassen, daß heute Ihre letzte Stunde schlägt, wenn Sie sich wiederum weigern, meine Fragen zu beantworten.«

Der Gefesselte verneigte sich in die Richtung, in der er Japan und den kaiserlichen Palast vermutete.

Kon-kim wußte augenblicklich, daß er einen Fehler gemacht hatte. Die Verbeugung drückte nichts anderes aus als die Bereitschaft, für den Kaiser zu sterben. Um dem Gefangenen die plötzlich aufgekommene Hoffnung, einen ehrenhaften Tod zu erleiden, unverzüglich zu rauben, sagte er zynisch grinsend: »Ich weiß, was Sie jetzt denken. Sie glauben, daß der Tod Sie befreien und in den Ehrentempel der Gefallenen führen wird. Ist es nicht so?«

Der Fahrer antwortete nicht, aber seine Augen blitzten in unverhohlener Genugtuung.

»Sie Narr!« schrie Kon-kim. »Wissen Sie denn nicht, daß im *Yasukuni Jinja* kein Platz für Soldaten ist, die kampflos, ohne sich zu verteidigen, in die Gefangenschaft geraten?«

Der Japaner erbleichte. »Aber Sie haben gesagt, daß Sie mich töten werden, wenn ich weiterhin schweige.«

»Das habe ich nicht gesagt! Ich habe lediglich erklärt, daß dann Ihre letzte Stunde schlagen wird. Wir werden doch einen Mann, der in Gefangenschaft geriet, nicht durch Erschießen in den Heldentempel befördern. Und Köpfe schlagen wir nicht ab. Aber wir rächen uns an einer Nation, die so etwas tut, indem wir ihre Mitglieder in einen Haufen Blutegel werfen, denen wir alles weitere überlassen. Jetzt wissen Sie, was Sie erwartet: kein *Yasukuni Jinja*, sondern Bestrafung für Mord!«

Kon-kim wußte, daß seine Worte verlogen waren, er kannte jedoch die Sehnsucht der Japaner, in den Ehrentempel der Gefallenen zu gelangen, und er hoffte, den Gefangenen durch sophistische Redereien verwirren zu können. Doch er täuschte sich. Der wenig intelligent aussehende Gefangene blieb standhaft, und Kon-kim sah keine Möglichkeit, sich von den Geistern zu befreien, die er gerufen hatte. Er befahl, den Japaner zu entkleiden und ihn gefesselt auf einen Haufen Blutegel zu legen.

Was folgte, war grauenhaft. Hunderte von Egeln bissen sich fest und saugten dem Wehrlosen das Blut aus den Adern. Der aber klagte nicht, sondern preßte die Lippen zusammen und schloß die Augen.

Kon-kim starrte auf die Blutegel, die schnell prall wurden und schon nach kurzer Zeit vier rote Längsstreifen zeigten. Unentwegt versuchte er zu errechnen, wie lange der Gefangene noch bei Besinnung bleiben würde. Er wußte, daß ein Egel etwa fünfzehn Gramm Blut aufzunehmen vermag und daß der Mensch über fünf bis sechs Liter verfügt. Aber sosehr er auch rechnete, er kam zu keinem Ergebnis. Er sah das beginnende Zittern der Glieder des Gefesselten und gewahrte voller Verwunderung, mit welcher Geschwindigkeit sich auf der Stirn eines Menschen Schweißtropfen bilden und vergrößern können. Die Lippen des Japaners öffneten sich. Seine Zunge wurde sichtbar.

»Wollen Sie sprechen?« rief Kon-kim in der Hoffnung, die Folterung beenden zu können.

Der Fahrer versuchte den Mund zu schließen. Es gelang ihm nicht. Sein Unterkiefer klappte herab.

Kon-kim blickte wie gehetzt zu seinen Kämpfern hinüber, die wie hypnotisiert auf den Japaner starrten. Ihm war es, als würde ihm die Kehle zugeschnürt.

»Schluß!« schrie er plötzlich. »Befreit ihn!«

Es war, als hätte sein Schrei einen Bann gebrochen. Fünf, sechs Männer stürzten sich auf den Gefangenen.

Kon-kim sagte wie mit letzter Kraft: »Bringt ihn in die Sanitätsstation.« Dann wandte er sich ab und ging davon.

Unter den hinter ihm her blickenden Männern gab es nur wenige, die keine Erleichterung darüber empfanden, daß er die grauenhafte Tortur beendet und nicht die Kraft gehabt hatte, einen Menschen zu Tode zu quälen. Als Kon-kim ihnen aber eine Woche später nach einem erfolgreichen Nachtüberfall auf die in Kangsar stationierte Besatzungstruppe erklärte, er habe sich dazu entschlossen, den Gefangenen als Äquivalent für die erlittene Pein auf freien Fuß zu setzen, entstand ein Aufruhr, der das Lager in zwei Parteien zu spalten drohte.

»Mir scheint, der Teufel ist in euch gefahren!« schrie Kon-kim die Wortführer an. »Habe ich jemals etwas angeordnet, das unbillig gewesen wäre?«

»Ganz gewiß nicht«, versuchte der pockennarbige Haron Ismail zu vermitteln. »Was Sie vorhaben, grenzt aber an Selbstmord. Der Japaner wird unser Lager verraten!«

»Da täuschen Sie sich gewaltig. Wie es für manche Tiere, die mit etwas Fremdem in Berührung gekommen sind, unmöglich ist, nochmals das eigene Nest aufzusuchen, so ist es für in Gefangenschaft geratene Japaner ausgeschlossen, im Falle ihrer Befreiung zur eigenen Truppe zurückzukehren. Wer es wagte, würde auf der Stelle hingerichtet. Nach japanischer Auffassung gibt es nichts Schändlicheres, als sich dem Feind ergeben zu haben. Wer einer drohenden Gefangennahme nicht durch Selbstmord ausweicht, hat sein Leben verwirkt und wird im Fall einer Übergabe gnadenlos liquidiert. Darum weigert sich unser Kraftfahrer so hartnäckig, eine

Aussage zu machen. Er hofft, daß wir ihn dafür bestrafen und zu Tode foltern. Es ist seine letzte Chance, in den *Yasukuni Jinja* zu kommen und für ewige Zeiten geehrt zu sein.«

Die Kon-kim umstehenden Männer schüttelten die Köpfe.

»Es ist ein perfides System, das geschaffen wurde, um eine Garantie dafür zu haben, daß niemand zum Verräter wird«, fuhr Kon-kim fort. »Versteht also, warum ich den armen Kerl laufenlassen will. Er ist der Verzweiflung nahe und soll nach all dem Vorgefallenen die Möglichkeit erhalten, sich selbst in den Ehrentempel zu befördern.«

»Wenn es so ist, können wir ihn ja auch erschießen«, warf einer der Männer ein.

»Natürlich«, erwiderte Kon-kim. »Damit würden wir ihm jedoch einen schlechten Dienst erweisen. Ich habe mich gestern lange mit ihm unterhalten. Nach seiner Auffassung versagte er in dem Augenblick, da er unter seinem Wagen hervorkroch, anstatt sich das Leben zu nehmen. Diese Schuld kann er nur noch sühnen, wenn er sich zu Ehren seines Kaisers den Bauch aufschlitzt. Deshalb will ich ihm die Chance geben, in seinem Sinne ehrenhaft zu sterben. Hebt also das Stilett nicht auf, das ich nachher wie zufällig vor seiner Hütte verlieren werde. Und unternehmt nichts, wenn ihr heute nacht seht, daß er die Flucht ergreift. Bewußt lasse ich seine Zelle unverriegelt.«

Der Japaner lag am nächsten Morgen mit aufgeschlitztem Leib auf seinem Lager. Man verscharrte ihn im Dschungel. Kein Wort wurde gesprochen, aber alle Lagerbewohner verneigten sich insgeheim vor dem Menschen, der dem Gesetz seiner Nation entsprechend seine Pflicht erfüllt hatte.

Wenige Stunden später nahmen die erbarmungslosen Überfälle ihren Fortgang. Woche um Woche und Monat um Monat wurden Tausende binnen weniger Minuten ins Jenseits befördert. Die japanische Führung war verzweifelt. Aus dem Dschungel und aus der Nacht heraus wurden ihre Soldaten angegriffen, und eines Tages trat ein, was Kon-kim prophezeit hatte: die Bevölkerung stellte sich hinter seine Verbände, und er hatte alle Mühe, dafür zu sorgen, daß die Zahl der aktiven Kämpfer nicht über fünftausend stieg. Er durfte nicht mehr Guerillas vereinigen, da er sonst Gefahr lief, an Versorgungs- und Nachschubschwierigkeiten zugrunde zu gehen.

Daran änderte auch die Tatsache nichts, daß die überfallenen Kolonnen viele Dinge mit sich führten, die als ›Lieferung frei Haus‹ betrachtet werden konnten. Zumeist handelte es sich jedoch nur um Waffen und Munition. Die dringend benötigten Lebensmittel mußten fast ausschließlich auf Schleichwegen herangeschafft werden, und ihren verfänglichen Transport übernahm ein Heer von Gummizapfern, die mit ihren Familien allmorgendlich in die Wälder gingen und zwischen ihren Schenkeln versteckt all das heranschafften, was die Widerstandskämpfer benötigten. Tausende wanderten so zu ihren Arbeitsplätzen, und es gab niemanden, der Verrat übte. Und die übrige Bevölkerung machte es sich zur Aufgabe, den Feind zu beobachten und seine Bewegungen einem Gummizapfer zu melden.

Die von allen Seiten gewährte Unterstützung machte die Kämpfe mit der Zeit um vieles leichter, gleichzeitig aber auch härter, weil die Japaner dazu übergingen, die Bevölkerung in der schrecklichsten Form zu drangsalieren. Allenthalben wurden Köpfe abgeschlagen und zur Schau gestellt, und Kon-kim fragte sich manches Mal, ob er unter den gegebenen Umständen nicht verpflichtet sei, den von ihm entfesselten Guerilla-Krieg zu beenden. Er glaubte ihn nicht mehr verantworten zu können, aber aus den ihm von allen Seiten zugehenden Berichten ging eindeutig hervor, daß das Volk in den scheußlichen Greueltaten des Feindes nur eine Bestätigung der Richtigkeit seines unerbittlichen Vorgehens erblickte. Hinzu kam, daß die Meldungen von den großen Kriegsschauplätzen überaus günstig waren. Japans und Deutschlands Glückssterne schienen zu verblassen. Die Amerikaner hatten Guadalcanar nach schweren Gefechten genommen und begannen mit der Rückeroberung Neu-Guineas. Die Russen waren zum Gegenangriff angetreten und hatten bei Stalingrad einen überwältigenden Sieg errungen. Den Allierten war es gelungen, auf Sizilien zu landen.

Diese Nachrichten, die Kon-kim erstmals wieder hoffen ließen, daß sein Kampf nicht vergeblich sei, trugen entscheidend dazu bei, daß er die Bedenken zur Seite schob, die das grausame Vorgehen der Japaner in ihm wachgerufen hatte. Den letzten Ausschlag aber gab ein Erlebnis, das ihn unnachsichtiger machte, als er je gewesen war.

Er hatte den Mut aufgebracht, am Steuer eines eroberten *Datsun* mit falschen Papieren in japanischer Uniform quer durch Malaya zu fahren, um alle Abteilungen zu inspizieren und neue Kampfmethoden zu besprechen, und auf eben dieser Fahrt suchte er als letzte Einheit den bei Tanjong Rambutan operierenden Verband Macolm Watts auf. Der Schotte zeigte eine bewundernswerte Haltung. Abgesehen von seinen erschreckend blassen und eingefallenen Wangen, deutete nichts auf die für einen Europäer schier unerträglichen Strapazen hin, denen er sich nun schon seit über einem Jahr ausgesetzt sah. Kon-kim empfand es als Wohltat, sich wieder einmal mit ihm unterhalten zu können. Zumal er auf den ersten Blick erkannte, daß sich Macolm Watts Lager ganz wesentlich von allen anderen unterschied. Nirgendwo, auch nicht auf dem *Mont Bubu*, gab es so sauber angelegte Bambushütten.

»Ich komme aus dem Staunen nicht heraus«, sagte Kon-kim anerkennend, als ihn Macolm Watt in eine behaglich eingerichtete Hütte führte, an deren Decke sich ein Propeller drehte. »Jetzt behaupten Sie bloß noch, ein eigenes E-Werk zu haben.«

Der einstige Geschäftsführer lachte und forderte Kon-kim mit einer Handbewegung auf, in einem aus Bambusrohren und Strohmatten gefertigten Liegestuhl Platz zu nehmen. »Ein E-Werk habe ich natürlich nicht. Aber wir besitzen viele Akkumulatoren, da wir keinen Wagen verbrennen, ohne zuvor die Batterien ausgebaut zu haben.«

»Ich könnte mich ohrfeigen, wenn ich bedenke, wie viele Akkus wir verbrannt haben«, erwiderte Kon-kim. »Doch nun zu Ihnen persönlich. Wie werden Sie mit der feuchten Hitze fertig?«

Macolm Watt zuckte die Achseln. »Es gibt scheußlichere Dinge. Zum Beispiel das Töten! Wenn man es wenigstens mit Anstand tun könnte. Ich werde mit den Überfällen aus dem Hinterhalt einfach nicht fertig.«

»Meinen Sie, mir ginge es anders?«

»Natürlich nicht«, antwortete der Schotte, wobei er eine japanische Zigarette zerbröselte und den Tabak in seine Pfeife stopfte. »Ich glaube dennoch, daß Ihre asiatische Lebensauffassung Ihnen in gewisser Hinsicht helfen wird.«

Kon-kim nickte. »Möglich. Ich kann das nicht beurteilen. Aber ich weiß bestimmt, daß ich mich glücklich preisen würde, wenn wir die Strategie meines Landsmannes Sun Tze Wu anwenden könnten, der einmal sagte: ›Es ist besser, ein Regiment, eine Abteilung oder eine Kompanie lebend zu fangen, als sie zu vernichten.‹ Doch was sollen wir machen? Wir können es uns nicht leisten, höflich zu sein, wo wir töten müssen.«

Macolm Watt lachte hölzern. »Eine umwerfende Formulierung.«

Sekunden später wurden draußen erregte Stimmen laut und ein Malaie trat in den Raum. Er meldete in knapper Form, ein Sicherungsposten habe in der Nähe des Lagers einen zwölfjährigen japanischen Jungen aufgegriffen, der leidlich englisch spreche und heulend darum bitte, nicht fortgeschickt zu werden, weil er gegen seine Landsleute kämpfen wolle.

Macolm Watt gab nach einem kurzen Blick auf Kon-kim den Befehl, den Jungen hereinzubringen. »Man sollte es nicht für möglich halten!« entrüstete er sich. »Ein Zwölfjähriger!«

»Hören wir uns erst einmal an, was der Bursche zu erzählen hat«, erwiderte Kon-kim. »Ein Junge geht nicht ohne weiteres los, um gegen die eigene Heimat zu kämpfen.«

Der Junge wurde hereingeführt. Er war schmächtig, machte einen verwahrlosten Eindruck und ging, als befürchte er, geschlagen zu werden. Unter dem Arm trug er eine verbeulte Blechdose.

»Wenn es Ihnen recht ist, möchte ich ihn verhören«, sagte Kon-kim. »Auf japanisch dürfte es einfacher sein.«

Macolm Watt nickte.

Der Junge blickte unsicher von einem zum anderen.

Kon-kim legte ihm die Hand unter das Kinn und richtete sein Gesicht zu sich hoch. »Eigo o hanashi masuka – du sprichst Englisch?«

Die wund aussehenden Augen des Jungen weiteten sich. »Nur wenig«, antwortete er auf japanisch.

»Wie heißt du?«

»Akira Ishii.«

»Von wo kommst du?«

»Aus Chemor, keine zehn Kilometer von hier entfernt.«

»Wohnen da deine Eltern?«

Der Junge verfiel in ein haltloses Schluchzen. »Bitte, lassen Sie mich hierbleiben. Ich will gegen Japaner kämpfen.«

»Gegen deine eigenen Landsleute?«

»Ich bin kein Japaner!« schrie der Junge böse. »Ich bin in Malaya geboren und will gegen Japaner kämpfen.«

»Aber warum?«

Akira Ishii bemühte sich, eine Antwort zu geben, brachte vor Aufregung aber kein Wort über die Lippen.

Kon-kim versuchte ihn zu beruhigen. »Jetzt erzähl erst mal, woher du gewußt hast, daß wir uns hier aufhalten.«

Der Junge wischte sich über die Augen. »Ich wußte, daß die Gummizapfer den Puma-Leuten immer was zu essen bringen. Da bin ich hinter ihnen hergegangen. Und später hinter den Männern, mit denen sie sich getroffen haben.«

»Ganz offen bist du ihnen gefolgt?«

Der Zwölfjährige schüttelte den Kopf und blickte verschämt zu Boden. »Immer von Baum zu Baum. Ich kann gut schleichen. Bitte, schicken Sie mich nicht fort. Ich will dem ›Puma‹ helfen, weil er gegen die Japaner kämpft.«

»Haben die dir etwas getan?«

Akira Ishii brachte es nicht fertig, eine Antwort zu geben; es war, als raube ihm die Erinnerung an ein furchbares Erlebnis den Atem.

»Nun hör mal gut zu«, sagte Kon-kim beinahe väterlich. »Du hast doch einen Namen, der *Harter Stein* bedeutet. Sei jetzt hart und erzähle mir, was dir die Japaner angetan haben.«

Akira Ishii blickte zu ihm hoch. Seine schmutzigen Wangen waren von Tränenstreifen durchzogen. »Gestern morgen«, begann er stockend, »kamen zwei japanische Soldaten zu uns. Ich wollte gerade in die Schule gehen. Sie sagten, mein Vater hätte gegen Japan gearbeitet; sie müßten ihn erschießen. Meine Mutter wurde ganz blaß, und mein Vater schwor, das wäre gelogen. Und das war es auch. Er hat immer nur gearbeitet, damit ich auf die höhere Schule komme. Da zog einer der Soldaten seine Pistole. Ich schrie: ›Tut ihm nichts! Laßt ihn am Leben! Er hat so ein gutes Herz!‹«

Die Erinnerung übermannte den Jungen und ließ ihn am ganzen Körper zittern.

Kon-kim zog ihn an sich. »Sprich weiter.«

Akira Ishii vergrub sein Gesicht. »Ich habe noch niemandem erzählt, was dann geschah.«

»Gerade darum sollst du es jetzt tun. Wenn du darüber gesprochen hast, wird es leichter für dich werden. Hat man deinen Vater erschossen?«

Der Junge schüttelte den Kopf. »Der Soldat lachte und steckte seine Pistole in die Tasche. ›Ja, wenn das so ist, dann sollst du das gute Herz behalten‹, sagte er. Ich dachte schon, mein Vater wäre gerettet, aber da zog der Soldat seinen Dolch. Meine Mutter schrie auf und ich...«

Er schluchzte plötzlich so heftig, daß er nicht mehr reden konnte.

Kon-kim nahm den Kopf des Jungen in die Hände.

»Ich weiß nicht, wie es weiterging«, jammerte Akira Ishii. »Plötzlich drehte sich alles. Als ich wieder wach wurde, sah ich, daß meine Mutter tot war. Und das Herz meines Vaters ...« Er unterbrach sich und öffnete die verbeulte Dose, die er bis dahin unter dem Arm gehalten hatte. »Hier, das ist das Herz meines Vaters. Es lag vor mir auf dem Boden.«

Kon-kim wußte sekundenlang nicht, was er tun sollte. Er preßte den Jungen an sich, um ihm nicht in die Augen schauen zu müssen. »Du wirst bei mir bleiben«, sagte er schließlich. »Und das Herz deines Vaters werden wir auf der Spitze des *Mont Bubu* in die Erde legen, damit du die Stelle immer wiederfinden kannst. Eines aber mußt du mir versprechen: daß du nie im Leben eine Waffe in die Hand nehmen wirst, es sei denn, du würdest angegriffen. Versprichst du mir das?«

Akira Ishii sah ihn groß an. »Und was wird aus den Japanern, die meine Eltern getötet und meinem Vater das Herz aus dem Leib geschnitten haben?«

»Die überlassen wir dem Auge des Himmels, das nichts übersieht. Jeder Frevel und alles Böse auf dieser Erde wird eines Tages vergolten; die Frage ist nur: früher oder später.«

So versöhnlich Kon-kim zu Akira Ishii gesprochen hatte, so unerbittlich waren die Befehle, die er noch in der gleichen Nacht, in der er mit dem Jungen zum *Mont Bubu* zurückkehrte, seinen Abteilungsleitern erteilte. Er ging zum Großangriff über, ohne das oberste Gesetz des Guerilla-Krieges zu mißachten, das kleine Formationen verlangt, die ›vorsichtig wie Jungfrauen und flink wie Kaninchen sein müssen, niemals einen vom Gegner gewünschten Kampf annehmen, bevorzugt an entlegenen Plätzen operieren und erst dann das ganze Land mit Widerstandsnestern überziehen, wenn die Mitarbeit der breiten Masse gesichert ist‹.*

Die malaiische Bevölkerung stand hinter Kon-kims Verbänden, und aufgewühlt von der Schilderung Akira Ishiis zögerte er nicht mehr, seine in acht Abteilungen zusammengefaßten fünftausend aktiven Kämpfer in zweihundertfünfzig Gruppen zu je zwanzig Mann aufzuteilen, denen er genau umrissene Operationsgebiete

* Mao Tse-tung: ›Guerilla-Krieg‹, 1937

zuwies und befahl, unverzüglich mit allen zur Verfügung stehenden Mitteln dem Feind das Leben zur Hölle zu machen.

Bereits achtundvierzig Stunden später war die von langer Hand vorbereitete Umgruppierung durchgeführt, und es begann ein Kampf, wie er gnadenloser nicht geführt werden konnte. In den Städten wurden allein gehende Japaner auf offener Straße hinterrücks erdolcht, auf den Chausseen gab es kein feindliches Fahrzeug mehr, das nicht irgendwann von einem Feuerhagel gestoppt wurde oder in jäh losfauchende Flammenwerfer geriet. Nacht für Nacht wurden Wachtposten überfallen, explodierten Bomben zwischen abgestellten Wagenkolonnen, flogen Handgranaten in Unterkünfte, brachen Brücken zusammen, fuhren Transportzüge auf Minen und wurden von den Japanern in Betrieb genommene Industrieanlagen gesprengt oder in Brand gesetzt. Zweihundertfünfzig mit erbeuteten Heeresgütern versorgte und ganz auf sich selbst gestellte Gruppen kämpfen, ohne jemals gesehen zu werden. Dem Feind blieb nichts anderes übrig, als sich einzuigeln. Flugzeuge wurden eingesetzt, die Tausende von Bomben in den Urwald warfen; doch was konnten diese in dem weiten Gebiet schon gegen Einheiten ausrichten, die nur zwanzig Mann stark waren? Nur drei Gruppen wurden durch Zufallstreffer vernichtet, und die Japaner mußten erkennen, was Napoleons Marschälle bereits 1803 im Krieg gegen Spanien erfahren hatten: daß Guerillas – spanisch: Kleinkrieger – nicht mit herkömmlichen Mitteln bekämpft werden können. Mao Tse-tung hatte geschrieben: ›Guerillas sind wie Fische, und das Volk ist das Wasser, in dem die Fische schwimmen. Wenn die Temperatur des Wassers richtig ist, werden die Fische gedeihen und sich vermehren.‹

Kon-kim richtete sich nach den Schriften Mao Tse-tungs. Sein Erfolg basierte auf der strikten Beachtung der von allen Militärs verächtlich belachten Lehre des chinesischen Kommunisten*. Dabei halfen ihm die Japaner allerdings entscheidend durch ihr unmenschliches Verhalten gegenüber der Bevölkerung, die sich zu einer verschworenen, jeden Guerilla-Kämpfer unterstützenden Gemeinschaft zusammenschloß.

* Präsident John F. Kennedy dürfte der erste Staatsmann der westlichen Welt gewesen sein, der seinen Offizieren in einer Rede offen erklärte: ›Gentlemen, lesen Sie die Schriften Mao Tse-tungs!‹

Hinzu kam die von Tag zu Tag sichtbarer werdende Überlegenheit der Alliierten, die endlich auf allen Kriegsschauplätzen Siege erringen konnten. Der amerikanische Dampfkessel stand unter höchstem Druck und entwickelte eine geradezu sagenhafte Kraft. Im Südpazifik gelangen Landungen auf Neu-Guinea, Rendova, Bougainville und auf den Gilbert- und Marshallinseln. Die deutschen Heere mußten die Ukraine räumen und wurden von den Russen hart bedrängt. Britische, amerikanische und chinesische Truppen eröffneten eine unter dem Oberbefehl von Lord Mountbatten stehende Offensive in Burma, um die Verbindung zu Tschiang Kai-schek wiederherzustellen. Und General MacArthur begann mit der Rückeroberung der Philippinen.

»Spätestens in einem Jahr ist der Krieg beendet«, sagte Kon-kim eines Abends dem kaum noch von seiner Seite weichenden Akira Ishii.

Der Junge, der vielfach auf einer kleinen Flöte wehmütige Melodien blies, sah ihn fragend an: »Woher weißt du das?«

Kon-kim wies nach oben. »Habe ich dir nicht gesagt, daß der Himmel immer dafür sorgt, daß Gutes und Böses vergolten wird?«

»Früher oder später, hast du hinzugefügt! Kann es nicht sein, daß die Japaner erst sehr viel später bestraft werden?«

Kon-kim schüttelte den Kopf. »Das glaube ich nicht. Die Japaner und ihre Verbündeten überschätzten ihre Kräfte und übernahmen sich. Wer mehr ißt, als er verdauen kann, bekommt Bauchschmerzen. Wenn du groß bist, sollst du studieren, wie deine Eltern es gewollt haben. Du wirst dann erfahren, daß es schon viele Herrscher gegeben hat, die sich widerrechtlich in den Besitz eines Landes setzten. Es gab aber noch keinen, der die ganze Erde erobern konnte. Versucht haben es einige, doch jeder von ihnen ging an seiner Maßlosigkeit zugrunde. Und darin liegt ein Trost für alle Geknechteten. Irgendwann überspannen Gewaltmenschen den Bogen, weil ihre Selbstherrlichkeit ihnen den klaren Blick raubt. Was sie dann in Händen halten, ist eine zerfetzte Sehne, mit der sich kein Pfeil abschießen läßt.«

Der zweite Weltkrieg ging seinem Ende entgegen, und fast zur gleichen Zeit, da britische Luftlandetruppen nach fünfzehn Monaten heroischen Kampfes die Burmastraße wieder in ihren Besitz brachten, teilte Deutschland der japanischen Regierung mit, daß es sich gezwungen sehe, einen *Sonderfrieden* abzuschließen. Zwei Monate darauf wurde Japan von den Teilnehmern der *Potsdamer Konferenz* zur bedingungslosen Kapitulation aufgefordert. Das japanische Kabinett wies dieses Ansinnen entrüstet zurück, woraufhin Präsident Harry S. Truman den Befehl gab, die erste Atombombe (Uranium) auf Hiroshima zu werfen, der drei Tage später die zweite Atombombe (Plutonium) auf Nagasaki folgte. Die verheerende Wirkung der neuartigen Waffe und die gleichzeitig erfolgte Kriegserklärung der Sowjetunion an Japan brachen den Widerstandswillen des japanischen Volkes und beendeten einen Krieg, der die Welt in unübersehbares Leid gestürzt hatte. Fünfundfünfzig Millionen Tote waren zu beklagen. Für Millionen von Gefangenen und Vertriebenen begann ein Marsch, wie ihn die Menschheit noch nicht erlebt hatte. Allein aus China mußten vier Millionen Japaner in ihre Heimat zurücktransportiert werden.

Aber so groß die allenthalben zu bewältigenden Probleme auch waren, die Menschheit atmete auf. Und den Alliierten fiel ein Stein vom Herzen, als ersichtlich wurde, daß sich die unerschrockenen Söhne Nippons der Kapitulationserklärung ihres Kaisers gemäß in mustergültiger Ordnung in Sammellager führen ließen, wo sie ihre Waffen widerstandslos ablieferten.

Kon-kim, der zunächst nicht begreifen konnte, daß der Krieg zu Ende gegangen war, löste seine Verbände mit einem Tagesbefehl auf, dessen letzte Worte lauteten: »Wenn ihr jetzt zu euren Familien zurückkehrt, dann vergeßt nicht, daß der glückliche Ausgang des Krieges uns verpflichtet, zu beweisen, daß wir den uns auferlegt gewesenen Ungeheuerlichkeiten zum Trotz keine Ungeheuer geworden sind. Wer sich als Sieger menschlich zeigt, hat ein Herz und keinen Stein im Leib, selbst wenn er tausendmal töten mußte. In der Not ist der Edle nicht unwürdig, im Reichtum nicht hochmütig.«

Die Männer gelobten, Kon-kims Worte zu beherzigen, aber sie waren enttäuscht, als er sich weigerte, mit ihnen im Gummizapferanzug nach Kuala Lumpur zu marschieren. Es kam darüber zu erregten Debatten, in deren Verlauf sich die Unzufriedenen erst beruhigten, als Kon-kim ihnen erklärte, seine Geldmittel seien erschöpft und er müsse schnellstens dafür sorgen, daß die *Albion-Tin-Works* wieder in Schwung gebracht würden.

»Ich tue es auch für euch«, sagte er und fügte augenzwinkernd hinzu: »Außerdem ist es dringend notwendig, daß ich noch in dieser Woche bei den zuständigen Behörden die Forderung erhebe, euch in irgendeiner Form für die drei im Dschungel verbrachten Jahre zu entschädigen.«

Dieser Hinweis blieb nicht ohne Wirkung, und nachdem Kon-kim Haron Ismail und den ehemaligen Polizeisergeanten Sulaiman zu seinen Stellvertretern ernannt hatte, begab er sich mit Macolm Watt und dem technischen Leiter Go Cho Hong nach Ipoh, um das Abbaugelände sowie die Maschinen und Geräte der *Albion-Tin-Works* zu inspizieren.

Das Werk war völlig verwahrlost. Kon-kim ließ den Kopf jedoch nicht hängen, sondern fuhr unverzüglich in einem requirierten Kübelwagen nach Singapore. Schon ein erster Überblick hatte ihn erkennen lassen, daß er die Zinn-Mine ohne Hilfestellung seiner Banken nicht wieder in Betrieb nehmen konnte.

Zwei Tage lang fuhr er an Trümmern vorbei, die ihm zeigten, in welch furchtbarem Ausmaße sein Wille die Landstraße zu einem Weg des Leides gemacht hatte. Wenn er darüber nachdachte, was er erreicht hatte, schauderte ihn der Preis, den der Feind hatte zahlen müssen.

Doch als Kon-kim Johore Bahru erreichte, glaubte er einer Halluzination zum Opfer gefallen zu sein: das Haus Dr. Hajis war unversehrt und stand nach wie vor inmitten eines gepflegten Parks, in dem schillernde Pfauen und dickbäuchige Mynah-Vögel wichtigtuerisch zwischen Blumenbeeten umherstolzierten. Nichts hatte sich geändert, und der indische Chauffeur, der Kon-kim zufällig am Eingang des Parks aus seinem Militärfahrzeug aussteigen sah, rannte strahlend auf ihn zu und erkundigte sich voller Verwunderung, warum er nicht zum Portal gefahren sei.

Die Selbstverständlichkeit, mit der der Inder seine Anwesenheit zur Kenntnis nahm, verblüffte Kon-kim und ließ ihn fragen: »Wie hat Doktor Haji den Krieg überstanden?«

»Glänzend«, antwortete der Chauffeur lachend. »Hier alles very well. Doktor erwartet Sie. Er gestern hat bekommen erstes Telefongespräch mit Ipoh und gehört, daß Sie kommen.«

Kon-kim lief auf das Haus zu. Aber noch bevor er es erreichte, vermeinte er zum zweitenmal einer Sinnestäuschung zu unterliegen. Dr. Haji, der sich vor drei Jahren kaum noch hatte bewegen können, eilte ihm ohne Stock entgegen und schloß ihn wie einen verloren geglaubten Sohn in die Arme.

»Dem Himmel sei Dank, daß er Sie beschützte«, stammelte der Inder mit bewegter Stimme.

»Und ich danke ihm für das Wunder, das er an Ihnen vollbracht hat«, erwiderte Kon-kim beglückt.

Dr. Haji lächelte. »Ein Wunder ist es nicht. Ich verdanke meine Genesung einem Arzt, der in den Krieg zog, um Wunden zu pflegen und Leiden zu mildern.«

»Einem Japaner?« fragte Kon-kim ahnungsvoll.

»Einem hervorragenden Arzt und vortrefflichen Menschen, der das hiesige Hospital übernahm und mit einigen seiner Kollegen in mein Haus einzog. Gleich am ersten Tage bat er darum, mich untersuchen zu dürfen. Das Ergebnis war verblüffend: ein Glied meiner Wirbelsäule hatte sich versetzt und einen Nerv gequetscht. Das war alles, und es war doch unendlich viel. Zumal es mir zeigte, daß es hüben wie drüben Könner und echte Menschen gibt. Man darf über die von einer Nation verübten Untaten nicht reden, ohne über die guten Seiten ihrer Mitglieder zu sprechen. Scheußlichkeiten sind in aller Welt anzutreffen.«

Kon-kim nickte. »Ich kann Ihnen nur beipflichten. In den letzten Jahren habe ich Unmenschlichkeiten erlebt, die mich zur Raserei brachten. Ich habe sie aber auch selber begangen. Als ich auszog, um die Freiheit Malayas zu verteidigen, sprach ich von der Aufrechterhaltung der Menschenwürde und sah im Geiste den Balkon vor mir, von dem meine Mutter und mein Onkel herabgestürzt wurden. Heute sehe ich neben meinen toten Angehörigen einen schmächtigen Japaner liegen, den ich foltern ließ, um seine Anständigkeit zu brechen und...«

»Hören Sie auf!« unterbrach ihn der Inder erregt. »Der Widerwärtigkeiten waren genug.«

Kon-kim blickte zu Boden. »Mir ging es darum, zum Ausdruck zu bringen, daß überall Dinge geschehen sind, die man ungeschehen machen möchte.«

Dr. Haji sah ihn prüfend an. »Töten müssen ist ein Gesetz des Krieges. Haben Sie außer der Befolgung dieses Gesetzes gemordet?«

»Nein. Aber einmal war ich nahe daran.«

»Was hielt Sie davon ab?«

»Ich konnte es nicht.«

Der Inder hakte sich wie erlöst in Kon-kims Arm ein. »Dann ist alles gut, und ich empfehle Ihnen dringend, jetzt in der Gegenwart zu leben und das Zurückliegende als Spiegel der Vergangenheit zu betrachten, ohne die es keine Zukunft gibt.«

Kon-kim war es, als spüle eine Welle alle ihn belastenden Schlakken fort. Er fühlte sich befreit und blieb drei Tage bei Dr. Haji, der sich rührend um ihn bemühte und ihm sofort finanzielle Hilfestellung anbot, als er hörte, daß der Dschungelkampf die Kassen der *Albion-Tin-Works* geleert hatte.

Davon wollte Kon-kim nichts wissen. Er bedankte sich für das Entgegenkommen und erklärte dem Inder, daß er nicht daran zweifle, die erforderlichen Mittel von seinen Banken zu erhalten.

In dieser Hinsicht war Dr. Haji weniger optimistisch. Er befürchtete, daß die früheren Bankdirektoren noch nicht zurückgekehrt seien, und verpflichtete Kon-kim, offen mit ihm zu sprechen, wenn er auf Schwierigkeiten stoßen sollte.

Kon-kim versprach es dem Inder und sicherte ihm zu, nicht zurückzureisen, ohne ihn nochmals aufgesucht zu haben. Er blieb jedoch länger in Singapore, als er vorgehabt hatte, da ihn Macolm Watt in dem nunmehr offiziell auch für Asiaten geöffneten *Raffles-Hotel* anrief und ihm zwei Telegramme übermittelte, die sein Herz höher schlagen ließen. Das erste war von David Hamilton. Es lautete: ›Telegrafiere, wenn du noch lebst. Fliege in den nächsten Tagen nach Singapore, wo ich dich zu treffen hoffe. Dein *Bruder durch Zuneigung.*‹ Das zweite Telegramm war in Singapore aufgegeben und hatte nur sechs Worte: ›Erwarte dich im *Raffles Hotel.* Patrice.‹

Kon-kim konnte es nicht erwarten, zu erfahren, ob sich die Engländerin schon im Hotel aufhielt. »Ich rufe Sie später an«, unterbrach er den Schotten, als dieser ihm weitere Dinge durchsagen wollte. Dann drückte er hastig mehrere Male auf die Telefongabel, und als sich die Vermittlung nicht gleich meldete, rannte er zur Rezeption und fragte, ob Miß Lawrence bereits eingetroffen sei.

»Yes, Sir«, antwortete der Portier. »Die Dame ist gestern angekommen und bewohnt das Appartement Numero fünfzig. Ich vermute, daß sie oben ist. Soll ich Sie anmelden?«

»Nein, danke«, erwiderte Kon-kim. »Wo bekomme ich hier Blumen?«

»Gleich links hinter dem Vestibül in der Geschäftsarkade.«

Kon-kim schwirrte der Schädel, als er die Blumenhandlung aufsuchte und sich dreißig dunkelrote Rosen geben ließ. Es wollte ihm nicht in den Kopf, daß er und Patrice Lawrence ohne es zu wissen im gleichen Hotel wohnten. Unwirklich erschien ihm plötzlich alles. Vor zwei Wochen hatte er noch wie ein Wilder im Dschungel gehaust, und jetzt stand er in sauberer Kleidung in einem Geschäft, und hinter ihm wartete ein beflissener Boy darauf, ihm die ›Last des Blumentragens‹ abzunehmen.

Wie in Trance durchschritt er den mit fächerartig zurechtgestutzten Palmen bestandenen Innenhof des Hotels, in dem ihn jäh die Lust überkam, Patrice Lawrence zu überraschen. »Hör zu«, sagte er dem Pagen, als sie die zu den oberen Räumen führende Marmortreppe emporstiegen. »Du klingelst und gibst das Bukett ab, während ich seitlich von der Tür stehenbleibe. Und wenn die Dame dich fragt, von wem die Blumen sind, behauptest du, es nicht zu wissen. Ist das klar?«

»Yes, Sir«, antwortete der Boy, baute sich in strammer Haltung vor der dunklen Apartmentstür auf und betätigte die Klingel.

Es vergingen einige Sekunden, bis eine Stimme rief: »Wer ist da?«

»Der Hotelpage! Ich habe Ihnen Blumen zu überbringen.«

»Ich bin im Bad«, rief sie zurück. »Die Tür ist nicht verschlossen. Leg die Blumen ins Zimmer.«

»Sehr wohl«, erwiderte der Boy und wollte schon nach der Türklinke greifen, als Kon-kim ihn blitzschnell daran hinderte.

»Verschwinde. Das weitere erledige ich.«

Der Page verneigte sich, und Kon-kim öffnete die Tür, um mit festen Schritten durch den am Bad vorbeiführenden Korridor in den Wohnraum zu gehen, wo er die Blumen auf einen Tisch legte. Dann kehrte er deutlich hörbar zur Tür zurück, um sie vernehmlich zu schließen und leise wieder in das Zimmer zu schleichen, in dem er sich behutsam in einen Korbsessel setzte und der Dinge harrte, die da kommen mußten. Er vernahm das Geräusch einer Flasche, die auf eine Glasplatte gestellt wurde, und ergriff eine in seiner Nähe liegende Zeitung, die er vorsichtig auseinanderfaltete, um sich hinter ihr verbergen zu können.

Minuten vergingen, bis die Badezimmertür geöffnet wurde und Schritte auf ihn zukamen, die plötzlich von einem Schrei übertönt wurden.

»Aber Liebling«, sagte er und ließ die Zeitung sinken. »Habe ich dich erschreckt?«

Patrice Lawrence, die noch nicht völlig angekleidet war und reizvolle, mit duftigen Spitzen besetzte Unterwäsche trug, lief auf Kon-kim zu, warf sich ihm in die Arme und bemühte sich angelegentlich, ihr eben erst sorgfältig zurechtgelegtes Haar binnen weniger Sekunden restlos in Unordnung zu bringen. Sie tat wirklich alles, um sich in kürzester Frist zu derangieren, und sie lachte lustvoll, als ein seidener Träger riß und es keinem Zweifel mehr unterliegen konnte, daß sie sich nochmals von Grund auf ankleiden mußte.

»Ich möchte wissen, was du nicht fertigbringst«, stöhnte sie, als Kon-kim wie erschöpft den Kopf zurücklehnte. »Kaum habe ich dir telegrafiert, da sitzt du schon in meinem Zimmer.«

Er schmunzelte. »Ich reagiere eben sehr schnell. Aber an die Möglichkeit, daß ich nicht mehr leben könnte, hast du allem Anschein nach überhaupt nicht gedacht.«

»Habe ich auch nicht«, erwiderte sie lachend. »Ich wußte, daß dir nichts geschehen wird.«

»Und wer hat dir das ins Ohr geflüstert?«

»Du selbst. Erinnert du dich daran, daß ich dich in Kuala Lumpur fragte, ob du nicht Lust hättest, mit mir nach Indien zu kommen?«

»Natürlich.«

»Deine damalige Antwort ließ unschwer erkennen, daß du dich mit dem Gedanken trugst, gegen die Japaner zu kämpfen. Und deinem zwei Tage später hier im Hotel hinterlegten Brief konnte ich entnehmen, daß du etwas Besonderes vorhattest. Da habe ich mir gesagt: Er ist ein Draufgänger und wird die Absicht haben, sich als Partisan zu betätigen. Und das dürftest du ja wohl getan haben.«

Kon-kim nickte. »Damit ist aber meine Frage noch nicht beantwortet.«

Sie sah ihn verwundert an. »Wieso nicht? Guerilla-Kämpfern kann doch nichts passieren, weil sie grundsätzlich nur aus dem Hinterhalt schießen.«

Kon-kim stöhnte. »Deine Logik ist entwaffnend. Doch du hast gar nicht so unrecht. Wenn einige britische Offiziere, mit denen ich mich vor Jahren über dieses Thema unterhielt, zumindest diesen Punkt erfaßt hätten, wäre vielleicht manches anders verlaufen.«

Sie warf ihm einen unwilligen Blick zu. »Laß uns lieber von etwas anderem reden. Vor allem möchte ich wissen, wie du so schnell nach Singapore gekommen bist. Mit dem Flugzeug?«

Er lachte. »Mit einem scheußlichen japanischen Militärwagen, den ich mir in Ermangelung eines besseren aneignete. Der Zufall wollte es, daß ich vor einer Stunde hier eintraf und bald darauf von meinem Geschäftsführer angerufen wurde, der mir dein Telegramm übermittelte.«

Sie umarmte ihn. »Dann hat das Schicksal es gewollt, daß wir uns so schnell treffen.«

»Das ist gut möglich.«

»Und was ist aus deiner Maschine geworden?«

»Die liegt irgendwo im Dschungel. An jenem Morgen, an dem ich dich schnöde verließ, bin ich an der Küste entlang in das von den Japanern besetzte Gebiet geflogen und westlich von Ipoh über dem *Mont Bubu* abgesprungen.«

Ihre Augen weiteten sich. »Mit dem Fallschirm?«

»Ja.«

Sie starrte ihn entgeistert an. »Bist du womöglich der ›Puma‹, von dem alle Welt spricht?«

Den Bruchteil einer Sekunde zögerte Kon-kim, dann aber antwortete er kurz entschlossen: »Nein!« Er befürchtete, Patrice Lawrence könnte ihr Wissen hinausposaunen, um sich selbst in ein schillerndes Rampenlicht zu setzen. Unabhängig davon zwang ihn ein im Unterbewußtsein aufflackerndes Warnsignal, Patrice Lawrence nicht in alles einzuweihen.

»Schade, daß du nicht der ›Puma‹ bist«, sagte sie sichtlich enttäuscht.

Kon-kim umarmte sie. »Kein weiteres Wort! Ich hole jetzt meine Sachen, und dann werden wir, wie vor unserer Trennung, im *Elisabethanischen Saal* zu Abend essen. Dieses Mal allerdings ohne Pistole auf dem Tisch. Einverstanden?«

»Sofern du mir noch einige Minuten Zeit zum Ankleiden gibst.«
»Einige?« fragte er blinzelnd.
Patrice Lawrence küßte ihn. »Im Höchstfall dreißig Minuten.«

Kon-kim war nicht in bester Stimmung, als er am darauffolgenden Mittag in das Hotel zurückkehrte. Er hatte bei seinen Banken die unangenehme Feststellung machen müssen, daß man sich hinsichtlich des von ihm erbetenen Kredites bei weitem nicht so entgegenkommend zeigte, wie er es angenommen hatte. Gewiß, man war nicht ablehnend gewesen und erklärte sich bereit, ihm eine Million Singapore-Dollar zur Verfügung zu stellen. Er benötigte jedoch mindestens den vierfachen Betrag, wenn die Produktion der *Albion-Tin-Works* wieder auf volle Touren gebracht werden sollte. Gerade dagegen aber lehnten sich die Bankdirektoren auf. Sie befürchteten, der Weltbedarf an Zinn könnte mit Beendigung des Krieges rapide sinken, wodurch das nunmehr praktisch ohne Eigenkapital arbeitende Unternehmen in kürzester Zeit in Zahlungsschwierigkeiten geraten würde.
Trotz dieser zweifellos bestehenden Gefahr dachte Kon-kim nicht daran, die Produktion zunächst gedrosselt anlaufen zu lassen. Ihm ging es darum, sämtliche ehemaligen Werksangehörigen so schnell wie möglich wieder zu beschäftigen und in ein normales Leben zurückzuführen. Es war deshalb ein harter Schlag für ihn, daß man ihm die erforderlichen Mittel aus grundsätzlichen Erwägungen verweigerte.
Patrice Lawrence erkannte auf den ersten Blick, daß er bedrückt war, und ihrer Art entsprechend fragte sie ihn gleich, ob er Ärger gehabt habe.
»Wie man es nimmt«, antwortete er ausweichend und ließ sich in einen Korbsessel fallen.
Sie setzte sich zu ihm. »Du bist ganz verschwitzt und mußt ein neues Hemd anziehen.«
Er nickte. »Es ist entsetzlich heiß heute.«
»Ich habe es gemerkt, da auch ich auf einen Sprung in der City war. Ich mußte meine Bank aufsuchen.«
»Da hätten wir uns treffen können«, erwiderte er und zog ein Tuch aus der Tasche, um sich den Schweiß von der Stirn zu wischen. »Hast du etwas über deine Mutter in Erfahrung gebracht?«

»Ja, sie lebt! Ihre in Johore Bahru wohnende Freundin sagte mir, daß sie sich in Penang aufhält, wo sie während des ganzen Krieges interniert war. Ich habe mir ihre Telefonnummer geben lassen und werde sie heute abend anrufen.«

»Auf der Stelle wirst du das tun«, entgegnete er ungehalten.

Sie sah ihn verwundert an. »Aber warum denn? Bis die Verbindung zustande kommt, vergehen bestimmt etliche Stunden.«

»Und wenn Tage vergehen sollten«, erwiderte er böse und griff nach dem Telefonhörer. »Du lieber Himmel, wenn ich meine Mutter anrufen könnte... Wie ist die Nummer?«

Patrice Lawrence kramte in ihrer Handtasche und zog ein Telegramm heraus, auf dessen Rückseite sie sich Notizen gemacht hatte. »Penang hundertsechsundachtzig.«

Kon-kim meldete das Gespräch an.

Patrice Lawrence wedelte sich mit dem von ihr bekritzelten Telegramm frische Luft zu.

»So«, sagte er, als er den Hörer auflegte. »Und nun wird gewartet, bis die Verbindung zustande gekommen ist.«

Sie lachte spöttisch und warf das Telegramm auf den Tisch. »Inzwischen kannst du das da lesen. Es wurde vorhin für dich abgegeben.«

Kon-kim wurde rot vor Empörung. »Wie kommst du dazu, meine Post zu öffnen?«

Ihre Augen flackerten. »Hab' ich dich gestern gefragt, mit welchem Recht du in mein Zimmer eingedrungen bist?«

Kon-kim gab keine Antwort und zog es vor, das in Honolulu aufgegebene Telegramm zu lesen, dessen Inhalt ihn jäh in eine ausgelassene Stimmung versetzte. »Jetzt kannst du reden, soviel du willst«, rief er jubelnd. »Ich ärgere mich über nichts mehr und flüchte notfalls in die Bar, um mich allein darüber zu freuen, daß Dav morgen kommt.«

»David Hamilton?« fragte sie überrascht. »Bezeichnet er sich als dein *Bruder durch Zuneigung*?«

»Er bezeichnet sich nicht als solcher, er *ist* es, da er von meiner Mutter mit allen Rechten und Pflichten in unsere Familie aufgenommen wurde. Und dich bitte ich um alles in der Welt, nett zu *deiner* Mutter zu sein, wenn du mit ihr sprichst. Hinter ihr liegen immerhin drei Jahre Internierungslager, die nicht spurlos an ihr vorübergegangen sein dürften.«

»Das brauchst du mir nicht zu sagen«, entgegnete sie bockig. »Viel vernünftiger wäre es, wenn du endlich zur Kenntnis nehmen wolltest, daß ich nicht sein würde, wie ich bin, wenn meine Mutter nett zu mir gewesen wäre.«

Kon-kims Gesichtsausdruck wurde skeptisch. »Ich kann mir nicht vorstellen, daß deine Mutter... Aber lassen wir das. Wo immer die Schuld auch liegen mag, du mußt versuchen, euer Verhältnis zueinander auf eine andere Ebene zu stellen. Ihr könnt doch nicht ewig wie Hund und Katze aufeinander losgehen. Und jetzt sage ich der Vermittlung, daß wir in die Bar gehen und das Gespräch dort erwarten.«

Es war wie immer: sie prallten aufeinander, um sich gleich darauf wieder zu vertragen. Die schnelle Beilegung der kleinen Kontroverse ließ Kon-kim jedoch hoffen, daß Patrice Lawrence trotz allem noch modellierbar sei. Er gab sich zwar keinen Illusionen hin und rechnete damit, daß Patrice Lawrence sich ihm nicht ohne weiteres unterwerfen würde. Niemals jedoch wäre er auf den Gedanken gekommen, daß der vor Jahren erfolgte Verkauf der *Albion-Tin-Works* noch immer wie ein Stachel in ihr steckte und daß ihr ganzes Sinnen und Streben nur dahin ging, ihren Anteil eines Tages zurückzuerwerben, um dann ihn, Lee Kon-kim, zu ihrem Sklaven zu machen. Dieses erkannte er erst im Verlauf der Unterhaltung, die sie später in der Hotelbar führten.

»Man könnte meinen, dir sei eine Laus über die Leber gekrochen«, sagte sie, als er sich unwillig über einen Keeper äußerte, der lächelnd zu ihr hinüberschaute und in gespielter Bewunderung seine Augen verdrehte.

»Eine Laus war es nicht«, erwiderte er unzufrieden. »Eher ein Bankdirektor. Aber reden wir von etwas anderem.«

»Nein, ich will jetzt wissen, was los ist«, bedrängte sie ihn. »Als du zurückkehrtest, habe ich gleich gespürt, daß du Ärger gehabt hast. Was ist geschehen?«

»Nichts. Der Krieg hat nur viel Geld gekostet, und ich brauche dringend einen Kredit, um die *Alboin-Tin-Works* wieder in Schwung zu bringen.«

»Und den hat man dir verweigert?«

»Ja und nein. Im Hinblick auf die noch ungeklärte Wirtschaftslage will man mir vorerst nur eine Million Singapore-Dollar geben.«

Patrice Lawrence zündete sich eine Zigarette an. »Das ist doch ein hübscher Betrag.«

»Gewiß«, erwiderte er und ergriff sein Glas. »Aber er reicht nicht aus, wenn man vier Millionen benötigt.«

»Wofür?«

»Für Maschinen, Geräte, Instandsetzungsarbeiten und Löhne.«

An Patrice Lawrences Hals bildeten sich hektische Flecken. »Weißt du, wieviel ich noch von den fünfhunderttausend US-Dollar besitze, die ich damals erhielt?«

Kon-kim zuckte die Achseln. »Wahrscheinlich sehr wenig.«

Sie blies den Zigarettenqualm genußvoll vor sich hin. »Du täuschst dich, mein Lieber. Der gesamte Betrag ist noch vorhanden. Ich habe ausschließlich von den Zinsen gelebt!«

Er warf ihr einen anerkennenden Blick zu. »Das hätte ich nicht für möglich gehalten.«

»Fünfhunderttausend US-Dollar sind beinahe zwei Millionen Singapore-Dollar«, sagte sie wie zu sich selbst. »Ich könnte dir also entscheidend helfen. Wenn dir mein Geld zur Verfügung steht, wird dir die Bank garantiert einen Kredit in Höhe von drei Millionen einräumen. Zusammen hättest du dann fünf, mit denen du wie in alten Zeiten loslegen könntest.«

Kon-kim verschlug es die Sprache.

Patrice Lawrence lachte. »Daß ich dir ein solches Angebot machen würde, hast du allem Anschein nach nicht für möglich gehalten.«

»Ganz bestimmt nicht«, gab er unumwunden zu. »Und ich bekenne offen, daß ich im Augenblick zu verwirrt bin, um ...«

»Sag ja!« unterbrach sie ihn. »Nimm das Geld und bring das Werk meines Vaters wieder in die Höhe.«

Kon-kim schwirrte der Schädel. Er sollte von Patrice Lawrence Geld annehmen? Warum eigentlich nicht? Mit fünf Millionen konnte er wirklich wie in alten Zeiten loslegen. Patrice mußte natürlich abgesichert werden, aber das ließ sich ohne weiteres bewerkstelligen. Und ein Geschäft sollte sie auch dabei machen. Wenn sie keine extremen Forderungen stellte... »An welchen Zinssatz hast du gedacht?« fragte er.

»An überhaupt keinen.«

Er sah sie verwundert an. »Wie soll ich das verstehen?«

»Wie ich es sagte.«

Kon-kim schüttelte den Kopf. »Eine solche Abmachung würde gegen die guten Sitten verstoßen. Außerdem hast du eben erzählt, daß du von deinen Zinsen lebst!«

»Was hat das damit zu tun?«

Er stieß einen Seufzer aus. »Weibliche Logik scheint wirklich etwas ganz Besonderes zu sein. Nimm es mir deshalb nicht übel, wenn jetzt ich einmal einen Vorschlag mache. Ich biete dir zwei Prozent über dem üblichen Bankzinssatz.«

Patrice drückte ihre Zigarette aus. »Entweder hast du mich falsch verstanden, oder ich habe mich nicht klar genug ausdrückt. Ich will dir kein Darlehen gewähren, sondern möchte fünfzig Prozent der *Albion-Tin-Works* zu dem Preis zurückkaufen, den du damals zahltest.«

Kon-kim lachte schallend. »Ach, daher weht der Wind.«

»Ich weiß nicht, was es da zu lachen gibt«, ereiferte sie sich.

»Das kann ich dir genau sagen«, erwiderte er belustigt. »Wenn dir fünfzig Prozent der Zinn-Mine gehören würden, könnte ich nicht mehr nach eigenem Ermessen schalten und walten, sondern müßte immer hübsch nach deiner Pfeife tanzen.«

»Wieso?« fragte sie naiv.

»Stell dich nicht dümmer, als du bist«, antwortete er ärgerlich. »Du weißt genau, daß du dann gegen jede meiner Maßnahmen Einspruch erheben könntest.«

»Wer sagt denn, daß ich das tun würde?«

»Ich!«

»Das ist eine Unverschämtheit!«

»Sei ehrlich, Patrice! Jeder Mensch tut im Falle eines Streites Dinge, die er später bereut. Mit anderen Worten: die geringste Auseinandersetzung zwischen uns würde in das Geschäftsleben der *Albion-Tin-Works* hineinspielen und das Unternehmen eines Tages zurunde richten. Nein, als Mitinhaberin möchte ich dich nicht in Ipoh begrüßen.«

»Dann helfe ich dir eben nicht«, erwiderte sie patzig.

Er schlug die Hände zusammen. »Bildest du dir etwa ein, ich würde es ohne dich nicht schaffen?«

»Mit nur einer Million?«

»Zur Not geht es auch damit.«

»Aber du hast gesagt, daß du vier benötigst.«

»Stimmt. Wenn du aber glaubst, mich deshalb unter Druck setzen zu können, bist du auf dem Holzweg. Steig also getrost von dem Olymp herab, auf dem du dich bereits wähntest.«

»Wie du willst«, entgegnete sie verbissen. »Aber das sage ich dir: das nächstemal werde ich nur vierhunderttausend US-Dollar bieten!«

»Und das übernächste Mal dreihundert-, dann zweihundert- und schließlich hunderttausend Dollar! Nein, Patrice, so geht es nicht. Ich bewundere deine Schönheit, möchte dir jedoch dringend raten in Zukunft zu bedenken, daß derjenige, der hoch aufsteigen will, unten beginnen muß.«

Patrice Lawrence gelang es nur schwer, die plötzlich in ihr aufgekeimte Hoffnung zu begraben. Sie verstand es aber meisterhaft, ihre Enttäuschung zu verbergen.

Kon-kim hingegen dachte sich sein Teil.

Das unregelmäßige Klopfen eines Toctoc-Vogels weckte Kon-kim am nächsten Morgen und ließ ihn früher aufstehen, als er es vorgehabt hatte. Patrice Lawrence murmelte etwas von ›Verrücktheit‹ und drehte sich auf die andere Seite, und Kon-kim genoß es, in Ruhe frühstücken zu können. Gegen neun Uhr begab er sich in die Stadt, wo er die britische Adminsitration aufsuchte, um erste Verhandlungen über eine an die Widerstandskämpfer zu zahlende Entschädigung zu führen. Er fand jedoch niemanden, der bereit war, sich seine Wünsche anzuhören. Jeder erklärte ihm schon nach wenigen Worten, nicht zuständig zu sein, und in seiner Empörung über die dabei ungeniert zur Schau gestellte Hochnäsigkeit der in die Kronkolonie zurückgekehrten Verwaltungsbeamten verlangte er schließlich kategorisch den Kommandierenden General zu sprechen. Sein energisches Auftreten hatte Erfolg. Er wurde von einem zuvorkommenden älteren Briten empfangen, der sich seine Überlegungen und Vorschläge nicht nur mit Interesse anhörte, sondern ihm auch bestätigte, daß es dringend notwendig sei, die ehemaligen Dschungel-Kämpfer in ein geordnetes Leben zurückzuführen.

»Leider muß ich Ihnen aber sagen, daß die Angelegenheit nicht in meinen Befehlsbereich fällt«, fügte der sympathische Engländer bedauernd hinzu. »Ich bin für die Kronkolonie zuständig. Das Operationsgebiet der... Freiheitskämpfer, wie ich die Guerillas einmal nennen möchte, lag in Malaya. Sie müssen sich also an die Administration in Kuala Lumpur wenden.«

Kon-kim seufzte. »Ist es sehr unverschämt, wenn ich Sie bitte, mich dort zu avisieren?«

»Mir wird es ein Vergnügen sein, Sie dort anzumelden«, erklärte der General. »Wie war doch Ihr Name?«

»Lee«, antwortete Kon-kim.

»Ich werde den Kommandierenden General in Kuala Lumpur noch heute verständigen, Mister Lee.«

Kon-kim erhob sich. »Ich bin Ihnen sehr zu Dank verpflichtet und würde mich freuen, wenn ich Sie einmal in Ipoh begrüßen dürfte.«

Der General begleitete ihn zur Tür. »Das könnte vielleicht schon sehr bald der Fall sein, da ich in Kürze über Ipoh nach Penang reisen muß. Ich würde mir gerne einmal eine Zinn-Mine ansehen.«

»Darf ich Sie bitten, dann mein Gast zu sein? Man findet selten Menschen, mit denen man sich schnell versteht.«

Der General reichte ihm die Hand. »Das Anerbieten nehme ich dankend an. Aber jetzt habe ich noch eine Frage, die Sie mir hoffentlich nicht verübeln. Sind Sie der berüchtigte ›Puma‹?«

Kon-kim lag es auf der Zunge ›ja‹ zu sagen. Einer ihm selbst unerkärlichen Regung folgend, antwortete er jedoch: »Nein.« Einen Grund für sein merkwürdiges Verhalten hätte er nicht angeben können. Erst als er das Verwaltungsgebäude verließ und über seine Reaktion nachgrübelte, erinnerte er sich daran, daß er im Augenblick der Fragestellung wie elektrisiert gedacht hatte: Sei vorsichtig! Ein Zinngrubenbesitzer kann bei Europäern mehr erreichen als ein abenteuerlich anmutender Guerilla-Häuptling, den man sich verwildert und nach Knoblauch stinkend vorstellt.

Die Verschlagenheit des Asiaten, die Kon-kim im Interesse seiner Kampfgefährten instinktiv hatte die Unwahrheit sagen lassen, brachte ihn auf den Gedanken, zunächst bei der nun einmal aufgestellten Behauptung zu bleiben und sich erst zu decouvrieren, wenn er sein Ziel erreicht habe.

Aus der Position eines selbstlosen Gentlemans wollte er die Verhandlungen führen, und um mögliche Komplikationen weitgehend auszuschließen, rief er noch in der gleichen Stunde Macolm Watt an, den er bat, unverzüglich allen ehemaligen Abteilungsleitern und Gruppenführern auszurichten, daß sie und ihre Männer auf Befragen stets erklären sollten: Mister Lee hat den Kampf organisiert, geleitet aber hat ihn der ›Puma‹, ein im Guerillakrieg versierter Chinese, der früher in der Armee Mao Tse-tungs diente und nicht in Erscheinung treten will.

»Well«, erwiderte der Schotte. »Wenn ich den Sinn Ihres Wunsches auch nicht erfasse, ich werde die Leute informieren. Wesentlich mehr interessieren mich aber die Finanzen der *Albion-Tin-Works*! Wie stehen die Aktien?«

»Vorerst liegen sie noch. Eine Million will man uns geben.«

»Das ist ja lächerlich«, ereiferte sich Macolm Watt. »Ich habe gestern den ›Status‹ erstellt; selbstverständlich nicht ›frisiert‹. Der Gesamtwert des Werkes beläuft sich auf rund drei Millionen US-Dollar. Er ist also bedeutend höher, als wir geschätzt hatten.«

»Und das sagen Sie mir jetzt erst?«

Der Schotte lachte. »Sie haben mich ja nicht zu Wort kommen lassen, sondern asiatische Hintergründigkeiten über den ›Puma‹ zum besten gegeben.«

»Ich schicke Sie wieder in den Dschungel!« drohte Kon-kim.

»Und ich träume vom Heimaturlaub«, erwiderte Macolm Watt. »Der ›Status‹ ist übrigens schon auf dem Weg zu Ihnen. Ich denke, er wird die Banken großzügiger stimmen. Wenn Sie Erfolg haben, müssen Sie aber damit rechnen, daß ich mich in vier Wochen auf ein Schiff setze.«

Kon-kim schmunzelte. »Sagen wir in acht Wochen.«

»Na, schön. Aber keinen Tag später.«

»Einverstanden!«

Kon-kim geriet in eine Hochstimmung, als hätte er die benötigten Gelder bereits in der Tasche. Und wenn ich das ganze Werk sicherheitsübereignen muß, dachte er, ich werde wieder zufriedene Arbeiter um mich haben.

Patrice Lawrence war überrascht über die gute Laune, in der Kon-kim gegen Mittag zurückkehrte. »Was ist geschehen?« fragte sie ihn. »Hast du das Große Los gewonnen?«

»Das nicht«, antwortete er und rieb sich die Hände. »Aber ich habe ein großartiges Geschäft gemacht. Und zwar in dem Augenblick, da ich mich weigerte, dir fünfzig Prozent der *Albion-Tin-Works* für fünfhunderttausend US-Dollar zu verkaufen. Macolm Watt hat mir eben gesagt, daß das Werk alles in allem rund drei Millionen wert ist.«

Ihre Augen wurden brennend.

Kon-kim umarmte sie. »Entschuldige, es war häßlich von mir, das Thema aufzuwärmen.«

Patrice Lawrence machte sich frei. »Zunächst möchte ich wissen, von wo aus du mit Ipoh telefoniert hast.«

»Du wirst es kaum glauben: ich bin zur Post gegangen.«

»Das finde ich aber sehr merkwürdig.«

»Wieso?«

»Weil du es hier viel bequemer gehabt hättest!«

»Das ist richtig. Aber dann hättest du mithören können, was ich unbedingt vermeiden wollte. Ich hatte geschäftliche Dinge zu besprechen, und die trenne ich...«

»Das hast du mir schon gestern gesagt«, unterbrach sie ihn schnippisch.

Er umarmte sie ein zweites Mal. »Weißt du, was du bist? Ein herrlicher Frühlingswind, der berauschend wie Wein ist.«

»Sagt man das in China?«

»In bezug auf die Frauen. Der Sommerwind ist wohltuend wie Tee, der Herbstwind herb wie Rauch und der Winterwind scharf wie Ingwer.«

Sie gab ihm einen Kuß. »Ihr habt schöne Sprüche.«

»Wir sind ja auch ein Kulturland mit tausendjähriger Geschichte. Aber nun gehen wir zum Lunch. Ich vermute, daß Dav spätestens in ein bis zwei Stunden eintreffen wird.«

Ihre Augen leuchteten. »Ich freue mich schrecklich auf ihn. Wenn ich an den Abend am Kap Kling zurückdenke, weißt du, wo ich euch in dem netten Restaurant traf...«

»...und nachher furchtbar patzig wurdest!«

»...dann möchte ich dich bitten, letzteres zu vergessen und heute abend mit uns dorthin zu fahren.«

Kon-kim zog sie näher an sich. »Das hast du so nett gesagt, daß es mir schwerfällt, dir einen Korb zu geben. Bitte, verstehe mich nicht falsch, aber ich kann deinen Wunsch nicht erfüllen. Dav und ich haben uns drei Jahre nicht gesehen; da gibt es vieles zu erzählen, was dich nicht interessieren wird. Außerdem weiß er nicht, daß du und ich... Mit anderen Worten: ich möchte heute mit ihm allein sein, verspreche dir aber, daß wir morgen zu dritt hinausfahren. Was hältst du davon?«

»Wenig«, antwortete sie schmollend.

»Mach es mir nicht so schwer«, bat er lockend. »Der Frauen vorzüglichste Tugend ist die Nachgiebigkeit.«

Sie stieß einen Seufzer aus. »Gegen chinesische Weisheiten komme ich nicht an.«

»Und gewinnst damit mein Herz«, entgegnete er voller Wärme.

»Wirklich?«

»Wie könnte es anders sein. Wenn Menschen sich zueinander wie Gäste verhalten, wächst die Zuneigung ganz von selbst.«

Patrice Lawrence fiel es schwer, Kon-kims Wunsch zu entsprechen. Sie spürte jedoch, daß sie an diesem Tag nicht den Versuch machen durfte, sich durchzusetzen, und sie war klug genug, ihre Enttäuschung nicht erkennen zu lassen. Das hatte zur Folge, daß Kon-kim ihr nach dem Mittagessen eine wertvolle Jadefigur schenkte, die er in der Auslage eines der Arkadengeschäfte des Hotels entdeckte. Darüber freute sie sich so sehr, daß sie für ihn eine hübsche Krawattennadel erstand. Ohne es zu wollen, steigerten sich plötzlich beide in eine Verliebtheit hinein, die ihnen die schönste Stunde bescherte, die sie je miteinander verbracht hatten. Nicht in der Abgeschlossenheit ihres Zimmers erlebten sie dieses Glück, sondern im Freien vor dem Hotel, wo sie in Erwartung des Freundes auf- und abgingen, bis ein riesiges *Boeing*-Wasserflugboot über sie hinwegdonnerte und im Hafen zur Landung ansetzte.

Kon-kim tat es in diesem Augenblick leid, sich von seiner Geliebten trennen zu müssen. »Vielleicht sollten wir Dav doch zusammen begrüßen.«

»Auf keinen Fall«, antwortete Patrice Lawrence. »Es bleibt bei unserer Abmachung. Und damit: au revoir, Monsieur. Feiern Sie Ihr Wiedersehen in der gebührenden Form, ohne zu vergessen, daß jemand auf Sie wartet.«

Es ist erstaunlich, wie nett sie sein kann, dachte Kon-kim, als Patrice Lawrence davongegangen war und er ungeduldig in die Richtung blickte, aus der die Taxis von der Anlegestelle kommen mußten, die er nicht aufgesucht hatte, weil die genaue Landezeit der von Honolulu nach Singapore fliegenden Militärmaschine nicht bekannt gewesen war. Er brauchte jedoch nicht lange zu warten, bis ein Wagen erschien, aus dem ihm David Hamilton schon von weitem entgegenwinkte.

»Kim!« stammelte der Amerikaner bewegt, als er seinen Freund umarmte. »Daß wir uns...« Sein Gesicht zuckte verdächtig. Er brachte kein weiteres Wort über die Lippen.

Auch Kon-kim mußte mit sich kämpfen, um nicht weich zu werden. »Du siehst ja komisch aus«, sagte er in seiner Verlegenheit.

David Hamilton bleckte die Zähne und strich über sein kurzgeschorenes Haar. »Die Heldenfrisur haben wir den Preußen abgeschaut. Mit dem Erfolg, daß die Friseure daheim zur Zeit von all jenen Glücklichen überlaufen werden, die das Pech hatten, zu Hause bleiben zu müssen. Keine Frau will mehr was von ihnen wissen. Aber laß dich mal ansehen. Na ja, es geht. Jünger bist du auch nicht geworden. Und...« Er stutzte. »Ich werde verrückt. Ein Chinese mit graumeliertem Haar dürfte eine Attraktion sein. Sollen wir beide uns zur Schau stellen?«

»Gehen wir erst mal ins Hotel«, erwiderte Kon-kim. »Aber sprich ruhig weiter. Du ahnst nicht, wie schön es für mich ist, dich reden zu hören. Wie oft habe ich mich nach deinen Blödeleien gesehnt!«

»Und ich mich nach deinem edlen Antlitz und einer Flasche *Tiger*-Bier. Das Gebräu schmeckt zwar nicht besser als andere Marken, aber irgendwie liegt der Geruch Ostasiens darin.« Er legte den Kopf in den Nacken und schnupperte. »Wer einmal hier gelebt hat, hält es anderswo nicht mehr aus. In den Staaten ist natürlich alles viel bequemer und in gewisser Hinsicht auch schöner, aber ein Auto-Dschungel kann keinen Urwald ersetzen. Und Benzindünste sind kein Äquivalent für echten Gestank.«

Kon-kim grinste. »Ich freue mich, daß du der alte geblieben bist.«

»Täusch dich nicht«, widersprach David Hamilton. »Bei mir hat sich viel Galgenhumor eingeschlichen; die Scheiße war zu groß. Reden wir also von dir. Wie hast du es überstanden?«

»Wie man so etwas übersteht, wenn es einen nicht erwischt: heiler Körper – angeknacktes Innenleben.«

Der Freund hakte sich bei Kon-kim ein. »Ich war dem Wahnsinn nahe, als ich eines Tages hörte, daß eine malaiische Widerstandsgruppe den Japanern mächtige Schwierigkeiten bereite. ›Das ist mein *Bruder durch Zuneigung*!‹ habe ich gesagt und heimlich euren Buddha angefleht, die von mir gelieferten Waffen täglich gut zu ölen. Um ehrlich zu sein: nach unserem letzten Treffen befürchtete ich, dich nicht wiederzusehen. Wie bist du damals bloß durch die Front gekommen?«

»Mit meiner Maschine.«

»Konntest du noch irgendwo landen?«

»Ich bin abgesprungen.«

Der Amerikaner schüttelte den Kopf. »Dich wird man eines Tages ausstopfen und in ein Museum stellen.«

Sie erreichten die Portiersloge, wo David Hamilton seinen Paß abgab und die üblichen Formalitäten erledigte. Dann suchten sie das für ihn reservierte Apartment auf, das Kon-kim mit etlichen Flaschen ›geschmückt‹ hatte.

Der Freund kam aus dem Staunen nicht heraus. Auf jedem Tisch, neben dem Bett, im Bad und sogar auf dem Deckel der Toilettenschüssel stand eine Flasche Whisky. »Ist das dein Werk?« rief er begeistert.

Kon-kim nickte. »Ich kenne doch dein Leiden.«

David Hamilton füllte zwei Gläser. »Worauf trinken wir?«

»Auf die Zukunft, die hoffentlich weniger turbulent sein wird.«

Nachdem sie getrunken hatten, ließ sich der Amerikaner in einen Sessel fallen. »Und jetzt tratschen wir, bis uns die Zunge zum Halse heraushängt. Den Anfang machst du. Wie kamst du dazu, mit dem Fallschirm abzuspringen?«

Kon-kim nannte die Gründe, die ihn gezwungen hatten, *va banque* zu spielen. Er tat es mit unbewegter Miene und wurde erst lebhaft, als er den Flug, den Absprung und alles damit Zusamenhängende schilderte.

»Und wie ging es weiter? Hattet ihr schwere Kämpfe zu überstehen?«

»Wie man es nimmt«, antwortete Kon-kim zurückhaltend. »Wir haben immer nur aus dem Hinterhalt operiert. Die Belastung eines Guerillas liegt weniger im Kampf als im Ertragen von Widerwärtigkeiten aller Art. Der Dschungel kann einen so fertigmachen, daß du glaubst, verrückt zu werden, wenn du ihn nicht auf der Stelle verläßt. Das aber darfst du nur, um zu töten oder um Getötete nach Zigaretten und Fressalien zu durchsuchen. Für mich war die seelische Belastung ungleich größer als die körperliche. Aber jetzt erzähl von dir. Wo wurdest du durchgebeutelt?«

»Zunächst auf Guadalcanar. Ich gehörte zur Besatzung des Kreuzers *Northhampton,* von dem ich nach einem scheußlichen ›Bumser‹ in den Bach flog. Die Geschichte ging jedoch glimpflich ab, weil einige in einem Boot vorbeikommende Kameraden mich aufforderten, sie zu begleiten. Ich war ganz froh darüber und lernte auf diese Weise eine bildhübsche Bucht kennen, in der die Luft jedoch verdammt eisenhaltig war. Wir hielten uns aber so tapfer, daß man uns zur Belohnung einen Orden anheftete und ein halbes Jahr später nach Neu-Guinea schickte; gewissermaßen vom Regen in die Traufe, wie sich bald herausstellte. Auf alle Fälle lernte ich in der Schlacht bei Lae die Japaner von ihrer unfreundlichsten Seite kennen. Du machst dir keinen Begriff, wie die Burschen kämpfen können. Einfach sagenhaft! Und wenn es für sie keinen Ausweg mehr gab, preßten sie sich kaltschnäuzig ihre letzte Handgranate vor den Bauch, krümmten sich zusammen und ... ab ging die Post. Auf direktem Weg in den Heldentempel.«

Kon-kim sah im Geiste den japanischen Kraftfahrer vor sich, der trotz Folterung nicht bereit gewesen war, Fragen zu beantworten.

»Und dann hatte ich das Glück, dem fünften amphibischen Korps zugeteilt zu werden«, fuhr David Hamilton genüßlich fort. »Ein großartiger Verein, mit dem ich den Marianen einen Besuch abstattete. Die Landung war etwas kompliziert und verpaßte meinem rechten Oberschenkel einen hübschen Durchschuß, der mich mit Engelsflügeln in die Staaten zurückbeförderte und in die Arme eines entzückenden Karbolmäuschens legte, das mit viel Takt und Geschick meine Wunde pflegte, sich aber blödsinnigerweise in meinen Stubenkameraden verliebte. Na ja, er war Captain – ich First Lieutenant. Da kann man nichts machen. Aber gefuchst hat mich die Geschichte. Die Kleine war wirklich süß; er dagegen ein Ekel. Außerdem hatte ich verdammte Langeweile. Tempi passati«, schloß David Hamilton lachend. »Hauptsache, der Krieg ist vorbei, und wir sitzen wieder zusammen.«

»Und was hast du für Pläne?« fragte Kon-kim. »Willst du dich weiterhin im Waffenhandel betätigen?«

Der Freund hob abwehrend die Hände. »Was ich gesehen habe, reicht für mehrere Menschenleben. Ich will mein Geld künftighin auf andere Weise verdienen. Das wird den Lauf der Welt zwar nicht ändern, mich aber hoffentlich zufriedenstellen. In Singapore regle ich nur noch die Dinge, die vor einer Firmenliquidation zu erledigen sind. Danach werde ich versuchen, so klug zu sein, wie du es warst. Ich möchte mir ein ausbaufähiges Unternehmen kaufen.«

Kon-kim sah den Freund verwundert an. »Kannst du eure Firma denn ohne weiteres liquidieren? Royal-Dymont ist schließlich dein Kompagnon!«

»Er ist einverstanden und bereits auf dem Wege hierher. Spätestens in vierzehn Tagen wird er eintrudeln. Wir haben etliche Telegramme miteinander gewechselt und uns einmal sogar telefonisch gesprochen. Er kommt nach Singapore, um das Netz des englischen Geheimdienstes neu aufzubauen.«

»In seinem Alter? Er ist doch mindestens sechzig.«

»Fünfundsechzig! Um zwanzig Jahre hat er uns überrundet.«

»Und da will er immer noch nicht Schluß machen?«

Der Amerikaner zuckte die Achseln und füllte die Gläser. »Ich glaube, er sehnt sich nur nach Ostasien. Seine Frau ist übrigens gestorben.«

»Das tut mir aber leid.« Kon-kim hob sein Glas. »Trinken wir auf Dory. Sie war immer so aufregend gemütlich.«

Der Freund lachte. »Wahrscheinlich schielte Henry deshalb ganz gerne mal zur Seite. Denkst du noch an den Abend am Kap Kling, als die... Herrgott, jetzt komme ich nicht auf ihren Namen.«

»Meinst du Patrice Lawrence?«

»Ja, richtig! Ich erinnere mich noch genau daran, wie sie an unseren Tisch kam. Henry strahlte wie ein Honigkuchenpferd.«

»Und du?«

»Hätte ich heulen sollen? Die Frau war doch Klasse.«

»In ihrer Art ist sie das auch heute noch.«

»Hast du sie getroffen?«

Kon-kim hob sein Glas. »Trinken wir zunächst mal auf Dory.«

David Hamilton stieß mit ihm an, stellte das geleerte Glas dann jedoch ungewöhnlich energisch auf den Tisch zurück. »Und nun heraus mit der Sprache: was bedeutet dein ›zunächst‹?«

»Daß ich dir etwas zu sagen habe. Um es kurz zu machen: Patrice Lawrence, du und ich werden morgen abend am Kap Kling unser Wiedersehen feiern.«

Der Amerikaner stieß einen Pfiff aus. »Der Dschungelkampf scheint dir gut bekommen zu sein.«

»Körperlich auf jeden Fall besser als seelisch und finanziell.«

David Hamilton horchte auf. »Steckst du in Schwierigkeiten?«

»Das nicht. Aber mein Privatkrieg hat mich aller flüssigen Mittel beraubt. Mir würde das nichts ausmachen, wenn die hiesigen Banken nicht so kleinlich wären. Die Herren Direktoren setzen auf Nummer Sicher, weil sie nicht wissen, wie sich die Weltwirtschaftslage entwickeln wird.«

»Leben die Kerle denn auf dem Mond?« erregte sich der Amerikaner. »Jedes Kind weiß doch, daß wir einem Boom entgegengehen, wie ihn die Welt noch nicht erlebt hat. Der unbefriedigte Bedarf von Jahren muß gedeckt werden, ganz zu schweigen von all den üblen Dingen, die sich am politischen Himmel schon wieder abzeichnen. Das sind unübersehbare Gefahren!«

Kon-kims Stirn legte sich in Falten. »Von welchen Gefahren sprichst du?«

»Von jenen, die wir überaus klugen Demokraten heraufbeschworen haben. Professor Spykmann von der *Yale-University* machte bereits in einem kurz nach Pearl Harbor erschienenen Buch darauf aufmerksam, daß die Vernichtung Deutschlands und Japans den Sowjets die Möglichkeit geben wird, Europa für sich zu öffnen. Wörtlich schrieb er: ›Ein russischer Staat vom Ural bis zur Nordsee ist keine große Verbesserung gegenüber einem deutschen Staat, der sich von der Nordsee bis zum Ural erstreckt.‹ Und Spykmann war nicht der einzige, der warnte. Doch was taten wir? Wir unterstützten die Russen, zogen mit Gottvertrauen in den Krieg und gehen jetzt nach Hause, als hätten wir ein Fußball-Match gewonnen. Wir lachen und feiern den Siegestag über Japan; wir lassen die Sowjets in die Mandschurei einmarschieren; wir schlagen unsere Flugzeuge und Waffen entzwei; wir übergeben den Russen deutsche Gefangene, wie man einem Spielpartner am Schluß den Ball überläßt. Kurzum, wir schließen überall die Augen, wo deutlich wird, daß die Dinge sich anders entwickeln, als wir es uns vorgestellt haben. Es wird schon nicht so schlimm werden, sagen unsere auf gute Stimmung bedachten Politiker. Die Herren der Rüstungsindustrie aber reiben sich die Händchen und erklären: Zerschlagt die veralteten Waffen! Wenn es zu einer Auseinandersetzung zwischen Ost und West kommen sollte, müßt ihr viel moderner gerüstet sein. Wir bauen euch Sachen mit einem Knöpfchen, auf das ihr bloß noch zu drücken braucht und – bums, sind alle mausetot!«

Kon-kim sah den Freund entgeistert an. »Bist du verrückt, oder ist das die Wirkung des Whiskys?«

David Hamiltons Mund wurde noch schiefer, als er es ohnehin war. »Weder noch. Was ich dir sagte, ist in den Staaten ein offenes Geheimnis.«

Kon-kim faßte sich an den Kopf. »Und wenn es hundertmal ein

offenes Geheimnis ist: ich kann mir nicht vorstellen, daß nach diesem Krieg noch irgend jemand... Das ist doch Wahnsinn!«

»Natürlich. Aber mach etwas dagegen. Die von uns zu Tisch gebetenen Sowjets haben Appetit beim Essen bekommen und leider auch erkannt, daß wir trotz der in uns steckenden unerhörten Energie letztlich große Kinder geblieben sind, die bedingungslos glauben, was man ihnen erzählt. Ich garantiere dir, daß sie das ausnützen werden. Über irgendwelche Zonengrenzen in Deutschland ist es bereits zu ersten Meinungsverschiedenheiten gekommen; andere werden folgen, und es wird nicht lange dauern, bis ein neues Wettrüsten einsetzt. Und damit stehen wir am Ausgangspunkt unseres Gespräches. So oder so gehen wir einem ungeahnten Wirtschaftsboom entgegen, und ich rate dir dringend, deine Produktion auf höchste Touren zu bringen.«

»Erzähl das meinen Bankiers, die befürchten, ich könnte in Zahlungsschwierigkeiten geraten, wenn ich gleich auf volle Kraft schalte«, erwiderte Kon-kim grimmig. »Aber ich gebe mich noch nicht geschlagen. Und schon gar nicht, nachdem mir mein Geschäftsführer gerade heute morgen sagen konnte, daß der inzwischen erstellte ›Status‹ der *Albion-Tin-Works* wesentlich besser aussieht, als wir es zunächst angenommen hatten.«

»Wieviel brauchst du denn?« fragte David Hamilton.

»Vier Millionen Singapore-Dollar.«

»Und was ist deine Mine wert?«

»Alles in allem etwa drei Millionen US-Dollar.«

»Das ist ja das Dreifache dessen, was du benötigst.«

»Eben.«

Der Freund ergriff sein Glas. »Yam seng!«

»Ex?«

»Yam seng auf die Idee, die mir gerade gekommen ist. Könntest du nicht einen Kompagnon brauchen?«

Kon-kim stutzte. »Denkst du an dich?«

David Hamilton nickte. »Ich sagte ja schon, daß ich irgendwo einsteigen will. Ich wäre in der Lage, dein hübsches Schiffchen wieder flottzumachen. Mensch, Kim, wir beide in einem Boot! Wäre das nicht 'ne Sache?«

»Yam seng!« rief Kon-kim überschwenglich und leerte sein Glas.

»Soll das heißen, daß du...?«

»Ja«, unterbrach ihn Kon-kim begeistert. »Ich bin bereit, fünfzig Prozent der *Albion-Tin-Works* an dich abzutreten.«

»Zu welchem Preis?«

»Was wäre dir die Sache wert?«

David Hamilton rieb sein Kinn. »Euer ›Drei-Millionen-Status‹ dürfte zur positiven Seite abgerundet sein. Die Hälfte wäre eineinhalb. Ich biete eine Million und dreihunderttausend US-Dollar. Das sind rund fünf Millionen Singapore-Dollar.«

Kon-kim sprang auf. »Ist das dein Ernst?«

»Wenn du willst, kannst du den Scheck gleich haben. Ich möchte dich natürlich nicht festnageln.«

»Idiot!« entflog es Kon-kim. »Sag mir lieber, daß du keinen üblen Scherz mit mir treibst.«

David Hamilton stieß ihn vor die Brust. »Von mir aus ist das Geschäft perfekt. Besiegel es mit einem eurer Sprüche.«

Kon-kim umarmte den Amerikaner. »Ein ferner Verwandter ist nicht so nützlich wie ein naher Freund.«

Als Kon-kim am nächsten Morgen erwachte, brauchte er eine ganze Weile, bis er wußte, daß ihn kein Traum genarrt hatte. Unbegreiflich erschien es ihm, daß sein *Bruder durch Zuneigung* durch eine Fügung des Schicksals zu seinem Geschäftspartner geworden war.

Patrice Lawrence, die ihn in den darauffolgenden Tagen voller Eifersucht beobachtete, erfaßte instinktiv, daß David Hamilton für sie zu einer Gefahr werden würde, wenn sie sich nicht ernstlich bemühte, ihr unbeherrschtes Temperament zu zügeln. Gleich am ersten Abend war er ihr kräftig über den Mund gefahren, als sie in ihrer Erregung darüber, daß Kon-kim es ablehnte, sie mit nach Ipoh zu nehmen, einen Streit vom Zaun brechen wollte. Sie hatte daraufhin geschwiegen und gehofft, ihren Geliebten in einem günstigen Augenblick doch noch umstimmen zu können. Kon-kim aber blieb bei seinem Entschluß, und Patrice Lawrence schob in ihrer Enttäuschung alle Schuld dem Amerikaner zu, den sie von dieser Stunde an förmlich haßte.

Dabei hatte David Hamilton lediglich seiner Art gemäß reagiert, als Patrice Lawrence kein Verständnis dafür aufbringen wollte, daß Kon-kim nicht bereit war, im gegenwärtigen Zeitpunkt private Wünsche vor das Wohl des Werkes und seiner Arbeiter zu stellen.

Der Abschied verlief dadurch frostiger, als es notwendig gewesen wäre. Kon-kim ärgerte sich darüber, dachte aber nicht daran, irgendwelche Zugeständnisse zu machen. Wenn Patrice Lawrence nicht einsehen wollte, daß er sich nun durch nichts von der Arbeit ablenken lassen durfte, dann war ihr nicht zu helfen.

David Hamilton befriedigte es, daß Kon-kim sich nicht beirren ließ. Ihn erinnerte Patrice Lawrence in unangenehmer Weise an Vera McLean, und er nahm sich vor, seinem Freund gelegentlich zu sagen, wie erlöst er gewesen war, als er sich nach jahrelangem Zögern endlich von ihr getrennt hatte.

Vorerst aber gab es wichtigere Dinge zu besprechen, und Kon-kim benutzte die zweitägige Fahrt nach Ipoh, um seinem neuen Kompagnon einen ersten Überblick über dessen zukünftigen Aufgabenkreis zu vermitteln. Sie waren übereingekommen, daß David Hamilton die kaufmännische Leitung übernehmen solle, nachdem der über die günstige Entwicklung hocherfreute Macolm Watt schon am Telefon darum gebeten hatte, ihn unter den gegebenen Umständen baldmöglichst von seinen Verpflichtungen zu befreien.

Es ließ sich also alles reibungslos regeln, und David Hamilton bedauerte es sehr, daß er nochmals nach Singapore zurückkehren mußte, um die mit Henry Dymont gegründete Waffenhandelsfirma zu liquidieren. Am liebsten wäre er gleich in Ipoh geblieben. Er hoffte jedoch, spätestens in vierzehn Tagen alles erledigt zu haben und bis zu seiner endgültigen Übersiedlung auch schon im Besitz des neuen *Cadillacs* zu sein, den er in San Francisco hatte verladen lassen.

Kon-kim hatte sich ebenfalls einen neuen Wagen bestellt und darüber hinaus auf Drängen seines Freundes ein Reiseflugzeug in Auftrag gegeben, eine fünfsitzige *Cessna*, die David Hamilton als das ideale Verkehrsmittel für Malaya bezeichnete. Augenzwinkernd hatte er noch hinzugefügt:

»Warum sollen wir uns keine komfortable Maschine leisten, die es uns im Bedarfsfall gestattet, kleine Herzen zum Zittern zu bringen.«

Wie eh und je erging sich der Amerikaner gerne in dummen Redensarten, die im Gegensatz zu früher allerdings nur selten einer überschäumenden Ausgelassenheit entsprangen. Er benutzte sie vielmehr, um sich hinter ihnen zu verstecken, wenn irgendwelche Probleme ihn bedrückten. Das tat er auch auf der Fahrt nach Ipoh, auf der ihm viele Plätze mit erschreckender Deutlichkeit zeigten, wie unerbittlich der Kampf gewesen sein mußte, den Kon-kim und seine Männer geführt hatten. Je weiter sie kamen, um so mehr verstand er den Wunsch des Freundes, die im Dschungel verwilderten Guerilla-Kämpfer so schnell wie möglich in ein geordnetes Leben zurückzuführen. Das aber setzte die Gewährung einer ausreichenden Entschädigung voraus, und als real denkender Mensch glaubte er nicht, daß die Engländer ohne weiteres bereit sein würden, rund fünftausend Mann einen ansehnlichen Betrag zur Verfügung zu stellen. Er wunderte sich deshalb nicht darüber, daß Kon-kim einen niedergeschlagenen Eindruck machte, als er von dem Kommandierenden General zurückkehrte, den er der günstigen Gelgenheit wegen in Kuala Lumpur aufgesucht hatte.

»Laß den Kopf nicht hängen«, versuchte er ihn zu trösten. »Derartige Dinge müssen reifen.«

»Das weiß ich selber«, erwiderte Kon-kim verbittert. »Ich bin nur über die grundsätzliche Einstellung der hohen Herren empört. Der hiesige General erklärte wörtlich: ›Ich sehe nicht die Berechtigung Ihrer Forderung. Die Guerillas mögen den Japanern einigen Schaden zugefügt haben, Malaya wurde aber nicht von ihnen, sondern von uns wiederbefreit!‹ *Wiederbefreit* sagte er! Ich habe mich nicht mehr beherrschen können und auf den Unterschied zwischen ›Wiederbefreiung‹ und ›Wiederbesetzung‹ hingewiesen.«

David Hamilton pfiff durch die Zähne. »Wie ging es weiter?«

»Hin und her und her und hin. Und zwischendurch wurde ich an die zehnmal gefragt: ›Wie war doch noch Ihr Name?‹ Ich kenne die Methode. Einschüchterungstaktik! Klein sollte ich mir vorkommen und wissen, daß ich nur ein Chinese bin. Beinahe mit jedem Satz hat er mich das fühlen lassen! Er sagte zum Beispiel: ›Wir werden jetzt manches tun, was vielleicht schon früher hätte getan werden sollen. Unter anderem wird Kuala Lumpur eine Universität erhalten; allerdings nur für Studenten, die malaiische Schulen besuchten.‹ Kann man sich noch deutlicher ausdrücken?«

David Hamilton schüttelte den Kopf.

»Und warum trifft man solche Entscheidungen? Weil man zwei Fliegen mit einer Klappe schlagen will. Auf der einen Seite soll den überaus fleißigen Chinesen die Möglichkeit genommen werden, Karriere zu machen; auf der anderen Seite wünscht man die zwischen Chinesen und Malaien bestehende Spannung zu steigern, um weiterhin Kolonialpolitik treiben zu können.«

David Hamilton gelang es nur schwer, Kon-kim zu beruhigen. Er war deshalb recht froh, als sie Ipoh erreichten, wo Macolm Watt die gesamte ehemalige Belegschaft der *Albion-Tin-Works* zusammengetrommelt hatte, die Kon-kim einen begeisterten Empfang bereitete und in stürmische Hochrufe ausbrach, als er erklärte, daß die Arbeit dank der Unterstützung seines Freundes und *Bruders durch Zuneigung* sofort wieder in der gewohnten Weise aufgenommen werden könne.

Und David Hamilton verstand es glänzend, sich im Handumdrehen bei den Arbeitern beliebt zu machen. »Krakeelt nicht allzusehr, wenn mir anfangs grobe Schnitzer unterlaufen«, rief er ihnen zu. »Es ist noch kein Meister vom Himmel gefallen. Ich bilde mir aber ein, einer werden zu können, wenn ihr mich ein bißchen beim Händchen nehmt. Die Gelegenheit dazu gebe ich euch, da ich alles von Grund auf kennenlernen will und zunächst einen Monat lang in der Mine, am Bagger und im Wald mit euch arbeiten werde.«

»Das haben Sie sauber hingekriegt«, lobte ihn Macolm Watt, als der Amerikaner von der Rednertribüne zurücktrat.

David Hamilton grinste. »Irgend etwas mußte ich ja sagen. Und ich möchte wirklich ganz von unten beginnen, schon damit mein *zugeneigtes* Bruderherz nicht eines Tages auf die Idee kommt, mich übers Ohr zu hauen.«

Es dauerte nur wenige Monate, bis die Produktion der *Albion-Tin-Works* das frühere Ausmaß erreicht und David Hamilton sich soweit eingearbeitet hatte, daß Macolm Watt mit gutem Gewissen in seine Heimat zurückkehren konnte. Ihm zu Ehren legte die Belegschaft noch einmal den Gummizapferanzug an, und in seiner Abschiedsrede versprach der Schotte der versammelten Mannschaft, in London alles in seiner Macht Stehende zu unternehmen, um die berechtigte Entschädigungsforderung der ehemaligen Guerilla-Kämpfer durchzudrücken.

Kon-kim war ihm dankbar dafür, denn in dieser Angelegenheit war er um keinen Schritt weitergekommen. Der General in Kuala Lumpur blieb unzugänglich wie am ersten Tag, und seine stetigen Vertröstungen fingen an, Kon-kim nervös zu machen, weil ihm der frühere Polizeisergeant Sulaiman und andere ehemalige Gruppenführer deutlich zu verstehen gegeben hatten, daß sie sich notfalls ›besorgen‹ würden, was man ihnen verweigere.

»Wenn das vertrackte Problem der Entschädigung nicht wäre, könnte ich restlos glücklich sein«, sagte Kon-kim, als er nach der Verabschiedung des Schotten mit David Hamilton ins *Grand-Hotel* zurückkehrte. »Wir beide ergänzen uns, wie es idealer nicht sein kann. Das Geschäft floriert, wir haben herrliche Wagen, ein fantastisches Flugzeug...«

»...sind nicht verheiratet und können tun und lassen, was wir wollen«, fiel der Amerikaner gut gelaunt ein. »Das alles aber genügt dir nicht.«

Kon-kim sah ihn verwundert an. »Erwartest du, daß ich mich um die Belange meiner Männer nicht mehr kümmere?«

»Hab' ich das gesagt? Ich möchte lediglich, daß du aus dem Problem kein Problem machst. Mehr als einsetzen kannst du dich nicht. Die Leute müssen das einsehen und sich gedulden. Und du solltest nicht nach Wolken Ausschau halten, wenn keine am Himmel zu entdecken sind. Genieß doch endlich das Leben und denke an Kung-tse, der da lehrte: ›Der Edle ist ausgeglichen und gelassen; nur der kleine Mann ist immer in Sorge und Angst.‹«

»Und er wird zum Dieb, wenn er Hunger hat und friert!« fügte Kon-kim ärgerlich hinzu.

»Ich mach' dir einen Vorschlag«, erwiderte David Hamilton. »Ruf Patrice an und sag ihr, daß du einen ›Zinn-Koller‹ hättest, von dem du dich befreien möchtest. Und dann fliegen wir für ein paar Tage nach Singapore, wo ich mich in gleicher Angelegenheit mit einer guten Bekannten unterhalten könnte, die übrigens bei Royal-Dymont tätig ist, den wir gemeinsam aufsuchen und bitten werden, dich in deinen Bemühungen zu unterstützen. Bei ihm laufen viele Fäden zusammen. Ich bin überzeugt, daß er dir helfen kann.«

Die letzten Worte verfehlten ihre Wirkung nicht, und Kon-kim meldete sofort ein Gespräch nach Johore Bahru an, wo Patrice Lawrence zur Verwunderung ihrer Bekannten den Haushalt ihrer Mutter führte und die brave Tochter spielte. Gewandelt hatte sie sich allerdings nicht. Es kam ihr nur darauf an, ihrem Geliebten zu imponieren, und sie hoffte, sich auf diese Weise in sein Herz einzuschleichen. Nachdem feststand, daß sie kein zweites Mal die Chance erhalten würde, Kon-kim durch finanzielle Hilfestellung an sich zu binden, hatte sie es sich in den Kopf gesetzt, seine Frau zu werden. Und wenn er hundertmal Chinese war: sie wünschte, die Herrin des von ihrem Vater gegründeten Werkes zu werden.

Kon-kims Anruf beglückte sie in hohem Maße, und sie brachte es sogar fertig, ihn mit Freudentränen zu begrüßen, als er wenige Tage später mit der neuen *Cessna* in Singapore landete.

»Ich bin ja so glücklich«, flüsterte sie ihm ins Ohr.

Kon-kim war beeindruckt von ihrem guten Aussehen, und es erfüllte ihn mit Genugtuung, daß sich auch David Hamilton und Henry Dymont ihrem Charme nicht entziehen konnten.

Der Engländer war sehr verändert. Er lachte kaum, sprach nur wenig und machte zumeist einen abwesenden Eindruck.

»Man könnte meinen, Sie hätten Sorgen«, sagte ihm Kon-kim in einem Moment, da Patrice Lawrence sich angelegentlich mit David Hamilton unterhielt.

Royal-Dymont seufzte. »Die politische Entwicklung in Ihrer Heimat macht mir auch Sorgen. Doch das Thema wollen wir in Gegenwart Ihrer hübschen Begleiterin lieber nicht aufgreifen.«

Patrice Lawrence mischte sich augenblicklich in das Gespräch. »Aber ich bitte Sie«, sagte sie an Henry Dymont gewandt. »Ich möchte keinesfalls, daß die Themen durch meine Anwesenheit bestimmt werden. Zumal es nur zu natürlich ist, daß sich Freunde, die sich lange nicht gesehen haben, einmal richtig aussprechen möchten. Ich werde mich deshalb jetzt zurückziehen.«

Klüger hätte Patrice Lawrence nicht handeln können, und ein dankbarer Blick Kon-kims verriet ihr, daß sie sich in den nächsten Stunden nicht umsonst langweilen würde.

Ihr Aufbruch leitete ein Gespräch ein, das Kon-kim, der jahrelang keinen authentischen Bericht über China gehört hatte, in atemlose Spannung versetzte.

»In den letzten Jahren gab es in Ihrer Heimat genaugenommen zwei Kriege«, begann Royal-Dymont. »Im Süden den passiven Stellungskrieg der Armee Tschiang Kai-scheks, im Norden und Nordosten den aktiven Guerillakrieg der Kommunisten. Zwischen beiden Kräften, die sich lediglich des eingefallenen Feindes wegen nicht selbst bekämpften, gab es jedoch keine Koordination und somit nur Mißerfolge, die schließlich im Oktober vierundvierzig zur Abberufung des nach China entsandten amerikanischen Generals Stillwell führten. Er wollte die Streitmacht Chinas vergrößern. Wie die Dinge lagen, mußte er bestrebt sein, alle verfügbaren Kräfte zu vereinen, woran Tschiang Kai-schek kein Interesse hatte. Für ihn waren die Kommunisten ein schlimmerer Feind als die Japaner.

Damit begann ein Debakel, das noch nicht beendet ist und das China eines Tages zur roten Hochburg unter den Völkern Ostasiens machen kann. Denn der Weltkrieg endete nicht so, wie Tschiang Kai-schek es sich vorgestellt hatte. Er glaubte, daß nach der Kapitulation Deutschlands eine amerikanische Landung erfolgen und ein Befreiungskrieg durch ganz China beginnen würde. Die Atombomben brachen jedoch den Widerstandsgeist der Japaner, so daß die bereits vorbereitete Invasion nicht mehr stattzufinden brauchte. Den Russen konnte das nur recht sein. Sie besetzten die Mandschurei, und die japanische Armee wartete befehlsgemäß mit dem Gewehr bei Fuß in den von ihnen während des Krieges besetzten Städten. Diese aber lagen durchweg in den von Mao Tse-tungs Einheiten beherrschten Gebieten, und es ergab sich plötzlich die Frage: Was nun? Wer entwaffnet die Japaner?

Die Alliierten hatten der nationalen Regierung die oberste Leitung zugesprochen, was bedeutete, daß Tschiang Kai-schek den militärischen Einsatz aller Kräfte befehlen konnte. Und das tat er ohne zu zögern. Er forderte die amerikanische Luftwaffe auf, seine Truppen in die besetzten Gebiete zu fliegen, und erteilte den Japanern den Befehl, sich nur seinen Einheiten zu ergeben und Mao Tse-tungs Leute zu bekämpfen.«

»Wissen Sie das bestimmt?« rief Kon-kim außer sich vor Entsetzen.

Der Engländer nickte. »Und der Befehl wurde durchgeführt. Aus Peking, Tientsin und vielen anderen Städten heraus wurden Mao Tse-tungs Einheiten plötzlich bekämpft.«

Kon-kim schlug mit der Faust auf den Tisch. »Wie konnten die Amerikaner sich dazu hergeben...?«

»Was hätten wir anderes tun sollen?« unterbrach ihn David Hamilton leidenschaftlich. »Für uns ist Tschiang Kai-schek das legitime Oberhaupt der chinesischen Regierung, Mao Tse-tung hingegen nur der Chef einer Partei. Und damit ist alles gesagt! So dumm und wahnwitzig das Vorgehen Tschiang Kai-scheks gewesen sein mag, wir durften uns seinen Anordnungen nicht widersetzen, weil wir sonst die Souveränität der Tschungking-Regierung geleugnet haben würden.«

»Souveränität hin, Souveränität her«, ereiferte sich Kon-kim. »Die Folgen dürften nicht abzusehen sein. Ich kenne meine Landsleute, und ich garantiere dir, daß sie sich nun auf die Seite Mao

Tse-tungs schlagen werden. Für das Volk ist Tschiang Kai-schek das Oberhaupt einer korrupten Diktatur, die ihresgleichen sucht. Es blickt zu Mao Tse-tung hinüber, der sich nicht scheut, unsaubere Beamte kurzerhand an die Wand zu stellen.

Entscheidend dafür aber, daß die Masse sich jetzt von Tschiang Kai-schek abwenden wird, dürfte die Angst sein, in einen neuen Bürgerkrieg verstrickt zu werden, der das Leid nicht nur vergrößern, sondern auch alle Errungenschaften vernichten würde, die Mao Tse-tung brachte.«

»Moment!« rief Henry Dymont verblüfft. »Was bezeichnen Sie als Errungenschaften?«

»»All jene Dinge, die in der westlichen Welt als selbstverständlich angesehen werden: Schuhe an den Füßen! Kleider statt Lumpen! Wenigstens so viel zu essen, daß ein Verhungern ausgeschlossen ist! Diese ›Errungenschaften‹ sind großen Teilen unseres Volkes nie bekannt geworden, beziehungsweise im Laufe der letzten dreißig Jahre abhanden gekommen. Wer das weiß, wird verstehen, wie glücklich viele Chinesen über das sind, was Mao Tse-tung ihnen präsentierte.«

»Das ist doch nur Einheitskleidung und Einheitsfraß!« rief David Hamilton.

»So kann man es auch nennen«, entgegnete Kon-kim aufgebracht. »Aber kommt man damit weiter? Wer die Verhältnisse in China aus europäischer oder amerikanischer Sicht betrachtet und sich nicht vorstellen kann, was es für einen ewig in Fetzen umherlaufenden Menschen bedeutet, plötzlich eine saubere blaue Jacke und richtige Schuhe zu erhalten, der wird nie begreifen, daß China dem Kommunismus verfallen muß, wenn ihm nicht schnellstens unter die Arme gegriffen wird. Das gleiche gilt für alle unterentwickelten Länder. Für meine Heimat ist es möglicherweise schon zu spät, weil Mao Tse-tung inzwischen bereits hundertfünfzig Millionen Menschen beherrscht und Tschiang Kai-schek sich selbst erledigt hat. Seine Unduldsamkeit und sein krankhafter Ehrgeiz haben nur Katastrophen heraufbeschworen. Uns bleibt nichts anderes übrig, als zu hoffen, daß die westliche Welt aus den gemachten Erfahrungen die Lehre zieht, sich künftig nicht erst zur Hilfe zu entschließen, wenn es zu spät ist.«

»Für Malaya glaube ich Sie dieser Sorge entheben zu können«, erwiderte Henry Dymont. »Es ist beabsichtigt, die *Straits Settle-*

ments ohne Singapore, das Kolonie bleiben soll, unter britischem Protektorat mit den übrigen Fürstenstaaten zur Malaiischen Union zusammenzuschließen, die sich als *Federation of Malaya* selbst regieren ...«

»... und nicht dulden soll, daß Chinesen die Universität besuchen«, fiel Kon-kim grimmig ein.

Der Engländer zuckte die Achseln. »Das ist eine Angelegenheit, die Malaien und Chinesen unter sich abmachen müssen.«

»Und wer muß die Widerstandskämpfer entschädigen, die den Japanern drei Jahre lang das Leben zur Hölle machten?« brauste Kon-kim auf.

Royal-Dymont sah ihn erstaunt an. »Von einer Entschädigung der Guerillas habe ich noch nichts gehört. Läuft da ein Antrag?«

Kon-kim schilderte seine vergeblichen Bemühungen und setzte mit bewegten Worten auseinander, warum er es für dringend notwendig halte, die Forderungen der ehemaligen Kämpfer schnellstens zu befriedigen. »Die Leute müssen in ein geordnetes Leben zurückgeführt werden, wenn aus ihnen keine Kommunisten werden sollen«, beschwor er Henry Dymont, der diese Auffassung voll und ganz teilte und ihm versicherte, sich als Leiter des *Secret Service* sofort der Sache anzunehmen.

»Gott sei Dank!« seufzte David Hamilton. »Dann bin ich dafür, daß wir zur Feier des Tages eine Flasche Champagner trinken.«

Sein Vorschlag fand einhellig Zustimmung, und als man sich zu später Stunde trennte, machte es eine Batterie von leeren Flaschen verständlich, daß alle drei mehr oder weniger unsicher gingen und mühsam mit Worten rangen, deren Aussprache ihnen normalerweise keine Schwierigkeiten bereitete.

»Eine – Frage – habe ich – noch«, lallte Royal-Dymont, wobei er Kon-kim die Hände auf die Schulter legte. »Ich bin – ja – immer – neugierig, wie Sie – wissen. Sind – sind Sie – der ›Puma‹?«

»Nein«, erwiderte Kon-kim ohne zu zögern.

Interessant, dachte der Engländer trotz seines angeheiterten Zustandes. In Anbetracht der vertilgten Champagnermenge hat mein guter Mister Lee viel zu schnell geantwortet. Ich hätte auf Davs Gesichtsausdruck achten sollen. Aber ich kriege schon noch heraus, ob Kon-kim der ›Puma‹ ist. »Kommt – bald – mal wieder«, rief er den Freunden zu, während er auf ein Taxi zuwankte. »War – ein – netter Abend.«

David Hamilton lachte hinter ihm her. »Meinst du – daß Patrice – das auch sagen – wird?«

Wider Erwarten zeigte Patrice Lawrence ein strahlendes Lächeln, als sich Kon-kim mit schuldbewußter Miene in ihr Zimmer schlich. Kein Wort des Vorwurfes kam über ihre Lippen. Sie amüsierte sich vielmehr über seine schwankenden Bewegungen und riet ihm dringend, sich abwechselnd heiß und kalt zu duschen, was er dann auch tat und nicht bereute. Am nächsten Morgen brummte ihm zwar der Schädel, aber nachdem er mit Patrice Lawrence einen ausgiebigen Stadtbummel gemacht und in einer Privatschule vorgesprochen hatte, die der kleine Japaner besuchen sollte, der seine Eltern auf so grausame Weise verloren hatte, ging es ihm schon viel besser. Zumal er sich darüber freute, daß Patrice Lawrence sich erbot, den verwaisten Akira Ishii an den Wochenenden in Johore Bahru zu betreuen.

Die folgenden Tage verliefen überaus harmonisch, und Kon-kim krönte sie mit einem kostbaren Ring, den er seiner Geliebten am letzten Abend mit der Bitte schenkte, es ihm nicht zu verübeln, daß er sie vorerst noch nicht mit nach Ipoh nehmen könne.

»Du denkst aber daran, mich eines Tages dorthin zu entführen?« fragte sie ihn zärtlich.

»Warum solltest du später nicht nach Ipoh kommen?« erwiderte er ausweichend, da ihm ihre Formulierung zu konkret erschien.

Sie spürte, was er dachte, ließ sich jedoch nichts anmerken, da sie mit dem Erreichten zufrieden sein konnte. Wenn sie sich weiterhin nachgiebig zeigte, eroberte sie sein Herz, und eines Tages mußte sie seine Frau und damit Herrin der *Albion-Tin-Works* werden.

Kon-kim wäre gewiß ernüchtert gewesen, wenn er Patrice Lawrences Gedanken gekannt hätte. Er bildete sich ein, ihre wohltuende Wandlung sei seinem Einfluß zuzuschreiben. Er versprach ihr deshalb beim Abschied, sie künftighin alle vierzehn Tage zu besuchen.

Patrice Lawrence war über diese Zusage sehr glücklich, und Kon-kim verbrachte von nun an jedes zweite Wochenende in Singapore. Zumeist begleitete ihn David Hamilton, der sich jedoch regelmäßig bereits auf dem Flugplatz von ihm trennte und erst kurz vor der verabredeten Startzeit wieder auftauchte.

Aber sosehr sich Patrice Lawrence ihrem weitgesteckten Ziel

auch näher kommen sah, es fiel ihr von einem zum anderen Treffen schwerer, es schweigend hinzunehmen, daß Kon-kim einen Teil der Wochenenden dazu benutzte, um Dr. Haji zu besuchen oder sich mit Royal-Dymont zu treffen. Am liebsten hätte sie ihm gründlich die Meinung gesagt. Sie beherrschte sich jedoch, und es gelang ihr monatelang, ihre Zunge zu hüten, bis sie eines Tages die Nerven verlor, als er ihr erzählte, daß er dem inzwischen in Singapore in die Schule gehenden Akira Ishii versprochen habe, ihn in Zukunft alle vier Wochen einmal zum Dinner einzuladen.

»Das kann nicht dein Ernst sein«, ereiferte sie sich.

»Und warum nicht?« fragte er erstaunt.

»Dieser Naseweis soll mit uns am Tisch sitzen? Womöglich noch im *Elisabethanischen Saal*? Du tust ja geradeso, als wäre er dein Sohn.«

Kon-kim, der bis zu diesem Augenblick der Meinung gewesen war, seine Geliebte habe den kleinen Japaner liebgewonnen, schüttelte ratlos den Kopf. »Ich verstehe dich nicht, Patrice. Hat sich Akira dir gegenüber schlecht benommen!«

Sie lachte abfällig. »Dann hätte ich ihm eine Ohrfeige gegeben, die er so schnell nicht vergessen würde. Nicht er, sondern du benimmst dich daneben! Auf der einen Seite hast du die Gnade, mich alle vierzehn Tage einmal zu besuchen; auf der anderen Seite versetzt du mich, wie es dir gerade auskommt. Und warum? Nur um dich mit diesem und jenem zu treffen. Und jetzt soll auch noch der dumme Bengel mit uns essen? Für wen hältst du mich eigentlich? Für eine Puppe, die du aufziehen und tanzen lassen kannst, wie es dir gefällt?«

»Nein«, erwiderte er mühsam beherrscht. »Für eine Puppe habe ich dich nie gehalten. Ich glaubte ...« Er schwieg und trat mit zusammengepreßten Lippen an das Fenster.

»Sprich dich ruhig aus«, herrschte sie ihn an. »Ich bin sehr gespannt zu erfahren, was du geglaubt hast.«

Es dauerte eine ganze Weile, bis er sich ihr wieder zuwandte und beinahe tonlos sagte: »Wir wollen es kurz machen. Ich sehe, daß ich mich getäuscht habe, und es hat keinen Sinn, sich über Täuschungen zu unterhalten. Von nun an werde ich folgende Änderung eintreten lassen: Ich komme nach wie vor alle vierzehn Tage nach Singapore, stehe aber nur einmal im Monat ausschließlich dir zur Verfügung. Das andere Mal Akira Ishii, Royal-Dymont, Doktor

Haji und wer sonst noch da ist. Selbstverständlich auch dir, sofern du kommst, was ich in dein Belieben stelle.«

Patrice Lawrence erkannte mit Schrecken, daß sie einen kaum wiedergutzumachenden Fehler begangen hatte. »Verzeih mir«, stammelte sie, wobei sie versuchte, sich einen nervösen Anschein zu geben. »Ich weiß selbst nicht, wie ich dazu kam, so zu sprechen. Akira ist doch ein so netter Kerl. Mir ist einfach alles zuviel geworden. Ich wollte dir nicht sagen, daß sich meine Mutter in letzter Zeit wieder darin gefällt, mir entsetzliche Szenen zu machen. Wahrscheinlich habe ich mich dadurch verstärkt danach gesehnt, mit dir allein zu sein. Ich habe einfach die Nerven verloren.«

»War es wirklich nichts anderes?« fragte Kon-kim voller Skepsis.

Sie umarmte ihn.

»Bestimmt nicht. Sag schnell, daß du nicht böse bist.«

Er fühlte ihren Körper und gab ihr einen Kuß. »Bei der neuen Regelung wollen wir es aber belassen.«

Sie sah ihn flehend an. »Muß das sein?«

»Ja«, erwiderte er bestimmt. »Zumal sie dir nichts nimmt, sondern etwas gibt. Du weißt jetzt, daß ich einmal im Monat ausschließlich für dich da bin; das andere Mal für dich und meine Freunde.«

Der Friede war gerettet, Kon-kim aber war hellhörig geworden. Und Patrice Lawrence spürte, daß sie viel Terrain verloren hatte. Im Bestreben, es baldmöglichst zurückzugewinnen, überschüttete sie ihren Geliebten so nachdrücklich mit Zärtlichkeiten, daß er den unliebsamen Vorfall schon nach wenigen Wochen vergessen hatte. Und nicht nur das. An einsamen Abenden griff er nun häufig zum Telefon, um wenigstens ihre Stimme zu hören, und Patrice Lawrence verstand es dann jedesmal meisterhaft, seine Sehnsucht soweit zu steigern, daß er am liebsten noch in der Nacht nach Singapore geflogen wäre. Gewiß würde er es hin und wieder auch getan haben, wenn er nicht befürchtet hätte, sich damit vor seinem Freund eine Blöße zu geben. Im Widerstreit seiner Empfindungen fragte er sich schließlich, ob es nicht das vernünftigste sei, das Junggesellendasein aufzugeben und Patrice Lawrence zu heiraten. Dabei war er sich absolut darüber im klaren, daß nur Körperliches sie miteinander verband. Aber was sollte er machen? Er hatte sich im Laufe des letzten Jahres so sehr an sie gewöhnt, daß er sich nicht vorstellen konnte, jemals mit einer anderen Frau in Verbindung zu treten. Ihre Schönheit faszinierte ihn, und als Chinese empfand er höchste Genugtuung bei dem Gedanken, eine Europäerin errungen zu haben, deren attraktives Äußeres allgemeine Bewunderung hervorrief.

Dennoch brachte er es nicht fertig, sich David Hamilton anzuvertrauen. Um so erfreuter war er deshalb, als der Amerikaner eines Tages den Vorschlag machte, das ewige Hotelleben aufzugeben und ein hübsches Doppelhaus zu bauen.

»Damit bin ich sofort einverstanden«, erwiderte Kon-kim begeistert, wobei er insgeheim dachte, daß mit dem Haus schon eine wesentliche Voraussetzung dafür geschaffen sei, Patrice Lawrence in absehbarer Zeit nach Ipoh kommen zu lassen.

Bereits zwei Wochen später gelang es den Freunden, in der Nähe des Ipoher Rennplatzes ein Grundstück zu erwerben, das einen herrlichen Ausblick auf die zum Teil roten, grünen und weißen Felspartien der nahe gelegenen Berge bot. Und dann begann eine aufregende Zeit des Planens und Skizzierens, die David Hamilton allabendlich mit der Feststellung beendete, daß er Kon-kims Entwürfe erst gutheißen würde, wenn er sehe, daß das Haus zum Garten eine überdachte Holzveranda mit Honolulu-Kletterpflanzen erhalte.

Also bekam er seine Holzveranda mit Honolulu-Kletterpflanzen, und Kon-kim, den die Marotte des Freundes mehr belustigte als ärgerte, trieb den Bau des symmetrisch angelegten Doppelhauses so energisch vorwärts, daß David Hamilton aus dem Staunen nicht herauskam.

»Man könnte meinen, du erwartest ein Kind und möchtest vorher noch alles in Ordnung bringen«, sagte er eines Abends.

Kon-kim lachte. »Und wenn es so wäre?«

Der Freund schrak zusammen. »Bekommt Patrice...?«

»Ach wo.«

»Wirklich nicht?«

»Du kannst ganz beruhigt sein.«

David Hamilton stieß einen Seufzer aus. »Da hast du mir aber einen schönen Schrecken eingejagt.«

»Wieso?«

»Na, hör mal. Wie ich dich kenne, würdest du Patrice dann bestimmt heiraten.«

»Wäre das so schlimm?«

»Wie man es nimmt. Wenn ich sie sehe, muß ich immer an Vera denken. Ich kam nur darauf, weil ich plötzlich befürchtete, daß Patrice sich zwischen uns stellen könnte. Frauen wie sie sind herrschsüchtig und zeigen ihre Krallen erst, wenn sie verheiratet sind. Und Patrice ist keine Kinki.«

Bewußt hatte David Hamilton die Japanerin erwähnt, und er trug sich sekundenlang sogar mit dem Gedanken, Kon-kim über Kinki Yasudas bitteres Ende in Kenntnis zu setzen. Er unterließ es eigentlich nur, weil ihm der Augenblick zu unpassend erschien, nahm sich aber vor, seinem Freund bei der nächsten günstigen Gelegenheit die volle Wahrheit zu sagen.

Kon-kim dachte indessen: Was Dav sagte, habe ich selbst schon hundertmal gedacht. Dennoch bekümmerte ihn die Auffassung des Freundes so sehr, daß er tagelang bedrückt umherlief und erst wieder zu sich zurückfand, als ihn der Kommandierende General von Kuala Lumpur eines Morgens anrief und ihn aufforderte, baldmöglichst bei ihm vorzusprechen, da er eine erfreuliche Nachricht zu übermitteln habe.

»Wenn es Ihnen recht ist, suche ich Sie in zwei Stunden auf«, erwiderte Kon-kim ohne zu zögern.

»In zwei Stunden?« fragte der Engländer verwundert. »Haben Sie etwa Flügel, die Sie sich anschnallen können?«

»Das nicht. Aber ich habe ein Flugzeug, mit dem ich die Strecke in fünfzig Minuten bewältigen kann.«

»Was einmal mehr beweist, daß die in Malaya lebenden Chinesen im Geld ersticken«, knurrte der General verbissen.

Kon-kim ärgerte sich nicht über die unhöfliche Bemerkung, sondern flog in bester Stimmung nach Kuala Lumpur, wo er die Administration noch vor Ablauf der von ihm genannten Zeit erreichte.

Der General ließ ihn jedoch zunächst einmal eine halbe Stunde im Vorzimmer sitzen und begrüßte ihn dann mit dem Hinweis, daß er ihn auch sofort hätte empfangen können, es aber nicht gewagt habe, weil er wisse, daß es eine chinesische Sitte sei, Untergebene stets warten zu lassen. »Es war also nicht Gehässigkeit, sondern Höflichkeit von mir«, schloß er zynisch.

»Ich habe in London studiert und die Engländer in einem so hohen Maße schätzen- und liebengelernt, daß die Gehässigkeit eines einzelnen mich niemals zu falschen Rückschlüssen verleiten könnte«, erwiderte Kon-kim mühsam beherrscht.

»Bitte, nehmen Sie Platz«, erwiderte der Engländer und begab sich hinter seinen Schreibtisch. »Ich habe gar nicht gewußt, daß Sie in London studierten. Wie kamen Sie dazu?«

»Machen Sie sich um meinetwegen nicht so viel Mühe«, antwortete Kon-kim hintergründig. »Wir Chinesen lieben es zwar, nicht sofort zum Kern der Sache vorzustoßen, ich habe es mir inzwischen aber angewöhnt, auf blumenreiche Vorreden zu verzichten.«

Der General kniff die Lider zusammen. »Sie führen eine scharfe Klinge!«

Kon-kim deutete eine Verneigung an. »Ich sagte bereits, daß ich in England studierte, und es freut mich, wenn von dem dort Erlernten etwas hängengeblieben ist. Im übrigen hat mich auch der Dschungelkampf einiges gelehrt.«

»Zum Beispiel?«

»Daß derjenige, der sich zu weit vorwagt, schnell der Unterlegene ist.«

Der General machte eine wegwerfende Bewegung. »Mit chinesischen Weisheiten können Sie mir nicht imponieren. Kommen wir also zur Sache. Seine Majestät, der König von Großbritannien, hat geruht, den sogenannten Widerstandskämpfern von Malaya eine angemessene Entschädigung zu gewähren, sofern die Guerillas durch Unterschrift bekunden, daß sie sich mit Empfang des ihnen zugebilligten Betrages als abgefunden betrachten und sämtliche Waffen abliefern, über die sie verfügen.«

»Beides ist selbstverständlich, wenn es sich um eine wirkliche Entschädigung handelt«, erwiderte Kon-kim. »Ich wäre Ihnen deshalb dankbar, wenn Sie mir die Höhe der gewährten Summe nennen würden.«

Der General lehnte sich zurück. »Sie ist enorm: eine Million und fünfhunderttausend Singapore-Dollar!«

Kon-kim teilte den Betrag blitzschnell durch fünftausend. »Ist Ihnen da nicht ein Irrtum unterlaufen?« fragte er ungläubig. »Jeder Kämpfer soll für drei entbehrungsreiche Jahre nur dreihundert Singapore-Dollar erhalten?«

Der General stellte sich verwundert. »Nur, sagen Sie? Was haben Sie denn erwartet?«

»Einen Betrag, der den Männern die Möglichkeit gibt, sich eine bescheidene Existenz aufzubauen!« antwortete Kon-kim. »Also etwa das Zehnfache dessen, was Sie als eine angemessene Entschädigung bezeichnen.«

»Dreihundert Singapore-Dollar sind angemessen«, erwiderte der General. »Wir zwingen niemanden, das Geld anzunehmen.«

Kon-kims Gedanken überschlugen sich. Unfaßlich erschien es ihm, daß die Regierung eines die Erde umspannenden königlichen Reiches sich nicht scheute, seinen Widerstandskämpfern eine Summe anzubieten, die einem ›Teegeld‹ gleichkam. »Darf ich mich erkundigen, was Ihre Sekretärin monatlich erhält?«

»Das geht Sie nichts an!« brauste der General auf. »Ich verbitte mir derartig unverschämte Fragen!«

»Es liegt mir fern, unverschämt zu sein«, erwiderte Kon-kim erregt. »Ich wollte lediglich deutlich machen, daß das Monatsgehalt einer europäischen Sekretärin höher ist als der Betrag, der hier Soldaten für einen dreijährigen Dschungelkampf angeboten wird.«

»Guerillas bezeichnen Sie als Soldaten?« empörte sich der Engländer. »Wären sie Soldaten gewesen, hätten sie – das besagt schon der Name – Sold erhalten.«

»Und sich vielleicht ebenfalls zurückgezogen«, entflog es Kon-kim.

Der General schlug mit der flachen Hand auf den Tisch. »Das ist... Das ist..«

»...unfair von mir gewesen«, fiel Kon-kim ein. »Ich gebe es unumwunden zu, da ich es weder sagen wollte noch der Meinung bin, daß Ihre Truppen feige geflüchtet sind. Die damaligen Verhältnisse zwangen zur Aufgabe Malayas, und ich bitte um Entschuldigung dafür, daß mir...«

»Genug!« unterbrach ihn der General. »Ich habe Ihnen die gütige Entscheidung Seiner Majestät, des Königs von Großbritannien, zur Kenntnis gebracht, und ich überlasse es den Guerillas, die gebotene Entschädigung anzunehmen oder abzulehnen.«

Kon-kim erhob sich. »Die ›gütige‹ Entscheidung erinnert mich an einen chinesischen Spruch, mit dem ich mich verabschieden möchte: Höchste Güte ist wie das Wasser, dessen Güte es ist, allen Wesen ohne Lohn zu nützen.«

Nach tagelangen Gesprächen mit David Hamilton, Haron Ismail und dem technischen Leiter Go Cho Hong berief Kon-kim seine ehemaligen Abteilungsleiter und Gruppenführer nach Ipoh, um ihnen das niederschmetternde Ergebnis seiner Bemühungen bekanntzugeben und eine Entscheidung über Annahme oder Ablehnung der gewährten Entschädigung herbeizuführen.

Er hatte für die rund zweihundert Malaien und Chinesen den Umkleideraum seiner Arbeiter zu einer würdigen Versammlungsstätte herrichten lassen und war trotz des beleidigenden britischen Angebotes fest entschlossen, seine Annahme auf Biegen und Brechen durchzudrücken, weil ihn die von Woche zu Woche schärfer werdenden Stimmen derjenigen Widerstandskämpfer, die dem einstigen Polizeisergeanten Sulaiman unterstellt gewesen waren, das Schlimmste befürchten ließen. Er kannte seine Männer und wußte, daß sie Amok laufen würden, wenn es ihm nicht gelang, Öl auf die Wogen der Erregung zu gießen, die er mit der Bekanntgabe der britischen Stellungnahme zunächst selbst hochpeitschen mußte. Aber er hoffte, sich durchsetzen zu können, da ihm die Gefolgschaft der *Albion-Tin-Works* einen Trumpf in die Hand gegeben hatte, den er notfalls im entscheidenden Moment ausspielen wollte.

Die Bekanntgabe der Höhe der Entschädigungssumme entfesselte jedoch einen solchen Sturm der Entrüstung, daß es ihm unmöglich war, sich weiteres Gehör zu verschaffen. Jeder schrie, was ihm gerade in den Sinn kam. Der Tumult wurde schließlich so groß, daß Kon-kim keinen Einspruch erhob, als ihn der wie ein Bulle auf die Rednertribüne stürzende Sulaiman kurzerhand beiseite schob und sich an die Versammelten wandte.

»Kampf!« schrie er mit einer Stimme, die an einen über eine Brücke hinwegdonnernden Güterzug erinnerte. »Kampf und Tod all jenen, die den von uns geleisteten Widerstand mit weniger als dreißig Cent pro Tag vergelten wollen. Das ist keine Entschädigung, sondern eine Beleidigung! Ein Schlag in das Gesicht ist das! Aber wir werden zurückschlagen! Jetzt sollen die Briten am eigenen Leibe erleben, was ein Guerillakrieg ist! Abgehauen sind sie damals, um nun mit der frechen Behauptung zurückzukommen, sie hätten den Krieg gewonnen. Wir gehen jetzt wieder in den Dschungel und bleiben dort, bis unsere Forderung anerkannt wird!«

»Ich bin vollkommen Ihrer Meinung«, rief Kon-kim. »Wir müssen kämpfen, bis unsere Forderung anerkannt wird! Aber warum zur Abwechslung nicht einmal auf diplomatischer Ebene?«

»Indem wir unsere Waffen abgeben und unterschreiben, daß alles in Ordnung ist?«

Kon-kim schüttelte den Kopf. »Ich habe euch drei Jahre lang in keine Falle geführt, und ich würde mir eher eine Kugel in den Kopf schießen, als euch auch nur eine Minute lang zu gefährden. Erregen wir uns also nicht, sondern betrachten wir die Dinge, wie sie liegen. Etwa dreitausend ehemalige Kämpfer sind arbeitslos und haben zur Zeit keinen Cent in der Tasche. Zweitausend sind beschäftigt und leiden somit im Augenblick keine Not. Unterstellen wir einmal, mit Ausnahme von mir würden alle Guerillas unterschreiben, dann stünden erstens: den dreitausend Arbeitslosen je fünfhundert Singapore-Dollar zur Verfügung, wenn die Beschäftigten aus Gründen der Solidarität vorerst auf ihre Entschädigung verzichten würden. *Vorerst*, habe ich gesagt! Und damit komme ich zum Punkt zwei: Ich würde nicht unterschreiben, um einen Musterprozeß anstrengen zu können, der im Falle meines Obsiegens eure Unterschriften hinfällig werden läßt, beziehungsweise es uns leicht macht, die Nichtigkeit eurer Erklärungen durch einen zweiten Prozeß feststellen zu lassen.«

»Das ist doch Unsinn!« ereiferte sich Sulaiman. »Den Prozeß werden Sie nie oder frühestens in zehn Jahren gewinnen.«

»Ersteres wage ich zu bezweifeln«, entgegnete Kon-kim. »Letzteres ist möglich. Es wäre falsch, das nicht zuzugeben. Aber was ist besser: ein jahrelanger Dschungelkampf oder jahrelange Prozesse, die ich für euch führe? Und sind fünfhundert Singapore-Dollar für die Notleidenden unter uns im Augenblick nicht eine willkommene Hilfe?«

»Wer sagt denn, daß die Beschäftigten auf ihr Geld verzichten wollen?« konterte der einstige Polizeisergeant.

»Ich!« antwortete Kon-kim, der damit den Trumpf ausspielte, den die Belegschaft der *Albion-Tin-Works* ihm gegeben hatte. »Meine Arbeiter, und das sind immerhin rund tausend ehemalige Kämpfer, haben sich bereit erklärt, ihren Anteil bis zum günstigen Ausgang des von mir vorgeschlagenen Prozesses zur Verfügung zu stellen! Und ich verwette meinen Kopf, daß die weiteren tausend Beschäftigten genauso handeln werden.«

»Das kann ich nicht beurteilen«, erwiderte Sulaiman gereizt. »Aber selbst wenn sie es tun würden, wäre das immer noch keine Lösung, weil uns niemand garantieren kann, daß Sie Ihren Prozeß gewinnen. Denn was geschieht, wenn wir unsere Waffen abgegeben haben? Aus ist es dann! Ohne Waffen können wir nichts machen, und das wissen die Doggen sehr genau. Wehrlos wollen sie uns machen! Wir sollen wieder die Knechte von früher sein. Das kommt nicht in Frage. Wir denken nicht daran, unsere Waffen abzuliefern.«

»Hab' ich das verlangt?« fragte Kon-kim lauernd.

»Sie nicht!« rief Sulaiman. »Aber die Briten verlangen es.«

»Na, und? Wer weiß denn, wieviel Waffen wir haben? Wenn jeder ein Gewehr oder einen Revolver abgibt, ist unser Arsenal immer noch groß genug, um im Notfall etwas unternehmen zu können. Machen wir uns das Leben doch nicht schwerer, als es ist. Ich verspreche euch, wie ein Löwe für eine gerechte Entschädigung zu kämpfen, wenn ihr meinen Vorschlag annehmt und damit einverstanden seid, daß die jetzt zu erhaltende Summe den Arbeitslosen zur Verfügung gestellt wird.«

Das Raunen verstärkte sich, und die zweihundert Abteilungsleiter und Gruppenführer schlugen sich schon auf Kon-kims Seite, als Sulaiman ein Argument in die Waagschale warf, das alle aufhorchen ließ.

»Nehmen wir an, wir unterschreiben«, rief er mit verhaltener Stimme. »Drücken wir den Doggen damit nicht eine kostbare Liste in die Hand? Eine Liste mit den Namen sämtlicher Guerillas? Wie wollen wir dann, wenn etwas schiefgeht, für eine gerechte Entschädigung kämpfen? Jeden Tag können sie uns dann abholen beziehungsweise unsere Familien unter Druck setzen! Ich warne euch! Laßt euch auf keinen faulen Zauber ein!«

Sulaiman hatte die Achillesferse erkannt, und Kon-kim wußte augenblicklich, daß er nichts mehr erreichen konnte. Er wunderte sich deshalb nicht, als er am Ende nur achtundvierzig von insgesamt zweihundertelf abgegebenen Stimmen erhielt.

Die Würfel waren gefallen. Zwar wurde niemand gezwungen, sich an dem von Sulaiman propagierten Kampf zu beteiligen, doch es war offensichtlich, daß das Abstimmungsergebnis den ohnehin schon rabiat gewordenen Polizeisergeanten in seiner Absicht bestärkte, den Engländern einen folgenschweren Guerillakrieg zu liefern.

Kon-kim nahm ihn deshalb zur Seite und redete auf ihn ein, nichts zu unternehmen, was ihm eines Tages über den Kopf wachsen würde. Er sagte ihm schließlich sogar seine Hilfe zu, wenn er sich verpflichten würde, zunächst nur Maßnahmen zu ergreifen, die als Warnung aufgefaßt werden könnten. Vergebens. Sulaiman vertrat die Auffassung, daß ausschließlich Tote die Briten zur Vernunft bringen würden, und er war gewillt, ihnen diese so schnell wie möglich zu liefern.

»Und was machen Sie, wenn ich mich gegen Sie stelle?« drohte Kon-kim, als er keinen anderen Ausweg mehr sah.

Der ehemalige Polizeisergeant lachte verächtlich. »Dann mampus, lah! – Dann verrecken Sie wie ein Tier!«

Als Kon-kim an diesem Abend in das Hotel zurückkehrte, erkannte David Hamilton auf den ersten Blick, daß sein Freund sich nicht hatte durchsetzen können. »Jetzt wird erst mal ein Whisky getrunken«, sagte er im Bestreben, ihn aufzumuntern. »Und wenn du mir alles erzählt hast, überlegen wir gemeinsam, was zu tun ist.«

Kon-kim schilderte den Verlauf der Verhandlungen, und der Amerikaner wußte sich kaum zu beherrschen, als er hörte, in welcher Absicht ein Großteil der ehemaligen Guerillas davongegangen war.

»Da hilft alles nichts«, beschwor er seinen Freund. »Du mußt die Rädelsführer festnehmen lassen.«

Kon-kim sah ihn entgeistert an. »Ich soll den Engländern Leute übergeben, die jahrelang unter meinem Kommando gekämpft haben?«

»Du mußt! Die Aufrechterhaltung der Ordnung verpflichtet dich...«

»... Verrat zu üben?«

»Das ist kein Verrat!«

»Natürlich wäre es Verrat!« ereiferte sich Kon-kim. »Und dazu noch einer, der furchtbare Folgen haben würde, weil die Inhaftierung eines einzigen ›Rädelsführers‹ sofort zehn neue erstehen ließe. Du kennst die Malaien nicht. Wenn sie gereizt werden, sehen sie rot. Keine Macht der Welt kann sie dann halten. Sie würden eher in den Tod laufen als nachgeben. Und mit den *Albion-Tin-Works* wäre es ebenfalls vorbei. Innerhalb von wenigen Stunden würden alle Maschinen zerschlagen sein. Und das von unseren eigenen Arbeitern!«

David Hamilton wurde ratlos. »Bist du wirklich davon überzeugt, daß ein paar Verhaftungen derartige Folgen haben würden?«

»Darüber kann überhaupt kein Zweifel bestehen«, erwiderte Kon-kim mit Nachdruck.

»Dann sitzen wir ja in einer schönen Patsche.«

Kon-kim mußte an Dr. Haji denken, der ihn mit den Worten: ›Das erste steht uns frei, beim zweiten sind wir Knechte!‹ gewarnt hatte.

David Hamilton leerte sein Glas. »Ich mache dir einen Vorschlag. Du fliegst morgen nach Singapore und redest mit Royal-Dymont. Nicht um Verrat zu üben, sondern um ihn auf die Gefährlichkeit der Lage aufmerksam zu machen und ihn zu bitten, London dringend zu ersuchen, die genehmigte Entschädigung umgehend zu erhöhen. Für fünftausend Mann sind eineinhalb Millionen tatsächlich eine lächerliche Summe. Ein einziger Bomber kostet das Zehnfache. Wahrscheinlich wurde nicht mehr genehmigt, weil der verdammte General nicht mehr gefordert hat. In England wird man überhaupt nicht wissen, welche Gefahr hier droht. Mach Henry das klar und sag ihm, er soll telegrafieren und telefonieren, bis ihm die Zunge zum Halse heraushängt.«

Kon-kim sah den Freund bittend an. »Sollten wir nicht beide mit ihm sprechen? Du kennst ihn besser als ich.«

»Okay. Die Ruhe Malayas, sprich: der *Albion-Tin-Works*, ist mir ein Flug nach Singapore wert. Zumal...« Er grinste. »Ruf Patrice an. Rede aber nicht zu lange mit ihr. Ich möchte auch noch telefonieren.«

Schon am nächsten Morgen flogen sie nach Singapore, wo sie von Royal-Dymont gleich empfangen wurden. Aber er enttäuschte sie, da er ihre Bedenken nicht teilen und nicht glauben konnte, daß irgend jemand es wagen könnte, die englische Armee anzugreifen.

»Das sind doch nur Redensarten und leere Drohungen«, sagte er unwillig. »Die Kerle werden sich hüten, zu den Waffen zu greifen. Und sollten einige wirklich so verrückt sein, nun gut, dann werden wir sie wie Brösel vom Tisch hinunterfegen.«

Kon-kim faßte sich an den Kopf. »Ich verstehe Sie nicht, Henry. Sie täuschen sich jetzt genauso wie vor ein paar Jahren jener Commander.«

»Ich weiß, worauf Sie hinauswollen«, entgegnete der Leiter des *Secret Service*, noch bevor Kon-kim weitersprechen konnte. »Und ich erkenne neidlos an, daß Sie mit Ihrer damaligen Auffassung recht behalten haben. Sie vergessen aber, daß wir uns zur Zeit in keinem Krieg befinden. Das Volk wird also nicht hinter den Guerillas stehen.«

»Wissen Sie das so bestimmt?«

»Bestimmt weiß ich im Augenblick nur, daß Sie nicht der ›Puma‹ sind!« erwiderte Henry Dymont lachend.

»Wie kommen Sie darauf?« fragte ihn Kon-kim verwundert.

Der Engländer beschäftigte sich angelegentlich mit seiner Pfeife. »Um ehrlich zu sein: ich hätte schwören mögen, daß Sie der ›Puma‹ sind. Warum, das kann ich Ihnen nicht sagen. Vielleicht wegen Ihrer fantasievollen Eskapaden in Japan. Unser heutiges Gespräch hat mich jedoch eines Besseren belehrt. Denn wären Sie der ›Puma‹, würden Sie mich nicht aufgesucht haben, um mich über möglicherweise bevorstehende Unruhen zu informieren.«

»Könnte es nicht auch umgekehrt sein?« fragte Kon-kim, der in seiner langjährigen Agententätigkeit die Erfahrung gemacht hatte, daß es in Zweifelsfällen immer vorteilhaft ist, gegen sich selbst zu reden.

Royal-Dymont sah ihn lauernd an. »Wieso umgekehrt?«

»Wäre es nicht denkbar, daß ich zu Ihnen gekommen bin, um Sie zu täuschen?«

Der Engländer schmunzelte. »Sie mögen sehr raffiniert sein, aber auch wir verstehen etwas von unserem Metier. Der von Ihnen unterstellte Fall wäre denkbar, wenn nicht ich, sondern Sie die Rede auf den ›Puma‹ gebracht hätten.«

»Laß ihn doch den großen Helden spielen, wenn er es gerne sein möchte«, warf David Hamilton ein, weil er bemerkte, daß sein ehemaliger Kompagnon weniger auf seine Pfeife als auf ihn achtete.

»Ja, wenn es so ist, werde ich selbstverständlich nicht mehr dagegen reden«, erwiderte Henry Dymont spröde grinsend. »Und was London anbelangt«, fügte er ernster werdend hinzu, »ich verspreche euch, mein möglichstes zu tun, um eine Erhöhung der Entschädigung zu erwirken. Der gebotene Betrag ist wirklich zu gering.«

Das Ergebnis der Reise war höchst unbefriedigend, wenngleich Kon-kim recht angenehme Stunden mit Patrice Lawrence verbrachte. Doch sosehr ihn die Geliebte auch aufzuheitern versuchte, er mußte immer wieder an Henry Dymont denken, der im Anschluß an die mit ihm geführte Unterredung noch eine Weile über die weitere Entwicklung in China gesprochen hatte. Danach war es dem vom Präsidenten der Vereinigten Staaten nach China entsandten

Sonderbotschafter George C. Marshall trotz intensiver Bemühungen nicht gelungen, Tschiang Kai-schek und Mao Tse-tung zu einer Einigung zu bewegen. Aus seinem Bericht ging eindeutig hervor, daß infolge der verheerenden Korruption im Lager Tschiang Kai-scheks nur etwa zehn Prozent der amerikanischen Lieferungen an ihren Bestimmungsort gelangten, während der Rest in dunklen Kanälen versickerte. Unter diesen Umständen sah sich Amerika gezwungen, die Unterstützung seines bisherigen Bundesgenossen aufzugeben.

Aber nicht nur in China, auch in Malaya wuchsen die Spannungen. Die Fürstenstaaten hatten sich unter britischem Protektorat zur *Federation of Malaya* zusammengeschlossen, und die im Lande lebenden und durch ihren Fleiß zumeist bessergestellten Chinesen erregten sich darüber, daß ihnen weniger Rechte eingeräumt wurden als der malaiischen Bevölkerung, die sich wiederum über die schlechte Behandlung ihrer ›Freiheitskämpfer‹ empörte und Parteien gründete, die das Wort ›Unabhängigkeit‹ an ihre Fahnen hefteten und die völlige Löslösung von Großbritannien verlangten. Unter ihnen befand sich auch die besonders drängende *Practical Universal Malayare Organisation*, deren Abkürzung PUMO an den geheimnisvollen ›Puma‹ erinnerte, der über Nacht wieder in aller Munde kam. Und das nützte der rabiat gewordene ehemalige Polizeisergeant Sulaiman geschickt aus. Er ließ das Gerücht verbreiten, der ›Puma‹ bereite sich zum Befreiungskampf gegen die Engländer vor, und Kon-kim mußte es erleben, daß die Bevölkerung unverhohlen jubelte, als die Zeitungen eines Morgens von einem Überfall auf eine Militärkolonne berichteten, bei dem achtundvierzig Briten ihr Leben verloren hatten.

»Erkläre jetzt öffentlich, daß du der ›Puma‹ bist!« bestürmte David Hamilton seinen Freund. »Wenn die Bevölkerung weiß, daß sich der ehemalige Führer der Widerstandskämpfer von derartigen Überfällen distanziert, wird sie die meuternde Bande nicht unterstützen.«

»Ich habe selbst schon daran gedacht«, erwiderte Kon-kim. »Es würde die Lage aber nur verschlimmern, weil sich die ›meuternde Bande‹ aus schätzungsweise zwei- bis dreitausend Männern zusammensetzt. Sie würden die *Albion-Tin-Works* im Nu zerschlagen und damit tausend Arbeiter brotlos machen, die dann ebenfalls wieder in den Dschungel ziehen. Du weißt, welche Anstrengungen es mich gekostet hat, die Belegschaft auf meine Seite zu bringen. Der kleinste Anstoß würde genügen, das Solidaritätsgefühl stärker als alles andere werden zu lassen. Drei Jahre Dschungelkampf schweißen nun einmal zusammen.«

David Hamilton fuhr sich erregt durch das Haar. »Verdammte Situation! Aber ich gebe dir recht. Schon allein, weil ich an mein Geld denke.«

»Sag mir lieber, was ich tun soll.«

David Hamilton zuckte die Achseln. »Ich bin am Ende mit meinem Latein«.

Kon-kim war der Verzweiflung nahe. Er sah keine Möglichkeit, auch nur das Geringste zu unternehmen, ohne die Existenz der *Albion-Tin-Works* zu gefährden. Er fühlte sich deshalb wie erlöst, als ihn Royal-Dymont wenige Tage später anrief und ihn bat, so bald wie möglich nach Singapore zu kommen. Kon-kim glaubte zwar nicht, daß der Brite schon etwas erreicht haben könnte; er war aber dennoch hoffnungsvoll.

»Begleitest du mich?« fragte er seinen Freund.

Der zögerte. »Meines Erachtens dürfte es im Augenblick besser sein, wenn einer von uns hierbleibt.«

Kon-kim warf ihm einen dankbaren Blick zu. »Ich bin froh, daß ich dich als Kompagnon habe. Wenn ich jetzt allein wäre... In letzter Zeit verfolgen mich oft Träume, in denen Tote auftauchen, die mein Gesicht haben.«

»Du bist mit den Nerven herunter und solltest ein paar Wochen ausspannen«, riet ihm David Hamilton. »Hättest du nicht Lust, mit Patrice an die See zu fahren?«

Kon-kim schüttelte den Kopf. »Dort würde ich nur noch verrückter. Und was meine Traumerscheinungen anbelangt: ich habe sie bewußt erwähnt, weil ich mich mit dem Gedanken trage, Akira Ishii zu adoptieren. Hättest du als Mitinhaber der *Albion-Tin-Works* Bedenken?«

»Nicht die geringsten. Ich weiß doch, daß es für euch Chinesen gang und gäbe ist, Kinder zu adoptieren. Unklar ist mir nur, was dein Adoptionsplan mit deinen Traumerscheinungen zu tun hat.«

Kon-kim lachte hilflos. »Ob du es glaubst oder nicht: auch in mir steckt noch etliches von dem, was meine Ahnen lehrten. Zum Beispiel, daß derjenige, der im Traum seine Seele neben sich stehen sieht, daran denken soll, sich auf die Reise zum Morgendämmer über den Bergen des ewigen Friedens vorzubereiten.«

David Hamilton tippte sich an die Stirn. »Jetzt spinnst du aber ganz schön.«

»Hoffentlich«, erwiderte Kon-kim. »Ich würde nämlich gerne noch erleben, daß sich die Völker dieser Erde nicht mehr wie Katze und Hund gegenüberstehen. Ost und West sind für mich gewissermaßen die polaren Kräfte *Yang* und *Yin*, und ich hoffe immer noch, daß sie sich eines Tages wie Mann und Frau vereinen werden.«

Der schiefe Mund des Amerikaners stellte sich restlos schräg. »Hältst du auch Feuer und Wasser für polare Gegensätze? Nein, mein lieber, Ost und West können sich nicht vereinen. Aber dein Vergleich von Mann und Frau bringt mich auf die Idee, dir zu raten, Patrice von deinen Adoptionsabsichten nichts zu sagen. Wenn du dir Ärger ersparen willst, erzähle ihr die Geschichte erst, wenn die Angelegenheit abgeschlossen ist. Gegen Fakten kann man nicht anrennen.«

Merkwürdigerweise war es gerade der Hinweis des Freundes, der Kon-kim reizte, schon jetzt mit seiner Geliebten über die von ihm geplante Adoption zu sprechen. Er nahm von seinem Vorhaben jedoch Abstand, weil die Unterredung mit Royal-Dymont, den er gleich nach der Landung aufgesucht hatte, für ihn so anstrengend gewesen war, daß er sich nur noch nach Ruhe sehnte. Der Engländer hatte von ihm Namen und Wohnsitz des ›Pumas‹ erfahren wollen, und er war außerordentlich massiv geworden, als Kon-kim sich weigerte, ihm die erbetene Auskunft zu geben.

»Der Mann ist ein Verbrecher!« hatte Henry Dymont schließlich geschrien. »Wenn Sie ihn decken, machen Sie sich mitschuldig und Sie bringen mich in die peinliche Lage, Sie verhaften lassen zu müssen.«

»Mir wird das nichts ausmachen«, hatte Kon-kim geantwortet. »Ich verrate keinen ehemaligen Kameraden. Unabhängig davon brächte es Ihnen keinen Nutzen, wenn ich reden würde, mir aber erheblichen Schaden. Denn Sie können nichts gegen einen Mann unternehmen, der keine Familie hat und im Dschungel sitzt; ich hingegen erhielte eine Maschinengewehrsalve in den Bauch. Also gehe ich lieber in die Zelle. Und wie ich, so werden alle ehemaligen Guerillas handeln. Versuchen Sie es nur. Ich garantiere Ihnen, daß keiner reden wird. Das einzige, was Sie erreichen werden, ist genau das, was ich zu verhindern versuche: daß einer nach dem anderen verschwindet und die Dschungelarmee vergrößert. Und was ist dann? Außerdem nützt Ihnen der bürgerliche Name des ›Puma‹ nichts. Helfen kann hier nur das Militär, das ihn fassen und aburteilen muß.«

Royal-Dymont hatte erregt eine Zeitung aufgeschlagen, in der eine Karte von Malaya abgebildet war. »Sehen Sie sich diese Kreuze an! Sie kennzeichnen einundzwanzig über das ganze Land verteilte Plätze, an denen innerhalb von drei Tagen zweihundertsieben britische Soldaten viehisch abgeschlachtet wurden. Wie sollen wir den Kopf der Bande finden, wenn wir nicht einmal wissen, in welcher Gegend er sich aufhält.«

»Das weiß ich ebensowenig wie Sie«, hatte Kon-kim geantwortet. »Im malaiischen Dschungel verlieren sich zwei- bis dreitausend Männer wie Sandkörner im Meer. Ich habe alle in Frage kommenden Stellen gewarnt, und ich spreche heute die schreckliche Prophezeiung aus, daß die zweihundertsieben Toten nur die ersten von Tausenden sein werden. Der Dschungel ist eine nicht zu erobernde Festung. Jedes Tier kämpft dort auf der Seite der Guerillas. Blutegel übernehmen die Rolle von Panzern. Das Geschrei der Affen und Vögel zermürbt das menschliche Hirn. Heulende Bomben und berstende Granaten haben keine schlimmere Wirkung. Fordern Sie die verantwortlichen Herren doch auf, sich einmal für eine Woche in den Urwald zu begeben. Ich bin überzeugt, daß sie die verlangte Entschädigung dann schnell bewilligen werden.«

Über eine Stunde hatte Kon-kim auf Royal-Dymont eingeredet, und als er das Hotel aufsuchte, um sich mit Patrice Lawrence zu treffen, dachte er weder an seinen Adoptionsplan noch an das Gespräch, das er hierüber mit seiner Geliebten hatte führen wollen. Ihn beschäftigten vielmehr die in der einheimischen Presse wesentlich niedriger angegebenen Zahlen der Überfälle und Toten, die eindeutig bewiesen, daß sich das Militär bereits bemühte, seine Machtlosigkeit zu verbergen.

Patrice Lawrence entging Kon-kims Abgespanntheit nicht, und da er auch schon bei seinem letzten Besuch anders als sonst gewesen war, versuchte sie herauszufinden, was ihn bedrückte. »Hast du geschäftliche Sorgen?« fragte sie mitfühlend.

Er verneinte.

»Ärger mit Dav?« forschte sie weiter.

Kon-kim sah sie verständnislos an. »Dav und ich haben niemals Ärger miteinander, und dich möchte ich bitten, jetzt keine weiteren Fragen an mich zu richten. Es gibt Dinge, über die man nicht sprechen kann.«

»Auch nicht mit Dav?« fragte sie von plötzlicher Eifersucht ergriffen.

»Auch nicht mit Dav!« wiederholte er bestimmt.

Patrice Lawrence gelang es nur mit Mühe, nicht aufzubrausen, und sie beglückwünschte sich zu ihrer Selbstbeherrschung, als Kon-kim ihr sagte, daß er einige Tage ausspannen und nicht schon am nächsten Morgen nach Ipoh zurückfliegen wolle. Er blieb auch tatsächlich drei Tage in Singapore, und er wäre vielleicht noch länger geblieben, wenn er nicht am Morgen des vierten Tages in einer englischen Zeitung gelesen hätte, daß in den letzten achtundvierzig Stunden sieben weitere Überfälle stattgefunden hatten, die fünfundsiebzig Offizieren und Mannschaften das Leben kosteten.

»Ich muß fort«, erklärte er von einer zur anderen Minute, und bereits eine halbe Stunde später flog er nach Kuala Lumpur, um den General zu beschwören, seinen Widerstand aufzugeben und das den Guerillas gemachte Angebot zu revidieren.

Daß sich Patrice Lawrence über seinen jähen Aufbruch erregte, war um so verständlicher, als Kon-kim sich geweigert hatte, ihr den Grund seiner überstürzten Abreise zu nennen. Sie verlor darüber die Beherrschung und hatte ihm Grobheiten an den Kopf geworfen, die ihn schließlich wortlos davongehen ließen.

Für die ehrgeizige Engländerin war der Fall damit aber nicht erledigt. Sie versuchte herauszufinden, was ihren Geliebten so unversehens fortgetrieben haben könnte, und während sie noch darüber nachgrübelte, fiel ihr plötzlich ein, daß er seinen Entschluß ganz unvermittelt während der Lektüre der Zeitung gefaßt hatte. Sofort griff sie nach dem Morgenblatt, und als sie den Artikel über die neuerlichen Überfälle in Kuala Lumpur las, kam ihr ein Gedanke, der ihr Herz schneller schlagen ließ. Sollte Kon-kim womöglich doch der ›Puma‹ sein, fragte sie sich. Die Vorstellung faszinierte sie so sehr, daß sie augenblicklich zum Flughafen fuhr, wo sie sich bei der Luftaufsicht erkundigte, ob Mister Lee bereits abgeflogen sei.

»Ja«, antwortete der Beamte. »Vor zehn Minuten ist er gestartet.«

»Schade, ich hätte ihn unbedingt noch einmal sprechen müssen. Ist er nach Ipoh geflogen?«

»Nein, nach Kuala Lumpur.«

Ich habe es geahnt, dachte sie zufrieden. Er ist der ›Puma‹! Jetzt bekomme ich ihn in meine Hand.

Während Patrice Lawrence in bester Stimmung zum Hotel zurückschlenderte, steuerte Kon-kim die Hauptstadt Malayas an, die er gegen elf Uhr erreichte. Ohne sich um seine Maschine zu kümmern, fuhr er gleich zur Administration, wo ihn der Kommandierende General zu seiner Verwunderung bereits nach wenigen Minuten empfing; allerdings mit einem Gesicht, das Abscheu und Verachtung ausdrückte.

»Fassen Sie sich kurz!« schnarrte ihn der unzugängliche Brite an, ohne ihm einen Platz anzubieten.

»Sie wissen, daß ich Sie nicht in eigener Sache aufsuche«, erwiderte Kon-kim, durch den Befehlston gereizt. »Es wäre somit angebracht, mich nicht wie einen Lakaien zu behandeln. Das Wohl Ihrer Männer und nicht das meiner ehemaligen Kameraden hat mich zu Ihnen getrieben.«

»Interessant!« höhnte der General. »Mörder bezeichnen Sie als Ihre Kameraden?«

»Ich habe *ehemalige* Kameraden gesagt!« begehrte Kon-kim auf. »Wenn Sie mir meine Worte im Munde umdrehen wollen, dürfte es besser sein, gleich wieder zu gehen.«

Der Engländer schlug auf seinen Schreibtisch. »Das wäre es auch, da ich Sie ohnehin hinauswerfen lasse, wenn Sie sich nicht eines anderen Tones befleißigen.«

Kon-kims Augen wurden zu Schlitzen. »Tun Sie, was Sie wollen, Herr General, aber nehmen Sie mir nicht den Glauben an die Menschen der westlichen Welt.«

»Ich danke für einen Glauben, den wir mit Geld honorieren sollen.«

»Etwas Achtung und Gerechtigkeit würden genügen«, entgegnete Kon-kim beherrscht.

»Banditen sollen wir achten?«

Kon-kim rang die Hände. »Ich begreife Sie nicht.«

»Und ich Sie nicht! Ein Mann, der sich für subversive Elemente einsetzt, kann von mir keine Achtung erwarten. Und was die Gerechtigkeit anbelangt: ich verspreche Ihnen, daß sie den Mördern zuteil werden wird! Und wenn wir den ganzen Dschungel niederwalzen müssen!«

»Und wer zahlt die dadurch entstehenden Kosten?«

»Das ist unsere Sache und geht Sie nichts an.«

»Gewiß«, erwiderte Kon-kim. »Ich wollte auch nur darauf aufmerksam machen, daß Sie – von den Toten ganz zu schweigen – nunmehr wahrscheinlich das Tausendfache der Summe werden aufbringen müssen, die den Widerstandskämpfern verweigert wird.«

»Und wenn es das Hunderttausendfache kosten sollte«, schrie der General mit hochrotem Kopf. »Das Kommunistengesindel wird keinen Cent erhalten, sondern aufgeknüpft!«

»Ist das Ihr letztes Wort?«

»Ja! Und ich möchte Sie bitten, mich künftighin nicht mehr zu belästigen.«

Kon-kim fühlte sich wie gerädert, als er nach Ipoh zurückkehrte, wo ihn David Hamilton mit der Nachricht empfing, daß einem Anruf Royal-Dymonts zufolge in den letzten zehn Stunden acht neue Überfälle stattfanden, bei denen weitere dreiundfünfzig Briten ihr Leben verloren.

»Und was war der Grund seines Anrufes?« fragte Kon-kim mißtrauisch.

»Ich soll dich überreden, ihm zumindest einige Tips zu geben. Sie könnten ganz vage sein. Er garantiere dafür, daß niemand etwas erfahren würde.«

»Was hast du geantwortet?«

»Sorry, Henry. Das Hemd sitzt mir näher als die Hose. Ich bin Mitinhaber der *Albion-Tin-Works* und werde mich hüten, Kon-kim einen Rat zu erteilen, der mich mein Geld kosten könnte.«

»Thank you!« erwiderte Kon-kim erleichtert.

David Hamilton zündete sich eine Zigarette an. »Damit ist es nicht mehr getan.«

Kon-kim sah ihn fragend an. »Worauf willst du hinaus?«

Der Freund blies den Qualm vor sich hin. »Daß du in anderer Hinsicht etwas unternehmen mußt. Das einstmals in guter Absicht von dir beschworene Ungeheuer hat sich selbständig gemacht, weil derjenige, der es reiten kann, nicht auf seinem Rücken sitzt. Mit anderen Worten: nachdem keine Möglichkeit mehr besteht, das aus verständlichen Gründen rabiat gewordene Tier mit einer Entschädigungszahlung zu befriedigen, mußt du ihm die Krallen ausziehen.«

Kon-kim starrte den Freund entgeistert an. »Was willst du damit sagen?«

»Daß du die Zügel wieder in die Hand nehmen mußt! Ich sehe keine andere Möglichkeit, dich und uns aus der Zwickmühle herauszubringen. Deine Männer wollen eine Entschädigung erhalten; verständlich. Die Engländer weigern sich zu zahlen und sollen nun gezwungen werden; kann ich ebenfalls verstehen. Aber das Töten muß aufhören! Schwing dich auf deinen wild gewordenen Homunkulus und führe ihn auf einen anderen Weg. Laß ihn von mir aus täglich tausend Sabotageakte verüben, aber hindere ihn daran, sinnlos zu morden. Du bist der einzige, der das kann, und du bist es dir und allen Malaien schuldig, jetzt nicht mehr tatenlos zuzusehen.«

Kon-kim war zu verwirrt, um sofort Stellung nehmen zu können. »Laß mir Zeit«, bat er. »Ich werde es mir überlegen.«

Wie früher schon einmal, so erinnerte er sich auch in dieser Stunde an den Ausspruch Napoleons: *›Fixer les objects longtemps sans être fatigué‹*, und erneut beschäftigte er sich tagelang mit der Landkarte von Malaya, um alle Möglichkeiten zu prüfen, die das Land einer Widerstandsgruppe bot, die es sich zum Ziel setzte, ohne zu töten den Verkehr so zu beeinträchtigen, daß Handel und Wandel zum Erliegen kommen mußten.

Das Ergebnis war klar. Aus dem Dschungel heraus ließ sich jeder Transport unterbinden, und nach eingehenden Besprechungen mit seinem zum engsten Vertrauten gewordenen *Bruder durch Zuneigung* flog Kon-kim nach Singapore, um sich mit den Schmugglern zu unterhalten, die ihm während des Krieges wertvolle Dienste geleistet hatten. Anschließend fuhr er zu Dr. Haji, den er im Einvernehmen mit David Hamilton über alle Gedanken und Pläne informierte und um Rat bat.

Dem Inder erging es, wie es Kon-kim zunächst ergangen war. Die Ungewöhnlichkeit des Vorhabens erschreckte ihn. Aber je länger er das Für und Wider erwog, um so mehr gelangte er zu der Auffassung, daß der Vorschlag des Amerikaners die einzige Möglichkeit biete, die außer Kontrolle geratenen Kräfte wieder in die Hand zu bekommen.

»Ihr Freund hat recht«, sagte er nach reiflicher Überlegung. »Es muß unbedingt etwas geschehen. Und da Ihnen Verrat nicht zugemutet werden kann und ein solcher unter den gegebenen Umständen die Mißstände nur verschlimmern würde, haben Sie die Pflicht, sich schnellstens an die Spitze Ihrer früheren Verbände zu stellen und diese so zu leiten, daß weiteres Blutvergießen vermieden wird. Wie es dabei in Ihnen aussieht, ist nebensächlich. Der Edle muß so groß sein, daß ihn die Welt nicht zu fassen vermag, und doch so klein, daß nichts in der Welt ihn zerteilen könnte.«

Kon-kim blickte nachdenklich vor sich hin. »Ich will nicht theatralisch werden, aber langsam gelange ich zu der Auffassung, ein Verdammter zu sein.«

Dr. Haji wurde unwillig. »Verdammt sind nur diejenigen, die schlechte Ziele verfolgen. Wer sein Ziel im Guten sucht, der leistet Arbeit am allgegenwärtigen Göttlichen. Gehen Sie also hin und lenken Sie Ihre Männer durch die Kraft Ihres Wesens. Wenn es Ihnen gelingt, werden Sie dem Nordstern gleichen, der, von allen Sternen umkreist, immer an seiner Stelle weilt.«

Die Worte des Inders halfen Kon-kim, befreiten ihn aber nicht von der Last, die sich auf ihn gewälzt hatte. Er spürte, daß er einer unerreichbaren Ferne entgegenging, und bat Dr. Haji, die Nacht in seinem Haus verbringen zu dürfen.

Das Tor des Erbarmens

Der Kraftfahrer Dr. Hajis brachte Kon-kim am nächsten Morgen nach Singapore, wo er sich in die von Akira Ishii besuchte Privatschule begab und den Vorsteher bat, ihm in aller Offenheit zu sagen, welches Bild er von dem nunmehr sechzehnjährigen Jungen gewonnen habe.

»Ich kann ihm das denkbar beste Zeugnis ausstellen«, erklärte der Direktor ohne zu zögern. »Er ist unser kameradschaftlichster und fleißigster Schüler.«

»Dann wäre ich Ihnen dankbar, wenn ich Akira eine Stunde mit mir nehmen dürfte«, erwiderte Kon-kim. »Ich beabsichtige, ihn zu adoptieren, und möchte ihn davon in Kenntnis setzen.«

Der Direktor ließ den Jungen holen, und bald darauf ging Kon-kim mit dem über den unerwarteten Besuch erfreuten Akira Ishii zur *Beach Road* hinunter, wo sie sich auf eine Bank setzten und eine Weile schweigend über das Meer blickten.

»Ich bin gekommen, um dich über zwei Dinge zu informieren«, sagte Kon-kim, nachdem sie sich zunächst über Alltägliches unterhalten hatten. »Und ich möchte es tun, ohne viel Worte zu verlieren.«

Der Junge sah ihn von der Seite an. »Ich kann mir schon denken, worum es sich handelt. Du willst wieder in den Dschungel gehen.«

»Wie kommst du darauf?«

»Ich weiß doch, daß du der ›Puma‹ bist.«

»Ja, darum muß ich das Kommando wieder übernehmen.«

»Tu es nicht«, bat Akira Ishii.

»Mir bleibt keine andere Wahl«, entgegnete Kon-kim. »Ich gehe, um Schlimmeres zu verhüten.«

»Dann komme ich mit.«

Kon-kim schüttelte den Kopf. »Du wirst die Schule absolvieren und studieren, wie dein Vater es gewollt hat. Im übrigen werden wir uns auch weiterhin regelmäßig sehen, weil ich nicht aktiv in den Kampf eingreifen, sondern ihn nur organisieren und leiten will. Ich führe in Zukunft gewissermaßen ein Doppelleben: hier im Gesellschaftsanzug, dort als Gummizapfer verkleidet.«

»Ist das nicht sehr gefährlich?« fragte der Junge besorgt.

»Nicht gefährlicher als das Fliegen«, antwortete Kon-kim. »Passieren kann überall etwas. Und damit komme ich zum zweiten Punkt, über den ich mit dir sprechen muß. Du weißt, daß mein *Bruder durch Zuneigung* und ich keine Nachkommen haben. Um zu verhindern, daß die *Albion-Tin-Works* eines Tages zerbröckeln, möchte ich dich an Sohnes Statt adoptieren. Dir werden also nach meinem Tod fünfzig Prozent der Mine gehören, die du mit meinem Freund weiterführen sollst. Ist das klar?«

Akira Ishii hakte sich in Kon-kims Arm ein. »Dann wirst du ja mein Vater.«

»So kann man es nennen. Denke aber an das auf dem *Mont Bubu* ruhende Herz! Ich möchte für dich bleiben, der ich bin: dein Freund!«

Als Kon-kim sich später von dem Jungen verabschiedete, verneigte sich dieser voller Demut in chinesischer Art mit vor der Brust gefalteten Händen.

Kon-kim sah ihm in die Augen. »Sei fleißig! Um gute Dinge zu lernen, genügen tausend Tage nicht; um Schlechtes zu lernen, ist eine Stunde schon zuviel.«

Nur wenige Worte wechselten sie noch miteinander, dann stieg Kon-kim in den Wagen Dr. Hajis, um sich zum Flughafen fahren zu lassen, von dem er bald darauf nach Ipoh startete. Er erreichte sein Ziel jedoch nicht auf direktem Weg, da ihn ein Zündkerzendefekt zu einer Zwischenlandung in Kuala Lumpur zwang. Der Schaden konnte aber schnell behoben werden, so daß Kon-kim mit nur einer halbstündigen Verspätung nach Ipoh gelangte.

Dennoch sollte die unbeabsichtigte Zwischenlandung eines Tages höchst unangenehme Folgen haben. Vorerst fand sie ihren Niederschlag nur in einem routinemäßig aufgegebenen Flugsicherungstelegramm, welches die Luftaufsicht in Singapore davon in Kenntnis setzte, daß die nach Ipoh abgefertigte Maschine in Kuala Lumpur gelandet sei.

In den nächsten Tagen besprach sich Kon-kim nochmals eingehend mit David Hamilton, Haron Ismail und Go Cho Hong, bevor er dreißig besonders zuverlässige und intelligente Werksangehörige beauftragte, sich in genau festgelegten Orten niederzulassen und dort eine Anstellung zu suchen. Ihre wahre Aufgabe war, sich mit Beamten und Angestellten der Bahn und des Transportwesens anzufreunden und diese durch Bestechung zu verpflichten, den ›Puma‹ täglich über alle Verladungen zu informieren, die britische Firmen in Auftrag gaben.

Darüber hinaus verteilte Kon-kim die im Krieg verwendeten acht Funksprechgeräte so über Malaya, daß er sich mit den von ihm geplanten neuen Einheiten jederzeit ohne Inanspruchnahme des öffentlichen Fernsprechers in Verbindung setzen konnte. Und eine dritte Gruppe begann damit, unter dem Dachboden des Verwaltungsgebäudes der *Albion-Tin-Works* eine Befehlszentrale einzurichten, die so getarnt angelegt wurde, daß selbst ein erfahrener Kriminalist sie nicht hätte ausfindig machen können.

Nach Abschluß der ›ersten‹ Vorbereitungen fuhr Kon-kim mit dem Wagen über Kuala Lumpur nach Kajang, um den in der Nähe dieses Ortes hoch in einem Berg gelegenen indischen Felsentempel *Batu Cave* aufzusuchen, zu dem eine schwindelerregende Treppe von weit über hundert Stufen emporführt. Oben angekommen, drückte er einem alten Bettler einen um eine Münze gelegten Zettel in die Hand, dann schlenderte er gemächlich durch die in mancherlei Hinsicht an die Felsenhöhle von Ipoh erinnernde Grotte, um schließlich nach Kajang zurückzukehren, wo er sich in ein unscheinbares Restaurant setzte, in dem er in aller Ruhe aß und darauf wartete, daß ein Melder ihm Bescheid geben würde.

Nachdem er sich etwa zwei Stunden in dem Lokal aufgehalten hatte, erschien ein mürrisch aussehender Gummizapfer, an dessen Hüfte ein *Changkol*, ein scharfer Spaten, baumelte. Er nahm am Nebentisch Platz und stützte den Kopf stöhnend in die Hände.

»Sakit? – Sind Sie krank?« fragte Kon-kim teilnahmsvoll.

Der Malaie nickte.

Kon-kim griff in die Tasche seines Jacketts. »Ich kann Ihnen eine Tablette geben, die Ihnen helfen wird.«

»Oh, danke, die nehme ich gerne«, erwiderte der Gummizapfer. »Bis zu meinem Revier ist es noch ein ganzes Ende. Ich arbeite beim Kilometerstein siebzehn in Richtung Telok Datok, und man kommt ins Schwitzen, wenn man zu Fuß gehen muß.«

Kon-kim wußte Bescheid. Er wurde an der bezeichneten Stelle erwartet und sollte ohne Wagen kommen. Nachdem er gezahlt und dem Gummizapfer gute Besserung gewünscht hatte, machte er sich auf den Weg. Das Hemd klebte ihm am Körper, als er den genannten Kilometerstein erreichte, an dem zwei verwegen aussehende Burschen aus dem Dschungel heraustraten und ihn nach kurzer Begrüßung über einen Schleichpfad zum Lager Sulaimans führten.

Der ehemalige Polizeisergeant erwartete Kon-kim mit einigen Abteilungsleitern und Gruppenführern vor einer windschiefen Bambushütte. Er hielt die Hände auf die Hüfte gestemmt und war sichtlich bestrebt, seinen Männern zu zeigen, daß *er* und nicht der ›Puma‹ der Befehlshaber der Truppe sei. »Erstaunlich, daß Sie den Mut gefunden haben, uns aufzusuchen«, sagte er verächtlich.

»Mut?« fragte Kon-kim und blickte von einem zum anderen. »Wieso gehört Mut dazu hierherzukommen?«

»Das wagen Sie zu fragen?« polterte Sulaiman wütend. »Haben Sie nicht Ihre Arbeiter und weitere fünfzehnhundert Mann dazu überredet, daheim zu bleiben, anstatt uns zu unterstützen? Das ist glatter Verrat!«

Er hat nur die Hälfte der ehemaligen Kämpfer hinter sich gebracht, dachte Kon-kim befriedigt und wandte sich an die Männer, die vor den nahe gelegenen Hütten hockten und neugierig herüberblickten. »Kommt mal her!« rief er ihnen zu.

»Was fällt Ihnen ein?« fuhr ihn Sulaiman an. »Hier befehle ich und nicht Sie!«

»Das weiß ich selber«, entgegnete Kon-kim. »Ich habe auch gar kein Interesse daran, hier zu befehlen. Aber wenn Sie mich des Verrats bezichtigen, dann rede ich und nicht Sie! Hört zu!« fuhr er an die Guerillas gewandt fort. »Ich bin gekommen, um euch Hilfe zu bringen, doch noch bevor ich den Mund aufmache, nennt Sulaiman mich einen Verräter. Wie ist eure Meinung? Haltet ihr mich für einen Verräter?«

»Natürlich ist er das!« schrie der ehemalige Polizeisergeant mit sich überschlagender Stimme. »Sagt es ihm! Und dann werden wir ihn nach den von ihm selbst erlassenen Bestimmungen aburteilen!«

»Was soll der Quatsch?« empörte sich einer der Abteilungsleiter. »Du weißt genau, daß der ›Puma‹ kein Verräter ist. Laß ihn also reden und hör dir an, was er zu sagen hat.«

»Hier befehle ich und nicht du!« schrie Sulaiman aufgebracht.

Kon-kim lachte. »Das bezweifelt doch niemand! Und das Recht macht Ihnen auch keiner streitig! Warum also die Aufregung?«

Die inzwischen herangekommenen Männer grinsten, und Kon-kim wußte, daß er halb gewonnen hatte. »Nun, wie ist es?« fragte er, in die Runde blickend. »Ihr könnt es mir ruhig sagen, wenn ihr mich für einen Verräter haltet.«

Niemand erhob seine Stimme.

»Los, schreit es ihm ins Gesicht!« wetterte der stiernackige Polizeisergeant.

Kon-kim schüttelte den Kopf. »Die Lüge setzt Lügner voraus. Echte Guerillas aber sind Kämpfer, die es nicht nötig haben, die Unwahrheit zu sagen. Geben Sie also endlich Ruhe und hören Sie sich an, was ich zu sagen habe. Ich bin nicht gekommen, um zu streiten, sondern um Hilfe zu bringen.«

»Unter Ihrem Kommando?«

»Jawohl, unter meinem Kommando, das ich wieder übernehme, weil Sie alles, aber auch alles falsch gemacht haben! Ich bin nicht gewillt, weiterhin zuzusehen, wie Sie unsere alten Kameraden um ihren verdienten Lohn bringen. Durch Ihre unkoordinierten und verantwortungslosen Überfälle haben Sie es dahin gebracht, daß es kaum noch möglich sein wird, die Engländer zu irgendeiner Zahlung zu bewegen. Mit jedem Toten wächst die Garantie dafür, daß unsere Leute nicht die geringste Entschädigung erhalten werden.

Sie haben den Bogen überspannt und dafür gesorgt, daß die Briten sich nicht mehr an einen Verhandlungstisch setzen können.«

»Darauf legen wir auch gar keinen Wert«, brüllte Sulaiman.

Kon-kim blickte von einem zum anderen. »Ja, wenn das so ist... Ich dachte immer, euer Wunsch sei es, gerecht entschädigt zu werden. Aber ihr müßt wissen, was ihr tut. Seid euch nur darüber im klaren, daß ihr bis zu eurem Lebensende im Dschungel hausen werdet, wenn ihr euch an keinen Verhandlungstisch setzen wollt.«

»Laßt euch nicht verwirren!« rief Sulaiman seinen Männern zu. »Das Ganze ist ein Trick, mit dem er euch verrückt machen will.«

Kon-kim schüttelte den Kopf. »Ihre Leute haben längst begriffen, daß die Engländer am längeren Hebelarm sitzen. Zugegeben, ihr schädigt sie empfindlich, seid aber niemals in der Lage, sie zu besiegen, und werdet somit immer im Dschungel bleiben müssen.«

»Der ›Puma‹ hat recht!« riefen einige Männer. »Wenn wir so weitermachen, kommen wir nie wieder nach Hause.«

»Bedankt euch dafür bei Sulaiman«, erklärte Kon-kim herausfordernd. »Sein Spatzenhirn erfaßt ja jetzt noch nicht einmal, worum es geht.«

Der ehemalige Polizeisergeant griff sich an den Hals. »Ich fange an zu begreifen... Sie haben tatsächlich recht. Aber wir können doch nicht einfach verzichten!«

»Hab' ich das jemals verlangt?« fragte Kon-kim eisig.

»Natürlich nicht. Sie wollen auf dem Prozeßweg...«

»Vorbei!« unterbrach ihn Kon-kim. »Den Weg haben Sie mir verbaut, als Sie diesen Krieg entfesselten, der nun wohl oder übel weitergeführt werden muß, wenn nicht viele von denen, die auf Sie gehört haben, für ihre Gutgläubigkeit am Galgen enden sollen. Ich kann jetzt nur noch fragen: Werden Sie sich meinem Kommando unterstellen, wenn ich den Versuch mache, Ihren im Dreck sitzenden Karren auf festen Boden zu stellen?«

Sulaiman nagte an seinen Lippen.

»Antworten Sie!« fuhr ihn Kon-kim an.

Der ehemalige Polizeisergeant schnaubte wie eine Lokomotive. »Ich muß zunächst wissen, was Sie vorhaben.«

»Das ist mit wenigen Worten gesagt«, antwortete Kon-kim innerlich aufatmend. »Als erstes wird das sinnlose Töten beendet, damit die durch Ihre Maßnahmen zugeschlagene Verhandlungstür langsam wieder geöffnet werden kann. Dann wird der Kampf, der sich nicht mehr gegen Menschen richten soll, neu organisiert und auf eine Lahmlegung des gesamten Verkehrsnetzes umgestellt. Kein Lastwagen und kein Zug, der nach England abgehende oder von dort kommende Güter befördert, darf an seinen Bestimmungsort gelangen.«

»Und was wollen Sie damit erreichen?«

»Daß alle Lieferanten und Empfänger unsere Verbündeten werden. Was meint ihr, welches Gezeter ausbrechen wird, wenn plötzlich überall die Waren verderben! Sämtliche Zweige der Industrie werden sich dafür einsetzen, daß wir eine gerechte Abfindung erhalten.«

Im jäh aufbrausenden Applaus wurde nur von wenigen bemerkt, daß Sulaiman Kon-kims Hand ergriff und beinahe hündisch erklärte: »Ich stelle mich unter Ihr Kommando.«

Kon-kim stieß ihn vor die Brust. »Vor Jahren mußte ich Sie körperlich niederringen, heute mit dem Verstand. Das nächste Mal kommen Sie nicht so glimpflich davon, das schwöre ich Ihnen.«

Über einen Monat dauerte es, bis die von Kon-kim angeordnete Umorganisation vollzogen war. Da er den strikten Befehl gegeben hatte, während dieser Zeit keinerlei Überfälle durchzuführen, wiegten sich die Engländer schon in dem Glauben, den ›kommunistischen Banden‹ sei die Munition ausgegangen. Um so entsetzter waren sie, als sich eines Morgens herausstellte, daß über Nacht alle von und nach Singapore, Port Swettenham, Port Dickson, Malacca und George-Town laufenden Transportzüge entgleist und die zu den Hafenstädten führenden Hauptstraßen durch Brückensprengungen und Baumsperren blockiert worden waren.

Das Militär wurde zur Behebung der Schäden sofort eingesetzt, doch kaum waren die Strecken wieder frei gemacht, sprangen die nächsten Transportzüge aus den Schienen und platzten sämtlichen Lastwagen die Reifen, weil alle Chausseen mit Glassplittern und Nägeln übersät waren. Und dann fiel in ganz Malaya die Telefonverbindung aus. Kon-kim und David Hamilton hatten ihre Auserwählten allerdings kurz vorher noch davon in Kenntnis gesetzt, daß sie am nächsten Morgen nach Singapore kommen würden, um eine Woche lang auszuspannen.

Die Idee, sich im gegenwärtigen Zeitpunkt dem süßen Nichtstun zu ergeben, stammte von David Hamilton, der Wert darauf legte, daß sein Freund sich in diesen kritischen Tagen für jeden sichtbar im *Raffles-Hotel* aufhielt. Aus gleichem Grund suchte er auch unmittelbar nach der Landung Henry Dymont auf, um ihn zu einem Dinner einzuladen.

»Heute kann ich mich unmöglich freimachen«, erklärte der Leiter des *Secret Service.*

»Und warum nicht?« fragte sein früherer Kompagnon scheinheilig.

Royal-Dymont fuhr sich wie verzweifelt durch sein spärlich gewordenes Haar. »Wenn du wüßtest, was sich im Augenblick alles tut! Sämtliche Telefonleitungen sind ausgefallen. Zum zweitenmal scheinen alle Transportzüge entgleist zu sein. Wir haben keinen Überblick mehr. Mir schwirrt der Schädel, als hätte ich zwei Flaschen Whisky getrunken. Die Militärsender funken alle paar Minuten neue Hiobsbotschaften. Deinen *Bruder durch Zuneigung* hätte ich in den letzten vierundzwanzig Stunden einige Male umbringen können.«

»Was hat Kon-kim damit zu tun?« empörte sich David Hamilton.

»Hat er die verdammte Schwefelbande nicht ins Leben gerufen?«

»Du weißt, daß damals Krieg war.«

»Das war doch nur so dahingeredet.«

David Hamilton bleckte die Zähne. »Dein Glück. Aber jetzt möchte ich wissen, wann wir uns treffen. Wir bleiben die ganze Woche hier.«

»Ihr habt's gut.«

»Dafür haben wir in letzter Zeit schwer arbeiten müssen. Also, wann kommst du?«

»Sagen wir übermorgen. Bis dahin wird sich der Rummel gelegt haben.«

David Hamilton verabschiedete sich und dachte beim Hinausgehen: Ohne es zu wollen, bin auch ich zum Akteur geworden. Doch was soll ich machen? Die Verhältnisse haben Kon-kim wieder einmal gezwungen, Dinge zu tun, die er überhaupt nicht tun will.

Indessen gab sich Kon-kim redliche Mühe, seine Geliebte in eine bessere Stimmung zu versetzen. Patrice Lawrence aber spielte die Beleidigte. Sie verübelte es Kon-kim, daß er sich acht Wochen lang nicht hatte sehen lassen. Es half ihm wenig, daß er nachdrücklich erklärte, in den letzten Monaten wirklich keine Zeit gehabt zu haben.

»Glaube es mir!« beschwor er sie. »Dav und ich waren Tag und Nacht auf den Beinen. Es mußten Abbaufelder erschlossen werden...«

»...die nicht du, sondern mein vorausblickender Vater gekauft hat!« unterbrach sie ihn aggressiv.

»Gewiß«, erwiderte er nachsichtig. »Aber wer hat sie von deiner Mutter für gutes Geld erworben?«

»Meine Mutter handelte gegen meinen Willen!«

Kon-kim legte ihr die Hände auf die Schulter und sah sie bittend an. »Was hast du davon, immer wieder in alten Geschichten herumzurühren?«

Sie stieß ihn unsanft zur Seite und griff nach ihrer Handtasche, der sie eine Zigarettenschachtel entnahm. »Vielleicht habe ich mehr davon, als du ahnst.«

»Du verrennst dich, Patrice!«

»Das glaube ich kaum«, entgegnete sie schnippisch und zündete sich eine Zigarette an. »Ich weiß genau, was ich will. Ich verlange, daß du den seinerzeit an mich gezahlten Betrag zurücknimmst und mir dafür einen entsprechenden Anteil an der Mine überträgst. Nachdem du Dav aufgenommen hast, dürfte es nicht mehr als recht und billig sein, nun auch mich, die Tochter des Gründers der *Albion-Tin-Works*, am Unternehmen zu beteiligen.«

Kon-kim seufzte. »Habe ich dir nicht die Gründe genannt, die mich zwingen, dich aus der Firma herauszuhalten?«

Patrice Lawrence trat an das Fenster und blickte in den Innenhof des Hotels. »Wir haben in Europa ein Sprichwort, das heißt: Eine Hand wäscht die andere. Mit anderen Worten: Tust du mir einen Gefallen, tu auch ich dir einen Gefallen.«

»Worauf willst du hinaus?«

Sie wandte sich ihm zu. »Ich erwarte, daß du mein Schweigen würdigst. Du wirst nicht daran vorbeikommen, mich für mein Schweigen zur Mitinhaberin der *Albion-Tin-Works* zu machen.«

Er betrachtete sie belustigt. »Wäre es nicht angebracht, mich zunächst einmal in deine Geheimnisse einzuweihen? Ich weiß überhaupt nicht, wovon du redest.«

»Vom ›Puma‹!« antwortete sie triumphierend.

Kon-kim verschlug es sekundenlang die Stimme.

Patrice Lawrence lachte hellauf. »Wenn du dein Gesicht jetzt sehen könntest, würdest du über dich selbst erstaunt sein.«

»Das glaube ich dir gerne, weil ich den Sinn deiner Worte beim besten Willen nicht zu erfassen vermag«, entgegnete er schlagfertig. »Erst sprichst du von einem Schweigen, das ich würdigen soll. Dann erwähnst du den ›Puma‹... Ich begreife nicht, was das eine mit dem anderen zu tun hat.«

»Willst du etwa behaupten, den ›Puma‹ nicht zu kennen?«

»Warum sollte ich das? Es ist doch allgemein bekannt, daß wir jahrelang zusammen im Dschungel gelegen haben.«

»Sieht er dir nicht sehr ähnlich?«

»Das hat mir noch nie jemand gesagt«, antwortete Kon-kim im Bestreben, Zeit zu gewinnen. »Er ist allerdings Chinese. Für einen Europäer mag somit eine gewisse Ähnlichkeit zwischen uns bestehen. Aber wie kommst du darauf?«

»Das ist ganz einfach: ich habe zufällig erfahren, daß *du* der ›Puma‹ bist!«

Kon-kim zwang sich zu lachen. »Wer hat dir den Floh ins Ohr gesetzt?«

»Das ist kein Floh, sondern eine Tatsache, die ich beweisen kann«, rief sie und öffnete ihren Koffer, dem sie eine Zeitung entnahm. »Schau dir dieses Blatt einmal etwas näher an und sag mir dann, ob du es kennst.«

Kon-kim nahm die Zeitung entgegen. »Ich glaube schon«, antwortete er nach einer flüchtigen Prüfung. »Wenn ich mich nicht täusche, las ich den Leitartikel an dem Morgen, an dem ich plötzlich abreisen mußte.«

»Eben. Und warum mußtest du Hals über Kopf aufbrechen? Weil du den Bericht über die Überfälle bei Kuala Lumpur gelesen hattest!«

Kon-kim hatte alle Mühe, seine Verblüffung zu verbergen. »Unterstellen wir, deine Behauptung würde stimmen: welche Rückschlüsse lassen sich daraus ziehen?«

»Das wirst du schon wissen. Ich habe jedenfalls richtig kombiniert und konnte einwandfrei feststellen, daß du an jenem Morgen nach Kuala Lumpur geflogen bist!«

Kon-kim nickte anerkennend. »Weiß der Teufel, du bist gut informiert. Ich bin tatsächlich nach Kuala Lumpur geflogen, weil ich dort dringend jemanden sprechen mußte. Aber ich verstehe nicht, was die Zeitung und mein Flug mit deiner Behauptung zu tun haben, ich sei der ›Puma‹.«

»Stell dich nicht so an«, entgegnete sie ungehalten. »Nachdem du den Bericht von den Überfällen bei Kuala Lumpur gelesen hattest, bist du sofort dorthin geflogen. Und warum? Wahrscheinlich, weil irgend etwas anders verlaufen war, als du – der ›Puma‹ – es befohlen hattest.«

Kon-kim fiel ein Stein vom Herzen. »Ist das deine ganze Beweisführung?«

»Ich denke, sie genügt!« antwortete sie selbstsicher.

Er spielte den Belustigten. »Ach, Patrice, wenn du wüßtest...! Nein, ist das komisch. Du sprichst vom ›Puma‹ und übersiehst, um nur ein Beispiel zu nennen, daß ich mich in Kuala Lumpur mit einer Bekannten getroffen haben könnte, an die ich mich durch die Erwähnung des Ortes in dem Zeitungsartikel plötzlich erinnerte.«

Ihre Augen weiteten sich, und Kon-kim wußte augenblicklich, daß er die schon des öfteren bei seiner Geliebten bemerkte Eifersucht angestachelt und damit ihren der Wahrheit gefährlich nahe gekommenen Überlegungen eine neue Richtung gegeben hatte.

»Sag, daß das nicht wahr ist«, herrschte sie ihn an.

»Was soll nicht wahr sein?« fragte er, sich dumm stellend.

»Daß du dich mit einer Bekannten getroffen hast.«

»Ich habe nur ein Beispiel genannt«, erwiderte er ausweichend, um ihre jäh eingetretene Unsicherheit weiterhin zu steigern.

»Ich sehe doch, daß du lügst!« ereiferte sie sich. »Sonst würdest du kurz und bündig erklären: Nein, ich habe mich in Kuala Lumpur mit keiner Frau getroffen!«

Kon-kim gab sich einen nervösen Anschein. »Ich weiß nicht, worauf du hinauswillst. Es gibt schließlich auch Geschäftsfrauen, die... Wie komme ich überhaupt dazu, mich vor dir zu verteidigen? Noch dazu in einem Augenblick, da ich allen Grund habe, mich darüber zu empören, daß du mir nachspionierst. Ich will dieses Mal nicht weiter darüber reden, aber sollte dich nochmals die Lust überkommen, meine Wege zu verfolgen, dann werde ich die Konsequenzen ziehen und mich von dir trennen.«

Patrice Lawrence stürzte aus allen Wolken. Eben noch hatte sie sich am Teilziel ihrer Wünsche gewähnt, und nun lag sie auf einem Scherbenhaufen, der all ihre ehrgeizigen Pläne zu vernichten drohte. Wenn es in Kon-kims Leben eine zweite Frau gab – und seine zweimonatige Abwesenheit sprach beängstigend dafür –, dann hatte sie den größten Fehler begangen, den sie begehen konnte, als sie auf erpresserische Weise versuchte, Mitinhaberin der Zinn-Mine zu werden. Sie beeilte sich deshalb, ihrem Geliebten zu erklären, daß alles nur ein Scherz gewesen sei.

Kon-kim gab sich den Anschein, als glaube er ihr, und er machte den Vorschlag, zur Versöhnung eine Flasche Champagner zu trinken und sich auf die vor ihnen liegenden acht Ferientage zu freuen.

Ihr war es, als fege eine frische Brise über sie hinweg, doch noch während sie Kon-kim wie erlöst umarmte, dachte sie voller Eifersucht: Ich muß ihn in dieser Woche dahin bringen, daß er mich mit nach Ipoh nimmt. Ich will mein Ziel jetzt endlich erreichen!

Mit Verbissenheit legte Patrice Lawrence es darauf an, die Zinn-Mine zurückzugewinnen. Sie bewunderte Kon-kims Leistungen und empfand wirkliche Hochachtung vor ihm, wenngleich sie sich als Europäerin seiner schämte. Aus diesem Widerstreit der Empfindungen resultierten ihr beständig wechselndes Wesen, ihr jähes Aufbegehren und ihre weiche Nachgiebigkeit.

Kon-kim würde außer sich gewesen sein, wenn er erfahren hätte, was seine Geliebte insgeheim dachte. Ihn begeisterte ihr attraktives Äußere im gleichen Maße, wie ihn ihr zerrissenes Wesen zeitweilig erschreckte. Doch selbst in Augenblicken, in denen er sich ihr Verhalten nicht erklären konnte, war er ihr nie ernstlich böse, weil er ihre Ungezügeltheiten dem weniger ausgeglichenen Temperament der weißen Rasse zuschrieb. Darin lag auch seine stete Bereitschaft begründet, sich immer sofort wieder mit ihr zu versöhnen. Er machte sich einfach keine Gedanken über die Ursachen der beständig aufflackernden Auseinandersetzungen, sondern war froh, wenn sich diese auf elegante Weise beilegen ließen.

Über die geradezu hysterische Eifersucht seiner Geliebten aber freute er sich an diesem Tage. Sie erfüllte ihn mit der merkwürdigen Befriedigung des Mannes, den Eifersucht nur stört, wenn sie berechtigt ist. Also genoß er es, sich in der darauffolgenden Woche von morgens bis abends verwöhnen zu lassen.

Währenddessen nahm der nach seinen Plänen entfesselte Kampf immer unheimlichere Formen an. Innerhalb von wenigen Stunden wurden in ganz Malaya die lebenswichtigsten Hochspannungsleitungen durch Sprengung von Hunderten von Masten unterbrochen. In den Hafenanlagen stürzten Kräne um und brannten Lagerhäuser nieder. Mit Latex gefüllte Kesselwagen liefen aus. An allen größeren Tankstellen war das Benzin plötzlich mit Wasser versetzt, so daß Tausende von Kraftfahrzeugen bewegungsunfähig an den Straßenrändern standen. Gleichzeitig entgleisten weitere Transportzüge, und allein in einer einzigen Nacht havarierten sieben britische Frachtdampfer, die in den Einfahrten der Häfen durch falsche Leuchtfeuer in die Irre geführt worden waren.

»Und nirgendwo hat sich ein Gegner gezeigt!« beklagte sich Royal-Dymont, der am dritten Abend zu dem mit David Hamilton verabredeten Dinner gekommen war und einen abgekämpften Eindruck machte.

»Ich habe Sie gewarnt«, sagte Kon-kim. »Und ich kann Ihnen nur den Rat geben, sich weiterhin dafür einzusetzen, daß den ehemaligen Widerstandskämpfern eine angemessene Entschädigung in die Hand gedrückt wird. Es wird sonst keine Ruhe geben.«

»Daran ist nicht mehr zu denken«, ereiferte sich der Engländer. »Abgesehen von den über sechshundert Toten der ersten Phase dieses Kampfes, dürfte der Sachschaden die Hundert-Millionen-Grenze längst überstiegen haben.«

Kon-kim nickte zustimmend. »Ein Bruchteil des Betrages hätte die Guerillas zufriedengestellt.«

»Sie wissen, daß ich dafür plädiert habe, den Männern das Zehnfache der gebotenen Summe zu geben. Aber jetzt kann ich mich nicht mehr für sie einsetzen. Die Staatsraison verlangt nun drakonische Maßnahmen.«

»Mit denen ebenfalls nichts erreicht werden wird«, entgegnete Kon-kim verächtlich. »Ich verstehe natürlich Ihren Standpunkt, bin jedoch der Meinung, daß es im Augenblick hundertmal wichtiger wäre, den aufsässig gewordenen Widerstandskämpfern eine Brücke zu bauen, über die sie den Dschungel verlassen und in ein geordnetes Leben zurückkehren könnten.«

»Dafür ist es zu spät.«

Kon-kim zuckte die Achseln. »Wenn das der Weisheit letzter Schluß ist, sage ich Ihnen einen jahrelangen Kampf voraus.«

Royal-Dymont machte eine wegwerfende Bewegung. »Irgendwann wird dem ›Puma‹ die Luft schon ausgehen.«

»Möglich«, erwiderte Kon-kim. »Wie ich ihn jedoch kenne...« Er unterbrach sich. »Es hat keinen Zweck, darüber zu reden. Er ist stur, die britischen Behörden sind stur... Es ist zum Verzweifeln, daß die zwischen den Fronten stehenden Bürger wieder einmal die Dummen sein werden.«

»Könnten Sie Ihren alten Kampfgefährten nicht aufsuchen und mit ihm reden?«

Kon-kim spürte, daß ihm eine Falle gestellt werden sollte.

»Ich?« fragte er mit abwehrend erhobenen Händen. »Nie im Leben würde ich das tun. Ich wüßte auch gar nicht, wohin ich mich wenden sollte. Selbst während des Krieges hatte der ›Puma‹ kein festes Quartier; wieviel weniger wird er es heute haben. Ich will froh sein, wenn er die *Albion-Tin-Works* ungeschoren läßt.«

Henry Dymont blickte nachdenklich vor sich hin. »Dann verraten Sie mir wenigstens, ob im Kriege auf den Landstraßen auch Convoys von fünfzig bis hundert Lastwagen überfallen wurden.«

»Das kam darauf an«, antwortete Kon-kim, der nach wie vor auf der Hut war. »Die Größe eines Verbandes gab nicht unbedingt den Ausschlag. Entscheidend war die Ladung, über die uns die Bevölkerung immer rechtzeitig informierte.«

»Das verstehe ich nicht«, entgegnete der Engländer naiv. »Was hat die Ladung damit zu tun?«

»Sehr viel. Ein Truppentransport von fünfzig bis hundert Lastwagen ist wesentlich schwerer zu erledigen als ein Gütertransport, der nur von relativ wenigen Soldaten begleitet wird.«

»Hoffentlich haben wir dann Glück«, sagte Royal-Dymont wie zu sich selbst und fügte gedämpft hinzu: »Wir müssen noch in dieser Woche einen riesigen Munitionstransport nach Kuala Lumpur durchführen.«

»Gefährliche Sache«, erklärte Kon-kim. »Sorgen Sie dafür, daß das niemand erfährt. Die Bevölkerung steht hinter dem ›Puma‹ und informiert ihn über alles. Und nun ein anderes Thema. Ich habe bereits viel zuviel geredet.«

Der Engländer blinzelte ihm zu. »Schönen Dank für den Tip.«

Kon-kim überhörte die Bemerkung und erkundigte sich, wie man in politischen Kreisen die Weltlage beurteile.

»Schlecht«, antwortete der Leiter des *Secret Service*. »Die Kommunisten erhalten immer mehr Zulauf, nachdem Mao Tse-tung die Herrschaft über ganz Nordchina errungen hat. Es heißt, daß er eine Volksarmee von über einer Million Mann zusammenstellt, mit der er den Yangtse überschreiten will. Wenn ihm das gelingt, dürften Tschiang Kai-scheks Tage gezählt sein.«

»Damit rechne ich seit langem«, entgegnete Kon-kim. »Und ich habe mich auch damit abgefunden, daß Mao Tse-tung der Sieger sein wird. Für meine Heimat ist es nur noch wichtig, daß der Krieg beendet wird. Stellen Sie sich vor: seit achtundzwanzig Jahren herrscht in China Krieg. Die meisten meiner Landsleute haben noch nie im Frieden gelebt!«

»Der scheint überhaupt abhanden zu kommen«, erwiderte der Engländer resigniert. »Vor drei Jahren wurde der Zweite Weltkrieg beendet, und jetzt knistert es bereits wieder an allen Ecken und Enden. In Deutschland mußten wir vor kurzem eine Luftbrücke zur Versorgung der Bevölkerung von Berlin einrichten. Der Wahnsinn feiert Orgien. Über die Köpfe unserer einstigen Verbündeten hinweg transportieren wir nun Nahrung und Kohle in das Lager unserer ehemaligen Gegner.«

»Wir hätten mit den Russen niemals paktieren sollen«, warf David Hamilton ein, der sich bis zu diesem Augenblick intensiv mit Patrice Lawrence unterhalten hatte, um Kon-kim die Möglichkeit zu geben, in Ruhe mit Henry Dymont zu sprechen. »Wer den Bock zum Gärtner macht, darf sich über zerstörte Beete nicht wundern.«

Royal-Dymont zog seine Pfeife aus der Tasche. »Seid froh, daß ihr in Ipoh sitzt. Ich muß ja doch mal kommen und mir euer neues Haus ansehen.«

Patrice Lawrence glaubte nicht richtig zu hören. »Ihr habt gebaut?« fragte sie außer sich.

David Hamilton warf seinem ehemaligen Kompagnon einen gottergebenen Blick zu und verdrehte die Augen, als wollte er sagen: Das hat uns gerade noch gefehlt.

»Nun ja«, antwortete Kon-kim verlegen. »Wir waren das ewige Hotelleben leid und haben uns ein Doppelhaus zugelegt. Jeder hat jetzt seine eigene Wohnung.«

»Und davon hast du mir nichts erzählt?«

»Wir sind noch nicht fertig«, entgegnete er ausweichend.

Sie warf ihm einen vernichtenden Blick zu. »Danke, das genügt mir! Wenn du ...« Sie unterbrach sich und sprang auf, um die Tafel zu verlassen.

Royal-Dymont hielt sie zurück. »Bitte, machen Sie jetzt keine Dummheit. Ich habe allem Anschein nach einen blödsinnigen Fehler gemacht. Wahrscheinlich sollte der Neubau eine Überraschung für Sie werden.«

Patrice Lawrence sah Kon-kim fragend an.

Er nickte. »Nun, da es heraus ist, würde ich dir empfehlen, dich wieder zu setzen.«

Sie stutzte. Die in seinen Worten liegende Zurechtweisung war nicht zu überhören. »Was ist jetzt die Wahrheit?«

»Daß ich es nicht leiden kann, wenn sich jemand das Recht herausnimmt, eine Tischrunde zu sprengen. Setz dich also hin. Die Hotelgäste schauen bereits herüber.«

Patrice Lawrence verlor die Beherrschung. »Ich denke nicht daran, mich kommandieren zu lassen!« rief sie erregt.

»Dann wirst du wohl gehen müssen«, erwiderte er kalt. »Auf jeden Fall können wir uns so nicht weiter unterhalten.«

Sie drehte sich um und eilte davon.

»Da habe ich ja was Schönes angerichtet«, stöhnte Henry Dymont.

David Hamilton grinste. »Den Eindruck habe ich auch.«

»Ich konnte ja nicht wissen...«

»Natürlich nicht«, fiel Kon-kim ein. »Die Schuld liegt nicht bei Ihnen, sondern bei uns.«

»Und warum habt ihr euren Hausbau verschwiegen?«

»Na, warum schon?« kam der Amerikaner Kon-kim zu Hilfe. »Wovon träumt eine Frau, wenn sich ihr Busenfreund ein Haus baut? Ich wette hundert gegen eins, daß dies Thema heute nacht in allen Variationen...«

»Kümmere dich um deine Sachen«, wies Kon-kim ihn zurecht. »Ich werde mit dem Problem auch ohne dich fertig.«

Der Abend war mißlungen. Man trennte sich ungewöhnlich zeitig. Kon-kim äußerte den Wunsch, noch einen Spaziergang zu machen, und hierfür hatten Royal-Dymont und David Hamilton volles Verständnis.

Einer jähen Eingebung folgend, fuhr der Leiter des *Secret Service* jedoch nicht gleich in sein Büro, wie er es ursprünglich vorgehabt hatte. Er dirigierte seinen Wagen vielmehr um das Hotel herum und ging in die Richtung, die Kon-kim eingeschlagen hatte. Bald sah er ihn vor sich her gehen, und von diesem Augenblick an folgte er ihm in sicherem Abstand, bis Kon-kim auf einer am Ufer stehenden Bank Platz nahm und über das Meer blickte, das im Licht des hochstehenden Mondes wie ein schwarzer Spiegel glänzte.

Kon-kim ließ aber nicht das Bild der Nacht auf sich einwirken.

Er entnahm seiner Brieftasche einen Zettel, auf den er unbemerkt schrieb: ›*In dieser Woche von Singapore nach Kuala Lumpur fahrenden großen Militär-Convoy unbedingt passieren lassen. Falle! Puma.*‹ Anschließend steckte er die Notiz in die Rocktasche und überlegte, wie er sich Patrice Lawrence gegenüber verhalten solle. Etwa zehn Minuten verweilte er so auf der Bank, dann erhob er sich und ging gemächlich zum Hotel zurück.

Royal-Dymont, dem nach der Verabschiedung der Gedanke gekommen war, Kon-kim mache den Spaziergang womöglich nur, um sich mit jemandem zu treffen, atmete erleichtert auf und fuhr in sein Office, wo er sich mit dem Kommandierenden General der in Singapore stationierten Truppen verbinden ließ. Er ersuchte ihn, innerhalb der nächsten drei Tage fünfzig bis hundert mit Planen abgedeckte Lastwagen nach Kuala Lumpur zu schicken, auf denen sich mindestens je zwanzig schwerbewaffnete Soldaten verbergen sollten.

»Was ich damit bezwecke, ist folgendes«, fügte er lebhaft hinzu. »Ich habe jemandem, von dem ich vermute, daß er mit den Guerillas in Verbindung steht, eine Falschmeldung zugespielt, die mir Klarheit darüber verschaffen soll, ob mein Verdacht berechtigt ist oder nicht. Wird der Convoy überfallen, dann weiß ich, woran ich bin. Aufgabe Ihrer Männer muß es gegebenenfalls sein, die angreifende Truppe zu vernichten.«

Kon-kim hatte sich nicht getäuscht. Royal-Dymont hatte ihm eine Falle gestellt. Doch noch während der Leiter des *Secret Service* mit dem General telefonierte, verließ ein junger Malaie das *Raffles Hotel* mit dem Zettel in der Tasche, den Kon-kim beschriftet hatte. Und Kon-kim wußte, daß seine Meldung auf schnellstem Wege nach Johore Bahru gebracht und von der dort stationierten Funksprechstation an alle Abteilungsleiter durchgegeben wurde. Er war sich seiner Sache so sicher, daß er an die Angelegenheit bereits nicht mehr dachte, als er die Tür zu seinem Apartment öffnete und in der Überzeugung in den Raum eintrat, einer unerfreulichen Auseinandersetzung entgegenzugehen.

Kon-kim täuschte sich, denn Patrice Lawrence hatte sich nach reiflicher Überlegung dazu entschlossen, einmal ganz anders als sonst zu reagieren. Ohne Rücksicht auf mögliche Folgen hatte sie sich so lange Parfum in die Augen gestäubt, bis diese rot umrändert waren und den Eindruck erweckten, als hätte sie Ströme von Tränen vergossen. Dann hatte sie sich in einem hauchdünnen Negligé in ihr Bett gelegt, um ihren Geliebten wie eine Leidende zu empfangen. Die Rolle fiel ihr nicht schwer, weil sie wirklich litt. Die Tatsache, daß Kon-kim sich ein Haus gebaut hatte, ohne ein Wort darüber zu verlieren, schien ihr ein Beweis dafür zu sein, daß eine zweite Frau in sein Leben getreten war. Aber gleichgültig, ob sie sich täuschte oder nicht, sie war keinesfalls gewillt, ihre hochfliegenden Pläne aufzugeben. Und sie glaubte, am meisten erreichen zu können, wenn sie einen seelisch gebrochenen Eindruck machte.

Mit Genugtuung stellte sie fest, daß ihr Geliebter zutiefst erschrocken war, als er in das Zimmer eintrat und ihre krankhaft geröteten Augen sah.

»Aber, Patrice!« sagte er bestürzt. »Du siehst ja ganz verweint aus.«

Sie schluchzte.

»Und das alles nur, weil Dav und ich dir nicht erzählt haben, daß wir uns ein Haus bauten?«

»Oh, Kim!« rief sie und warf ihre Arme um seinen Hals. »Ich kann dich nicht verlieren. Warum bist du nicht zufrieden mit mir?«

Er sah sie verwundert an. »Ich weiß nicht, wovon du redest?«

Sie zog ihn zu sich herab. »Hörst du mein Herz? Es wird nicht mehr schlagen, wenn du mich verläßt. Ich nehme mir das Leben, wenn ich dich verliere.«

»Wer sagt denn, daß ich dich verlassen will?«

»Ich fühle es«, stöhnte sie verzweifelt. »Du hast das Haus gebaut, um mit der anderen Frau... Wahrscheinlich wird es die von Kuala Lumpur sein. Wenn du sie heiratest, geschieht ein Unglück.«

Kon-kim nahm ihr Gesicht in die Hände. »Du Närrin! Erst jetzt beginne ich zu begreifen, was geschehen ist. Du hast geglaubt, ich hätte dir von dem Haus nichts erzählt, weil eine andere Frau...« Er küßte ihre rot umränderten Lider. »Nun höre mal gut zu. Ich schwöre dir, daß es niemanden gibt, auf den du eifersüchtig sein müßtest. Niemanden!«

Sie sah ihn ungläubig an. »Und warum hast du mir nichts von dem Haus erzählt?«

»Ich befürchtete, daß du mich bedrängen würdest, dich mit nach Ipoh zu nehmen, was im Moment beim besten Willen nicht geht. Die Gründe kann ich im einzelnen nicht nennen; es muß genügen, wenn ich dir sage, daß ich zur Zeit keinerlei Belastung erfahren darf. Und es würde mich belasten, wenn ich dich im Haus sitzen wüßte und nicht zu dir kommen könnte.«

»Wie lange wird diese Zeit noch dauern?«

Kon-kim zuckte die Achseln. »Vielleicht ein paar Monate, vielleicht auch ein Jahr. Ich verspreche dir aber, dich nach Ipoh zu holen, sobald es möglich ist.«

»Und es existiert wirklich keine andere Frau?«

»Ganz gewiß nicht.«

Sie schloß ihn in die Arme. »Und was hast du seinerzeit in Kuala Lumpur gemacht?«

»Ich habe dort eine Besprechung gehabt. Die Frau habe ich nur erwähnt, um dich eifersüchtig zu machen. Es geschah aus einer verrückten Laune, und ich bitte dich ernstlich, nie wieder zu denken, daß es noch eine andere Frau an meiner Seite gibt.«

Der harmonische Verlauf der Ferienwoche war gesichert, wenngleich Patrice Lawrence ihrer entzündeten Augen wegen das Hotelzimmer nicht verlassen konnte. Sie hatte sich selbst eingesperrt. Aber sie zahlte den Preis gerne für die Gewißheit, daß es keine Rivalin gab und Kon-kim sie früher oder später nach Ipoh holen würde.

Dennoch gelang es ihr nur teilweise, sich von ihrer Eifersucht zu befreien. Die Angst, eine andere Frau könnte auftauchen und sie daran hindern, Herrin der *Albion-Tin-Works* zu werden, verfolgte sie wie ein Gespenst, und wenn Kon-kim für einige Stunden fortging, um sich mit Dr. Haji, Akira Ishii oder sonst jemandem zu treffen, wäre sie am liebsten hinter ihm hergelaufen, um ihn zu kontrollieren.

Am letzten Tag aber erstrahlte sie wieder in voller Schönheit, und sie war selig über ein bezauberndes Abendkleid aus gelbem Moiré, das Kon-kim in der Auslage eines bekannten Modesalons entdeckt und ihr mitgebracht hatte. Sie konnte das Dinner kaum erwarten, und sie glich einer Königin, als sie neben ihrem Geliebten, der zur Feier des Tages seinen Smoking angezogen hatte, durch die Hotelhalle schritt und in den *Elisabethanischen Saal* eintrat. Sie genoß die bewundernden Blicke der anwesenden Gäste, und sie nützte jede sich bietende Gelegenheit, um Kon-kim auf Herren aufmerksam zu machen, die sie kannte und deren formelle Verneigungen sie hoheitsvoll erwiderte.

Kon-kim amüsierte sich über ihr Bestreben, ihn eifersüchtig zu machen. Er ließ sich jedoch nichts anmerken und spielte die Rolle, die sie ihm zudachte.

Das Ergebnis war ein restlos gelungener Abend, der Patrice Lawrence so glücklich machte, daß sie ihr Endziel darüber vergaß und dankbar Kon-kims Vorschlag akzeptierte, ihn am nächsten Morgen nicht zum Flughafen zu begleiten, sondern sich gründlich auszuschlafen.

Kon-kim hatte nicht den geringsten Hintergedanken dabei gehabt, als er ihr empfahl, sich durch seine Abreise nicht stören zu lassen, aber gerade sein gutgemeinter Vorschlag sollte zu höchst unangenehmen Verwirrungen führen.

Zunächst jedoch verlief alles ganz normal. Er begab sich am folgenden Morgen zur verabredeten Startzeit zum Flughafen, wo ihn zu seiner Verwunderung nicht nur David Hamilton, sondern auch Royal-Dymont erwartete.

»Nanu«, begrüßte er den Engländer freudig überrascht. »Haben Sie sich endlich dazu durchgerungen, einmal mit nach Ipoh zu kommen?«

»Er muß nach Kuala Lumpur«, kam David Hamilton seinem ehemaligen Kompagnon zuvor. »Ich traf ihn zufällig gestern abend und habe ihm erklärt, daß wir ihn selbstverständlich mitnehmen und auf halber Strecke absetzen.«

»Das ist doch klar«, sagte Kon-kim an den Briten gewandt. »Zumal ich froh bin, wenn ich Ihnen einmal einen Gefallen tun kann. Ich stehe ja immer noch mächtig in Ihrer Schuld.«

»Wieso?«

»Haben Sie meine Flucht aus Japan vergessen?«

»Natürlich nicht. Aber deshalb...«

»Wir werden Sie in Kuala Lumpur absetzen«, unterbrach ihn Kon-kim. »Und ich werde es mir nicht nehmen lassen, Sie auch wieder nach Singapore zurückzufliegen.«

David Hamilton schlug Royal-Dymont auf die Schulter. »Was habe ich gesagt? Er bringt dich zurück!«

»Und es würde besonders schön sein, wenn ich meinen einstigen Retter aus höchster Not wenigstens für einen Tag nach Ipoh entführen dürfte«, fügte Kon-kim hinzu. »Wie lange haben Sie in Kuala Lumpur zu tun?«

»Bis heute abend.«

»Dann hole ich Sie so rechtzeitig ab, daß wir noch vor Eintritt der Dunkelheit in Ipoh landen können. Wird das gehen?«

»Gewiß. Aber ich muß spätestens morgen abend wieder in Singapore sein.«

»Das ist kein Problem. Wir fliegen dann gegen drei Uhr ab, und ich kehre auf der Hinterhand zurück. Einverstanden?«

»Abgemacht!«

Es wurde ein lustiger Flug, und Royal-Dymont war in besonders guter Stimmung, weil ihm die Tatsache, daß der von ihm inspirierte und inzwischen durchgeführte Lastwagen-Convoy nicht angegriffen worden war, einen riesigen Stein vom Herzen gewälzt hatte. Einen Augenblick lang war er sogar nahe daran, Kon-kim zu sagen, wessen er ihn verdächtigt hatte; er unterließ es jedoch, weil er befürchtete, sein Mißtrauen könnte Kon-kim beleidigen.

Ganz andere Befürchtungen hegte Patrice Lawrence, als sie schweißgebadet aus einem Traum erwachte, in dem sie ein Flugzeug abstürzen sah. Sie griff sofort zum Telefonhörer und rief die Flugleitung an, die sie wie eine Verzweifelte bat, ihr schnellstens zu sagen, ob Mister Lee gut in Ipoh gelandet sei.

»Moment«, antwortete der diensttuende Beamte. »Da muß ich in der Start- und Landekladde nachsehen. Passiert kann aber nichts sein, weil sonst eine Meldung vorliegen würde. Ah, da habe ich es schon. Die Landung erfolgte in Ipoh um...« Er unterbrach sich plötzlich. »Entschuldigen Sie, aber die Maschine wurde nicht nach Ipoh, sondern nach Kuala Lumpur abgefertigt, wo sie um neun Uhr zweiundfünfzig gelandet ist.«

Patrice Lawrence war wie gelähmt. »Wissen Sie – das – bestimmt?« rief sie nach Luft ringend.

»Natürlich.«

Wie in Trance legte sie den Telefonhörer zurück. Ihre Lippen zuckten. Vor ihren Augen tanzten Kreise. Er hat mich belogen, dachte sie. Argwohn und Stolz rissen sie hin und her, bis sie wie von Furien gepeitscht aus ihrem Bett sprang, um sich in hektischer Hast anzukleiden und zum Flugplatz zu fahren.

»Sie müssen sich geirrt haben«, bestürmte sie den Beamten, mit dem sie telefoniert hatte. »Mister Lee wollte nach Ipoh und nicht nach Kuala Lumpur. Besteht nicht die Möglichkeit, daß eine falsche Eintragung vorgenommen wurde?«

»Das ist ausgeschlossen«, antwortete der über Patrice Lawrences

Erregung verwunderte Luftaufsichtsbeamte. »Aber das läßt sich schnell kontrollieren«, fügte er hinzu und ergriff eine Akte, in der die Flugsicherungstelegramme abgelegt waren. »Bitte, hier ist die Meldung des Fernschreibers: Kuala Lumpur und nicht Ipoh gab die Landezeit durch. Wir haben Mister Lee ja auch nach dort abgefertigt.«

Sie preßte die Lippen zusammen und entnahm ihrer Handtasche eine Geldnote, die sie dem Beamten zuschob. »Würden Sie mir einen Gefallen tun? Ich möchte wissen, ob Mister Lee schon des öfteren von hier nach Kuala Lumpur gestartet ist.«

»Da müßte ich im Hauptbuch nachsehen. Dies ist die Tageskladde. Es wird natürlich einige Zeit dauern, weil ich Seite für Seite durchblättern muß und...«

»Das können wir vereinfachen«, unterbrach sie ihn. »Es kommen nur ganz bestimmte Tage in Frage, die ich Ihnen nennen kann.«

»Dann ist die Sache schnell erledigt«, entgegnete der Beamte und holte einen Folianten herbei.

Patrice Lawrence zog ein Notizbuch aus ihrer Handtasche und nannte mehrere Daten, auf die der Beamte jedesmal »Ipoh« antwortete, bis sie den 15. Mai aufblätterte, von dem sie bereits wußte, daß Kon-kim an diesem Tag nach Kuala Lumpur geflogen war.

Einigermaßen beruhigt wollte sie ihr Büchlein schon schließen, als ihr der Aufsichtsbeamte sagte: »Ich sehe gerade, daß Mister Lee auch am zwanzigsten Mai in Kuala Lumpur gelandet ist.«

»Am *zwanzigsten*?« fragte sie ungläubig. »Sie müssen sich irren. An diesem Tage ist er überhaupt nicht in Singapore gewesen.«

»Doch«, entgegnete der Beamte bestimmt. »Mister Lee landete hier am neunzehnten und flog am nächsten Morgen wieder fort.«

Patrice Lawrence glaubte, der Boden würde ihr unter den Füßen fortgezogen. Weder am 19. noch am 20. Mai hatte sie Kon-kim getroffen. Wenn er an diesen Tagen in Singapore gewesen war, ohne sie zu verständigen... »Schauen Sie nach, ob Mister Lee von diesem Zeitpunkt an noch öfters hier gelandet ist«, forderte sie herrisch.

Der junge Mann blickte erschrocken auf. »Ich hoffe, Sie bringen mich nicht in Schwierigkeiten. Wenn Mister Lee erfährt...«

»Der erfährt nichts«, unterbrach sie ihn. »Die Sache bleibt unter uns.«

Bald darauf wußte Patrice Lawrence, daß Kon-kim seit dem 20. Mai – es war der Tag, an dem er nach dem Treffen mit Akira Ishii wegen eines Zündkerzenschadens in Kuala Lumpur hatte zwischenlanden müssen – nicht mehr nach Singapore gekommen war. Diese Tatsache gab ihr neue Hoffnung, doch als sie später im *Raffles Hotel* feststellte, daß er dort in der Nacht vom 19. zum 20. Mai nicht übernachtet hatte, wurde es für sie zur unumstößlichen Gewißheit, daß eine zweite Frau in sein Leben getreten sein mußte und daß diese in Kuala Lumpur wohne.

Wie eine Megäre raste sie erneut zum Flugplatz, wo sie dem Beamten zehn Dollar mit der Aufforderung in die Hand drückte, so schnell wie möglich festzustellen, wie lange sich Mister Lee jeweils in Kuala Lumpur aufgehalten habe.

Der Beamte hatte keine Bedenken, entsprechende Erkundigungen einzuziehen, und noch bevor der Tag sich seinem Ende zuneigte, erhielt Patrice Lawrence eine Aufstellung, aus der hervorging, daß Kon-kim das erste Mal – als er den General aufgesucht hatte – nach drei Stunden weitergeflogen war; das zweite Mal – nach Behebung des Motorschadens – fünfunddreißig Minuten später; und an diesem Morgen – an dem er Royal-Dymont in Kuala Lumpur abgesetzt hatte – bereits zwanzig Minuten nach der Landung. Die Gründe der kurzfristigen Aufenthalte kannte sie natürlich nicht, im Geiste aber sah sie in allen drei Fällen eine Frau in das Flugzeug einsteigen und mit Kon-kim nach Ipoh fliegen.

Noch unschlüssig, was sie nun unternehmen sollte, übergab sie dem Beamten ihre Visitenkarte mit dem Versprechen, ihn fürstlich zu belohnen, wenn er sie in Zukunft über alle von Mister Lee in Singapore beziehungsweise Kuala Lumpur durchgeführten Starts und Landungen informieren würde.

Der junge Mann quittierte das verlockende Angebot mit einem dankbaren Lächeln, und bereits vierundzwanzig Stunden später konnte er seiner Auftraggeberin melden, daß Mister Lee am gleichen Abend nochmals von Ipoh nach Kuala Lumpur und zurück geflogen und inzwischen auch wieder in Singapore gewesen sei.

Seine Mitteilung hatte die Wirkung eines Funkens im Pulverfaß. Patrice Lawrence sah nur noch rot und entschloß sich, in das Geschehen einzugreifen. Wenn es eine Rivalin gab, die ihr den Weg in die *Albion-Tin-Works* versperrte, dann sollte Kon-kim für sein Doppelspiel die Strafe erhalten, die sie für gerecht erachtete.

Wenige Stunden später stieg sie in den nach Ipoh fahrenden Zug. Dieser erreichte die Stadt jedoch erst in der Frühe des dritten Reisetages, da die Strecke von entgleisten Güterzügen blockiert gewesen war. Müde schleppte sie sich in einen kleinen Gasthof, in dem sie bald darauf wie eine Tote schlief, bis Angstträume ihr die Ruhe raubten. Dennoch blieb sie bis zum Eintritt der Dunkelheit im Bett, um wie eine Irre darüber nachzugrübeln, auf welche Weise sie sich am geschicktesten rächen könne, wenn sich in Kon-kims Haus eine Frau aufhalten sollte. Die unmöglichsten Dinge stellte sie sich vor: angefangen von einer ihr harmlos erscheinenden Brandstiftung bis zum lustvollen Erwürgen. Als sie jedoch durch die Nacht in Richtung des außerhalb der Stadt gelegenen Reitplatzes ging, in dessen Nähe das Doppelhaus an einsamer Stelle errichtet worden war, fürchtete sie sich plötzlich davor, überfallen zu werden. Das unheimliche und beklemmende Gefühl wich aber schlagartig von ihr, als sie das erleuchtete Haus entdeckte und Kon-kim und David Hamilton bei einem Windlicht auf einer überdachten Holzveranda sitzen sah. Außer den beiden Freunden war niemand zu sehen.

Ihr klopfte das Herz in der Kehle, als sie sich hinter einer Hecke näher an das Gebäude heranschlich und die Stimme Kon-kims hörte, der sich angeregt mit David Hamilton unterhielt und einige Male herzhaft lachte. Seine Fröhlichkeit empörte sie, wenngleich sie Erleichterung empfand. Sie mußte sich getäuscht haben, denn weit und breit war keine Frau zu sehen. Und alles deutete darauf hin, daß die Freunde ein regelrechtes Junggesellenleben führten. Sie tranken Bier, lasen in Zeitschriften und hörten sich die Nachrichten im Radio an, bis sie schließlich den Tisch abräumten und sich in ihre Wohnungen zurückzogen, in denen bald darauf die Lichter gelöscht wurden.

Entweder bin ich eine Närrin oder Kon-kim hat Glück gehabt, dachte Patrice Lawrence, als sie schweren Herzens in ihr unfreundliches Quartier zurückkehrte. Sie wünschte sich, daß sie ihn grundlos verdächtigte, war aber weit davon entfernt, an seine Unschuld zu glauben. Die Angst, nicht Herrin der *Albion-Tin-Works* zu werden, fraß wie ein Gift in ihr, und erst als sie acht Tage lang Abend für Abend hinter der Hecke gestanden hatte, ohne jemals eine Frau gesehen zu haben, fuhr sie nach Johore Bahru zurück. Allerdings nicht, ohne zuvor einem Angestellten des Gasthofes den Auftrag gegeben zu haben, Kon-kim künftig heimlich zu beobachten. Das Unwürdige ihres Tuns bereitete ihr weniger Kopfschmerzen als die Sorge, sich irgendwann einmal zu verplappern, wenn die

Rede auf das Haus und die Lebensgewohnheiten der beiden Freunde kommen sollte, über deren Bürgerlichkeit sie im übrigen verächtlich die Nase rümpfte.

Nachdem die chinesische Volksarmee in Stärke von einer Million Mann im April 1949 den Yangtse in breiter Front überschritten und Mao Tse-tung die *Chinesische Volksrepublik* proklamiert hatte, sah sich der hart bedrängte und von weiten Schichten der Bevölkerung verlassene Generalissimus Tschiang Kai-schek gezwungen, mit seiner korrupten Nationalregierung nach Tschengtu und schließlich nach Formosa zu flüchten. Damit war der seit neunundzwanzig Jahren herrschende Krieg plötzlich beendet.

Kon-kim las die Meldung mit gemischten Gefühlen. Ihn bedrückte der Ausgang des Kampfes, wenngleich er froh darüber war, daß seine Heimat endlich den langersehnten Frieden erhalten hatte. Er hoffte, daß diesem nicht Stille eines Grabes folgen würde und daß die Würde des Menschen, die er als gefährdet ansah, nicht mit Füßen getreten werde.

Aber wie sich die Verhältnisse in China auch entwickeln mochten, der Durchbruch des Kommunismus schlug Wellen, die nach all jenen griffen, die unzufrieden waren. In Malaya gab es deren viele unter den arbeitsamen, jedoch nicht gleichberechtigten Chinesen; sie waren aber auch zahlreich unter der einheimischen Bevölkerung vertreten, die den Augenblick für gekommen hielt, sich von der Fremdherrschaft zu befreien. Viele unterstützten die Guerillas, und es entwickelte sich eine Aufstandsbewegung, deren kommunistischer Akzent nicht zu übersehen war.

Kon-kim bemühte sich, der von allen Seiten einsetzenden Beeinflussung seiner Männer entgegenzutreten. Er erkannte jedoch bald, daß seinen Bemühungen kein Erfolg beschieden sein konnte, solange der von ihm geleitete Widerstand gegen die Staatsgewalt im Grunde genommen all jenen Parolen entsprach, die umstürzlerische Kräfte nun im ganzen Lande zur Erreichung politischer Ziele ausgaben. Er saß wieder einmal in der Zwickmühle, und im Bestreben, den um die Entschädigungszahlung entbrannten Streit so schnell wie möglich zu beenden, arbeitete er Pläne für eine Offensive aus, die das Verkehrswesen völlig lahmlegen sollte. Dazu benötigte er große Mengen von Minen und Sprengstoffen aller Art, doch er wäre nicht der im Kampf gegen die Japaner mit den unmöglichsten Wegen vertraut gewordene ›Puma‹ gewesen, wenn er diese Dinge nicht hätte beschaffen können. Innerhalb von kürzester Frist verschwanden allein aus dem Singaporer Militärdepot Waffen und Munition im Wert von über einer halben Million Dollar, und Offiziere und Mannschaften bemühten sich, diesen dreisten ›Diebstahl‹ zu vertuschen.

Kon-kim flog nun erneut regelmäßig alle vierzehn Tage nach Singapore, und weder David Hamilton noch Royal-Dymont ahnten, daß seine Flüge nur in zweiter Linie dazu dienten, sich mit Patrice Lawrence zu treffen, die sich auf Grund der Informationen des bestochenen Angestellten aus Ipoh wieder absolut sicher und als künftige Herrin der *Albion-Tin-Works* fühlte. Es verstimmte sie zwar, daß Kon-kim sie oft stundenlang sich selbst überließ, aber sie tröstete sich mit dem Gedanken, daß der durch den Koreakrieg rapide angestiegene Weltbedarf an Zinn, der eine weitere Produktionssteigerung erforderlich machte, eines Tages auch ihr zugute kommen würde.

Doch sie täuschte sich, wenn sie glaubte, daß Kon-kim in Singapore geschäftliche Verhandlungen führte. Er traf sich mit Agenten, die ihn in den Schalterräumen namhafter Banken erwarteten oder als Taxichauffeure Dienst taten, so daß er sich, ohne die geringste Aufmerksamkeit zu erregen, ungestört mit ihnen unterhalten konnte. Kein Mensch wäre auf den Gedanken gekommen, daß der unbesorgt von einem zum anderen Stadtteil fahrende Inhaber der *Albion-Tin-Works* der ›Puma‹ war, der mit nur dreitausend Männern eine Armee von fast fünfzigtausend Soldaten so sehr in Bedrängnis brachte, daß die ratlos gewordenen Generäle rundheraus erklärten, für die weitere Entwicklung keine Verantwortung mehr übernehmen zu können, wenn sich die Regierung Großbritanniens nicht dazu entschließe, die unzuverlässige malaiische Bevölkerung aus vielen Distrikten zu evakuieren und in polizeilich kontrollierte, umzäunte Siedlungen zu verbannen.

»Solange die Guerillas nicht von der Bevölkerung getrennt werden, bleiben wir machtlos«, erklärte der Kommandierende General von Kuala Lumpur. »Das Volk unterstützt die Kommunisten, wo es nur kann. Es trifft sich mit ihnen Nacht für Nacht und bringt ihnen außer Nahrungsmitteln jede nur denkbare Information. Wenn die Bevölkerung nicht hinter Stacheldraht gebracht wird und pausenlose Bombenangriffe das Leben im Dschungel nicht unmöglich machen, fällt in Malaya in wenigen Wochen das letzte Bollwerk gegen den Kommunismus.«

Von der Ursache der leichtfertig entfesselten Auseinandersetzung, die schon das Tausendfache dessen gekostet hatte, was die Widerstandskämpfer forderten, war nicht mehr die Rede. Man sprach vom ›letzten Bollwerk gegen den Kommunismus‹, obwohl jeder wußte, daß diese Formulierung die Wahrheit nur verbrämte.

Kon-kim erkannte mit Entsetzen, daß die Dinge anfingen, ihm über den Kopf zu wachsen. Sie führten plötzlich ihr Eigenleben, und es gelang ihm nur noch mit äußerster Mühe, den einstmals ins Leben gerufenen Teufel, dessen Zügel er der Not gehorchend nochmals in die Hand genommen hatte, zu bändigen. Der Geist der Truppe war nicht mehr wie früher. Wo im Krieg der Wille geherrscht hatte, frei zu sein und sich nicht unterjochen zu lassen, dominierten jetzt Verbitterung, Haß und Zorn.

»So geht es nicht weiter«, sagte er seinem Freund, als sie wieder einmal in Singapore gelandet waren und an Hunderten von Bombern entlangfuhren, die Tod und Verderben in den Dschungel tragen sollten. »Die Bevölkerung wird allenthalben evakuiert, um sie von den Guerillas zu trennen, und diese werden fanatisch und wollen blutige Rache nehmen. Überall tauchen subversive Kräfte auf, die einen Bürgerkrieg entfesseln möchten. Ich weiß manchmal nicht mehr ein noch aus und würde am liebsten alles hinschmeißen. Aber kann ich das verantworten? Wenn ich mich morgen abwende, geht es übermorgen los. Ich fühle mich wie jemand, der im Sumpf sitzt. Je mehr ich strampele, um so tiefer sinke ich.«

David Hamilton beobachtete ihn unauffällig von der Seite. »Wäre es nicht das vernünftigste, die Flucht nach vorne anzutreten und offen mit Henry zu sprechen?«

»Du weißt, daß er dann etliche Leute einsperren lassen müßte. Das käme einem Signal zum offenen Aufstand gleich. Und das angesichts der Verstärkung der englischen Armee, die in wenigen Wochen über hundertdreißigtausend Mann verfügen wird.«

»Woher weißt du das?«

»Von Sekretärinnen und so weiter.«

»Du steckst deine Nase in britische Behörden?«

»Ich unterlasse nichts, was meine Männer schützt.«

»Aber Kim! Sind hundertdreißigtausend Mann nicht eine Garantie dafür, daß jeder Aufstand im Keime ersticken wird?«

»Eben nicht! Wer im Dschungel sitzt, ist unangreifbar. Die Bevölkerung weiß das, und wenn Royal-Dymont heute einige Anführer hinter Schloß und Riegel bringen könnte, wäre der Verrat offensichtlich und würden morgen fünf- und übermorgen zehntausend hinter der grünen Mauer verschwinden. Die Masse ist nun einmal aufgewiegelt und macht keinen Unterschied mehr zwischen Engländern und Japanern. Und das ist mein Problem! Mit jedem nach Malaya geworfenen Soldaten verstärkt sich im Volk das Gefühl der Unterdrückung und wächst der Wille zum Widerstand. So paradox es klingen mag: ich muß in der gewohnten Weise weitermachen, wenn ich den Ausbruch eines offenen Aufstandes verhindern will.«

»Und wie sieht es mit der Verpflegung aus, wenn die Bevölkerung hinter Stacheldraht gebracht ist?«

»Nicht anders als im Krieg. Gummizapfer müssen in die Wälder und Bauern auf die Felder; die Guerillas bekommen also, was ihnen fehlt. Und ihre alleinstehenden Frauen werden weiterhin Kinder gebären. Im Krieg war es genauso. Da haben die Japaner geschrien: ›Woher bekommt ihr Babies, wenn eure Männer nicht da sind?‹ Und was haben die Weiber geantwortet? ›Von *Polons* und *Shaitans*‹ – Von Dämonen und Geistern.«

Daß Kon-kim sich nicht täuschte, bewies das folgende Jahr. Obwohl über eine halbe Million Menschen evakuiert und in dreihundert mit Stacheldraht umgebene *Neusiedlerlager* gepfercht wurden, erhielten die Guerillas weiterhin Nahrung und gebaren ihre Frauen legitime Kinder. Und die unablässig in den Dschungel hineinprasselnden Bomben erhöhten lediglich die Kosten des Krieges, die auf täglich fünfhunderttausend Dollar anstiegen, aber keinen Verkehrsweg auch nur annähernd sicher machten. Das Wirtschaftsleben erlahmte, und das Chaos drohte bereits auszubrechen, als sich etwas ereignete, das einen Stein ins Rollen brachte, der eine folgenschwere Lawine hinter sich herzog.

Es begann damit, daß Kon-kim und Akira Ishii einen Spaziergang machten, über den sich Patrice Lawrence ärgerte, weil er eine Stunde länger dauerte, als sie es mit Kon-kim verabredet hatte. Die Ursache der Verspätung war der nicht beabsichtigt gewesene Kauf eines Akkordeons, das sich Akira Ishii anläßlich seiner soeben mit Auszeichnung bestandenen Reifeprüfung gewünscht hatte und das er gleich im Geschäft so meisterhaft spielte, daß Kon-kim und der Musikalienhändler aus dem Staunen nicht herauskamen.

»Wo hast du das gelernt?« fragte Kon-kim verwundert.

»Gelernt habe ich es nicht«, antwortete Akira Ishii glücklich lächelnd. »Aber ein Klassenkamerad hat mir sein Instrument oft zum Üben geliehen. Ich habe dann immer so gespielt, wie ich die Melodie höre.«

Kon-kim fuhr ihm lachend durch das Haar. »Und was war das, was du soeben gespielt hast?«

Der Musikalienhändler kam dem Jungen zuvor. »Das erste waren Melodien aus Beethovens *Eroika*. Das zweite war die improvisierte *Sommernachtstraum-Ouvertüre* von Mendelssohn-Bartholdy. Aber was war das dritte?« fragte er Akira Ishii.

Der Junge strich über die Tasten des Akkordeons und blickte verlegen zu Kon-kim hinüber. »Die Melodie kam mir bei den letzten Worten, die du am *Mont Bubu* sprachst, als wir das Herz meines Vaters... Kannst du dich noch daran erinnern?«

Kon-kim nickte. »Spiel die Melodie noch einmal.«

Akira Ishii tat es, und unter den wehmütigen und sehnsuchtsvollen Klängen, die Trauer und Hoffnung auszudrücken schienen, sah Kon-kim plötzlich visionär einen Dschungelpfad vor sich, über den er hohlwangige Guerilla-Kämpfer aus dem stickigen Urwald an das freie Ufer des Meeres führte. Deutlich hörte er den verhaltenen Rhythmus gedämpfter Schritte, hinter denen unverkennbar die letzten Worte schwangen, die er an der Grabstätte auf dem *Mont Bubu* gesprochen hatte: ›Denn jeder Mensch hat nur ein Herz.‹

Wie benommen wanderte Kon-kim mit dem Jungen zum *Clifford Pier* hinunter, wo er stehenblieb und auf das Meer hinausblickend sagte: »Deine Melodie hat mich auf einen Gedanken gebracht, über den ich jetzt noch nicht sprechen möchte. Ich glaube aber, daß du mir den Weg gezeigt hast, den ich einschlagen muß. Die Vorstellung ist besonders schön für mich, weil ich dir gerade heute, am Tage deines Schulabgangs, sagen kann, daß deine Adoption rechtskräftig geworden ist. Damit hast du gleichzeitig die chinesische und die mir vor Jahren zugesprochene britische Staatsangehörigkeit erworben. Also, Lee Akira, mache unserem Namen Ehre und nimm mir meine formlose Art nicht übel. Du kennst mich ja. Wenn mein Herz anfängt zu sprechen, muß ich vor mir selber flüchten.«

Eine Weile gingen sie noch am Meer entlang, dann winkte Kon-kim ein Taxi herbei, das ihn in wenigen Minuten zum *Raffles Hotel* brachte, wo ihn Patrice verstimmt erwartete.

»Weißt du, wann du zurück sein wolltest?« fragte sie böse.

Er legte die Hände gegeneinander und verneigte sich wie ein buddhistischer Priester. »Ich kann dich nur bitten, die Verspätung zu entschuldigen und Gnade vor Recht ergehen zu lassen. Zumal es einen triftigen Grund gibt. Ich hatte vergessen, daß ich Akira zur Feier des Tages etwas schenken mußte.«

Ihre Lippen verzogen sich. »Hat der junge Herr ein Auto bekommen?«

Kon-kim sah sie unwillig an. »Was soll der gehässige Unterton?«

»Ich bin mir nicht bewußt, gehässig zu sein«, antwortete sie schnippisch, wobei sie mit einer fahrigen Bewegung über ihre auf dem Tisch liegende Reitpeitsche strich.

»Nun gut«, erwiderte er nachsichtig. »Dann will ich hoffen, daß die Angelegenheit mit der von mir ausgesprochenen Entschuldigung erledigt ist.«

Sie ging auf seine Worte nicht ein, sondern fragte: »Und was hast du Akira geschenkt?«

»Ein Akkordeon, das er sich wünschte. Du machst dir keinen Begriff, wie fantastisch der Junge darauf spielt. Beethoven, Mendelssohn-Bartholdy ...«

Patrice Lawrence lachte schallend. »Beethoven auf dem ›Schifferklavier‹? Ich möche dir dringend raten, derartiges anderswo nicht zu erzählen. Du könntest dich sehr blamieren.«

Kon-kims Augen wurden zu Schlitzen. »Mir scheint, du willst einen Streit vom Zaun brechen.«

»Ich denke nicht daran«, ereiferte sie sich. »Aber bei der Vorstellung, Beethoven auf einem Akkordeon serviert zu bekommen, dreht sich einem Europäer der Magen um. Im übrigen hättest du Akira zur Reifeprüfung auch etwas Vernünftigeres als ein solches Instrument schenken können.«

Er stemmte die Hände in die Hüften. »Jetzt weiß ich nicht, woran ich bin. Sonst bist du der Meinung, daß ich Akira verwöhne, und nun ... Aber ich kann dich beruhigen: er hat noch etwas anderes bekommen. Und er wie ich haben uns mächtig darüber gefreut.«

»Dann bitte ich höflichst darum, mich an eurer Freude teilhaben zu lassen«, entgegnete sie patzig.

»Gerne«, antwortete Kon-kim. »Ich habe ihm einen neuen Namen geschenkt. Er heißt jetzt Lee Akira und wurde gleichzeitig chinesischer und britischer Staatsbürger.«

Patrice Lawrence hob den Kopf. »Entschuldige, das verstehe ich nicht. Wieso heißt er jetzt Lee Akira? Und was hat die chinesische und britische Staatsangehörigkeit damit zu tun?«

»Das ist ganz einfach«, erwiderte er. »Ich habe ihn adoptiert, damit er nicht mehr allein im Leben steht.«

Ihre Augen weiteten sich.

»Du kennst die Umstände, unter denen ich ihn kennenlernte. Er hat Schreckliches durchgemacht, und ich möchte, daß er in Zukunft weiß, wohin er gehört.«

»Und er ist damit dein rechtmäßiger Erbe geworden?«

»Natürlich.«

Patrice Lawrence wurde kreidebleich. Im Bruchteil einer Sekunde sah sie alles zertrümmert, was sie seit Jahren zu erringen hoffte. Ihre Nerven rebellierten. Sie sah nicht mehr klar und holte mit der Peitsche zu einem Schlag aus, der den völlig überraschten Kon-kim mitten ins Gesicht traf und einen blutroten Streifen hinterließ. »Dreckiger Chinese!« schrie sie in ohnmächtiger Wut. »Bildest du dir etwa ein, mich mit einem Almosen abspeisen zu können? Mich, die Tochter des Gründers der *Albion-Tin-Works*? Was glaubst du, warum ich den Verlust meiner früheren Freunde, die mich schneiden, weil ich mit einem Chinesen...«

»Genug!« rief Kon-kim und riß ihr die Peitsche aus der Hand, die zum zweitenmmal durch sein Gesicht fahren sollte. »Weitere Worte kannst du dir sparen.« In seiner Erregung zerbrach er die Peitsche, warf sie auf den Tisch und verließ den Raum.

Der quer durch sein Gesicht verlaufende blutige Streifen brannte wie Feuer und ließ die ihm begegnenden Hotelgäste betroffen aufschauen. Kon-kim achtete nicht darauf. Erhobenen Hauptes ging er auf den Portier zu, den er um die Rechnung bat und beauftragte, seinen Koffer durch einen Hausdiener packen und zum Taxi bringen zu lassen.

Der Empfangschef wagte es kaum, ihn anzublicken. »Sie sind gestürzt?« erkundigte er sich in seiner Verlegenheit.

»Nein!« antwortete Kon-kim, wobei er etliche Geldscheine auf den Tisch legte. Dann verließ er das Hotel und nahm in einem der stets bereitstehenden Wagen Platz.

»Wohin darf ich Sie fahren?« fragte der Chauffeur, der wie gebannt auf den über Kon-kims Nase verlaufenden blutenden Striemen starrte.

»Wenn mein Gepäck gebracht ist, zum *Goodwood Hotel.*«

Es dauerte über zehn Minuten, bis ein Malaie mit seinem Koffer erschien.

Kon-kim drückte ihm einen Schein in die Hand und atmete auf, als der Wagen anfuhr. Er hatte mit dem Schlimmsten gerechnet und Patrice Lawrence sogar eine Szene auf offener Straße zugetraut.

Darin täuschte er sich. Ihr Peitschenhieb war eine Reflexbewegung gewesen. Sie bereute es allerdings nicht, ihm in ihrer Unbeherrschtheit einen sichtbaren ›Denkzettel‹ erteilt zu haben. Inzwischen aber überlegte sie in aller Nüchternheit, was sie unternehmen könnte, um richtige Rache zu nehmen. Keine Sekunde dachte sie an gemeinsam verlebte Stunden. In ihr bohrte der Schmerz über die verlorene Chance, sich durch Heirat in den Besitz jenes Anteiles der *Albion-Tin-Works* zu bringen, den sie verloren hatte.

Kein Mensch ist unverwundbar, sagte sie sich immer wieder, und im Bestreben, in Kon-kims Leben eine Angriffsfläche zu finden, durchforschte sie systematisch alle im Laufe der Jahre mit ihm geführten Gespräche. Stundenlang marterte sie ihr Hirn, bis ihr einfiel, daß Kon-kim förmlich erstarrt gewesen war, als sie ihm unumwunden erklärt hatte, daß er der ›Puma‹ sei.

Er hat mich damals irregeführt, indem er mich eifersüchtig machte, schoß es ihr durch den Kopf. Denn er war es, der andeutete, sich mit einer Bekannten in Kuala Lumpur getroffen zu haben. Das hat er getan, um mich von meiner Entdeckung abzulenken. Und ich durchschaute ihn nicht! Nun aber, nachdem ich weiß, daß er mit keiner anderen Frau in Verbindung steht, ist alles klar. Jetzt kenne ich den Grund seiner Landungen in Kuala Lumpur: er *ist* der ›Puma‹! Darum fährt er neuerdings oft von Ipoh mit dem Wagen nach Kuala Lumpur, wie mir der Angestellte des Ipoher Gasthofes mitteilte. Er wird dort sein Hauptquartier haben, und ich, die Tochter des Gründers der *Albion-Tin-Works,* werde es ausheben und ihn der gerechten Strafe überführen.

Patrice Lawrence war sich ihrer Sache so sicher, daß sie Henry Dymont noch in der gleichen Minute telefonisch um eine dringende Unterredung bat, und während Kon-kim im *Goodwood Hotel* seine brennende Wunde kühlte und versuchte, den Gedanken weiterzuverfolgen, der ihm bei Akiras wehmütigsehnsuchtsvoller Melodie gekommen war, stieg Patrice Lawrence die Treppen des grauen Gebäudes der *Special Branch* empor.

»Na, wo brennt es denn?« erkundigte sich der Engländer, nachdem er seine Landsmännin begrüßt und an einen Tisch geführt hatte, um den mehrere Sessel gruppiert waren.

»Ich habe Ihnen etwas Schreckliches mitzuteilen«, hauchte sie wie mit letzter Kraft.

»Dann wäre es vielleicht gut, wenn ich Ihnen zunächst einen Whisky anbiete«, erwiderte Royal-Dymont.

Patrice Lawrence nickte mit leidender Miene.

Der Leiter des *Secret Service* entnahm einem Seitenfach seines Schreibtisches eine Flasche und zwei Gläser. »Cheerio!«

Sie ergriff ihr Glas und leerte es in einem Zuge.

Viel zu schnell für einen Menschen, der sich elend fühlt, registrierte der Engländer nüchtern.

»Darf ich eine Zigarette rauchen?«

»Entschuldigen Sie, daß ich Ihnen keine angeboten habe«, antwortete er und öffnete eine auf dem Tisch stehende Dose. »Bitte, bedienen Sie sich.«

Ihre Hand zitterte, als sie sich eine Zigarette nahm.

Er reichte ihr Feuer. »Ah, das tut gut«, stöhnte sie und stieß den Qualm geräuschvoll aus. »Ich bin furchtbar erregt und nervös.«

»Das sehe ich«, entgegnete Henry Dymont hintergründig.

»Sie ahnen ja nicht, was ich Ihnen mitzuteilen habe. Mir bricht es fast das Herz. Aber das Wohl meines Landes... Vielleicht würde ich dennoch schweigen, wenn ich nicht grenzenloses Vertrauen zu Ihnen hätte und davon überzeugt wäre, daß Sie die Angelegenheit so diskret wie möglich behandeln werden.«

»Das ist doch selbstverständlich«, erwiderte er und drückte unbemerkt auf einen Knopf, der eine im Nebenraum stehende Tonbandanlage einschaltete.

»Ich muß mit Ihnen über Kon-kim sprechen!«

Royal-Dymont stellte sich verwundert, obwohl er ähnliches erwartet hatte.

»Ich wage es kaum auszusprechen: Kon-kim ist der ›Puma‹!«

Der Leiter des *Secret Service* fuhr sichtlich zusammen. »Woher wissen Sie das?« fragte er erregt.

Sie kramte in ihrer Handtasche und zog ein Notizbuch hervor. »Erinnern Sie sich, daß vor zwei Jahren im Raum von Kuala Lumpur innerhalb von achtundvierzig Stunden fünfundsiebzig Offiziere und Mannschaften umgebracht wurden?«

»Gewiß.«

Sie warf einen Blick in ihre Aufzeichnungen. »Als Kon-kim diese Nachricht las – es war am Morgen des fünfzehnten Mai –, verließ er mich innerhalb von wenigen Minuten mit der Begründung, sofort nach Ipoh fliegen zu müssen. Durch Zufall erfuhr ich jedoch, daß er nicht nach Ipoh, sondern nach Kuala Lumpur flog. Ich machte mir meine Gedanken, stellte ihn auch zur Rede, wurde aber, wie ich später feststellte, in unglaublicher Weise von ihm getäuscht. Ich möchte Sie nicht mit Details aufhalten, sondern Ihnen weitere Tage nennen, an denen Kon-kim entgegen seiner Behauptung, nach Ipoh zu fliegen, stets in Kuala Lumpur landete.«

»Moment«, sagte Royal-Dymont und nahm einen Block von seinem Schreibtisch. »Ich möchte mir gleich einige Notizen machen. Also, das erste Mal war es vor zwei Jahren am fünfzehnten Mai, nicht wahr?«

»Ja.«

»Und dann weiter?«

»Fünf Tage später, am zwanzigsten Mai. An diesem Tag ist er übrigens in Singapore gewesen, ohne daß wir uns trafen. Ich wußte überhaupt nicht, daß er hier war. Und in der Nacht vom neunzehnten zum zwanzigsten hat er auch nicht im *Raffles* gewohnt, wo er sonst immer absteigt.«

Der Engländer räusperte sich.

»Ja, und dann ist er am fünften August vorigen Jahres zum drittenmal in Kuala Lumpur gelandet, nachdem er mir eindeutig erklärt hatte, nach Ipoh zu fliegen. Und am gleichen Tage ist er abends noch einmal von Ipoh nach Kuala Lumpur und zurück geflogen.«

»Haben Sie sonst noch Daten?« fragte Royal-Dymont, dessen Stirnadern plötzlich scharf hervortraten.

»Keine konkreten. Es ist mir aber bekannt, daß Kon-kim seit einem Jahr häufig mit dem Wagen von Ipoh nach Kuala Lumpur fährt. Spricht das nicht Bände? Warum fliegt er nicht dorthin? Und was macht er dauernd in einer Stadt, in deren Nähe die Guerillas besonders aktiv sind?«

Der Leiter des *Secret Service* erhob sich und bat darum, ihn für einen Augenblick zu entschuldigen, da er schnell etwas nachsehen wolle, was in Verbindung mit der gemachten Aussage von größter Wichtigkeit sein könne. Er kehrte tatsächlich schon nach wenigen Minuten zurück, setzte sich jedoch nicht zu Patrice Lawrence, sondern nahm hinter seinem Schreibtisch Platz. »Ich glaube, daß meine Ermittlungen Sie sehr in Erstaunen versetzen werden«, sagte er nach einem kurzen Blick auf seine Notizen. »Ich muß Sie nur bitten, sich noch eine kleine Weile zu gedulden, da ich einen Anruf erwarte, der mir den letzten Beweis liefern soll.«

»Dafür, daß Kon-kim der ›Puma‹ ist?«

»Oder es nicht ist«, antwortete er ausweichend.

»Und was geschieht mit ihm, wenn er es ist?«

Henry Dymont hob die Schultern. »Das müssen wir den Richtern überlassen. Wissen Sie, wo Kon-kim sich zur Zeit aufhält?«

Sie zuckte die Achseln.

»Wollte er nicht heute nach Singapore kommen?«

»Er kam auch, aber es gab Streit. Nach allem, was ich Ihnen erzählt habe, brauche ich die Gründe wohl nicht zu nennen.«

»Natürlich nicht. Mich interessiert nur noch, ob er das Hotel verlassen hat.«

»Ja. Irgendein Diener kam und packte seinen Koffer.«

»Kann Kon-kim vermuten, daß Sie mich aufsuchen?«

»Nein. Aber er ist bestimmt noch in Singapore.«

»Woher wissn Sie das?«

»Ich habe bei der Flugleitung angerufen. Seine Maschine steht in der Halle.«

»Sie sind ja die reinste Kriminalistin.«

Patrice Lawrence lächelte verkrampft. »Ich tat es im Interesse der Sache.«

Der auf dem Schreibtisch stehende Telefonapparat surrte, und Royal-Dymont nahm den Hörer ab.

Patrice Lawrence blickte gebannt zu ihm hinüber.

Er lauschte eine Weile und sagte schließlich: »Danke, das genügt.«

»Nun?« fragte sie erwartungsvoll, als das Gespräch beendet war.

Der Leiter des *Secret Service* erhob sich schwerfällig und erklärte mit gedämpfter Stimme: »Meine Ermittlungen haben folgendes ergeben: Am fünfzehnten Mai landete Mister Lee in Kuala Lumpur, um den dortigen Kommandierenden General aufzusuchen; ich konnte dies aus einem Bericht über die stattgefundene Unterredung ersehen, an den ich mich erinnerte. Am zwanzigsten des gleichen Monats mußte Mister Lee, wie mir gerade mitgeteilt wurde, eine Zwischenlandung in Kuala Lumpur vornehmen, um einen Zündkerzenschaden zu beheben. Und im letzten Jahr landete er am Vormittag des fünften August in Kuala Lumpur, um mich dort abzusetzen. Am Abend des gleichen Tages kam er nochmals zurück, um mich nach Ipoh abzuholen. Und damit dürfte alles geklärt sein. Ich bedaure außerordentlich, Sie nun bitten zu müssen, mich zu verlassen. Es beginnt in wenigen Minuten eine Konferenz, auf der ich nicht fehlen darf.«

Patrice Lawrence war es zumute, als habe sie einen Schlag ins Gesicht erhalten. Undenkbar erschien es ihr, daß sie sich so getäuscht haben sollte. Sie war jedoch weit davon entfernt, sich der Rolle zu schämen, die sie gespielt hatte. Im Gegenteil, die unerwartete Niederlage versetzte sie in solche Wut, daß sie mit bebenden Lippen schrie: »Für wie dumm halten Sie mich eigentlich? Wenn Sie sich einbilden, meine Anschuldigung mit der linken Hand abtun zu können, werde ich mich anderswo hinwenden. Ich habe die Landungen ja schließlich nur am Rande erwähnt; ausschlaggebend sind Kon-kims vielfältige und völlig unmotivierte Fahrten nach Kuala Lumpur!«

Royal-Dymont ging zur Tür und öffnete sie wortlos.

Patrice Lawrence ergriff ihre Handtasche. »Wie Sie wollen. In dieser Angelegenheit ist das letzte Wort aber noch nicht gesprochen!«

Der Leiter des *Secret Service* wartete stumm, bis seine Landsmännin den Raum verlassen hatte. Dann eilte er zum Telefon, um einen seiner Mitarbeiter zu beauftragen, sofort zu eruieren, wohin sich Mister Lee nach Verlassen des *Raffles Hotels* begeben habe. »Wenn der Portier es nicht weiß«, fügte er hinzu, »dann sprechen Sie mit dem Diener, der seinen Koffer gepackt hat. Er wird ihn zum Taxi getragen haben und den Chauffeur oder den Wagen bezeichnen können, mit dem Mister Lee fortgefahren ist.«

Bereits eine Stunde später wußte Royal-Dymont, daß Kon-kim im *Goodwood Hotel* abgestiegen war. Er verließ daraufhin sein Office, um den Freund seines ehemaligen Kompagnons aufzusuchen, den zu informieren er für seine Pflicht erachtete.

Hätte er gewußt, in welcher Verfassung er den Mann antreffen würde, dem er einmal zur Flucht aus Japan verholfen hatte, dann wäre er gewiß nicht zu ihm gefahren. So aber war er zutiefst erschrocken, als Kon-kim mit einem blutroten Striemen im Gesicht die Tür seines Apartments öffnete und ihn, ohne das geringste Erstaunen zu zeigen, mit unbewegter Miene aufforderte, in den verdunkelten Raum einzutreten.

»Entschuldigen Sie«, stammelte der Engländer verwirrt. »Ich ahnte nicht...«

»Darf ich Ihnen einen Drink bestellen?« unterbrach ihn Kon-kim. »Ich wollte mir ohnehin gerade etwas kommen lassen.«

»Dann nehme ich ein Bier.«

»Well«, erwiderte Kon-kim, rief die Bar an und bat Royal-Dymont mit einer einladenden Geste, Platz zu nehmen. Anschließend setzte er sich zu ihm und sah ihn erwartungsvoll an. »Was führt Sie zu mir, und woher wissen Sie, daß ich mich hier aufhalte?«

Der Leiter des *Secret Service* stützte seine Ellbogen auf die Oberschenkel. »Patrice Lawrence war bei mir.«

»Weshalb?«

»Sie machte den Versuch, Sie zu denunzieren.«

»Und?«

»Es ist ihr mißlungen.«

»Dann wollen wir von etwas anderem reden.«

Royal-Dymont schaute verwundert auf. »Ich bewundere Ihre Haltung.«

»Tun Sie es nach dem Bier«, entgegnete Kon-kim trocken. »Wenn man durstig ist, verliert man leicht den klaren Blick.«

Der Engländer lachte erlöst. »Nun freue ich mich doch, Sie aufgesucht zu haben. Die ganze Zeit hat mir etwas gefehlt. Ich wußte nur nicht, daß es ein kühles Helles war.«

Von diesem Augenblick an unterhielten sie sich ungezwungen über alltägliche Dinge, bis Kon-kim nach einer eingetretenen Pause sagte: »Mir ist da übrigens kürzlich ein Gedanke gekommen, über den ich gerne mit Ihnen sprechen möchte. Könnte der hier in Malaya entbrannte Streit, bei dem beide Seiten blödsinnige Fehler machten, nicht dadurch beendet werden, daß Großbritannien den Guerillas erklärt: Hört zu, wenn ihr eure Waffen sofort niederlegt und stillschweigend nach Hause geht, gewähren wir euch Straffreiheit.«

Royal-Dymont schüttelte den Kopf. »Das ist völlig unmöglich, weil wir damit zugeben würden, daß wir am Ende sind.«

»Sind Sie das etwa nicht?«

»In gewisser Hinsicht schon. Aber das können wir doch nicht hinausposaunen.«

»Auch nicht, wenn Sie wissen, daß die Gegenseite ebenfalls gerne Schluß machen möchte?«

»Das wage ich zu bezweifeln. Wir wissen heute, daß der Widerstandswille allen Erwartungen zum Trotz nicht gesunken, sondern gestiegen ist.«

»Das war vorauszusehen.«

»Nicht unbedingt. Ohne Mao Tse-tungs Sieg in China wäre es den hiesigen Kommunisten niemals gelungen, das Volk so weit aufzuwiegeln, wie es nun geschehen ist.«

»Da gebe ich Ihnen recht. Aber strafen Ihre Worte nicht die Behauptung Lügen, die Guerillas seien Kommunisten?«

»Ich gebe unumwunden zu, daß sich die Propaganda im Moment aller greifbaren Schlagworte bedient, um unsere Gegner in ein schiefes Licht zu setzen. Daß die Ursache des Kampfes auf einer anderen Ebene liegt, wissen wir. Ich möchte aber dennoch behaupten, daß die Guerillas zumindest potentielle Kommunisten sind.«

»Das ist richtig«, erwiderte Kon-kim. »Meine ehemaligen Kameraden sind es aber erst geworden, als ihnen verweigert wurde, was ihnen zustand. Und gerade darum bin ich der Meinung, Großbritannien sollte ihnen jetzt die Chance geben, gefahrlos in ihr bürgerliches Leben zurückzukehren.«

»Und all die Toten sollen wir vergessen? Nein, mein Lieber. Selbst wenn wir uns dazu entschließen könnten, beide Augen zuzudrücken, wäre es uns aus Gründen der Staatsraison immer noch nicht möglich, auf eine Bestrafung der Schuldigen zu verzichten. Bringen Sie uns die Anführer, und wir lassen mit uns reden.«

»Sie wissen, daß ich kein Verräter bin.«

»Ich sprach ganz allgemein und hoffe, daß wir im Prinzip der gleichen Meinung sind.«

»Im Prinzip gewiß. Es gibt aber Fälle, die von anderer Warte betrachtet werden müssen.«

»Solange die Staatsraison nicht darunter leidet, bin ich zu Kompromissen bereit. Darüber hinaus in keinem Fall.«

Kon-kim blickte eine Weile vor sich hin. »Ich kann Sie verstehen«, sagte er schließlich. »Dennoch muß ich Ihnen sagen, daß Großbritannien zur Zeit einen schrecklichen Fehler macht. Völker, die man mit Strafen zu lenken versucht, werden jedes Gefühl für rechtes Handeln verlieren.«

Der Leiter des *Secret Service* war sehr nachdenklich, als er das Hotel verließ. Die disziplinierte Haltung, die Kon-kim bei der Begrüßung und in dem Augenblick gezeigt hatte, da die Rede auf Patrice Lawrence gekommen war, imponierte ihm.

Er reagierte unglaublich schnell, dachte Royal-Dymont und versuchte, Parallelen zwischen dem in Japan tätig gewesenen Agenten Lee Kon-kim und dem ›Puma‹ zu ziehen, dessen Intelligenz und Organisationstalent er insgeheim bewunderte. Je länger er über beide nachgrübelte, um so ähnlicher erschienen sie ihm, bis er alle Überlegungen beiseite schob, weil er befürchtete, durch Patrice Lawrences unsinnige Behauptung auf ein falsches Geleise geraten zu sein.

Indessen jagte die temperamentvolle Tochter des Gründers der *Albion-Tin-Works* in ihrem neuen Sportwagen durch die Nacht nach Kuala Lumpur. Wie eine Wahnsinnige fegte sie durch Kurven, hinter denen sie jeden Moment auf eine Baumsperre prallen oder in ausgespannte Stahlseile hineinrasen konnte. Sie kümmerte sich nicht darum, sondern gab Vollgas, als müsse sie das Rennen ihres Lebens fahren. Stunde um Stunde hetzte sie durch Gebiete, die das Militär nur noch in geschützten Convoys zu durchqueren wagte, und als sie kurz nach Mitternacht das *Hotel Majestic* in Kuala Lumpur erreichte, war ihr nicht anzusehen, daß sie in gut sechs Stunden vierhundert Kilometer zurückgelegt hatte. Im Gegenteil, das Tempo schien ihre Lebensgeister geweckt zu haben, denn noch bevor sie ihr Apartment aufsuchte, nannte sie dem Portier eine Telefonnummer und bat darum, sogleich ein Gespräch nach Ipoh anzumelden und es auf ihr Zimmer zu legen, sobald die Verbindung hergestellt sei.

Patrice Lawrence hatte Glück. Die Leitung war nicht gestört, und schon zehn Minuten später redete sie auf den Hausdiener der kleinen Gaststätte ein, in der sie in Ipoh einmal gewohnt hatte. Sie erklärte dem seit jener Zeit von ihr bezahlten Spitzel, daß sie ihm ein ansehnliches Gehalt zahlen würde, wenn er bereit sei, seine Stellung aufzugeben, um Mister Lee Tag und Nacht zu ›beschatten‹ und sie jeweils unverzüglich zu verständigen, wenn dieser mit dem Wagen nach Kuala Lumpur fahre.

Angesichts des verlockenden Angebotes sagte der Diener augenblicklich zu, und Patrice Lawrence fuhr am nächsen Morgen zum Flughafen, wo sie sich mit einem Beamten der Luftaufsicht in ähnlicher Weise arrangierte, so daß sie die Gewißheit hatte, auch dann informiert zu werden, wenn Kon-kim mit dem Flugzeug nach Kuala Lumpur kommen sollte. Auf Schritt und Tritt wollte sie ihn beobachten. Ihre fixe Idee, er müsse der ›Puma‹ sein, ließ sie nicht mehr zur Ruhe kommen, und je intensiver sie über alles nachdachte, um so sicherer wurde sie, daß sie sich nicht täuschte. Sie war der festen Überzeugung, sich auf der richtigen Fährte zu befinden, und sie fühlte sich in ihrer Auffassung durch die Tatsache bestärkt, daß Kon-kim sich in den letzten Jahren sichtlich verändert hatte. Unabhängig davon wußte sie aus der Zeit, da ihr Vater noch gelebt hatte, daß es für den Inhaber einer Zinn-Mine nur äußerst selten etwas in Kuala Lumpur zu erledigen gab. Was also veranlaßte Kon-kim, dauernd in diese Stadt zu fahren? Sie wollte es jetzt genau wissen und die Chance nützen, die sich ihr bot, wenn sie nachweisen konnte, daß Kon-kim der gefürchtete ›Puma‹ war. In diesem Fall mußte der Staat zumindest seinen Anteil an den *Albion-Tin-Works* konfiszieren, und es war für sie selbstverständlich, daß man dann ihr, der Tochter des Gründers des Unternehmens, das Recht einräumen würde, ihre früheren fünfzig Prozent zu jenem Betrag zurückzukaufen, den sie beim Verkauf des Werkes erhalten hatte. Es lohnte sich also, einige Wochen im *Majestic* zu sitzen und wie eine Spinne darauf zu warten, daß sich der verhaßte Widersacher in dem von ihr gesponnenen Netz verfing.

Kon-kim hielt sich indessen weiterhin untätig im verdunkelten Zimmer des *Goodwood Hotels* auf. Er wollte sich mit dem scheußlichen Striemen im Gesicht möglichst wenig zeigen und wartete geduldig die Zeit ab, die bis zum verabredeten Rückflugtermin noch verstreichen mußte. Er hätte David Hamilton selbstverständlich anrufen und bitten können, das Wochenende zu verkürzen, aber das brachte er nicht fertig, weil er ihm die Stunden der Erholung nicht nehmen wollte und wußte, daß die Durchführung des von ihm inzwischen gefaßten Planes auch seinem Freund aufregende Wochen bringen würde.

Unbeschreiblich jedoch war das Entsetzen des Amerikaners, als er den quer durch Kon-kims Gesicht verlaufenden braunroten Streifen sah, der ihm mehr sagte, als Worte es vermocht hätten.

»Tu mir einen Gefallen«, bat Kon-kim, noch bevor David Hamilton etwas sagen konnte. »Nimm das Bordbuch und laß es bei der Flugleitung abfertigen.«

David Hamilton ahnte, warum Kon-kim nicht selber gehen wollte. Er nahm das Buch und machte sich auf den Weg, ohne ein weiteres Wort zu verlieren. Aber er haderte mit sich. Die Schuld liegt bei mir, klagte er sich an. Das mußte ja eines Tages geschehen. Ich hätte Kon-kim längst sagen müssen, daß Kinki Yasuda ihn nicht verriet, sondern ihr Leben für ihn hergab. In seinem Schmerz darüber würde er sich von Patrice Lawrence abgewandt haben, und ihm wäre die Demütigung erspart geblieben, die er nun einstecken mußte.

Auf dem Rückweg überlegte er, ob es Kon-kim im gegenwärtigen Zeitpunkt erleichtern oder belasten würde, wenn er ihm die Wahrheit über Kinki Yasuda sagte. Er befürchtete, daß letzteres der Fall sei, und entschloß sich, seinem Freund zu einem günstigeren Zeitpunkt reinen Wein einzuschenken.

Der Flug nach Ipoh verlief schweigsamer als gewöhnlich. Jeder hing eigenen Gedanken nach und blickte stumm auf das ewig grüne Dach des Dschungels hinab. Anders als sonst war auch der Kurs, den Kon-kim an diesem Tage steuerte. Er wechselte ihn laufend, wobei er jeweils nach einigen Kreisen eine Weile auf die Küste zuflog. David Hamilton fiel es mit der Zeit auf, daß die Richtungsänderungen immer dann erfolgten, wenn sie einen der zum Teil sehr breiten und tief in das Land greifenden Flüsse überquerten.

»Hat deine heutige ›Kurbelei‹ einen besonderen Grund gehabt?« erkundigte er sich, als sie in Ipoh gelandet waren und in die Stadt fuhren.

Kon-kim nickte. »Mir ist eine Idee gekommen, über die ich heute abend mit dir sprechen möchte. Bis dahin werde ich mich nochmals eingehend mit der Landkarte befassen. Eines kann ich dir aber jetzt schon sagen: Ich glaube einen Weg gefunden zu haben, der uns aus dem Schlamassel herausführen wird.«

»Mensch, das wär 'ne Sache«, begeisterte sich der Freund.

Kon-kim blickte mit unbewegter Miene vor sich hin. »Hoffentlich sagst du das auch heute abend noch.«

David Hamilton sah ihn bittend an. »Spann mich nicht auf die Folter.«

»Laß mir Zeit. Mir fehlte in den beiden letzten Tagen eine Landkarte. Sobald ich sie studiert habe, erfährst du alles.«

»Okay. Ich komme dann etwas früher nach Hause.«

»Was heißt: du kommst früher nach Hause?«

Der Amerikaner rieb sein Kinn. »Ich dachte, daß du heute vielleicht...«

»Wenn du schon denkst, dann denk richtig«, unterbrach ihn Kon-kim. »Der Streifen in meiner Visage ist auch in den nächsten Tagen und Wochen noch zu sehen. Wozu sich also verkriechen. Ich komme in dein Büro, wenn ich meinen Plan ausgearbeitet habe.«

Ohne jede Scheu betrat Kon-kim bald darauf das Verwaltungsgebäude der *Albion-Tin-Works*, wo er sich in seinem Büro zunächst die Tagesmeldungen über den Produktionsausstoß vorlegen ließ und anschließend die unter dem Dach befindliche Befehlszentrale aufsuchte, in der ein gutes Dutzend Männer Dienst taten.

»Besondere Vorkommnisse?« fragte er nach kurzer Begrüßung, bei der ihn alle Anwesenden betroffen ansahen.

»Keine«, antwortete ein junger Chinese, der als Nachrichtenoffizier fungierte.

»Dann geben Sie sofort folgenden Funkspruch an sämtliche Abteilungsleiter durch: ›Nach noch nicht bestätigten Meldungen bereitet der Gegner eine Aktion vor, die Verrat vermuten läßt und bis auf weiteres äußerste Zurückhaltung notwendig macht. Sobald ich klarer sehe, melde ich mich wieder. Bis dahin jeden Sprechverkehr einstellen, aber Tag und Nacht auf ›Empfang‹ bleiben. Ausfallwege nach Plan ›C‹ vorbereiten und den Kontakt mit der Bevölkerung abbrechen. Alle Läufer und Verbindungsleute einziehen. Zugangsschneisen mit Dauerposten versehen, damit ich jederzeit ohne vorherige Anmeldung zu den Abteilungsleitern gelangen kann. Puma. Ende.‹«

Die Männer der Befehlszentrale starrten ihn an.

»Noch ist nichts bestätigt«, beruhigte sie Kon-kim. »Meine Anweisung stellt lediglich eine Vorsichtsmaßnahme dar. Die Planung läuft weiter wie bisher.«

»Haben Sie eine Ahnung, aus welcher Richtung der Verrat erfolgt sein könnte?« fragte der Nachrichtenoffizier.

»Wenn ich das wüßte, würde ich einen anderen Funkspruch aufgeben. Ich tappe noch völlig im dunkeln.«

Wenig später kehrte Kon-kim in sein Büro zurück, wo er etliche Stunden vor einer großen Landkarte verbrachte. Dabei machte er sich laufend Notizen, und als er seinen Freund am Spätnachmittag aufsuchte, trug er einen Zeitplan bei sich, der dem Transportoffizier eines Generalstabes Ehre gemacht hätte.

»Ich bin soweit, daß wir fahren können«, sagte er.

»Na, Gott sei Dank«, erwiderte der Amerikaner. »Seit heute morgen denke ich nur noch darüber nach, was du wohl ausgeheckt haben könntest.«

Kon-kim zog den Zündschlüssel seines Wagens aus der Tasche. »Die Sache ist im Prinzip so einfach, daß man normalerweise nicht darauf kommt. Und weißt du, wer mich darauf gebracht hat? Akira!«

»Wieso Akira?« erkundigte sich David Hamilton.

Sie verließen das Büro, und Kon-kim erzählte vom Kauf des Akkordeons und dem erstaunlichen Spiel des Jungen, bei dem ihm, wie er sagte, visionär ein Bild erschienen sei, das er nunmehr in die Tat umsetzen wolle. Nach kurzem Zögern fügte er hinzu: »Übrigens kam es durch den Kauf des Akkordeons zu einem Disput mit Patrice, in dessen Verlauf ich über Akiras Adoption sprach. Ich will dich mit der Auseinandersetzung nicht behelligen und erwähne sie nur, weil ich dich von einer Unterredung in Kenntnis setzen muß, die ich später mit Royal-Dymont hatte.«

»Mit *Henry*?« fragte David Hamilton verwundert.

»Er suchte mich im *Goodwood* auf, wohin ich mich zurückgezogen hatte.«

»Woher wußte er das?«

»*Secret Service*! Er hielt sich für verpflichtet, mir mitzuteilen, daß Patrice den erfolglosen Versuch machte, mich bei ihm zu denunzieren. In welcher Hinsicht, weiß ich nicht. Unter den gegebenen Umständen lehnte ich es ab, mich für ihre Anschuldigungen zu interessieren. Ich vermute aber, daß vom ›Puma‹ die Rede gewesen sein wird. Du weißt, daß sie durch ihre an sich kindische Kombination einmal verteufelt nahe an die Wahrheit herangekommen war.«

Der Freund stieß einen Seufzer aus. »Das Leben an deiner Seite kann verdammt aufregend sein.«

»Ich denke, daß es bald ruhiger werden wird.«

»Hoffentlich.«

Kon-kim setzte sich an das Steuer seines Wagens und schilderte während der Fahrt den Inhalt der mit Royal-Dymont geführten Unterredung, die er daheim nochmals mit den Worten zusammenfaßte: »Die Situation ist also klar. Obwohl wir praktisch am Rande eines offenen Aufstandes stehen, ist keiner bereit nachzugeben. Der eine beruft sich auf die Staatsraison, der andere auf das erlittene

Unrecht. Beiden aber hängt die Zunge aus dem Halse, und beide sehen mit Sorge der Zukunft entgegen, weil sie genau wissen, daß nicht sie, sondern andere die Nutznießer sein werden, wenn sich die aufgewiegelte Bevölkerung erhebt und den Versuch macht, sich mit den ehemaligen Widerstandskämpfern zu vereinen.«

»Und das glaubst du verhindern zu können?«

»Ja. Bei Akiras Melodie erkannte ich plötzlich, daß das Herz des malaiischen Gefahrenherdes in meiner Hand liegt. Wenn es mir gelingt, es ohne Aufsehen zu erregen an einer verborgenen Stelle zu begraben – sprich: meine Männer aus dem Dschungel herauszuführen –, dann existiert es einfach nicht mehr, und der Bevölkerung fehlt jede Aufstands- und den Briten jede Bestrafungsmöglichkeit.«

»Moment«, entgegnete David Hamilton. »Das scheint mir eine Rechnung ohne den Wirt zu sein. Du kannst doch nicht unterstellen, daß sich deine Leute von heute auf morgen aus ihrem sicheren Versteck herausführen lassen.«

»Natürlich nicht. Sie sind ebenso stur wie die Engländer. Deshalb greife ich jetzt zu einem Trick, den ich übrigens vorhin schon eingeleitet habe. Über Funkspruch hab' ich alle Abteilungsleiter davon in Kenntnis gesetzt, daß der Gegner eine Aktion vorbereitet, die einen Verrat vermuten läßt. Ich ordnete die Durchführung bestimmter Notmaßnahmen an, unter anderen den sofortigen Abbruch des Kontaktes mit der Bevölkerung sowie die Einstellung des Funksprechverkehrs zwischen den Verbänden.«

Der Freund stieß einen Pfiff aus.

»Verstehst du, worauf ich hinauswill? Im Augenblick behaupte ich noch, der Verrat sei nicht erwiesen. Vorsorglich lasse ich aber bereits Fluchtwege zu den Flüssen schlagen; darum meine ›Kurbelei‹ heute morgen. In ein paar Tagen verstärke ich den Verdacht und suche sämtliche Abteilungsleiter auf, um mit ihnen eine eventuell notwendig werdende Absetzbewegung in Richtung Meer zu besprechen. Und wenn es soweit ist, daß alle Einheiten ihre Fluchtwege fertiggestellt haben, dirigiere ich etliche mit Zivilkleidung beladene Fischerboote in die Flußmündungen und erkläre im entscheidenden Moment: Der Verrat ist erwiesen, der Angriff kann jede Stunde erfolgen. Setzt euch zu den vorbestimmten Punkten ab. Ihr findet dort Kleidung und Boote, die euch nach Malacca, Muar, Port Dickson und so weiter bringen. Vergeßt aber nicht, eure Waffen an geeigneten Stellen einzugraben. Ihr braucht sie, wenn ich euch wieder rufe. Das kann vielleicht schon in ein paar Monaten der Fall sein. Was immer auch geschieht: ihr bleibt unter meinem Kommando und werdet keinem anderen folgen.«

David Hamilton erhob sich und holte eine Flasche Whisky. »Dein Plan ist so einleuchtend, daß eigentlich jeder darauf reinfallen müßte«, sagte er und schenkte ein. »Bleibt nur noch die Frage: Woher nimmst du die Kleidung?«

»Die muß der Spediteur in den verschiedensten Städten einkaufen. Wir benötigen über viertausend Anzüge. In der Gummizapferkleidung würden die Männer sofort auffallen.«

»Und wer zahlt den Spaß?«

»Ich. Du mußt mir eben eine größere Entnahme gestatten.«

»Das habe ich geahnt«, stöhnte der Freund. »Ich denke aber nicht daran, tatenlos zuzusehen. Wir haben damals besprochen, daß unsere Entnahmen sich immer annähernd decken müssen, und damit das der Fall ist, werde ich die Hälfte der anfallenden Kosten übernehmen.« Er hob sein Glas. »Cheerio in der Hoffnung, daß du mein Angebot ablehnst.«

Kon-kim stieß mit ihm an. »Sorry, Sir. Ich akzeptiere!«

Der Amerikaner leerte sein Glas und blickte nachdenklich vor sich hin. »Befürchtest du nicht, daß deine Männer sich rächen werden, wenn sich herausstellt, daß kein Angriff erfolgt?«

Kon-kim nickte. »Das ist die Achillesferse meines Vorhabens. Aber ich weiß sie zu schützen.«

»Auf welche Weise?«

»Das bleibt vorerst mein Geheimnis.«

»Du hast kein Vertrauen zu mir?«

»Doch, Dav. Es gibt aber Dinge, die zerbrechen, wenn man sie nicht behutsam behandelt. Bedränge mich also nicht, sondern begnüge dich im Augenblick mit der Feststellung, daß die *Albion-Tin-Works* nicht Gefahr laufen, zerschlagen zu werden. Aus der Richtung weht doch deine Sorge. Oder?«

»Na, ja. Ich finde jedenfalls, daß es verdammt schade wäre, wenn wir unseren Dukaten-Esel verlieren würden.«

»Du kannst beruhigt sein«, erwiderte Kon-kim. »Wer am Morgen das richtige Prinzip erkannt hat, vermag am Abend in Ruhe zu sterben.«

Für Kon-kim begann erneut eine Zeit des hektischen Organisierens. Noch am gleichen Abend beauftragte er den Singaporer Spediteur, unverzüglich viertausend möglichst unterschiedliche Anzüge, Hemden und Schuhe in gangbaren Größen zu beschaffen und bei sich einzulagern. Und in der Frühe des folgenden Morgens fuhr er über Kuala Lumpur nach Kajang, um sich mit Sulaiman zu besprechen. Er mußte wissen, wie dieser den Funkspruch aufgenommen hatte. Das Gelingen des geplanten Unternehmens hing entscheidend von der Reaktion des ehemaligen Polizeisergeanten ab. Hatte ihn die Warnung nervös gemacht, dann war alles in Ordnung. Vertrat er jedoch die Auffassung, lieber kämpfend unterzugehen, als zu flüchten, dann bestand die Gefahr, daß sich zumindest einige Einheiten mit der Bevölkerung vereinigten, was um jeden Preis verhindert werden mußte.

Es war begreiflich, daß Kon-kim nicht auf das Taxi achtete, das ihm nach Passieren des Ortseinganges von Kuala Lumpur mit wechselndem Abstand folgte. Doch selbst wenn er es bemerkt hätte, würde er sich wahrscheinlich ebensowenig für den gelangweilt aussehenden malaiischen Fahrer wie für die im Fond sitzende altmodisch gekleidete Europäerin interessiert haben, die einen großen Strohhut und eine dunkle Sonnenbrille trug und eifrig in einer Zeitung las. Was hätte ihn auch zu der Annahme veranlassen können, daß Patrice Lawrence sich nicht scheuen würde, die unmöglichste Kleidung anzulegen, nur um seine Wege im Raum von Kuala Lumpur zu kontrollieren? Er vermutete sie in Singapore oder Johore Bahru, und nicht im Traum wäre es ihm eingefallen, daß sie sich kriminalistisch betätigen könnte. Aber es war so, und die kurvenreiche Strecke nach Kajang machte es leicht, sich dem Tempo eines voranfahrenden Wagens so anzupassen, daß man nicht gesehen wurde.

Um so mehr erregte sich Patrice Lawrence, als Kon-kims Kabriolett unmittelbar nach der Einfahrt in die Kleinstadt plötzlich außer Sicht geraten war.

»Vorsicht!« rief sie dem Chauffeur zu. »Er muß in eine der Seitenstraßen eingebogen sein.«

Der Malaie verlangsamte sein Tempo und blickte aufmerksam nach rechts und links, bis er jäh wieder Gas gab.

»Haben Sie seinen Wagen gesehen?«

Der Fahrer nickte. »Mister Lee stieg gerade aus.«

»Halten Sie an einer günstigen Stelle und gehen Sie in die Straße«, rief sie hastig. »Für heute genügt es, wenn wir herausbekommen, in welches Haus er gegangen ist.«

Der Malaie parkte neben einer halbverfallenen Mauer.

»Kommen Sie auf Umwegen zurück«, ermahnte ihn Patrice Lawrence. »Und vergessen Sie nicht, daß Mister Lee an seiner Gesichtsverletzung leicht zu erkennen ist.«

Der Chauffeur verschwand und suchte die *Mendaling Street* auf, in der das Kabriolett verlassen vor einem der üblichen Reihenhäuser stand. Da er den Besitzer des Wagens in der fast menschenleeren Straße nicht entdecken konnte, lehnte er sich an eine Mauer und spielte den Nichtstuer. Doch kaum hatte er seinen Beobachtungsposten bezogen, da sah er aus der primitiven Holztür des gegenüberliegenden Hauses einen Gummizapfer heraustreten, über dessen Gesicht eine braunrote Narbe verlief.

Da wird sich Miß Lawrence aber wundern, dachte der Malaie überrascht und blickte unauffällig zu Kon-kim hinüber, der ein Fahrrad bei sich führte, das er an die Wand lehnte, um die Tür mit einem Vorhängeschloß zu verschließen. Der Chauffeur merkte sich die Hausnummer und wartete geduldig, bis der als Gummizapfer verkleidete Inhaber des Kabrioletts mit dem Rad davonfuhr. Dann eilte er hinter ihm her, und erst als er sah, daß Kon-kim die Richtung nach Telok Datok eingeschlagen hatte, lief er zu seinem Wagen zurück, wo er schnell erzählte, was er gesehen hatte.

Sein Bericht versetzte Patrice Lawrence in Erregung. Er *ist* der ›Puma‹, hämmerte es in ihr. Ich darf jetzt keinen Fehler machen. Wenn wir die gleiche Strecke fahren, könnte er stutzig werden.

»Soll ich hinter ihm herfahren?« unterbrach der Malaie ihre Gedanken.

»Lassen Sie mich in Ruhe überlegen«, antwortete sie ungehalten. »Wenn er einen Gummizapferanzug trägt, will er den Dschungel aufsuchen.«

»Da können Sie recht haben«, erwiderte der Chauffeur.

»Wir warten jetzt noch drei Minuten«, sagte sie plötzlich fest entschlossen. »Dann folgen wir ihm, bis wir ihn entdecken. Von diesem Augenblick an verlangsamen Sie das Tempo. Sollten wir ihn dennoch überholen, fahren Sie bis zur nächsten Kurve, hinter der Sie sofort anhalten und so weit zurücklaufen, daß Sie die Strecke überblicken können. Sie dürfen sich aber nicht sehen lassen.«

»Und was mache ich, wenn er herankommt?«

»Dann jagen wir weiter bis zur nächsten Kurve.«

Patrice Lawrences Vorschlag war gewiß nicht schlecht, entscheidend aber half ihr das Glück, das sich in der folgenden Viertelstunde entwickelte. Denn sie erreichten Kon-kim fast genau an der Stelle, an der er die Chaussee verlassen und in den Urwald eintreten wollte. Wegen des ihn überholenden Autos radelte er jedoch vorsorglich eine Weile weiter, und erst als er sah, daß der Wagen hinter der nächsten Kurve verschwunden war, kehrte er zum Kilometerstein siebzehn zurück, an dem der unsichtbar angelegte Zugangsweg zum Lager Sulaimans begann.

Seine Kehrtwendung entging nicht dem Malaien, der weisungsgemäß unmittelbar hinter der Kurve angehalten hatte und zurückgelaufen war. Er konnte seiner Auftraggeberin ziemlich genau die Stelle nennen, an welcher der Radfahrer abgestiegen und in den Dschungel eingetreten war.

Patrice Lawrence wies den Chauffeur an, vorerst langsam weiterzufahren. Ihr Herz klopfte, als stünde sie am Rand eines Abgrundes. Immer wieder fragte sie sich, ob es nicht das richtigste sei, Royal-Dymont anzurufen. Aber so wohltuend die Vorstellung auch war, dem Leiter des *Secret Service* triumphierend entgegentreten zu können, sie wollte ihn erst verständigen, wenn sie über unwiderlegbares Beweismaterial verfügte.

Ich muß ihn zunächst weiterhin beobachten, sagte sie sich und forderte den Malaien auf, zu der Kurve zurückzufahren, an der er zuvor gehalten hatte. Dort angekommen, befahl sie ihm, die Motorhaube zu öffnen und einen Defekt vorzutäuschen, und als er das getan hatte, schickte sie ihn auf seinen alten Beobachtungsposten und sicherte ihm eine Sonderprämie zu, wenn er ihr später auf zehn Meter genau die Stelle zeigen könne, an welcher der Radfahrer verschwunden sei und aller Voraussicht nach auch wieder auftauchen würde.

Ihre Geduld wurde auf eine harte Probe gestellt. Über drei Stunden mußte sie warten, bis der Chauffeur plötzlich wie ein Wiesel auf sie zurannte und strahlend erklärte: »Die Prämie habe ich mir verdient. Ich weiß jetzt genau, wo er aus dem Dschungel herausgekommen ist.«

»Fährt er in Richtung Kajang?« fragte sie schnell.

»Ja.«

Sie atmete erleichtert auf, und zehn Minuten später erkannte Patrice Lawrence mit Befriedigung, daß sie die Stelle, an der Kon-kim in den Urwald eingedrungen war, mühelos beschreiben konnte. Denn gleich nachdem der Malaie gesagt hatte: »Hier war es«, sah sie einen Kilometerstein, der die Zahl ›17‹ trug.

Das ist das ›Sesam-öffne-dich‹, frohlockte sie insgeheim. Und beim nächstenmal werde ich Kon-kim in Kajang fotografieren. Royal-Dymont soll Augen und Mund aufreißen.

Kon-kim machte einen zufriedenen Eindruck, als er am Spätnachmittag in das Verwaltungsgebäude der *Albion-Tin-Works* zurückkehrte, wo ihn David Hamilton bereits voller Spannung erwartete.

»Nimm das Ende vorweg«, bat der Amerikaner, kaum daß sein Freund die Tür hinter sich geschlossen hatte.

Kon-kim ließ sich in einen Sessel fallen. »Es ist alles okay! Mein Funkspruch hat Sulaiman völlig verstört. Er beschwört mich geradezu, nicht leichtsinnig zu werden und zu lange zu warten.«

»Was wieder einmal beweist, daß die lautesten Schreier die größten Angsthasen sind, wenn es brenzlig wird.«

Kon-kim schüttelte den Kopf. »Die Dinge dürften bei Sulaiman anders liegen. Ich glaube, daß ihn ein Schuldgefühl quält.«

Der Freund rieb sich die Hände. »Hauptsache, er führt deine Befehle aus.«

»Mehr als das! Seine Leute schlagen einen Fluchtweg zum Oberlauf des Sungai Langat. Und die kleineren Kampfgruppen läßt er bereits zusammenziehen.«

»Dann ist es ja vielleicht in acht Tagen geschafft.«

»So schnell geht es nicht«, entgegenete Kon-kim. »Zwei bis drei Wochen nehmen die Vorbereitungen bestimmt in Anspruch. Es sind immerhin sieben Einheiten aufzulösen, und bevor ich nicht alle Abteilungsleiter gesprochen habe, gebe ich keinen Marschbefehl. Mit der Flucht allein ist es ja nicht getan. Ich muß dafür sorgen, daß sich nach der Auflösung niemand von subversiven Kräften vor den politischen Karren spannen läßt.«

»Und wann läßt du die Befehlszentrale abbauen?«

Kon-kim zuckte die Achseln. »Schätzungsweise in einer Woche. Ich möchte es so machen, daß ich von hier aus die höchste Alarmstufe anordne. Anschließend lasse ich alles abmontieren, und zu gegebener Zeit suche ich Sulaiman auf, über dessen Gerät ich den letzten Befehl erteilen werde. Die Leute müssen denken, ich sei im gefährlichsten Augenblick zu ihnen gestoßen. Das ist wichtig, damit später niemand sagen kann, ich hätte die Truppe im Stich gelassen.«

David Hamilton grinste. »Im Interesse der *Albion-Tin-Works* bin ich hundertprozentig deiner Meinung.«

Kon-kim lachte zum erstenmal wieder. »Sei unbesorgt: die Zinn-Mine verlierst du nicht. Dafür habe ich gesorgt.«

Der Freund sah ihn fragend an. »Wie soll ich das verstehen?«

»Als ich Akira adoptierte, habe ich gleichzeitig mein ganzes Vermögen auf ihn übertragen. Ich habe mit dir nicht darüber gesprochen, weil ich dich nicht beunruhigen wollte. Auf jeden Fall ist Akira vor dem Gesetz schon seit geraumer Zeit dein Teilhaber, und ich bin nur noch der Verwalter dessen, was ich ihm vermachte.«

»Und warum hast du das getan?«

»Der kluge Mann baut vor. Wäre durch einen dummen Zufall herausgekommen, daß ich der ›Puma‹ bin, hätte sich der Staat sofort auf meinen Anteil gestürzt. Er würde in diesem Fall dein Teilhaber geworden sein, und du müßtest dich ein Leben lang mit ihm herumschlagen. Durch meine Transaktion ist das aber nicht mehr möglich.«

David Hamilton lehnte sich verblüfft zurück. »By Jove, du bist nicht nur eine treue Seele, sondern auch ein mit allen Wassern gewaschener Geschäftsmann.«

Kon-kim machte eine wegwerfende Bewegung. »Ich habe lediglich getan, was meine Pflicht ist. Du hast dein Geld in die Mine gesteckt, und ich hatte dafür zu sorgen, daß du es nicht verlierst. Und nun zu etwas anderem: ich möchte morgen nach Singapore fliegen, um vorsorglich nochmals mit dem Spediteur und den Schmugglern zu sprechen. In spätestens drei Tagen bin ich zurück.«

»Okay.«

Infolge einer plötzlichen Wetterverschlechterung mußte Kon-kim den geplanten Flug um achtundvierzig Stunden verschieben. Er besuchte deshalb zunächst zwei im Norden des Landes gelegene Abteilungen, die den Kontakt mit der Bevölkerung ebenfalls schon aufgegeben hatten und eifrig mit der Bahnung eines schmalen Fluchtweges zum Meer beschäftigt waren. Danach flog er in bester Stimmung nach Singapore, wo ihn der Spediteur so reserviert empfing, daß er ihn augenblicklich fragte, ob irgendein Grund zur Klage vorliege.

»Das nicht«, antwortete der Brite mürrisch. »Ich möchte in Zukunft nur keine undurchsichtigen Aufträge mehr durchführen.«

»Undurchsichtig?« empörte sich Kon-kim. »Waren es meine oder Ihre Leute, die das Militärdepot plünderten?«

»Jetzt zu streiten dürfte keinen Sinn haben«, antwortete der Transportunternehmer und reichte Kon-kim eine Zeitung. »Wenn Sie diesen Artikel gelesen haben, werden Sie mich verstehen.«

Schon die Schlagzeile sagte Kon-kim genug. Die Militärbehörde hatte als Belohnung für die Festnahme der Guerilla-Führer ein ›Kopfgeld‹ von hunderttausend Pfund Sterling ausgesetzt und bestimmt, daß siebzigtausend Pfund, also rund siebenhunderttausend Singapore-Dollar, *›demjenigen gezahlt werden, der den ›Puma‹ tot oder lebendig ausliefert oder es durch konkrete Angaben ermöglicht, ihn festzunehmen‹*. Ausdrücklich wurde darauf hingewiesen, daß der ›Puma‹ und seine Unterführer als ›vogelfrei‹ zu betrachten seien und jeder Bürger das Recht habe, sie warnungslos niederzuschießen.

»Armer ›Puma‹«, sagte Kon-kim beherrscht, als er die Zeitung zurücklegte. »Seit einem Jahr bemühe ich mich, ihn zu beeinflussen, den sinnlos gewordenen Kampf zu beenden. Er wollte aber nicht hören, bis er mir vor ein paar Tagen einen Hilferuf schickte. Nach dem da«, er wies auf die Zeitung, »scheint er geahnt zu haben, was ihm blüht.«

»Ja, sind Sie denn nicht der ›Puma‹?« fragte ihn der Spediteur erstaunt.

Kon-kim lachte. »Wie kommen Sie darauf? Ich gebe zu, ihm aus alter Kameradschaft geholfen zu haben. Aber ich habe ihn stets gewarnt und kann in diesem Augenblick nur hoffen, daß es mir noch gelingt, seine Leute zu retten, für die übrigens die von mir bestellte Kleidung bestimmt ist.«

»Er will Schluß machen?«

»Ja. Der Auftrag, um dessentwillen ich heute gekommen bin, ist der letzte, den Sie für ihn ausführen sollen.«

»God be praised!« seufzte der Brite.

Kon-kim nickte. »Ich möchte Ihnen dennoch in Ihrem ureigensten Interesse raten, nicht nochmals von undurchsichtigen Aufträgen zu reden. Für Sie war immer alles klar, und Sie haben so viel durch den ›Puma‹ verdient, daß sie Ihre Weste jetzt nicht auf seine Kosten reinwaschen können.«

»So war es nicht gemeint«, erwiderte der Transportunternehmer einlenkend.

»Dann wollen wir das Thema fallenlassen und uns mit der Durchführung des letzten Auftrages beschäftigen«, entgegnete Kon-kim gelassen, obwohl ihm das ausgesetzte ›Kopfgeld‹ mächtig zu schaffen machte. Gewiß, er konnte sich auf seine Männer verlassen, aber er war sich darüber im klaren, daß siebenhunderttausend Singapore-Dollar eine geradezu magnetische Anziehungskraft ausüben. Und es gab mindestens fünf- bis sechstausend Menschen, die genau wußten, wer der ›Puma‹ war.

Aus diesem Grunde kehrte er nach der Besprechung mit dem Spediteur auf schnellstem Wege zum Flughafen zurück, wo er sich nach Kuala Lumpur abfertigen ließ, um Sulaiman aufzusuchen und zu höchster Eile anzutreiben.

Aber noch bevor er in der Hauptstadt landete, wurde Patrice Lawrence von dem bestochenen Beamten der Luftaufsicht angerufen, und bereits eine Viertelstunde später jagte sie verkleidet mit dem von ihr engagierten malaiischen Kraftfahrer zum Flugplatz, wo er seinen Wagen so abstellte, daß sie nicht gesehen werden konnten.

Und dann trat ein, was zu erwarten gewesen war. Kon-kim landete, verlangte ein Taxi und ließ sich nach Kajang fahren. Dort entlohnte er den Chauffeur gleich am Ortseingang und legte den Weg zur *Mendaling Street* zu Fuß zurück. Patrice Lawrence wurde dadurch in die günstige Lage versetzt, ihn im Augenblick des Vorbeifahrens unbemerkt zu fotografieren. Der Erfolg ermutigte sie so sehr, daß sie den Malaien anwies, an der am Stadtrand gelegenen Wegkreuzung zu parken, um Kon-kim im Gummizapferanzug fotografieren zu können, wenn er auf dem Fahrrad in Richtung Telok Datok davonfuhr. Und sie hatte wiederum Glück. An der Straßenkreuzung standen hochrädrige Bauernkarren, zwischen denen der abgestellte Mietwagen kein Aufsehen erregte, und hier gelang es ihr, ein Bild von Kon-kim zu machen, dessen Klarheit sie später selbst in Erstaunen versetzte. Deutlich war der Striemen in seinem Gesicht zu sehen. Dieses Foto bringt ihn zur Strecke, jubelte sie insgeheim, als ihr der erste Abzug am Abend in das Hotel gebracht wurde. Einen stärkeren Beweis kann es nicht geben.

Voller Aufregung wollte sie beim Portier schon ein Gespräch

nach Singapore anmelden, als sie auf dem Tisch der Reception eine Zeitung liegen sah, deren Schlagzeile ihr den Atem raubte. *›70000 Pfund Sterling Kopfgeld für den ‚Puma'!‹* lautete die Überschrift, deren volle Tragweite sie jedoch nicht gleich erfaßte. Erst nachdem sie den Artikel gelesen hatte, begriff sie, daß derjenige, der den ›Puma‹ überführte oder auslieferte, eine Belohnung erhalten sollte, wie sie noch nie von einer Regierung ausgesetzt worden war.

Siebzigtausend Pfund Sterling, siebenhunderttausend Singapore-Dollar, dachte sie unentwegt. Ich muß mir die Belohnung verbindlich zusichern lassen, bevor ich mein Wissen preisgebe. Sonst habe ich am Schluß mit Henry Dymont zu teilen, der mir nicht glauben wollte und mich aus seinem Büro verwies.

Das Verlangen, Kon-kim in einen Abgrund zu stürzen, wurde jäh zur Angst, die ausgeschriebene Belohnung mit jemandem teilen zu müssen. Und diese Angst war es, die Patrice Lawrence entgegen ihrer ursprünglichen Absicht veranlaßte, Royal-Dymont vorerst nicht anzurufen. Mindestens einen Tag wollte sie noch warten, um in Ruhe zu überlegen, wie sie sich am geschicktesten absichern könne.

Während dieser Zeit schliefen Kon-kim und David Hamilton keine zwei Stunden. Das ausgesetzte ›Kopfgeld‹ saß ihnen wie ein Gespenst im Nacken und ließ sie selbst mit Hand anlegen, alles belastende Material aus der im Dachgeschoß des Verwaltungsgebäudes untergebrachten Befehlszentrale fortzuschaffen. Kein Zettel durfte übrigbleiben, und nachdem Kon-kim sämtliche Abteilungsleiter nochmals gewarnt und zu höchster Eile angetrieben hatte, wurde auch das Funksprechgerät abgebaut und an einer entlegenen Stelle vergraben. Doch so leidenschaftlich David Hamilton seinen Freund bestürmte, gleich in der Frühe des nächsten Morgens nach Thailand zu fliegen, Kon-kim war nicht zu bewegen, sich durch Flucht in Sicherheit zu bringen.

»Du kannst reden, soviel du willst«, rief er wütend. »Ich stehe zu meinem Wort und führe meine Männer aus dem Dschungel heraus. Der Sinn des angelaufenen Unternehmens ist die Verhinderung eines Aufstandes. Wenn ich jetzt fliehe, liegt das Herz des Gefahrenherdes auf der Straße, und jeder kann es an sich reißen. Das Volk würde sich erheben und die Briten zwingen, das Feuer zu eröffnen! Eine Katastrophe würde ausbrechen, die auch das Ende der *Albion-Tin-Works* ...«

»Mich interessieren die *Tin-Works* nicht!« schrie der Amerikaner aufgebracht. »Ich verzichte auf mein Geld, wenn du dafür vor die Hunde gehen sollst. Es ist einfach undenkbar, daß sich unter sechs- bis siebentausend Menschen kein Judas befindet.«

»Das weiß ich selber. Ich erinnere aber daran, daß ich dir kürzlich, als wir von der Achillesferse meines Vorhabens sprachen, deutlich zu verstehen gab, daß ich an alles gedacht habe.«

»Auch an das ›Kopfgeld‹?«

»Das stand außerhalb meiner Überlegungen und ist dennoch im Bereich dessen eingeschlossen, was ich in unserer damaligen Unterhaltung mein Geheimnis nannte.«

»Du willst jetzt nur bluffen!«

»Die Dinge liegen anders, als du denkst. Ich möchte sogar behaupten, daß nach menschlichem Ermessen niemand das ausgesetzte ›Kopfgeld‹ erhalten wird, wenn es mir gelingt, meine Leute unbemerkt aus dem Dschungel herauszuführen. Frag mich jetzt nicht, warum. Ich nenne dir des Rätsels Lösung, bevor ich den letzten Befehl erteile.«

»Und was geschieht, wenn dich inzwischen jemand verrät?«

»Das halte ich für ausgeschlossen, solange die Guerillas noch im Urwald stecken. Die Frauen werden sich hüten zu reden, weil sie ihre Männer nicht in Gefahr bringen wollen, und die im Dschungel stecken, wissen nichts von der Belohnung, weil der Kontakt zur Bevölkerung abgebrochen ist.«

»Und wann glaubst du, den letzten Befehl geben zu können?«

»Spätestens in vier Tagen. Es wird nun alles so beschleunigt, daß sämtliche Abteilungen am Freitag abmarschbereit sind.«

David Hamilton fuhr sich durch das Haar. »Bei dir werde ich das Beten noch lernen.«

Patrice Lawrence konnte sich am nächsten Morgen nicht dazu entschließen, den Leiter des *Secret Service* anzurufen. Ein letzter Funke von Anstand hielt sie zurück und ließ sie alle paar Minuten nach dem Foto greifen, das sie von Kon-kim gemacht hatte. Dabei freute sie sich jedesmal über die Narbe, die ihr Peitschenhieb hinterlassen hatte. Gleichzeitig mußte sie immer wieder an das Wort ›vogelfrei‹ denken, das in dem Artikel über die ausgesetzte Belohnung gesperrt gedruckt gewesen war. Sie wünschte gewiß nichts sehnlicher, als Rache zu nehmen, aber die Tatsache, daß ihre Anzeige jedem Menschen das Recht geben würde, Kon-kim ohne vorherige Warnung niederzuschießen, hatte sie zu sehr erschreckt. Auf die ausgesetzte Belohnung wollte sie freilich nicht verzichten, und so versuchte sie, ihren inneren Widerstreit dadurch zu verbannen, daß sie die Hotelbar aufsuchte, in der sie mehrere Gläser Whisky trank, die nicht ohne Wirkung blieben. Sie fühlte sich plötzlich so leicht wie eine Feder, und von diesem Augenblick an dauerte es nicht mehr lange, bis sie ein Gespräch nach Singapore anmeldete. Ihr Herz aber klopfte dennoch vernehmlich, als Henry Dymont sich meldete.

»Wundern Sie sich nicht über meinen Anruf?« fragte sie, nachdem sie ihren Namen genannt hatte.

»Bevor ich dazu Stellung nehmen kann, müßte ich den Grund Ihres Anrufes kennen«, antwortete er ausweichend.

»Der ist schnell gesagt«, erwiderte sie. »Ich kann heute beweisen, daß Mister Lee der ›Puma‹ ist!«

Ihre selbstsichere Art ließ den Engländer aufhorchen. »Darf ich fragen, was Sie einen Beweis nennen?« erkundigte er sich vorsichtig, wobei er ein mit der Telefonanlage verbundenes Tonbandgerät einschaltete.

»Gerne«, antwortete sie maliziös. »Vorher möchte ich aber wissen, ob ich das auf den ›Puma‹ ausgesetzte ›Kopfgeld‹ mit denjenigen teilen muß, die seine Festnahme vornehmen?«

»Wenn der ›Puma‹ durch Ihre Angaben als überführt anzusehen ist, brauchen Sie mit niemandem zu teilen«, erklärte Royal-Dymont angewidert.

»Unter diesen Umständen bin ich bereit, meine Aussagen zu machen«, entgegnete sie befriedigt. »Also: zunächst einmal kann ich Ihnen drei gestern angefertigte Fotos von Mister Lee vorlegen, die ihn in unterschiedlicher Kleidung zeigen. Auf dem ersten Bild geht er durch eine Straße von Kajang; auf dem zweiten sehen Sie ihn im Gummizapferanzug auf einem Fahrrad beim Einbiegen in die von Kajang nach Telok Datok führende Chaussee; und auf dem dritten Foto verschließt er gerade die Tür zu seinem Schlupfwinkel in Kajang, *Mendaling Street* fünf.«

»Ist das alles?« fragte Henry Dymont im Bestreben, seine Verwirrung zu verbergen.

»Das Wichtigste habe ich mir bis zuletzt aufgespart«, antwortete sie genüßlich und schilderte ausführlich von den Feststellungen, die sie gemacht hatte.

»Und er verschwindet immer beim Kilometerstein siebzehn?« wiederholte der Leiter des *Secret Service*, dem plötzlich Schweißperlen auf der Stirn standen.

»Genau.«

»Entschuldigen Sie, aber wieso konnten Sie Aufnahmen machen und Mister Lee beobachten, ohne daß er es merkte?«

Sie lachte. »Auch ich kann mich verkleiden!«

Royal-Dymont räusperte sich. »Dann muß ich Sie ersuchen, die Fotos noch in dieser Stunde der dortigen Militärkommandantur zu übergeben. Ich bin verpflichtet, mir Ihre Angaben so schnell wie möglich von einer Amtsperson bestätigen zu lassen. Den Offizier vom Dienst werde ich inzwischen verständigen. Ende.«

Der Leiter des *Secret Service* glich einem gefällten Baum, als er den Telefonhörer auf die Gabel zurücklegte. Er spürte, daß Patrice Lawrence sich dieses Mal nicht getäuscht hatte, und er war gelähmt von der Vorstellung, gegen Kon-kim vorgehen zu müssen.

Mein Gott, dachte er verzweifelt. Ausgerechnet ich, der ich ihn vor den Fängen der *Kempetai* bewahren konnte, bin dazu ausersehen, ihn an den Galgen zu bringen. Und Kon-kim, der nun tatsächlich von einer Frau verraten wurde, weiß nicht einmal, daß Kinki Yasuda, die er für eine Verräterin hält, ihn so sehr liebte, daß sie seinetwegen ihre Pflicht dem Vaterland gegenüber verletzte und Rettung im Tod suchte.

Royal-Dymonts Hand legte sich schwer auf den Telefonhörer und blieb dort eine Weile liegen, bis er sie ruckartig hob und ein Blitzgespräch nach Kuala Lumpur verlangte, das sogleich zustande kam.

»Bitte, den Offizier vom Dienst«, sagte er mit spröder Stimme, und als der Verlangte sich meldete, war er nur noch der Leiter des britischen Geheimdienstes, der kurz und bündig erklärte, worum es ging, und darum bat, ihn unmittelbar nach Erhalt der Fotos anzurufen. Dann beauftragte er einen Mitarbeiter, ihm die Generalstabskarte von Kajang und Umgebung zu bringen. Nachdem er diese sorgfältig studiert hatte, schritt er ruhelos auf und ab, bis ihn der erbetene Anruf erreichte.

»Dymont«, rief er, noch während er den Hörer an sein Ohr führte.

»Offizier vom Dienst der Militärkommandantur Kuala Lumpur«, meldete sich der Teilnehmer am anderen Ende.

»Haben Sie die Fotos erhalten?«

»Yes, Sir.«

»Beschreiben Sie den Mann, der auf dem Fahrrad sitzt.«

»Er trägt die Kleidung eines Gummizapfers. Besondere Kennzeichen: dunkle, allem Anschein nach noch nicht verheilte Narbe, die quer über das Gesicht verläuft.«

»Und der Radfahrer ist mit der bürgerlich gekleideten Person identisch, die Sie auf den anderen Bildern sehen?«

»Jawohl, es ist zweifellos das gleiche Gesicht.«

»Danke, der Fall ist klar. Melden Sie Ihrem Regimentskommandeur, daß der auf den Fotos dargestellte Chinese der ›Puma‹ ist. Über die zu ergreifenden Maßnahmen werde ich mich mit dem Kommandierenden General abstimmen. Ihre Einheit muß spätestens bis zum Morgengrauen folgende Plätze mit Doppelposten besetzen: erstens, das Haus Numero fünf der *Mendaling Street* in Kajang; zweitens, die Straßenkreuzung von Kajang nach Telok Datok; drittens, den Kilometerstein siebzehn auf dieser Strecke, wobei den hier aufzustellenden Posten zu erklären ist, daß sich hinter dem Kilometerstein ein äußerlich nicht sichtbarer Zugangsweg zum Dschungelquartier des ›Puma‹ befindet. Allen Posten ist das Foto des ›Puma‹ mit der Weisung vorzulegen, ihn im Falle seines Auftauchens sofort festzunehmen. Bei Fluchtversuch ist warnungslos zu schießen. Ist das klar?«

»Yes, Sir«, antwortete der Offizier und wiederholte die Weisung.

Royal-Dymont legte den Hörer nicht zurück, sondern drückte die Telefongabel nur kurz einmal hinunter und verlangte ein Gespräch nach Ipoh, das jedoch nicht zustande kam, weil sich der Teilnehmer nicht meldete. Er nannte daraufhin eine andere Nummer und wurde mit David Hamilton verbunden, den er nach kaum erfolgter Begrüßung fragte, ob Kon-kim bei ihm sei.

»Ja«, antwortete der über die unpersönliche Art seines ehemaligen Kompagnons hellhörig gewordene Amerikaner.

»Bitte, gib ihn mir«, entgegnete Henry Dymont kurz angebunden.

»Moment«, sagte David Hamilton, der augenblicklich die Sprechmuschel zuhielt und seinem Freund einen warnenden Blick zuwarf. »Da ist was faul. Henry will dich sprechen!«

»Nimm den Mithörer«, erwiderte Kon-kim und trat an den Apparat heran. »Hier Lee...«

»Hören Sie mich in Ruhe an«, sagte der Leiter des *Secret Service,* noch bevor Kon-kim ihn begrüßen konnte. »Mein Anruf kann mich Kopf und Kragen kosten, wenn Sie sich in den nächsten Stunden unanständig verhalten. Ich weiß seit wenigen Minuten, daß Sie der ›Puma‹ sind, und ich sage es Ihnen, um das *fair play* zu wahren und Sie aufzufordern, spätestens im Morgengrauen in Ihr Flugzeug zu steigen und nach Singapore zu fliegen, wo ich Sie erwarte. Kann ich mich auf Sie verlassen?«

Kon-kim gelang es nur mühsam, eine Antwort zu finden. »Ja«, antwortete er schließlich. »Ich gebe zu, daß ich der ›Puma‹ bin, und werde mich Ihrer Weisung entsprechend verhalten. Aber im Morgengrauen kann ich unmöglich starten. Meine Maschine ist nicht betankt, und die Luftaufsicht ist erst ab sieben Uhr besetzt.«

»Habe ich Ihr Wort, daß Sie dann sofort starten und keinen Fluchtversuch unternehmen werden?«

»Ich gebe es Ihnen hiermit.«

David Hamilton rang die Hände. »Bist du wahnsinnig?«

»Um welche Zeit kann ich Sie in Singapore erwarten?«

»Sagen wir gegen zehn, da die Maschine zunächst startbereit gemacht werden muß.«

»Gut. Ich verlasse mich auf Sie und erwarte Sie auf dem Flugplatz Kallang. Ende.«

»Ende«, wiederholte Kon-kim und legte den Hörer bedächtig auf die Gabel zurück.

»Weiß Gott, das ist das Ende«, stöhnte sein Freund. »Wie konntest du so blöd sein...«

»Hör auf zu jammern!« unterbrach ihn Kon-kim und blickte auf seine Armbanduhr. »Es ist jetzt elf. Ich habe noch acht Stunden Zeit, in denen ich nach Kajang fahren werde, um den Befehl zum Aufbruch zu geben. Es verschiebt sich alles um zwei Tage, aber es wird gehen. Die Leute müssen notfalls an den Flußmündungen auf die Fischerboote warten.«

»Deine Leute interessieren mich nicht!« schrie der Amerikaner. »Ich will wissen, was aus dir wird! Hast du wirklich vor, dich zu stellen?«

»Selbstverständlich«, antwortete Kon-kim und zog sein Jackett an, das über einem Stuhl gehangen hatte. »Und ich will dir auch sagen, warum mich der Anruf nicht allzusehr erregt. Ich hätte mich ohnehin in zwei Tagen gestellt, weil meine Festnahme zu meinem

Plan gehört. Die Engländer müssen melden, daß sie mich geschnappt haben, damit die Guerillas die von mir aufgestellte Behauptung glauben.«

David Hamilton griff nach seinem Freund. »Sie werden dich hängen!«

»Das bezweifle ich«, erwiderte Kon-kim gelassen. »Aber komm mit zur Garage: ich darf jetzt keine Minute verschenken. Es sind immerhin fünfhundert Kilometer, die ich zurückzulegen habe. Du mußt um sieben Uhr zum Flugplatz fahren und alles vorbereiten. Die Maschine ist natürlich betankt. Sag dem Monteur, daß er den Motor schon warmlaufen lassen soll.«

»Du willst tatsächlich...?«

»Ich habe es nie anders gewollt, Dav!«

»Das also war dein Geheimnis?«

Kon-kim nickte. »Und die Geschichte wäre großartig ausgegangen, wenn kein Schwein dagewesen wäre, das sich die siebzigtausend Pfund verdienen wollte. Aber es wird sich ja herausstellen, was ich getan habe und warum ich es tat. Das bedeutet längstens zehn Jahre Kerker, die ich gerne auf mich nehme, wenn ich meine Männer vorher in Sicherheit bringen kann. Die Bevölkerung hat dann wenigstens keine Möglichkeit mehr, sich zu erheben. Und das heißt: Friede über Malaya!«

David Hamilton umklammerte den Freund. »Ich werde dich herauspauken und fliege mit nach Singapore, um alles zu sagen, was ich weiß.«

»Damit man auch dich einsperrt? Nein, Dav! Du bleibst hier und kümmerst dich um die *Albion-Tin-Works*!«

Es war erstaunlich, mit welcher Ruhe Kon-kim seiner Festnahme entgegensah. Sie bewegte ihn weitaus weniger als die Frage, ob es ihm in acht Stunden gelingen würde, nach Kajang und zurück zu jagen und in dieser Zeit auch noch mindestens zwei Stunden durch den Dschungel zu laufen. Im Bestreben, das gegebene Wort zu halten, holte er das Letzte aus seinem Wagen heraus. Wie ein Teufel raste er durch die Nacht. Die Reifen heulten und quietschten. Immer wieder errechnete er seine Durchschnittsgeschwindigkeit, bis Kajang endlich vor ihm lag und er wußte, daß er voraussichtlich schon um sechs Uhr wieder in Ipoh sein würde.

Trotzdem konnte er sich nicht dazu entschließen, seinen Schlupfwinkel aufzusuchen. Er fuhr direkt zum Kilometerstein siebzehn, wo er den Wagen stehenließ, um schnellstens zum Lager Sulaimans zu laufen und den letzten Befehl zu erteilen.

Der hinter der Dschungelmauer stehende Wachtposten entsicherte seine Maschinenpistole, als er nur wenige Meter von sich entfernt ein Auto anhalten sah, dessen Lichter gleich darauf gelöscht wurden. Als er aber die Stimme des ›Puma‹ hörte, der ihm das Kennwort zurief und ihn aufforderte, seine Stablampe einzuschalten, trat er schnell aus dem Dickicht heraus und richtete den Lichtkegel auf den Straßengraben.

»Du kommst mit«, sagte Kon-kim dem Posten, als er über den Graben hinweggesprungen war. »Wir dürfen keine Zeit verlieren und müssen die Strecke in längstens einer Stunde zurücklegen.«

»Und wer bewacht den Zugang?«

»Von nun an niemand mehr. Lauf vor und richte die Lampe schräg nach unten. Ich bleibe unmittelbar hinter dir.«

Knapp eine Stunde eilten sie durch ein Labyrinth von schmalen Schneisen, in denen kaum erkennbare und nur Eingeweihten verständliche Zeichen die Richtung angaben, die eingeschlagen werden mußte, wenn man nicht in mit Tellerminen verseuchte Sackgassen geraten wollte. Dazu das unaufhörliche Gezeter und Gekreische der Affen und Vögel, deren grelle Laute die Nerven zermürbten.

Kon-kim war in Schweiß gebadet, als sie das Lager erreichten, in dessen Mitte die Nachtwache gerade einen Affen briet.

Vom Anblick angewidert, lief Kon-kim auf die Bambushütte des ehemaligen Polizeisergeanten zu, den er hastig aus dem Schlaf rüttelte, um ihm mit wenigen Worten zu erklären, daß sämtliche Einheiten unverzüglich aufbrechen und sich zu den Flußmündungen durchschlagen müßten, wo sie sich bis zum Eintreffen der in zwei Tagen zu erwartenden Fischerboote verborgen halten sollten.

»Das Schicksal von annähernd dreitausend Männern ruht jetzt auf Ihren Schultern«, sagte er ihm. »Ich kann Ihnen von nun an keine Hilfestellung mehr geben und empfehle Ihnen und allen Abteilungsleitern, Malaya für eine gewisse Zeit zu verlassen.«

Sulaiman sah ihn bedrückt an.

Kon-kim reichte ihm die Hand. »Ich verlasse mich auf Sie.«

»Ich werde Sie nicht enttäuschen.«

»Dann wird uns der Himmel das Tor des Erbarmens öffnen.«

Noch bevor der Aufbruchsbefehl über das Funksprechgerät an

alle Einheiten durchgegeben wurde, eilte Kon-kim zum Kilometerstein siebzehn zurück. Angesichts des befreienden Gefühls, in letzter Minute noch die ihm vom Schicksal gestellte Aufgabe erfüllt zu haben, störte ihn das infernalische Geschrei der Tiere nicht mehr. Mochte kreischen und schreien, wer da wollte; ihm war es gleichgültig, wie alles, was nun auf ihn zukam. Er fürchtete weder den Prozeß noch den Kerker. Er war der felsenfesten Überzeugung, daß Royal-Dymont ihn verstehen würde, wenn er erst wußte, welche Gründe ihn ein zweites Mal die Führung der Guerillas hatten übernehmen lassen. Und daß Royal-Dymont ihn verstand, war ihm wichtiger als alles andere.

Darum hetzte er mit keuchenden Lungen durch die Dschungelschneise zurück. Er wollte sein Wort halten und den Mann nicht enttäuschen, der ihn einmal in selbstloser Weise gerettet hatte.

Aber das Laufen fiel ihm von Minute zu Minute schwerer, und als das spärlich in den Urwald einfallende Licht des beginnenden Tages das Blattgewirr endlich milchiggrün erhellte, gönnte er sich eine Verschnaufpause, in der er an einem gebrochen herabhängenden Zweig eine Orchidee entdeckte, die er behutsam abbrach. Er dachte sich nichts Besonderes dabei, erfreute sich lediglich an der zarten Farbe und bizarren Form der Blüte, die er träumerisch durch die Hand gleiten ließ, bis ihn ihre Weichheit erschreckte. Von diesem Augenblick an fror er, als streiche ein eisiger Wind über ihn hinweg. Ganz plötzlich wurde er sich der Tatsache bewußt, daß es kein Grab gab, das er hätte schmücken können, und keine Frau, der er eine Blume hätte schenken dürfen. Es erschien ihm unwahrscheinlich, daß nochmals eine Kinki Yasuda in sein Leben treten würde.

Die Vorstellung übermannte und zwang ihn weiterzugehen. Er zog seine Brieftasche aus dem Jackett und legte die Blüte sorgfältig hinein.

Eine Viertelstunde später wurde das Grün der vor ihm liegenden Bäume heller. Er hatte das Ende der Schneise erreicht und trat wie erlöst aus dem Dschungel heraus, um auf seinen Wagen zuzugehen.

Im selben Moment sprangen zwei britische Soldaten aus dem gegenüberliegenden Chausseegraben und rissen ihre Maschinenpistolen hoch.

Kon-kim war so erschrocken, daß er sich unwillkürlich umdrehte. Es war nur eine Reflexbewegung, aber seine Reaktion wurde von den auf die Gefährlichkeit des ›Puma‹ hingewiesenen jungen Soldaten mißdeutet und löste eine Salve aus, die ihn augenblicklich zusammenbrechen ließ.

Wie aus weiter Ferne hörte Kon-kim jedes Wort, ohne etwas zu empfinden. Er war schon über jene Schwelle getreten, die vom wandelbaren Leben in ein unwandelbares Dasein führt. Dumpf erschien ihm der sonst singende Klang des Buschmessers, mit dem einer der Soldaten ein Bambusrohr aus dem Dschungel herausschlug. Nicht spürbar waren für ihn die Stricke, die bald darauf seine Hände und Füße zusammenbanden. Es bereitete ihm weder körperliche noch seelische Schmerzen, als er wie ein Tier an eine Stange gehängt und baumelnd über die Chaussee getragen wurde. Er wußte nur, daß er nichts anderes mehr zu tun hatte, als auf das letzte Hinübergleiten in das Jenseits zu warten, in dem sich die ehrenwerten Ahnen gewiß schon zu seinem Empfang rüsteten.

Doch noch bevor es soweit war, vernahm er das Anhalten eines Kraftwagens und die plötzlich wichtigtuerisch klingende Stimme des jungen Schützen, der jemandem meldete, den ›Puma‹ erschossen zu haben.

»Ist ja fantastisch!« lobte ihn ein schnarrendes Organ. »War es schwer, ihn zu erledigen?«

»No, Sir«, antwortete der Soldat. »Es war ganz leicht.«

Es war ganz leicht, dachte Kon-kim mit letzter Kraft und sah im Geiste das Bild der sieben betrunkenen Mörder vor sich, denen er in der Bibliothek seines viehisch umgebrachten Vaters die Kehle durchschnitten hatte. Habe ich damals nicht auch gedacht: Es war ganz leicht! – Wie mag das Leben *dieses* Mannes weitergehen...?

›Der Meister kam in diese Welt, als seine Zeit da war.
Der Meister ging aus dieser Welt,
als seine Zeit erfüllt war.
Wer auf seine Zeit wartet und der Erfüllung harrt,
über den haben Freude und Trauer keine Macht mehr.
Diesen Zustand nannten die Alten:
die Lösung der Bande durch Gott.
Was wir ein Ende nehmen sehen,
ist das Brennholz. Das Feuer brennt weiter.‹

Dschuang Dsi

GOLDMANN VERLAG

Willi Heinrich

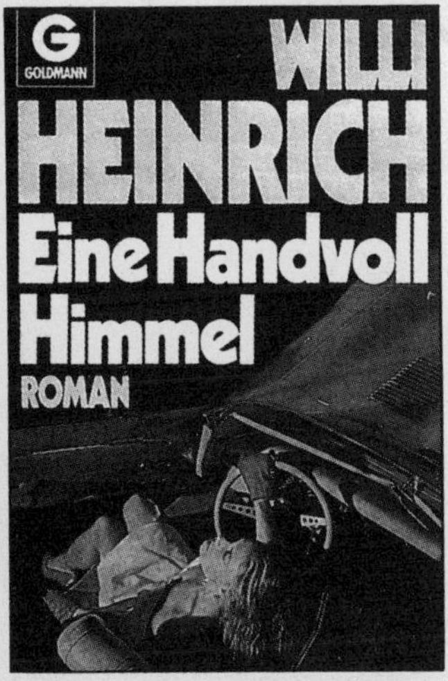

Eine Handvoll Himmel
Roman. (8355)

Traumvogel
Roman. (6840)

In stolzer Trauer
Roman. (6660)

Jahre wie Tau
Roman. (6558)

Maiglöckchen oder ähnlich
Roman. (6552)

So long, Archie
Roman. (6544)

Alte Häuser sterben nicht
Roman. (6537)

Ferien im Jenseits
Roman. (6529)

Mittlere Reife
Roman. (6523)

Ein Mann ist immer unterwegs
Roman. (6403)

Steiner I. Das geduldige Fleisch
Roman. (3755)

Steiner II. Das Eiserne Kreuz
Roman von Robert Warden, nach Motiven von Willi Heinrich. (3884)

Schmetterlinge weinen nicht
Roman. (3647)